無父之城
陳雪
鏡文學

【出版緣起】

# 「長篇小說創作發表專案」作品出版（二〇一九年）

國藝會長期關注藝文生態發展及需求，營造有利文化藝術工作者的展演環境。二〇〇三年，我在擔任國藝會董事長任內，於各界專家學者積極倡議下，推動「長篇小說創作發表專案」，提供創作費鼓勵長篇小說寫作，並協助作品出版及推廣。

二〇一七年，第二次回任國藝會董事長時，欣見專案發展已卓然有成，截至二〇一八年，持續舉辦十六屆徵選，補助五十九個原創計畫，出版三十多部著作，其中不乏臺灣文學重要作品，甚至獲得國內外獎項肯定，外譯發行海外版權。

長篇小說專案是由「和碩聯合科技股份有限公司」贊助，由國藝會藝企平台媒合，鼓勵企業參與藝文、挹注資源，讓國藝會擴大有限的資源，支持臺灣原創作品。也從中促進藝術家與社會有更多連結、更多關懷，達成「Arts to Everyone」的目標。二〇一七年，專案也更進一步深耕高中校園，與第一線教師合作，透過閱讀與教學，形成教師社群的連結，從學校為出發點，尋找下一個世代的讀者。

國家文化藝術基金會董事長　林曼麗

本書作家陳雪長期專注於小說創作，關注同志平權議題，作品曾改編電影、榮獲國內重要書獎，其中《橋上的孩子》一書，由日本橫濱大學白水紀子教授翻譯，並於株式会社現代企画室（げんだいきかくしつ）出版，發行日譯本推行海外。此次出版作品《無父之城》，作家首度嘗試偵探、懸疑題材，結合白色恐怖歷史、地方誌、人物風土，展現新的寫作格局與面向，值得期待！

最後，要向本書的編輯製作團隊及所有參與者，表達最誠摯的謝意！

# 目次

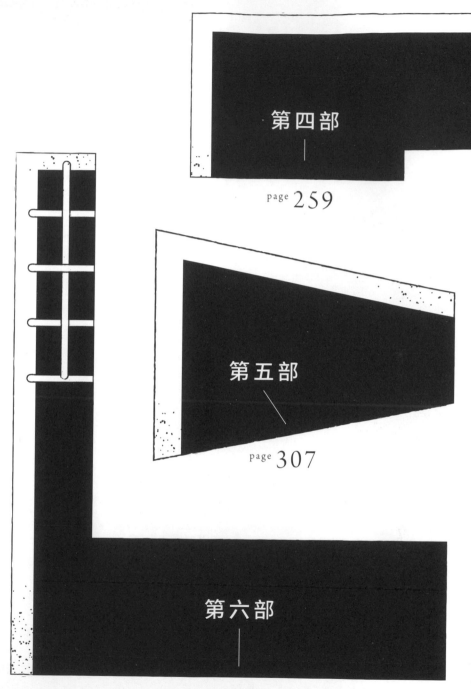

# 第一部

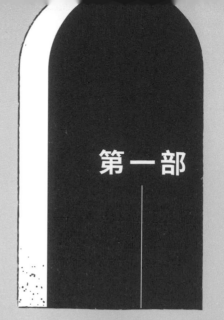

車沿著橋爬坡上行，水泥舊橋，每隔幾年新漆，路面都已斑駁，挖挖補補，可見其使用頻率與耗損。跨越雙和城與台北城的這座橋，建成於一九七三年，初期需繳過橋費三十元。橋下水岸以假日早晨的二手市場聞名，千百個帳棚搭起的市集，從舊物、古董、家具、電器到各類大小物品，吃喝用度，儼然一個百貨具足的「二手物」世界。

陳紹剛騎著他的二手SUZUKI重機輾轉在城市裡遊蕩，如今他再也不用開著警車巡邏，卻依然保持著四處搜尋的習慣。

上橋，下橋，五分鐘路程就進入新北城區，一橋之隔隔開兩個世界。調查員陳紹剛將位於北市區的狹窄租屋內物品全部淨空，在接下調查案後第二日就遷入命案發生的大樓，此大樓為捷運附近的舊樓改建，樓高十二層，住戶近百，他最新的居處為大樓中短期租賃的出租套房，此套房持有人與管理者並非同一人，而是由某租戶透過仲介向屋主租下五戶套房，改建成商務型短租套房，內部裝潢雅緻，家電全包，房價為每週五千，含管理費與每日房務清潔。房租由申請調查人R小姐支付。

陳紹剛從北市租屋帶走的私人物品不多，上一個住處也才待了一個半月。一台筆電、相機、錄音筆、幾件換洗衣物、幾本資料簿、一組啞鈴、一箱雜物，就是全部家當，他幾乎都在各個短租房間內遊走，隨著調查案件遷移，他逃離曾與妻兒共住的公寓，那裡變成堆放他之前所有「私人財物」，亦即以前還有「家」的時期所擁有的舉凡家具、家電、生活用品、紀念品。曾經他試圖回到家中過夜，床鋪上的防塵布一掀，周遭擺放著沙發、餐桌、冰箱、電視的屋子，生活裡的魅影追趕上來，使他連夜奔逃。

事件之後，陳紹剛幾乎都在移動，最初有大半年時間他整日開車亂轉，累了就睡車上，髮鬚不剪不刮，渾身酒氣，因此被警察盤查過幾回，後來他住過廉價旅社、賓館、租賃短期套房，但無論住在何處，他都不添購家具，不睡在床鋪，而是習慣於窩身在睡袋裡，好像隨時可以起身逃跑。

這次的居所已經是許久以來未曾體驗過的「奢華」，新近改建的樓中樓套房，裝潢猶新，使他初初進入屋內就倉皇想逃，若不是為了就近觀察，他恐怕會立刻搬離。幸而臥室設在二樓，他不用上去，也見不到，他把家具靠牆堆放，維持屋內的空曠，因應工作之便，委託人R小姐請人送來黑白雷射印表機一台，他每日將各種資訊列印，逐一清查、筆記、畫線、製作圖表。他交代清潔房務的大姊不要進入房間，只清潔浴室，垃圾也由他全部用碎紙機處理過後自行清理。

陳紹剛將最近收集的剪報、影印資料從袋中取出，套房內沒有大桌子，他用客廳茶几權充書桌，在木頭地板上鋪上壁報紙，以便寫字圖畫，牆壁設有固定式櫥櫃，僅有一面空牆，他用3M可重複撕貼的膠帶在牆上貼滿白紙，方便張貼資料。他喜歡趴著或站著工作，在地板與牆壁上將線索如地圖全張掛起來，照片、剪報、地圖、大頭針標誌著的資訊層層疊疊，使房間變成以往警局的特別偵察室，倘若有人誤入其中，或許以為陳紹剛已陷入瘋狂。然而他必須如此專注，唯有進入工作狀態，他才可稍微緩解對於居所的不安、擺脫往事與幽魂的纏繞。唯有進入尋找他人的生死之謎，方可解除他對自身命運的質問。

夜裡，他研究大樓的平面圖，每個出入口、閘門、通道、梯間，甚至連管線都仔細研究，他想起日本人迷戀香港的九龍城寨，曾有建築師畫過極為細密的剖面圖，真是令人讚嘆，然而那是怎麼做到的？如何敲門、拜訪，使得這上百戶人家願意讓他入內觀察？

陳紹剛揣想這棟大樓的內部，真是非得住進來才可能看透的，即使入住後，也像是在黑暗中摸尋，當每一個住戶將門關上，漫長的走道就哪兒都通達不了，電梯與電梯之間連結的只是樓層，無法相互理解。他感覺這裡非常合適於他，外觀嶄新、內裡老舊、缺乏管理，彼此不相聞問，房租直接匯入銀行帳戶，關上房門，與誰都無關。

但如果大家都是這樣的性格他的工作就不保了。

他打電話，敲門，在對方掛掉電話或砰地關上門之前，爭取一點點對話的可能，像是推銷員。

他想起以前警察的生涯，不知是否過去的身分影響，他身上具有一股不容他人拒絕的能力，不知是親和？信任？威嚇？或幾者兼有？總之，他身上有什麼特質，使他易於從事調查行業，公司裡他的破案率比誰都高，但命案對他而言依然太過困難了，失去那張警察證件，也意味著失去合理訪談他人的機會，他現在靠的是收買、討好、死纏爛打，人們真奇怪，心裡明知明哲保身，多說無益，但最後，肚腸子裡總埋著些什麼想說，你得找個方式讓他甘心說出來。

他透過過去的工作關係，搭上一個負責此案的刑警，可同步更新最新案情，但光是這樣不夠，他像一條蠹蟲，找到縫隙就鑽進去，即使這案情根本是銅牆鐵壁。

一個男人的失蹤以及死亡，私下到徵信社雇人調查的，並非男子的家人，卻是一個神祕女子R小姐，R開宗明義即說明自己是男子情婦，兩人相戀兩年，原本已相約出逃，沒想到男子卻離奇失蹤，甚至意外死亡，她不相信警方的調查所得「自殺」的結論，她自認男子與其相愛，即使要赴死，也唯有與她殉情而非選擇自死。

每一個人的死亡都令陳紹剛想起他的妻與子，猶如每個人的喪失都與他切身相關。他拯救不了妻兒的喪命，當然也免除不了那些當事人的失蹤或喪亡，然而他以介入旁人的死亡為業，彷彿於生死之途中，還能與死神對奕，令那場死亡擁有更多意義，找出某些解答，儘管結果可能造就更多傷害，但總有人想要答案，即使是令人失望的結論，仍有人願意為此付出高額代價。例如R。

多年前的陳紹剛是個將大多數的時間心力都投入於工作的警察，他有一段堪稱美滿的婚姻，一個剛上幼稚園的兒子，晉升刑事組小隊長，人生事業正值壯年，即將攀上顛峰，他沒日沒夜地查案，有時幾天不回家，妻子沒啥抱怨，直到那個要命的下午，妻子接回下課的兒子，卻因在門口與鄰居攀談，疏忽看顧兒子，僅短短一分鐘，兒子為追逐手中掉落的皮球，鬆開母親的手，獨自跑向外邊馬路，被突然急駛而過的汽車當場輾斃。

陳紹剛的世界崩塌了。

接下來的日子，生活變得如同在水影中、夢境裡，真實不再真切，但惡夢從不間斷，水光兀自翻映，印象影影綽綽。喪禮後，妻的情緒起伏瞬變，從悲傷自責、逐漸變成憤怒狂躁、而後臻於越形嚴重的妄想與幻覺。妻說她總是看見孩子在屋裡四周走動，每日回得家來，「我沒有放開他的手」，妻神色迷離，喃喃自語，「從來沒有放開」是她最常說的話。妻不再開車、搭車，漸漸不出門，她似乎想藉由這個動作，將時光退回那個下午，她沒有因為鄰居的寒暄而分心，她不曾放開孩子的手，孩子不曾為了撿球而跑向馬路、那輛汽車不曾在要命的時刻飛快駛過。所有陰錯陽差不曾發生，時間被凝凍在不幸發生之前。

妻子甚至坦承自己早有婚外情，與公司同事每週一次幽會汽車旅館偷歡，認為是自己的出軌導致心不在焉，「這是報應」，自己外遇造成兒子的死亡，「該死的是我」，妻子哭號。陳紹剛沒看見現場，無論是妻子偷情或兒子死亡當下，但妻子一次一次訴說，他腦中映現出更多幻造的影像，清楚得使他必須閉上眼睛避免因悲痛而刺瞎雙眼。「別再說了，我都原諒。」他安慰哭嚎不停的妻，但內心破散無以凝聚，時間催逼著他，來不及為愛子之死悲傷，便要急著挽救可能尋短的妻，生死在指尖交錯，誰有罪，誰無罪，已無從分辨。

妻心中日復一日悲傷與懊悔蔓延，演變成對他的叫罵，原來妻子不快樂已經很久，他以為的不抱怨與寬容，只是因為個性隱忍，妻子越是恨他，就越恨自己，他越安撫，妻子的自責就更深，他幾乎弄不清楚自己該如何說話、反應、作為，才可以使兒子活轉，讓妻子正常，所有事物都來不及，甚至連自己也無從挽救，喪假結束，他又投入工作，說是手頭上的案子正在破案關頭，但陳紹剛知道，自己也在逃避回家，逃避面對妻的崩壞，陳紹剛越是痛苦，就越沉溺於辦案，一日他回家，妻子留書出走，「別再找我，我看見你就會想起兒子。為什麼死的不是你。」

他請了長假開始尋覓妻子，動用一切關係，使出所有本事，花了一個月才查出妻子落腳於羅東一處旅館，警方趕到為時已晚，妻子已於那日凌晨燒炭自殺。

此後，陳紹剛辭去工作，搬離住處，他無法再居住於任何有具體形貌的「家」中，他早有飲酒習慣，此後花費更多時間盯著酒杯發愣，仰頭長飲讓血液注入麻醉劑，一年過去，因酒精中毒住院，老爸老媽在一旁哀哭，以前的搭檔發狠痛罵，罵完也是哀戚，苦勸他到以前長官開設的徵信社工作，他活著不為自己，去上班也沒什麼不可，醉生夢死，在哪都行。他又回到職場，徵信社調查員，沒警徽，做的也是類似警察的工作。

每次接案，遞送「可靠徵信社」的名片，他懷疑自己並不可靠，知道自己還有隨時發作的酒癮與揮之不去的惡夢，但他是那種一旦開始工作就像狗咬住骨頭不放的人，給他什麼他都做，都能做得好，非得查個水落石出不可。奇怪他內心如此荒敗，活得毫無半點滋味，卻擅長解除別人的難題。

最初做的都是尋人，妻子失蹤的那些時光，他找遍了整個台灣，他沒尋回他的妻，到了徵信社卻協助了各式各樣的人們尋獲離開的人。某些男人尋妻，另些女人尋夫，幾對心碎的父母尋子尋女，某些飼主尋找寵物，他做得得心應手，在業界闖出名號。而後，從尋人的過程導入一樁他殺案件，此後彷彿又回到警局的工作，他又出沒於他殺或自殺命案的現場，收錢辦事，他的角色與過去的警察身分不同，遵循不同規則，卻朝向同樣的方向。

他一直在各種尋找與解謎的過程，將他人斷裂的人生故事補綴起來。而他自己的人生，仍停留在家破人亡的當時。

一個人的消失與離開有各種可能與結果，他自己實際上也是個不斷設法消失與離開的人。每一次啟動調查，陳紹剛都會更換一次以上的住所，即使雇主沒有支付住宿費用，他也願意自費租賃旅社、飯店、民宿，甚至只是一個破舊的房間，因為他必須在這樣的環境裡才能入睡，得在任何與家無關的地方，他才得以安眠。

他選擇的或許是跟被調查人有關的地點，或者，隨著調查不斷移動住所，除卻收集資料，另也有熟悉環境的用意，離開警局之後，他鮮少對任何地點產生歸屬感，甚或，所謂的歸屬感就是他正在逃避的東西。他失婚失業，家破人亡，他搭公車、捷運、高鐵、火車，或騎著645cc重機，循著失蹤人口、離家逃妻或外遇調查等委託案件，穿行在這個島嶼的大小鄉鎮，賺取生活必須。他讓工作盡可能忙碌，他追尋著那些世上還有人掛記、需要、索求著的，那些迷失或躲在不知何處的男女老少，有人願意在正規警察系統以外，透過私人委託的方式持續追尋。而正在尋找失蹤者的他，卻是個無人需要的人，一個無用、無愛之人努力搜尋著「還有人愛著」的人，這是個矛盾，陳紹剛活在這個矛盾裡，像躺在一個已經破損的口袋。

被調查人J先生，於今年二月失蹤，四月社區清洗水塔時發現J陳屍塔中，經各方盤查、訊問，因為遺書具備，且死者無外傷，現場也沒有打鬥痕跡，警方排除他殺嫌疑，認定為自殺。

陳紹剛雖然收集這些警方調查進度，但委託人R交與他的，是徹底找出與J生活、工作上所有相關人士，進行深度訪談，R想要他重建出J失蹤前最後一週的生活關係圖表，尤其是J的妻子、岳丈、公司合夥人，以及R小姐始終懷疑的年輕情婦「小四」S小姐。他必須一一訪談名單上的人，這些可能認識J先生的人士，才能給與他想要的訊息。他打電話約訪，幾乎不曾被拒絕，人人彷彿都帶著歉疚，似乎都想要對命案說點什麼，而最後說起的總是自己的人生。

真相藏匿在話語之外。

並不存在所謂的真相。

有一些事物隱藏在另一些事物之中。

為什麼有人願意對陳紹剛坦露心事，陳紹剛覺得困惑，也覺得答案再清楚不過，這些他選中的人，與其說被他選中，不如說他們都在等待一個可以開口說話的機會，明明想要躲得遠遠的卻又忍不住開口訴說，無論是討論死者生前與他們的交往或自己的身世，這些都是因為死亡引起的效應，無論是實言或謊言，無論說話動機為何，如今他們都需要傾吐，這些話語埋藏在他們體內猶如一個會咬齧他們的怪物，唯有一吐為快。

夜裡，當他打開錄音檔，從電腦喇叭反覆播放，這些他曾聽過的聲音，那些他已經刻畫在心裡的形象，臉部線條，五官，皮膚色澤，說話音調，口吻，措辭，表情，一再一再銘刻在他記憶裡，他飛快揮舞手指敲打鍵盤記錄下所聽到一切，就有更多訊息撐開這些看得見的表象，流溢到畫面之外，有時他得停下手中動作，聚集心神，讓這些說話者停頓，最後一個字句散落在房間裡，留下咿——的尾音，電腦運轉聲低低嗚響，彷彿那些未被說出的話語還散落在主機裡，隨著散熱器的熱風飄散在房間內。

當他人的生命正在消失或瀕臨死亡的邊緣，當陳紹剛集中心志於建構起當事人所愛、所恨、所依賴、所逃避、所恐懼、所慾望，一切的一切，人事時地物，空曠房間裡，各式資料紙張隨著空調輕輕翻動，那些速拍照片、翻印紙張、表格圖記，那些錄音檔裡打字記下的人聲話語，那些他企圖於腦中慢慢建構起的，關於R的生與死，消失與離去，像逐漸升高的塔樓，帶送陳紹剛攀向某個極其危險、又令他感到安全的所在，像一個漩渦，如一朵隨風飄送的雲，像一隻於沙漠裡踟躕的駱駝。

陳紹剛在深夜的瞌睡中驚醒，突然感覺J先生附體於他，他茫然走出房間，搭上電梯，走到頂樓上的水塔，他不自覺地沿著J先生死前一晚的路線行走，那個狹窄的水塔間，是J先生最後的歸宿。他是這樣做的嗎？找到繩索，將之繫於鐵架上一個牢固處，結好繩圈，將生命的所有重量交付於雙手，死或者活，全靠他的雙手定奪。

臨去的一瞬，J在想什麼呢？是不是正如過去陳紹剛思考過無數次的那樣，選擇死亡或者活下去，其實毫無分別，差別只是有沒有能力去執行，會不會是用擲銅板決定這樣或那樣，生死一轉念，銅板人頭向上，就決定了結局？

陳紹剛彷彿有感應，J先生走進水塔那天，那個幽靜的午後，時間很足，可以漫漫行事，所有動作都極其悠然，幾乎可以稱為藝術，他將繩索調好，套圈於頸脖，開水服下藥物，調整身上衣衫，撫順幾日未洗的亂髮、將繩圈套緊，掂掂腳下的矮凳，雙手搆著頂上的鐵桿試試其堅固能否承擔到最後一刻，一切都已備妥，再沒有需要猶豫與思量反覆的，感到終於鬆懈與某種愕然歡快。是啊，在此時，過去終於退後，只要鬆開手，雙腿如舞蹈般下蹲，只要深吸一口氣，躍高，後踢，下墜，繩索會拉直他身體，鎖緊喉嚨，他就可以擺脫過去到達未來。

陳紹剛在最後一刻鬆開頸子上想像中的繩索，他不是J，但他知道J確實死於自殺，他站起身，甩甩頭，感覺體內有種東西死去，而另一種東西生出，他跨出幽暗的水塔，知道這個案子已經結束，他要進行下一項任務，讓任務與任務延長他的生命，他要去找出那些失蹤的人，替他人尋找他自己所未能尋回的生命。

——**〈尋人者〉**，**《我鍾愛與遺失的小鎮》**

## 01

## 自由作家　汪夢蘭

這年夏天，我三十五歲，失戀，無業，被房東驅逐，陷入憂鬱深谷。

電鈴響起，我勉強從沙發上一堆雜物裡起身，穿著睡袍開門，外送披薩加炸雞，三百二十九元，送貨員穿著制服，是個瘦巴巴的小夥子，來送貨好幾次，他非常謹慎地把零錢發票一一整理好才遞給我，我說謝謝，他點點頭。披薩小弟離開前，眼神快速飄過我的屋子，連同我這個人都徹底掃描，他每次來送披薩跟炸雞都會確認我的狀態，可能是個好心人，懷疑我得了重病或什麼隱疾，為何長期以披薩維生。或者因為我頭髮蓬亂、神情萎靡，懷疑我精神有問題？他離去時眼神裡透出好奇與擔憂，但他怎麼想我不在乎。我關上門，轉身回顧，企圖用外人的眼光審視這間屋，二十坪小公寓，屋子本身沒問題，挑高四米二設計，兩房一廳一廚一衛，還有小小的陽台可以看夜景，當時特地找了裝潢美美的市區小豪宅，打算跟李振家過上小倆口歲月靜好的日子，後來我才知道他超級討厭這種樓中樓，他根本就不到樓上去睡。我們只好在一樓擺上沙發床，直接都睡在客廳裡，二樓成了我的書房跟他的工作室，問題是，我幾乎沒在寫作，而他根本不在家工作，二樓荒廢成我的儲物間。我說我們搬家吧，看你喜歡哪一種房子，透天？頂加？華廈？公寓？他說住哪都行。我們到處去看了房子，但還沒來得及搬家，他就搬到別人家去了。

我回望那一片廢墟，桌邊空的披薩盒就堆了快一公尺，酒瓶寶特瓶、泡麵空盒、微波食品容器、洋芋片餅乾紙盒排列成堆，這堆垃圾之中就是我的睡窩，客廳的沙發床上面有棉被睡衣手機平板漫畫小說雜誌，我只要躺臥其中，就像陷入深海。從被褥裡起身攀爬，不用下床勉強伸手就可以搆到冰箱拿出啤酒，桌上就有遙控器接連電視或音響，浴室也在幾步之遙，但除了這張沙發，其他地方似乎都變得極其遙遠，充當茶几的矮桌上堆放雜誌報紙書本，有些是李振家留下的，在那些他忘了帶走的雜誌中，有一個足夠放披薩空盒的空間就夠了。我與我之間，有吃有喝有睡眠，有電視二十四小時播放，搬演什麼都不重要，只要發出聲音，讓我的目光有地方投放。這張沙發床是特別挑過的，睡起來很舒服，但像我這樣一天躺二十幾個小時，也會腰痠背痛。

難怪披薩小弟用同情的眼光看著我，我沒病沒痛，只是廢了。

我成天穿著浴袍，冷氣也整天開著，這個夏天，我的屋子裡還在初春，總是涼颼颼的，我把窗簾拉得嚴實，蓋住屋外風光，不想見到夏天來到。夏天，那該是我與李振家到處遊玩的日子，但我被留下在這個火燒似的盆地，讓垃圾食物與垃圾節目將我塞爆。此時正有另一個女人搭著我與他合買的那輛車，一起駛向台南的藍天白雲，他一定會帶她去我們去過的每一個地方，兩人親密分食我們吃過的各種小吃美食，認識去年還親切招呼過我的朋友。李振家是既任性又固執的人，他每年都會重複做一樣的旅行，吃一樣的食物，無論身旁換了什麼樣的女人，他任性過他重複的生活。那些見了幾次面的人沒有見到我出現，會很識相地不提不問，直接承認了另一個女人作為新女友的身分。這就是李振家會做的事啊，我或者其他女人都只是他的配件而已，大家喜愛的是充滿魅力的李振家，而不是他身旁的誰誰誰。有人輕易取代了我，正如多年前我也是這樣取代了另一個女子的存在進入他的生活，怎麼來的怎麼去，我應該要有心理準備。

但這種事，做再多準備也準備不了。

上個月底房東打電話來，說房子要賣掉，希望我搬家，給我一個月期限，房東跟李振家一樣，即使住了五年也可以說要你搬就要你搬，沒有商量的餘地，我不禁懷疑房東是不是跟李振家串通好了，要將我置於死地，但這是不可能的，當初找房子、搬家、交房租，都是我一手包辦，他連房東都沒見過啊，是我自己作主把屋子改成喜歡的樣子，現在他拍拍屁股走了，留下我跟房東纏鬥。距離搬家期限只剩十五天，我根本沒有上網找房子，我爬不起來，什麼都不想做，連自殺也不想，我就是癱瘓了。

就讓一切自動毀滅吧！

我繼續喝啤酒吃炸雞啃披薩，所有過去忌口不吃的東西通通叫外賣送來，好像為了報復誰，特別賣力吃他到天荒地老。只有垃圾食物與垃圾節目會陪伴我，絕不離棄。我失去了李振家，換得幾斤肥肉。以前我總對他說，我三十幾歲啦，不忌口不行，我吃有機食物、慢跑、練瑜珈，設法維持在不顯胖的體重，這麼努力都是為了留著肚子跟李振家出去海吃海喝，睡到自然醒，過著他那種「絲毫不節制」的生活。老天，我努力過了，我不知道他的新女友是否比我更年輕更瘦削，李振家喜歡瘦瘦的女人，卻不知道瘦瘦的女人只要跟他戀愛肯定會慢慢胖起來，誰也不像他那種天生麗質吃不胖長不老的體質，跟著他一起吃美食、喝酒、熬夜、想怎樣就怎樣，結果就會變得很蒼老。

我一直維持得很好，五年下來還保持跟剛認識他時一樣的體重。結果還是失戀。

三十五歲失戀與二十歲失戀有何不同？絕對不同，即使我自知不可能與李振家結婚，但我們同居於此五年，感覺已像可以共同生活一輩子。老天啊，一輩子該有多長，該會出現多少波折我怎麼會全無預料，對於李振家的出軌毫無準備，但我確實沒多想，我懶散，陷入對於安穩關係的依賴，我自認為我們都老了、玩不動了，不會再想改變，卻不知道不想改變的人只有我，他早就在謀求改變，而且真的頭也不回地變了。

真的一夜就老了，我曾在二十多歲失戀一次，那時我只是頹喪一段時間，立刻就振作起來，努力上健身房把身上累積的贅肉剷除，很快地跟工作上認識的男人談起戀愛，當然那一段愛情維持不了多久，分手也分得毫無痛苦。之後我有過幾段短暫關係，大多是相同模式，稱不上戀愛，頂多是互相陪伴，直到我遇見李振家，從三十歲交往到三十五歲分手，我比我自己預料中還要投入，於是在他選擇離開後我徹底感到心碎。心碎可能不會致死，但這次我感覺自己死過一回了。

與李振家分開後這半年，我猶如被下了咒語一般，陷入全然癱瘓的狀態，最初我還會有激烈感受，哭泣、憤怒、悲傷，我常哭到睡著，哭著醒來，我不能吃，不能睡，體重一下子掉了幾公斤，不久後我連哭泣都沒有了，剩下一種深沉的麻木，我想我應該是得了憂鬱症，國中時也發作過幾次，發作起來就是這樣癱瘓，只是吃跟睡，在國二升國三一個暑假裡我胖了快十公斤。那段時間我一直想著父親，他在我十歲那年投海自殺，他跌進的海，是沙灘海岸，沒有跳海之處，真的是必須一步一步親自走進去，在那一個個堅毅的步伐裡，水越淹越高，但在滅頂之前，都還有機會回頭，可是他沒回頭，或者是一個大浪打來將他捲走？最後浪將他打回岸邊，距離投海地點幾百公尺。那短短的距離，彷彿他只是去散步，弄濕了身體，然而他一去不回，與我們陰陽兩隔了。

我設想著父親是在什麼心境下決定走出家門，不再回頭，失蹤的那幾日他去了什麼地方？他又是在什麼情況下，決定自殺？他要用什麼方式抵抗求生本能，讓自己能夠被海水真的淹沒而不返身逃命？他是如何一步一步沉浸海中，不掙扎不抵抗而使海水將他淹沒使之滅頂？他到底是走進去，還是躺下去？他一開始會不會只是想要在海邊走一走，而後走得太遠回不了頭？亦或者他只是穿著衣服游泳卻被大浪捲走？我父親善泳嗎？在海邊長大的他如何抵抗揮動雙手使自己浮起的誘惑？死在自己最熟悉的海浪裡，真的有這麼簡單嗎？

和自己的妻子女兒生活在一起，真的不比走進海裡好嗎？陸地上的生活、他的家庭以及他所身處的世界，到底有什麼逼得他非走向那片海，非讓自己不可挽救，非要變成一灘浮屍，腫大腐爛得面目全非，非要用這樣的面貌跟妻女相會？到底為什麼呢？父親死時我沒問的問題，到國中時依然開不了口，我只是癱瘓在房間裡的小床上，這張床是父親為我打造的，搬家時我堅持要搬來的，當時還跟母親大吵一架。上班之餘父親的興趣就是做木工，他總是打造各種厚重、結實的家具，假日的時候，我們會擺在屋外的馬路邊上，有人看見了，會進來參觀，跟父親訂製，無論有沒有人買，父親總是靜靜地做著木工，彷彿那是他自己的修鍊，我在一旁拉張小椅子看書，媽媽在屋子裡炒菜，那樣的日子不好嗎？沉靜穩重的木頭，散發出靜靜香氣，父親手工的鑿痕、他刨出的線條，他細心製作的榫釘，作品完成時我們的歡呼，這些為生活帶來美好的事物不能讓他活著嗎？

那時我已經比較懂事了，母親改嫁，我們重新生活，學校的同學都不知道我有兩個父親，但每到父親節這類的節日，總是讓我困擾不已，我有一些朋友，但跟誰都只是表面關係，我無法對任何人開口說出父親的死因。自殺是不可告人的祕密，母親都說那是祕密不要告訴別人，祕密真是侵蝕人心的東西，他會在你心裡慢慢長大，逐漸變形，然後把你心裡還剩下的一點點正常的東西都吞吃進去。

所以我在那個夏天爆炸，成為一團只會吃跟睡的廢人。

難道父親是憂鬱症嗎？高中後我讀過相關書籍，覺得自己身上就留著這樣的血液，只要稍不留意，我也會親自走入那海水裡。

年少的我被幾種纏繞的思緒困住了，父親為何尋死，我如何思想也沒想出答案，人到底為什麼要活著？為什麼會自殺？生你的人是你父親，但他遺棄你了，如今有個男人說要當你爸爸，到底為什麼陌生人可以成為你父親？如果你開口喊了他爸爸，那你真實的父親該怎麼辦？

我被這些混亂的思想捲入漩渦，腦子就故障了。

二十年後的我，攤在這張沙發上，突然好像理解了父親的心情。是啊，那麼美的海相較於那麼醜陋的人生，在生命的某個狀態裡，我或許也會選擇海的那邊吧。即使是如今的我，看似在慢性自殺，放棄希望，但要真正到達自死，還是有很遠的距離。

這種癱瘓症又找上我，窩居在家裡的沙發，蓬頭垢面，任自己腐爛，除了喝酒、吃東西，其他時間幾乎都在睡覺，有時也不是真的睡著，但身體完全無法動彈，我沒有酗酒，只是想要擁有還喜歡著什麼的感覺。以前我們喜歡在用餐的時候喝點酒，做愛的時候喝點酒，聽音樂談天的時候，高興不高興的時候，只要有任何理由，都可以喝點酒然後就會開心起來，即使他已經不在這屋子了，我還是喝上一點，模仿他那份隨興，重複懲罰自己。以往我總是跟隨著他吃喝，因他是那種只吃自己喜歡吃的食物，全然不管什麼營養衛生的人。他能夠發掘在許多窄巷、小弄、市場裡的小吃，也能發現某家不起眼的餐館裡獨特的口味，我都隨著他帶我去，這裡那裡，即使那些地方是我根本不會去的。但我必須承認那些食物都很好吃，某種味道，是我生命裡沒有的，熱鬧喧騰，真正的人間煙火。如今既然只有我一人，吃什麼都無所謂了，只是熱量而已。吃水餃、泡麵、外送披薩、微波食品，所有李振家嫌惡的「假食物」我都買來吃，我唯一的好友林慧最清楚我的狀況，她會買來真正的食物陪我吃，幫我打掃屋子，拉我出去曬太陽。

「我帶你去日本。」林慧說，我們共同的朋友小貞嫁到日本，上個月剛生了孩子，林慧說，我們去看寶寶。

「你以為我有力氣去欣賞別人的幸福嗎？」我語帶譏諷地說。我只敢對林慧這樣，好像刻意要讓她討厭我、甚至放棄我，那麼我就有藉口更墮落一點。

做什麼都沒有用，真的，我只想靜一靜。我掉入了生命的黑洞，無力爬出。

我就是放棄了。腦子裡有什麼東西被拉斷，無法復原，我無法想像失去那個東西的人還可以正常生活，至少我不行，我沒辦法。

這天下午林慧來找我，帶來食物跟啤酒，她嘴上總是罵我，心裡卻比誰都疼我。我們相識至今快十年了，她是第一個跟我簽約的人，編了我三本小說，我幫她寫了兩本傳記、兩本旅遊書，她在同一家出版社十五年做到副總編，丈夫也一直是同一個人，她安穩可靠，跟我完全不一樣。

如此跟我截然不同的林慧，卻是我生命裡少數可以算得上朋友的人。

「最近有個工作覺得你可能會有興趣。」林慧說。

「我不想上班。」我答。

「不用上班，是寫自傳。」她說，「我們出版社接下的政府委託案，要為畫家劉光寫傳記。提供食宿三個月，待遇也很好。」

我思考了一會，自傳，畫家，劉光，食宿，我思考著這幾個字眼，眼前好像浮現出什麼，卻捕捉不到答案。林慧繼續說：「你必須搬家，住在這裡你根本就好不起來，別弄到房東把你掃地出門，我們把重要的東西收一收，找個迷你倉儲放，其他家具什麼都不要了，重新來過，劉光住在中部海山鎮，超美的小鎮，是我的故鄉，那兒有山有海，你去那種地方住上幾個月，休養生息，還有收入，寫出當紅畫家劉光的傳記也可以為你的知名度加分，不是正適合你的狀態嗎？去哪找這麼好的工作？而且劉光是看過你的作品才選擇你當寫手的，這也是一種肯定。」

「讓我考慮一下，我現在狀況不好，怕耽誤人家工作。」我說，但心裡確實看到救命稻草的光影。

「你不可能做不好，只要能走出這個房子，離開台北，你就會好一半，我對你有信心。」

「我都廢掉了，你對我有什麼信心。」

她瞪了我一眼，「只要你有心，什麼都能做到。」我不知道她指的是什麼，只讀一個月的書考上大學？不惜家庭革命也要寫小說？不顧所有人反對跟已經有女友的李振家交往？我做成的事沒有一件能把我帶到比較好的地方。

「接下這個工作，不會錯。」她斬釘截鐵說。

我猜想四十五歲帶給她的就是這種斬釘截鐵的威嚴吧，她用四十五歲的威嚴使我相信了她，因為不相信也沒有其他辦法。

就這樣，林慧帶來出版社跑業務的壯漢，我們在三天之內把東西整理好，李振家的東西他離開時大多帶走了，只留下我們合買的家具，林慧聯絡上他，叫了貨運把大多數家具寄給他，屬於我自己的東西少得可憐，林慧幫我保留幾件比較有價值的家具跟電器，連同我大部分的衣鞋書籍雜誌音響ＣＤ都裝箱送到迷你倉，我帶走一只行李箱，箱子裡有兩件外套、六件上衣、四件褲子，幾套換洗內衣褲、襪子，球鞋、休閒鞋、拖鞋、水壺、盥洗用具與筆記型電腦，我需要的東西不多，甚至是越少越好，我害怕自己在整理行李的過程裡又突然斷線，落入某個回憶中，我匆忙關上行李箱，像躲避一個凶惡的債主。

我的背包裡有電腦，林慧傳來劉光的檔案、幾本劉光的畫冊跟報導，一包全部吃下去也不會死的抗憂鬱劑跟安眠藥。

出發，前往海山小鎮。

## 02

## 繭居少年　丁子陽

他看見望遠鏡裡的景象，車頭燈從隧道裡慢慢穿出，照亮了薄霧中的前方道路，與更前方的橋。車行速度很慢，從車牌他認出那是縣議員家的賓士車。鎮上的賓士車很少，黑色的賓士五百更是少見，車牌是挑選過的，帶有兩個吉祥的數字８８，議員家的車子時常在橋上經過，他很熟悉這台優雅的龐然巨獸。

自從棄學蝸居家中以來，他總是用望遠鏡望向窗外，他房間的窗子面對海山鎮上通往小鐘山的必經道路——深霧橋。有時他感覺自己就像是個守橋的人，他守護著這座有八十年歷史的石橋，觀看人們來來去去，往往返返，他是如此熟悉每輛進出海山的車，所以能夠隨時分辨出陌生的來車。他認得那些早晚慢跑的人，因為他只在下午睡覺，當漫長的午後來臨，人車漸少，他才關上望遠鏡，把窗簾放下，戴上耳機聽音樂睡覺。那時間他爸媽跟奶奶也都出門了，屋子裡只剩下他一個人。有時他睡不著，會把望遠鏡偷拿進其他房間，那些面向鎮內的房間，可以看到更多人們的屋子，訊息多得令他無法消化。

最初是怎麼開始的呢？無法出門是自然發生的事，學校裡領頭鬧事的大個子同學愛圍著他嬉鬧，越鬧越凶，嘲笑他個子矮小、聲音尖細，一次鬧得凶了，把他關在廁所裡，扔蛇進去嚇他。那天之後他跟父母謊稱生病沒有去學校，他也真嚇出了病，高燒不退，退燒後，他仍不去上學，一星期兩星期過去，他發現自己不但無法上學，連走出屋子大門也做不到，角落裡吐著蛇信的蛇，比記憶裡還要更凶猛，那伴隨著咻咻的聲響，被廁所的回音放大，總是迴盪他眼前，響徹腦中。更可怕是那個大個子同學拎著蛇的樣子，好像什麼都不怕，可能會把他殺了，儘管他想不通為何大個子這麼恨他。

他沒有說出大個子與蛇的事，只是說不想上學。父親無奈只能為他辦了休學，讓他在家裡自學，日子一天天過去，他也不想把高中讀完，父母親忙於工作，患有失智症的奶奶，每日都會被接到老人幼稚園上課。屋裡只剩下他一個人時，偶而他會看到蛇的形影，他只要躲進棉被，把頭蓋起來，就什麼都看不到。比起屋外的世界，這熟悉的屋子裡所有一切都讓他安心。

丁子陽在鏡頭底下常見到外地人，這幾年小鎮觀光客變多，但是到了冬天海水浴場關閉，也沒有進香活動，觀光客就少見了。冬天的海山鎮什麼活動都沒有，只有霧跟雨，偶而飛過的烏鴉。但無論春夏秋冬，四季的海山小鎮，那被隔絕在房間之外的世界，他依然非常喜歡。他每天窺看外界，卻沒有能力推開門走出去，可是他內心是多麼期望有一天他可以再度回到學校去，可以上街，可以去騎單車，跟朋友打棒球。

但現在暫時還做不到。

黑色賓士在橋中央停車，丁子陽看見兩個男人走下車，霧中看不清男人的臉，一個穿夾克，另一個穿皮衣，他們朝橋下扔了幾樣東西，看起來像是鏟子、圓鍬之類的工具，感覺像是園丁會使用，不像是開賓士車的人會用的。不過對於賓士車的世界他也不理解，或許也有喜歡園藝的賓士車主。

他感覺自己從望遠鏡這頭聽見了河水噗通濺起水花重物直沉水底的聲響。

穿著夾克的男人回過頭來，霧散開，街燈照在他臉上，丁子陽發現那人是議員的司機，以前在學校他總會接送一個議員的女兒，他看過很多次，不會認錯。穿皮夾克的男人像在等待什麼似地，又往橋下望了許久，再一次把手裡的東西，用力地拋擲出去，才猛然轉身，丁子陽感覺他朝自己看了一眼，霧裡那張臉在望遠鏡底下顯得巨大，戴著眼鏡，臉色很白的男人，他的五官像是被揉過的，彷彿在生誰的氣，又像是對於眼前的處境感到為難，他拿起手機打了一通電話，嘴巴開開闔闔說出簡短的句子，兩人一起上車了。車子開進霧裡，過一會，又回來了，這次他們循著來路，穿出了隧道，離開了海山。

如往常一樣，他把過橋的車子都畫進素描本裡，只是這次他多畫了兩個男人的模樣。為什麼議員的司機要丟東西呢？那個眼鏡男人又是誰呢？丁子陽沒告訴任何人，他整晚沒睡，躲進棉被裡只是不停想著那些被丟下橋的東西是什麼，那個眼鏡男人到底是誰。

他看見蛇出現在客廳裡，一定不動，像假的一樣。

或許那輛車是夢的一部分。

夢境與現實對丁子陽來說，是生命自然的延伸，一體兩面，互相牽連，唯有當他把眼睛放進望遠鏡視窗裡，那小小的視界慢慢轉亮，變得清楚，視窗裡看見的，以及他素描本裡的圖畫，是他少數可以把握的事實。

## 03 海風餐廳孫子　林柏鈞

週六的午餐，餐廳客人特別多，林柏鈞幫忙點餐送菜，一會送毛巾，一會換盤子，客人太多櫃檯忙不過來時，還要幫忙帶位、接電話，廚房內外忙進忙出，一轉眼突然就到了下午兩點，送走最後一組客人，收拾乾淨，餐廳就休息了。

他還在讀高中，大學想去考南部的餐飲系，如此一來就會離家很遠。奶奶說：「不用讀餐飲系，餐廳裡的東西學完你就出師了。」但他想去遠一點的地方，不讀餐飲系也可以，高一時練球跌倒傷了膝蓋，想讀體育系看來是不可能了，他學業成績並不好，最擅長的是彈吉他跟打籃球，到餐廳幫忙後，有時會幫忙備料、炒菜，奶奶說他學得快，有天分，他也覺得自己在準備食材的時候，這些切切洗洗規律的動作讓他頭腦放空，不會去想煩惱的事。但調味方面他沒有自信，總不像奶奶一個大杓爽快地從擺著調味料的大碗裡快速撈起來就灑進鍋裡，完全不用測量，該多該少力度拿捏得恰到好處，他總是得用小湯匙精細測量才能調味，大部分的菜都還是照著食譜做的，奶奶從前沒有寫下食譜，現在準備退休，經典菜色開始一樣一樣口述，讓柏鈞記錄下來。

刷洗完畢，他才給自己煮一碗什錦麵吃。什錦麵是他最常煮、也最喜歡吃的，簡單方便營養，冰箱什麼材料都有，起個油鍋，炒個蔥段，蛤蠣、肉絲、蝦仁、青菜，奢侈一點連魷魚花枝蚵仔也都放進去，然後放入油麵煮熟。他最喜歡最後加上一點烏醋提味，滿滿的胡椒撒上去，有時也會加奶奶做的油蔥酥和餐廳特製的辣椒油，有時烏醋辣椒什麼都不加，吃原味。食材新鮮，怎麼做都好吃。他自己在空蕩蕩的餐廳裡吃遲來的午餐，一邊看著報紙，他會刻意留心社會版，看有無發現失蹤者的消息。

奶奶說，以前木雕工廠在海山時，餐廳光是做工廠師傅的生意就做不完。師傅收入很高，午餐不喜歡吃便當，都是來餐廳包伙，晚餐吃合菜、喝啤酒，總要鬧到八九點，那些師傅出手大方，當時餐廳提供很多酒品，可以讓他們喝個爽快。從木雕區到餐廳騎摩托車十幾分鐘就到了，木雕區那一帶最興盛時有六七家工廠，生產銷往日本的日式欄間。一九八〇年代，海山的經濟起飛，海山鎮除了木雕外銷、漁業也興盛，海山的農田肥沃，水質乾淨，出產的米也是極好的，海山米沒有自己的名號，出產的稻米專供知名的「天水米」銷售，產量極大。那時各行各業都發達，正如彼時的台灣，經濟起飛，大家拚命賺錢、股票高漲、外匯存底堆上天。

柏鈞沒見過那樣的海山盛世，他記憶裡的故鄉小鎮一直都是清清淡淡，像一幅淡色水彩，即使近年來鎮長推動觀光，農閒時田地裡種滿三色菫，原本的稻田變得花團錦簇、色彩繽紛，幾個小型的農場在門口掛起風車或鯉魚旗，旗幡飄盪，假日時遊客騎著民宿提供的單車，三三兩兩經過。但那些熱鬧總是一時的，假期過後，海山依然故我地清淡。一般來說，遊客都將海山當作過路的景點，會留在海山住宿的人並不多，即使偶有住宿，遊客大多集中在小鐘山或休閒農場那一帶的民宿，偶而有些遊客來用餐，一群年輕男女，女孩子穿著比基尼套件牛仔短褲，男生一身背心短褲夾腳拖，邊吃飯邊滑手機自拍，年輕人打打鬧鬧、青春燦爛。只有那樣的時刻，從這些剛從海邊離開，身上還帶有海水氣味的人們身上，他感覺海灘就在眼前了，好像可以看見藍天碧海與海灘上戲水的人群，但客人離開後，一切又回歸平靜。海山鎮以海水浴場聞名，林柏鈞從小至今到過海水浴場的次數卻少到用十根手指都可以數得出來，離餐廳不到二十分鐘車程的海灘，對他來說，反倒像是極其遙遠的地方。

他小學學過繪畫，畫畫班的老師就說他水彩畫得好，是啊，怎麼沒想過當畫家？因為老師在他讀國三時癌症去世了，這可能是原因之一，但更主要的原因是家裡的人不會答應他把畫畫當職業，父親晚婚，他上頭有個姊姊，他是長孫，作為長孫的他若不是繼承家業，也得選擇更有前途的工作，他沒有太多選擇。

畫畫課在李芙蓉老師家上課，一開始有六個人，畫架座椅整齊排列在客廳裡，老師有時會帶學生去鎮上寫生，但大多數時候都在家裡畫素描，畫靜物，畫蘋果柳丁，畫院子裡的花草樹木，老師也會讓他們互相當對方的模特兒，一開始他的模特兒是邱芷珊，林柏鈞感覺要一直長時間注視著這個女孩的臉很辛苦，並不是因為她不漂亮，而是她臉上的光影難以捕捉，或許也是因為那其中有著會令他目眩想逃開的東西。

眼前的邱芷珊安靜不動，兩手交疊放在大腿上，幸好老師要她的視線落在別處，而非直視著林柏鈞，否則他必然會為了閃避她的目光而感到狼狽。

閃避、狼狽，想不到當時已經產生這種感覺了嗎？那時候他們才十歲，他不知道自己是否已經懂得喜歡的意義，但他們之間確實產生了某種情愫。畫圖課後來只剩下他們兩個學生，都是畫水彩，老師的姊姊是邱芷珊的鋼琴老師，假日時，畫畫課上完接著上鋼琴課，有時他會留下來聽邱芷珊彈琴，當然這是在老師的邀請下進行，他小心翼翼吃著老師送來的點心，輕手輕腳避免發出聲響，點心大多是紅豆湯綠豆湯糕餅之類的，都是老師親手做的，芙蓉老師長得秀美，但沒有結婚，聽大人說老師的未婚夫多年前車禍去世，老師就單身至今。學生之中，老師最疼愛邱芷珊，邱芷珊甜美可愛、聰明伶俐，還沒有變壞。

林柏鈞心痛地想著過去，還沒變壞的邱芷珊，所謂的變壞，是指變得趾高氣昂、脾氣暴躁，變成一個他永遠猜不透的女生。

他遠望邱芷珊在鋼琴前面手指靈巧地起落，鋼琴聲清脆在屋裡蕩漾。邱芷珊的側臉、長髮垂落胸前、捲翹的睫毛，隨著音樂身體略微擺動著，非常輕微、連自己都可能沒有發覺那樣微細地擺動，使他的心情也款擺著。

他很喜歡從客廳座椅這邊望向裡頭擺放鋼琴的地方，因為隔著距離，他可以盡情欣賞也不會被人察覺，他喜歡這樣的時刻，目光追尋著音樂來源之處，木珠串成的垂簾將客廳分隔兩處，再往裡就是廚房了，老師住的透天厝一樓又高又深，內廳那邊光線較暗，他不好意思拿著點心走進內廳，總是安靜地在外頭的木椅上坐著，邱芷珊那時候好美，十歲的少年能想出關於美麗的形容詞實在太少了，他覺得那種美像是月光，以及月光下的曇花，對，邱芷珊像是曇花，像不久前爺爺才領著他在院子裡看到的，在所有人引頸期盼下乍然盛開的曇花，潔白、優美，開得那麼盛，彷彿一生只要開一次那樣盡情盛放。

絕對的潔白。

潔白，邱芷珊使他想起這兩個字，畫圖時老師會要他們仔細調色，潔白是一種極難調出的顏色，那與周遭的色澤有關，那是會反映、襯托出其他顏色的深淺、混濁或澄淨，像鏡子一樣的顏色。

他想起十歲時潔白的邱芷珊，再想起十七歲已經不那麼潔白的邱芷珊，不免想起，「成長是一種逐漸把自己弄髒的過程」這樣一句不知在哪裡讀到的話。認真細想，那是邱芷珊臉書上寫過的句子。她也感覺自己被弄髒了嗎？

他不懂邱芷珊為何喜歡他，難道真是為了十歲那一段相處的時光，或者是國二在數學補習班裡偶然短暫的同班？那是相處的後期了，在小小的海山鎮，他們總是會不期而遇，在相遇的地方，老師很自然地就會讓他們兩個成為群體裡的負責人，很自然地被安排坐在一起，極其自然地，彷彿他們是天生一對，有人在教室的課桌椅上寫著，林柏鈞愛邱芷珊，或者，邱芷珊愛林柏鈞，這些戲弄人的句子，他們也不去理會。補習班下課後，他們一起走路回家，那時他已經一七三公分，而邱芷珊一六二，並肩走著，看起來或許就像一對情侶，那時他們國中二年級。他先送邱芷珊回家，然後他才自己走路回家，這樣的日子大約進行了三個月。

有一天邱芷珊沒有去補習，聽說她母親去世了。

半年後他自己也因為父親去世，沒去補習了。

此後，在林柏鈞的意志下，他們就成了陌路，命運不再將他們安排於一處，便是偶有意外相遇的時刻，林柏鈞也盡可能別過頭去，不與她接近。

一切都是那場車禍造成的。

他因為父親突然車禍身亡，不得不跟母親搬回老家，林柏鈞成為了被強迫長大的孩子，父親的車禍肇事者，正是邱芷珊繼母的弟弟劉正威，嚴格說來與邱芷珊也沒有太大的關係，但因為當時有傳言說劉正威酒後駕駛，卻因邱大山的關說，警方刪除了酒駕的證據，只判了緩刑三年的輕罰，當時的酒測紀錄已不可尋，訊問當時相關的警員也都說劉正威駕駛酒測值正常，林柏鈞的母親不放棄地一再申訴，纏訟許久，最後依然維持原判。母親為此事傷心傷身，時常在夜裡哭號，在林柏鈞看來，邱大山一家無疑是他們家的仇人，也是在那時候，從母親的哭泣與抱怨中得知，他的曾祖父年輕時突然被捕，關了十年，有鄰里傳聞是被邱家曾祖舉報才入獄，而且曾祖坐牢後，林家的家產也被邱家曾祖父侵吞，他們兩家人的恩怨糾纏成結，怎麼可能化解？他知道自己再也不可能與邱芷珊親近了。

就在考上高中，被分配到同一班的時候，兩個人還是不太來往，直到一次準備科展的分組活動，他們倆又被分在一組，那段時間，在化學課的實驗教室裡，比鄰而坐，兩人都有些生疏了，只能客氣小心地交談，日復一日相處，又漸漸熟悉了起來，在搬弄那些燒杯燒瓶，與冒著煙的化學物質的動作中，兩人專心觀察燒杯裡的變化，頭幾乎碰到了一起，邱芷珊已經長成一個真正的美少女了，她穿著訂製的制服，高筒襪黑皮鞋，頭髮紮成馬尾，露出光亮的額頭，她聞起來好香。

某種香味將他的記憶帶到了從前，芙蓉老師家的院子裡開著茉莉花，他們都會去摘來玩，老師將花瓣曬乾，用來泡茶，加上一點糖，喝起來又香又甜。邱芷珊的味道類似於那茉莉香茶，但更複雜些。

科展籌備期間，他們互動頻繁，回家後，邱芷珊時常傳訊息給他，看似在討論實驗內容，但更多時候，邱芷珊都在回憶年少往事，她說了很多母親生前的事，語氣忽而歡愉、忽而悲傷，那段日子，林柏鈞只是接收訊息，偶而簡短回應，那些關於「人為什麼會死？」「媽媽為什麼要自殺？」「是不是我害了她？」的問題他無法回答，只能靜靜陪伴。

有一次邱芷珊睡前打電話來，她說：「我剛吃藥了，阿威叔叔給我的藥，他說吃了就會變快樂，但是沒有，快樂之後會陷入很可怕的悲哀，深得像無底洞一樣的悲傷快把我吞噬了。我一個人好害怕。」林柏鈞只好在深夜裡騎著單車去邱芷珊家，邱芷珊在門口等候，她臉上表情恍惚，「你不舒服嗎？需不需要去看醫生？」林柏鈞問她，她臉上一顆一顆眼淚珠串似地落下來，她說：「我爸媽他們帶著弟弟妹妹出國了，沒有帶我去。」

他不知該怎麼辦，他知道邱芷珊母親早逝，卻是最近才知道她母親死於自殺。而且這件事邱家人要求保密，關於邱芷珊生母的所有話題都不許提及。

「我知道小媽恨我。我爸爸不愛我。」「沒有人愛我。」她像說夢話一樣，喃喃自語，說完就在門前走廊坐下，林柏鈞只能陪她坐，邱芷珊一直在哭，哭累了就靠著他的肩膀，安靜地睡著了，他不敢動彈，兩個人就這樣坐了幾個小時。

那天之後，有好幾個夜晚，林柏鈞的手機響了又響，他不敢去接，他知道是邱芷珊打來的。而後邱芷珊傳訊息來，他也不敢回覆，他知道她會說什麼，而那些話都是他害怕的事。

活動結束那天，他們倆從展場將實驗道具搬回化學教室，途中經過大操場，邱芷珊突然停下腳步，表情鄭重地對他說：「林柏鈞，我喜歡你。」說完她望著他，沒有一點害羞的樣子，反倒是一臉要他表態的嚴肅，林柏鈞沒說話。「我們快點回去吧，上課要遲到了。」他說。

「在畫圖班的時候你總是偷看我彈鋼琴。」邱芷珊不死心地說。

「我們那時候還小。」林柏鈞因為祕密被發現而感到羞慚。

「那我們現在長大了。」邱芷珊說。

「長大了更不可以來往。」林柏鈞篤定地說。

「如果你不喜歡我，那天晚上你為什麼要來找我？我把心都託付給你了。」邱芷珊大叫。

林柏鈞沒有回答，他回答不了，只能自己扛起實驗用品，默默往前走。

那天之後，他不再跟邱芷珊說話。邱芷珊也沒有再傳訊息給他。他以為事情就此結束。

林柏鈞從往事的追想中回神，洗了碗筷，做最後的收拾，等會他要到街上去採買爺爺交代的物品，準備晚上的營業。

單車在街上晃蕩，他眼見如今的海山小鎮，人口外移嚴重，各種工廠大多移出，只剩下幾家仍在營業，即使是觀光季節，遊客只是集中在海水浴場與快樂農場那邊，對鎮上居民生計影響不大，小鎮多為農業人口，魚源缺乏，漁民已經幾乎都捕不到魚了。

小鎮生活機能很好，像他騎個腳踏車上街，主街上的商店採買民生用品，公有市場選購蔬菜魚肉，一下子就什麼都買齊了，海山鎮範圍很廣，大多是山區，主要人口還是密布在平原處，山區的部分他去過小鐘山看桐花，也去參觀過修建後的神社，還曾到神泉去取水。他參加過學校舉辦的小鐘山一日遊，對於生養他的小鎮，好像習以為常了，沒有特別要參觀的必要。

隔壁的老鎮長阿公說，他曾經多次騎著腳踏車跑遍全鎮，還畫了詳細的地圖，「海山鎮真的是個好地方。不管做什麼行業，都不會餓死。路上一個乞丐也沒有。」

林柏鈞覺得老鎮長說的一半對，另一半錯。海山是個好地方，但他知道的海山雖然沒人餓死，卻有找不到工作，必須離開家鄉出去覓職的人，想要近一點的就去觀光業發達的南灣鎮打工，晚上還可以回家過夜，遠一點的，就到竹縣工業區、甚至台北城發展，一週回來一次，把孩子都交給老人照顧，有些人不想舟車勞頓，就舉家搬遷了。尤其是海邊的小漁村，只剩下老人小孩，他時常騎摩托車帶狗狗阿福去漁村，他喜歡坐在海邊吹風，看阿福跑來跑去，對著海浪吠叫。

想著這些事，林柏鈞總覺得自己將來也要離開海山，去闖蕩一番事業，但轉念又想起家人對他的期許，或許還是希望他接下餐廳的工作吧。畢竟這家餐廳，象徵著曾祖父坐牢時，家裡經歷過的苦難與悲傷，也代表了他們林家人不畏苦難、努力向上，終於改善了家境，建立起自己家業的精神。餐廳是一定要有傳人的，不是他，還會是誰呢？

想起曾祖父就會想起邱芷珊家與他們纏結不清的恩恩怨怨。

唉。

有時他覺得自己家族的故事，包括曾祖父無辜入獄被關了十年，以及父親車禍慘死，都很像是別人的故事，於他自身並不真切。他或許刻意把悲傷的記憶抹去了，他自己的版本裡，還停留在那天早晨父親從家門整裝出發，歡喜地跟他說，「柏鈞，週六我們去海邊釣魚。」父親說完話，母親送上包好的飯盒，父親開朗地說：「我去上班了。」就像往常每一天。那是如何思考也想不出壞預兆的一天，父親如常出門，就再也無法回家。

就如同阿公說起曾祖父的入獄當天，也是這樣的情景，曾祖父一早出去上班，就從公司被軍人抓走了。

想到這些，再想起邱芷珊說喜歡他，逼問他喜不喜歡她，林柏鈞內心顫抖，不能回答，他甚至無法對邱芷珊說明，他不能接受她是因為兩家的恩怨。他不能也不敢去碰觸自己內心最深處的情感，他要抹殺任何一點點喜歡她的可能，喜歡上仇家的孩子，他將無法原諒自己。

## 04 小鎮警察　汪東城

汪東城開車從鎮中心前往小鐘山，正是起霧的時刻，這是小鎮尋常景象，薄霧在稻田綿延的小路間緩緩升起，瀰漫了整個空間，汪東城車行穿過田間道路，彎進山路，漸次往上，路邊盡是樟樹與油桐花，桐花季剛過，地上還有點點白花，樟樹子也掉落滿地，打開車窗，空氣中瀰漫樟樹子被車輪輾破散發的香氣，僅容兩輛車交會的山路，蜿蜒得如同河流，路上沒有其他來車，彷彿這條路僅屬於他自己，是他的朝聖之路。

小鐘山算是矮山，遠看山形彷彿一座古鐘，在雲霧間卻猶若高山，每回開車上山，短短二十分鐘車程，汪東城總會感覺自己真是住在一個美麗之境。他今天上山查案，順道去拜訪父親生前的好友，阿忠伯已近九十，他得空總會帶食物家用品上去看他，妻子去世後，單身獨居的阿忠伯仍執意住在山上，看守著早已成為廢墟的無名小山寺，汪東城變成他的看守者，定期上山去看阿忠伯，再開往鎮界的靈雲寺祭拜父親，是他忙碌的警界生活裡少有的假期，父親去世已第十年，在靈雲寺埋葬的另有十二名死者，他們不分老少皆死於十年前一場大火，汪東城也會一起祭奠他們。

天氣晴好的日子，汪東城上山來，常會在阿忠伯家附近的山路拐彎處停車，鎮公所在這裡蓋了一座觀景台，他就站在圍欄邊抽菸，此處是俯瞰海山鎮最佳地點，視野寬闊可以三百六十度全景眺望整個海山，貫穿全鎮的山脈，以及沿著西邊的海岸，海山就是這樣被山海包圍著的小鎮，近處是一片一片的稻田，矮矮的房舍，遠處是發電廠的煙囪，更遠處有海，他菸癮不重，這抽菸遠望的習慣是來自他父親，小時候搭父親的車四處轉，父親也會在某個高處停車，吸一支菸，安靜凝望他的故鄉。他好奇父親在看什麼，卻從沒開口問過。因為父親那威嚴與鄭重的神情，使他不敢輕易開口。

成年之後他或許理解了父親在此停駐觀看的理由。

汪東城想起他第一次來到小鎮的時候，從城市回到故鄉，一切都是新奇。那年他五歲，擔任派出所警察的父親從大城市轉回故鄉海山小鎮，這個人口不到三萬，分布在廣闊的山地與平原間的小鎮，除了市區人口稍微稠密，其他處大多是農地或山林，地廣人稀，這兒的房屋幾乎都是透天厝或三合院，少見所謂的公寓大樓。遠望海山小鎮，那些黝綠的田野間散落幾間屋子，市區的道路整齊，彷彿在一大片層次不同的綠之中，放進一個棋盤，模型般整齊擺放著一排一排房屋，父親生前擔任派出所副所長，工作到倒下為止，小鎮裡警務並不忙碌，但父親什麼事都要管，海山鎮大大小小的糾紛都會找上他，他又與當時的鎮長相熟，感覺幾乎就是他們倆管理著這小小的濱海山城。老鎮長退休後依然喜歡騎著腳踏車四處去巡視，而汪東城的父親會在休憩時間從高處遠望小鎮，那是一種巡視、探望、觀察，以及一種為何自己身在此處的複雜感覺，這是個讓人想逃離，卻又讓人渴望回歸的地方。父親離開了十年，而他自己自國中後離開了十年，最終他們都回鄉了，想來他終究也會跟父親一樣埋骨於此。

父親於壯年五十一歲時死於心肌梗塞，祖父也在五十五歲即過世，使得汪東城認定自己必然會猝死，結婚前就告訴自己的妻子家族病史，妻子柔情對他說：「你會活到很老的。」如今他已經結婚生子，卻仍有不安之感，再給我一點時間。「再給我一點時間，讓我找到那個女孩。」他心中偶然會浮現這句話，也不知是向誰祈求。

聽見一點風吹草動，汪東城就開著巡邏車四處去找，邱芷珊失蹤以來這幾個月他就是這樣過日子，每天都是杯弓蛇影。今天的線報指向小鐘山那邊的別墅區，是神水社的所在，有登山客撿到寫有「救救我，我被關在神水社已經半年了」的紙條，也不知道那紙條何時寫的，所寫的人是誰，但因為議員之女邱芷珊失蹤案，任何線索都必須詳查。邱芷珊失蹤三個月，與紙條描述內容不符，但只要有一點可能是她，汪東城就得去查。他將車開向神水社，但心裡知道那不是他進得去的地方，既是私人產業，又是宗教社團，好幾個縣議員、立委、正副縣長都是神社的信徒，一層又一層的保護，讓占據山頭的神水社成了海山最神祕的地方，民宿業者甚至想出「靈療假期」的套裝行程。荒廢許久的海水浴場又開放了，原本快倒閉的快樂農場也重新牧牛養羊，新闢的露營區更是炙手可熱。新任鎮長上任三年大手筆幫鎮上十五家民宿業者進行裝修，休耕期在田野裡發放三色堇種子，於是海山開始有了採花節、桐花雪、螢火蟲節，搞得熱熱鬧鬧的，就連以往冬天霧濛濛的海山，也有人來賞霧探險，但只要一進入十一月，遊客全走光，大雨不停，海山又回到原本的樣子了，灰濛濛溼答答的日子，海山人依然心情平靜，進入一種水淋淋的慢速生活期，好不容易挨過冬天，今年春天特別熱鬧，選戰開始了，進入夏天，更是達到最高峰，就在這時候，富家千金邱芷珊失蹤了。想到失蹤二字，汪東城總覺得不真切，雖然海山也不是沒有出過失蹤案，但這麼多年也就幾個小孩走丟，都找回來了，邱芷珊卻至今沒下落。

邱芷珊是曾任海山鎮民代表、現任縣議員邱大山的大女兒，邱大山家族在海山勢力龐大，親族中有人曾任立委與國代，家族除了大片房地產，還經營大型養雞場、肉品加工廠，也做冷凍肉品進出口，是中部知名的肉品商。邱芷珊為邱大山第一任妻子所生，前妻已經過世，第二任妻子與他另育有一兒一女。邱芷珊面容姣好，就讀海山高中二年級，每日由司機接送上下學，在三個月前的某個週日全家起床吃早餐時發現邱芷珊不在房內，家人當天就報案，警方也隨即開始追查，期間只有邱芷珊於失蹤隔天從台北傳回來的簡訊，訊息分別傳給她姑姑與她的同學，之後就再無任何邱芷珊的消息。

警方鎖定當天參加邱芷珊生日派對的所有人員。事發當日，有目擊者指稱邱芷珊的男性友人邱家駒在派對上曾與她發生爭執，經訊問邱家駒，他坦承當晚確實曾與邱芷珊發生爭執，所以他提早離開生日派對，邱家駒母親證實他當天十一點回家後不曾出門。邱家駒在警方訊問後飭回，警方共訊問了二十八名參與派對者，除了喝酒鬧事，沒有確實可用的消息。舉辦派對的別墅當晚所有監視錄影設備全都被關掉，沒有留下任何錄影可供檢視。據參與派對的陳翰天同學說，是邱芷珊要求他們幾個把監視錄影設備關閉，其他人供詞亦大致相同。

警方訊問邱芷珊身邊親友、學校老師與小鎮鄰居，了解到邱芷珊的生日派對在小鐘山的別墅進行，父母當天沒有出席，而是由音響公司的人負責派對安排。

根據當天參與派對的朋友證詞，派對在晚上十二點結束，但結束前就已經沒看到邱芷珊，有人以為她跟男友先走了，也有人以為她與女性友人先離場，因為大家喝得很醉、玩得很嗨，誰先走誰後走都不清楚，邱芷珊一向任性，當天也有一些情緒化的舉動，大家也沒敢多問。那晚的派對是海山鎮罕見的大事，參與者除了邱芷珊的同學，也有些臉書朋友是大學生。別墅位於山區，離市區有一段距離，依然吸引二十幾個人參加，活動結束後參加者大多由父母或朋友開車接下山，有些孩子喝得很醉，父母多有抱怨，但即使有抱怨，因為邱芷珊的父親是議員，孩子們也是自願去的，沒有人舉報任何不法。事後邱芷珊失蹤了，大家更不想追究。

邱芷珊的父母宣稱當天他們與兩名子女另有活動所以沒有出席，回家後因為疲累也沒有查看邱芷珊是否回家。

邱芷珊的女性友人馮愛麗說，邱芷珊當天情緒不佳，先後與男性友人邱家駒、林柏鈞都曾發生爭執，馮愛麗在十一點鐘被家人接走，之後就沒看到邱芷珊了。

「芷珊最討厭辦完活動人去樓空的樣子，所以不管什麼聚會她都會先離開，我們都習慣了。」馮愛麗說。

苗縣刑警隊帶回邱芷珊的桌上電腦、行事曆、日記本等各種資料文件，企圖找出她生前所有來往對象。

案子發生第一週，因為邱芷珊身為縣議員女兒的身分，成為全台最火熱的新聞，但因遲遲沒有勒贖電話，苗縣警方清查各道路監視系統、清查車站、旅館、廢棄空屋、醫院、公園，也曾發動人力大規模搜索海山鎮山區與海邊，都沒有發現邱芷珊的蹤影，也沒有提款卡紀錄。台北市刑大亦協助清查西門町周邊旅館、民宿、公園、車站、網咖，並無邱芷珊行蹤。警方因在台北未查出邱芷珊落腳的線索，推測邱芷珊或許沒有離開海山鎮，但苗縣警方在海山徹查許久，也一無所獲。

事發第二週，邱大山公告懸賞五十萬元，凡提供情報因而尋獲者皆有獎賞，一時間警方接獲大量訊息，報案電話不斷，但逐一清查後，大多是虛報的假消息，依然無法找到邱芷珊的下落。

邱芷珊已被列入失蹤人口，邱家也持續發布尋人啟事，因此上過幾次電視，有一段時間，邱芷珊的照片傳得到處都是，臉書與網路上亦有人公布許多邱芷珊的生活照與臉書貼文，造成不小的風波。「海山千金人間蒸發？」「誰帶走了她？」「那個消失的女孩？」報紙雜誌發布了幾篇文章，內容提及青少年失蹤案近年來有上升的跡象，這些新聞在幾個月後逐漸淡出媒體，但這件事依然在海山人心裡震盪。邱芷珊失蹤案，是海山人心裡的痛，這件事就像陰影籠罩著海山小鎮，讓身處這個平凡安靜小鎮的居民感到不安，又說不出那種不安源自何處，所以即使不歸汪東城管轄，他依然抽空調查。大家都說邱芷珊已經被遺忘，可是汪東城知道，大家沒有遺忘，只是不提而已。

邱芷珊失蹤案不歸汪東城任職的城中派出所管轄，但案子已經漸漸沉入水底，沒有動靜，他感覺自己必須追查下去，即使大家都說邱芷珊若不是死了就是遠遠離開海山，正如所有年輕人想要的那樣，「離開故鄉」是成年的一個儀式。

汪東城沒有離開故鄉，有過離開的念頭，但沒有真正去做，除了幾年在外地讀書受訓，他知道自己總會回到家鄉的。他生於海山、長於海山，就生在城之東，父親是海山的警察，他長大也當警察。他從台北警校畢業，派回故鄉服務，海山有兩處派出所，他在城中派出所當值，所裡就四個人，所長、副所長（汪東城）、以及兩名組員。海山治安極好，要處理的大多是些小糾紛，這是個閒差，但忙起來也是不得了，鎮民什麼小事都要找警察，捕蜂、抓蛇、尋妻、找狗，最麻煩的就是摩托車被遊客偷走，跨越縣市就很難找。小鎮大家幾乎都認識，大小事警察也都樂於幫忙，家裡失竊的事件不多，倒是一些老想往外地跑的年輕人翹家，父母急忙著找回去的不少，說是翹家其實也跑不遠，都是到附近城市裡打打零工，要找孩子就是到大家口耳相傳的那幾家網咖，一找就著。海山人個性散漫慣了，熱呼呼的夏天，大家都去海邊玩水，到了秋天去山上採果子，冬天雨季就都窩家裡看電視，春天是最活躍的季節，海山人才像真的活起來了，紛紛出來騎單車、健走，參與各種民俗活動。春天節慶也多，老海山人會笑說，海山只有一個季節，就是春天，春天海山香，三季樂逍遙。把春天過好了，其他日子就沒問題，但春天過去，卻在夏天把一個女孩蒸發不見，去哪找呢？

挫折啊。

警車停在神水社的大門口就被攔下了，跟出來接應的管家溝通半天也沒用，影印的紙條拿出來，管家笑說：「所長啊，這種紙條誰都會寫，外面的人很多想找麻煩啊！」

「我是副所長。我還是第一次收到這種紙條。」汪東城連忙更正。

「所長，你是第一次收到，我可不是啊！那些屁孩多少人想來神水社夜遊都被我們擋下了，這仇恨結得可深啊，還有那些號稱販賣正牌神水的山泉業者也很眼紅啊，您不知道我們要對抗多少人。」管家還在抱怨的時候，有個白衣女人出來了。

一襲白色合身衣褲，合身卻又輕飄，款款而來的身影，那人一定是神水社的龍小姐，她那全身雪白的模樣，時常出現在與神水社相關的刊物與報導裡。汪東城在鎮長的就任典禮上看過她，雖然有年紀了，還是頗有風韻，但只要把臉一沉，連男人看了也會膽戰啊，那種威嚴，氣場之強大夠嚇人的，汪東城現在面對的就是臉色沉著的龍小姐。

汪東城在路旁停車，下車與龍小姐說話，沒有人想要放行的意思。

「所長，你也知道這裡是私人產業，不可因為路人一張紙條就讓您進來檢查。我們社裡每天進出人數都有紀錄，我可以拿登記簿給你看。」

「我不是所長，我是副所長。」汪東城口乾舌燥，「那麻煩給我看你們所有信徒的紀錄，以及這兩個月的出入登記。監視器紀錄也請調給我。」

「所長，您這就太強人所難了。」龍小姐微微一笑，「社長說改天約您喝茶，到時候再談可好？」

「我隨時可以啊。」汪東城想到可以進入神水社心情立刻安定了下來。

「那麼下週二我們約在縣長服務處見面。」龍小姐說，遞給他一張名片。不顧汪東城的疑問，飄然而去。

## 05 海山高中學生　馮愛麗

過完暑假馮愛麗就升高三了，畢業後要去考大學，以她的成績，考上國立大學幾乎不可能，但勉強要有個私立大學讀還是可以。日前她剛過完十七歲生日，她的生日平淡無奇，爸媽在麵包店買個十吋蛋糕全家人吃就算過生日了，學校有個習慣是壽星會發糖果給大家吃，但因為邱芷珊失蹤，大家都沒心情慶生了。

三個多月了，馮愛麗每天數算日子，正確算來芷珊失蹤已經九十九天，從芷珊生日派對那天之後，就再也沒見過她，這種感覺非常奇怪，是十七歲的她從來沒經歷過的。自從讀了海山高中之後，她幾乎每天都會看見邱芷珊，連放假的日子，有時她們也會見面，放長假的日子，愛麗也會去芷珊他們在街上的老家，在二樓芷珊的房間裡，跟她一起做功課。高一時邱家幫芷珊請過數學家教，馮愛麗也一起去上課了，很多人都說她們像雙胞胎一樣，看見一個，就會看見另一個。不過馮愛麗知道自己比較像是書僮或小丫鬟吧，是自己成天跟在邱芷珊身旁，她也甘心這樣。她們國中就是同學，以前還不怎麼熟，馮愛麗剛到海山高中的時候，被幾個外地來的學生欺負，是邱芷珊幫她解了圍，從那時起，膽小的她，就一直被邱芷珊保護著。

算起來，馮愛麗的媽媽是邱芷珊爸爸那邊的親戚，有點遠，仍也是有關係，但她不知道邱芷珊是不是因為這個理由才幫她的。從那次之後，她們就變成了朋友，每天早上她都會騎腳踏車到邱芷珊家，搭他們的車一起上學。那真是作夢一樣的情節，穿著白色制服的司機，寬敞舒適的賓士車，芷珊的制服永遠燙得筆挺，每次她們走下車，都會受到同學的注目，但芷珊後來都不願意司機把車停在校門口，而是停在側門，她們倆走五分鐘的路一起過去。邱芷珊比馮愛麗高快一個頭，才國中她就長到一六二了，上了高中就一六五公分，馮愛麗則到了一五六就不再長高了。

上學時，邱芷珊都會梳一個很高的馬尾，露出她光潔的額頭、圓圓的後腦勺，她的頭形好漂亮，瓜子臉，大大的眼睛，挺直的鼻子，嘟嘟的嘴巴，皮膚白裡透紅，無論正面看側面看，都好漂亮。芷珊走路總是把頭抬得高高的，看起來似乎很驕傲，不太熟悉的人也會認為她很驕傲，她長得美，家裡又有錢，爸爸是縣議員，多才多藝，可以說一個少女能夠擁有的東西她全都擁有了。

但是邱芷珊沒有媽媽，或者該說，她有兩個媽媽，但親生的媽媽死了，繼任的小媽不喜歡她。這是她人生唯一的缺憾。

想到這些事，馮愛麗會覺得自己其實跟邱芷珊根本不熟，因為芷珊並不常跟她抱怨小媽，連自己親生媽媽死掉的事，也沒有對馮愛麗親口說過，這些都是她聽她媽媽說的，謠言居多吧，但馮愛麗見過邱芷珊的小媽，要說驕傲，小媽才是真正眼睛長在頭頂上的人啊，光是她的眼光掃過你一眼，都會讓人感到疼痛。

芷珊的座位還是空空的，導師曾經想過要把她的座椅拿走，想想又作罷，是怕得罪人吧。

其實放一張空椅子在那兒讓人更難過，但把椅子拿走，是不是代表邱芷珊就回不來了？

以前她們總是三個人一起吃飯，邱芷珊、馮愛麗、周宇婕。芷珊失蹤後，剩下她們兩個人相處時氣氛很怪，提起邱芷珊太傷心，不提又太無情，漸漸就散了。馮愛麗開始跟坐在她旁邊的孟曉華一起上下課，但孟曉華總是呆呆的，只是彼此有個伴吧，她們依然搭交通車上學，到公車站後，各自騎腳踏車回家。

馮愛麗想起邱芷珊還在學校的時候，每天都會發生好多事。邱芷珊參加比賽她去幫忙加油，隔壁班的男生來送禮物，芷珊跟學校老師爭吵，或者跟其他同學吵架，好事壞事都有，只要跟邱芷珊有關，小事也會變大事。校園裡的各種活動都少不了她，她很會唱歌，演講比賽也總是拿獎，她脾氣不好，但是頭腦很聰明，很多人怕她，也很多人迷她，老師的話，有一半喜歡她，另一半討厭她，但不管喜歡她或討厭她，誰也不敢把她怎樣。

她好像什麼都不怕，髮型每個月都變換，遊走在校規範圍邊緣，她的制服是訂做的，特別合身，露出半截大腿與小腿，連馮愛麗都覺得好美。她走路時總是半仰著頭，誰都不看一眼，但她會餵校園的流浪狗，蹲得低低地，細心幫牠們塗抹除蚤粉。

馮愛麗喜歡邱芷珊，但她不確定邱芷珊喜不喜歡她，因為好惡分明的邱芷珊沒有對她表現過好惡，只是去哪兒都會叫上她，她就跟去了。

邱芷珊唯一的弱點就是看電影會哭，她哭點真的好低，馮愛麗覺得不可思議，所以男生約她她都不去，看電影的話只帶著馮愛麗，這點馮愛麗覺得很光榮，她脆弱的一面只給自己看見，這應該是喜歡自己的證明。

然而邱芷珊不辭而別，離開海山鎮，事前卻連一點訊息也沒對她透露過，她覺得很傷心。所以馮愛麗總覺得邱芷珊不是失蹤，而是出事了，從一開始她就這樣對警察說，對邱爸爸也這麼說，但大人總是不相信她。

最後一次見到邱芷珊那晚，派對七點開始，先是主持人表演魔術，然後小丑出場，接著就是樂隊演唱，最後是ＤＪ播放音樂，主要流程都沒問題，但大約十點之後，很多事馮愛麗就沒印象了。那晚的時間是不連貫的，有很多空白與碎片，這是她生平第一次有過這樣的經歷，而且是越努力回想，記憶就越模糊，好像時間會把那些記憶偷走似地，她感覺恐怖，那晚在別墅裡發生了什麼事，或許自己看見了，卻渾然不知，想到這裡，她就全身發抖。

## 06　海山高中學生　邱家駒（綽號：小馬）

每天晚上睡覺以前，他都會整理手機跟相機裡的照片，存到電腦裡，並且在電腦裡進行修圖。他移動著滑鼠，點選照片，存檔，如此重複的動作操作幾百次。這批照片裡的景色是稻田收割後捲成團的稻梗，遠處的山、寬闊的稻田、一卷一卷曬乾的稻梗，邱芷珊穿著白色衣裙的身影變得極小，像一抹淡淡的影子。他不斷調整照片的色調，現在這些修圖軟體可以製造好多效果，芷珊說這些照片有梵谷的風格，後來他特別去查過梵谷是誰，印象派畫家，芷珊說的是著名《麥田群鴉》那幅畫，有一陣子邱家駒就喜歡拍這樣的風格，印象派，聽起來就很酷，邱芷珊喜歡的他也都喜歡。

下一批照片，田地裡開滿了三色堇，很近的鏡頭，把遠景的房舍與花朵都模糊掉，邱芷珊低垂著眼睛，坐在田埂邊，一身輕鬆的襯衫牛仔褲，帥氣英挺，她沒留神要拍照，只顧著逗弄他們家的小狗，就留下了她溫柔的神色。這張照片他很喜歡，很少人見過芷珊這一面，他不但見過，還記錄下來了。

山邊、海濱、田野、荒地，不分四季，他電腦裡幾千張照片都是邱芷珊以及海山鎮的風景。其實他們大多是三四個人出去的，但他幾乎只拍邱芷珊，其他女孩們會玩自拍，有美肌軟體修圖換濾鏡，拍起來還更漂亮。沒人抗議他只拍邱芷珊的事，有邱芷珊在的地方，旁人會自動退成背景，不管心裡願不願意，都不能不服氣。

最早他要說服邱芷珊讓他拍照時，他總是說，美好的事物就要給更多人欣賞。但他私心並不真是這樣想，從十六歲拍到十七歲，他本意是想記錄下邱芷珊成長的過程，就像他年年去拍小鐘山的樹，看似相同卻又年年不同，說他是記錄狂也好，他不覺得自己想當攝影家，相機只是他延伸而出的眼睛，是可以記錄下來、不會忘懷的一雙眼。

沒想到在芷珊失蹤後，這些照片成為最寶貴也最棘手的存在。

那麼多照片，那麼多種神態、姿勢、表情的邱芷珊，他能否從其中辨認出失蹤之前的邱芷珊心中所思所想，能否以這些過去的軌跡，想像出邱芷珊現今的所在？

他洗出了將近一百張照片，仔細排列在床鋪上，他遠看、近看，橫著看，豎著看，看不見的答案還是看不見。

他不是那種愛運動的男生，跑步打球他都不喜歡，又擔心顯得不夠有男子氣概，他每天都會在睡前做伏地挺身和仰臥起坐，床邊的啞鈴也是每天練習，身材練得挺壯的。因為個頭不算高，一七〇，跟邱芷珊只差那麼一點點，真恐怖，或許邱芷珊高中畢業就比他高了，那怎麼得了，想到這裡他又起身去泡了杯牛奶，也不知道有沒有效？

他出生在海山，成長在海山，沒離開過這個小鎮，家裡以前是開小型加工廠的，後來父母把工廠遷移到大陸去，就只剩下他跟爺爺奶奶以及二叔二嬸，二叔他們沒生小孩，所以很疼愛他。

頭幾年父親賺了不少錢，把家裡重新改建了，後來聽說生意不好做，把工廠頂給大公司，去人家的廠子當主管，收入穩定，但回家次數少了。爺爺年老，二叔總是跟父親計較，說也該他們回來盡孝，父親說房子都是他蓋的，不能出力也有出錢，雙方僵持不下，後來二叔夫妻就搬走了。

大大的房子裡只剩下他跟爺爺奶奶，老人家照顧自己都吃力，很少理會他，後來父親找了外籍看護莉亞幫忙，家裡總算有點溫度了。邱家駒跟這個菲律賓籍的看護莉亞頗有話講，因為可以練習英文，莉亞在菲律賓有老公和小孩，每天都會跟他們視訊，比起來，邱家駒的父母對家裡真算是不聞不問了，就是匯錢回來，每年回來兩次。父母不在，爺爺奶奶都老，他也樂得輕鬆，就占據了二叔他們的大房間，把浴室改裝成暗房，屋裡掛滿邱芷珊的照片，爺爺看見了，還以為他在追星。

追星？差不多吧，邱芷珊就是這麼漂亮，他鏡頭底下展現出來的芷珊就跟明星一樣。

會不會也是因為這樣，才有人把她擄走了？

那天他從山上的派對離開，以為林柏鈞會送邱芷珊回家，或者至少也有家裡的司機會去接她，但結果都沒有。那麼遠的山路，她要怎麼回家？難道她搭了陌生人的便車？不可能啊，邱芷珊不是那種隨便上人家車子的人，那到底為什麼，派對結束，沒有任何人送她回去？學校多少男生想追她，最後卻讓她落單了？

他最不能諒解的，還是那個林柏鈞，因為他出來攪局，所以自己才黯然離開，沒想到這個孬種，把芷珊扔下，自己就跑回家了。

另一件奇怪的事是，邱家的司機平日裡接送多勤快，為什麼偏偏需要他的時候他不在？邱議員兩夫妻也真想得開，十七歲的女兒在別墅辦派對，竟然也不聞不問，連孩子回家了沒都不知道？

一切都非常詭異。每件事都出了差錯，像是有誰安排好了那麼怪。所以一場盛大的派對之後，主角不見了，卻沒人發現。

但最該要責怪的，還是怪他自己，為什麼不留到最後？他經常守著她，為什麼那晚就不肯堅持，芷珊要他走，他就不能厚著臉皮待下來嗎？或許是他累了吧，他也有自尊心，他眼巴巴送上禮物，邱芷珊卻吵吵鬧鬧說要見林柏鈞？他一氣之下就走了。其實那晚他也沒睡好，賭氣似地也沒打電話傳訊息問問邱芷珊回家沒，他怪邱議員冷漠，自己不也是重視自尊更甚於愛情嗎？

想到愛情兩個字，他心跳得好急。怎麼可能？但他對她的那份心，確實是一種愛慕，是很深很深的牽掛。很深很深，到現在他才知道自己有多喜歡她，沒有她的生活，多麼空洞無趣。

旁人總以為他是邱芷珊的男朋友，他知道自己不是，但也無意去澄清，做個有名無實的男朋友如果可以保護她，那又有什麼不好。芷珊願意讓他拍那麼多照片，讓他帶著上山下海去了那麼多地方，他已經覺得很幸福了，但他知道芷珊只是把他當成哥哥或哥們，只是因為他跟邱芷珊算是遠房堂親吧，是邱家的大人可以接受的男性友人，所以他才能出現在她身邊。雖然大多數的時候總是有馮愛麗跟著，但這些都不重要，芷珊對他說過許多事，他永遠也忘不了。

她說她想離開海山，卻又不想離開阿公。她說她應該要快樂，卻又不真的快樂。她說世界上她最喜歡的地方是海山鎮，但讓她最害怕的地方也是這裡。她說小馬我們一起離開海山吧，你去當攝影師，我要當模特兒，我們應該去台北，或者什麼我爸爸找不到的地方，有這樣的地方嗎？我可以不用當邱大山的女兒，但那樣的我，還會有人在乎、喜歡我嗎？邱家駒把頭點得都快掉地上了，「當然會啊，你不管是誰的女兒我都喜歡。」他大聲地說，坐在他腳踏車後座的邱芷珊沒聽見吧，她繼續呢喃著，我們去東京、紐約、巴黎，你覺得去哪裡好呢？腳踏車滑下斜坡，車速變得好快好快，邱芷珊突然大聲說，「邱家駒你願意為我死嗎？」邱家駒感到害怕，因為那時邱芷珊用力扳了他的車龍頭，幸好他及時穩住，才沒有摔車。車子歪歪斜斜發出恐怖的剎車聲，最後倒在草叢裡，幸好他們都沒有受傷，他趕緊爬起來，去看邱芷珊，她閉著眼睛，臉上都是眼淚。「我們誰都不要死好不好？」他伸手去拉她的手，邱芷珊一動也不動，只是不斷地流出眼淚。他感覺心都要碎掉了，很想用力抱著她，告訴她自己有多麼喜歡她，她是全世界最美麗的女孩，她是他每天願意起床去上課的動力，不管她是誰的女兒，他都喜歡她，她發脾氣也好，亂摔東西也好，對他大呼小叫也好，他都知道那不是她的本意。最後他也倒在草地上，天空好寬好藍，好像可以就這麼躺在這片草地上永遠不起來，海山明明就是個美麗的地方啊，為什麼邱芷珊不快樂，為什麼自己無論怎麼做，都無法使她快樂？

可惜邱芷珊從來沒有愛過他。甚至有沒有一點點喜歡他呢？他也不確定。

但倘若邱芷珊能順利回家，他想著，不愛我、不喜歡我也沒關係，回來就好了。只要你可以回來就好了。

## 07 神水社祕書　龍小姐

李靜君走進神水社大廳，寬敞挑高的建築，環顧四周，講台只擺設簡單的木製家具，所謂的講台，也只是地板以木頭架高做成平台，台上再放置一個蒲團，方便老師打坐，台下的信眾也都盤坐在分發的蒲團上。今天是每三個月一次的大型點靈會，台下坐了大約三十多人。

李靜君身穿白衣白褲，老師跟信眾也都身穿白衣，這是神水社的特色，眾人所穿的衣服都是李靜君親自設計，請師傅專門裁製的，正如其他設備一樣，服裝可免費租借，若想購買，一套服裝費用二千元，蒲團一千元，神水可從社裡特定的飲水機取用，若要購買則為一瓶五十元。因為各項設施大多為免費提供，不存在外界所謂的斂財之說，但確實大多數的信眾都會自行購買，唯一不是免費提供的，只有老師加持過的珠寶，這些珠寶做成各種手環、項鍊、配飾，只有特殊會員才能購買，各種蜜蠟天珠和玉飾，數量不多，雖說價錢隨喜，但因為數量稀少，且均為老師特別為有所需的會員訂製，各個會員付出的金額不同，但都以萬元起跳，曾有一位立委夫人購買罕見的天珠，捐贈的金額高達三十萬。

基本上想要不花一毛錢就來神水社修習是絕對可行的，但不管多貧窮的人，即使窮到必須來這裡吃免費提供的素齋，最後一定也會回頭來捐獻。周老師說，那是信徒的心意，心意不可推辭。

李靜君的座位在老師的左側，她是他的左右手啊！

李靜君在成立神水社之前，先在台北從事廣告公司的工作，後來進入電視公司擔任編劇，寫過一部收視率不錯的偶像劇，工作滿檔，結婚後流產了三次，經檢查發現罹患紅斑性狼瘡，很難再懷孕。病情嚴重時，她經歷小中風，一直都用大量藥物控制，因服用過多類固醇，身材都走樣了，在她養病的期間，不得不暫辭工作，隨後又發現先生外遇，對象已經懷孕，先生堅持要孩子，逼她離婚，她短時間內失去了所有，生命彷彿墜落到谷底，幾度想自殺，她妹妹成天守候著她，帶她到處求診，陪她去練氣功、做瑜珈，一點一點把她殘破的生命拼湊起來。

真正使她活下來的，除了妹妹的愛，是因為練瑜珈。她是在瑜珈老師那兒接觸了靜坐冥想，從最初每天都是哭著睡著，到後來專心去上瑜珈課，一開始筋骨僵硬總練不好，頻頻更換瑜珈教室，直到朋友介紹去上這位鍾老師的課程。鍾老師家的練習場小小的，只能容納七八個學員，她讓李靜君從基礎開始練習，動作看起來不難，卻都是瑜珈正位最重要的基礎。鍾老師那種融合了各個學派而自成一格的教學方式終於讓她開竅了，她一週去上四次課，無論是柔軟度或肌力都逐漸改善，感覺體能也漸漸地強健，發病次數減少了，她不敢奢求再度懷孕生子，只希望不要再有莫名的中風或更嚴重的病症。

李靜君在長輩的介紹下到一家專賣蜜蠟天珠的店鋪兼職，剩餘的時間努力修習瑜珈，因為想當瑜珈老師，她去上了兩百堂的密集師資班，經過兩年多的努力，終於考上教學證照。有一次她下了課跟鍾老師去吃飯，老師說想帶她去一位朋友家喝茶，她們搭上計程車，車開到新店的一處社區裡，停在一座小別墅前，鍾老師按了門鈴，一位年輕男子來開門，男子領她們走進庭院，進入客廳。那屋子外觀看來就像個民宅，屋內卻是個道場，李靜君嚇了一跳，因為自己修習的是佛教，那道場看起來卻像是道教，神龕裡供奉著玉皇大帝，兩旁還有媽祖、觀音、文殊菩薩，神像都是木雕原作，沒有太多塗漆裝飾，以一種隨興的方式擺放在長長的神龕上。

神龕前有跪席，客廳中央是一個打坐區，有很多蒲團擺放，幾名婦人正在打坐念經。

鍾老師領著她參拜，她們並不持香，只是徒手參拜，參拜完老師帶她往內屋走，到了一間休息室，鍾老師見她有些驚慌，安撫她說：「我已經先預約了，等會就可以見到神水老師。」

「神水老師？」李靜君納悶問，「是什麼意思？」

「神水老師叫做周清雲，我們都稱他周老師，老師會為你治病。我當初車禍受傷，全身十幾處骨折，本以為再也不能運動，連正常生活都無法進行了，是神水老師幫我靈療，讓我幾乎恢復到車禍前的身體狀態。練功加上瑜珈，以及持續地給老師治療，你看我現在是一尾活龍。」鍾老師說起自己與周老師的相遇。

認識以來，李靜君非常信任鍾老師，她也是這兩年半跟隨鍾老師練習瑜珈，學打坐，加上自己研讀佛經，才控制住病情，現在雖然還繼續吃藥，穩定到醫院治療，但再也沒有急性發作過。以前她真的不信什麼神人靈療，工作時認識的編劇朋友，很多人中年之後都去修行，有人信佛，有人學密宗，也有人改信基督教，各個都是性情大變，見了面就要跟她傳教，令人難以忍受。她只是為了不讓鍾老師失望，才忍住沒有離開。

等了大約二十分鐘，方才那個年輕男子出現了，帶領她們倆往裡面走，李靜君小心翼翼地跟隨，經過穿堂、廚房，打開後門，那是一個非常寬闊的後院，用雨庇加長的屋簷下，L型走廊一邊擺放著木作扶手椅與茶桌，另一邊是吧檯與櫥櫃，擺放著小型音響、咖啡壺、茶壺、整套煮茶煮咖啡的機器，離開走廊就是大約二十坪大的院子，院子也是花園，準確來說，簡直像一座森林。

李靜君發出驚嘆，鍾老師捏捏她的手，「很不可思議吧！我第一次來的時候簡直不敢相信這裡竟然是市區，感覺就像走進深山了。」

李靜君無法辨認所有的花草樹木，她已知的有大王椰子、桂花、百合、鐵樹、芭蕉、比人還高的海芋、許多大型的蕨類植物、高大的松樹、樟樹，以及幾種闊葉樹。各色花草是隨意栽種的，有些樹的樹幹上就掛著蘭花、鹿角蕨，以及各種寄生植物。地板上隨意散放著大小盆栽，光是蘭花就有多樣品種，也有茉莉花、九重葛、百合，以及許多人家陽台上會種的觀賞植物。有一些蝴蝶飛舞著，不知哪兒傳來鳥的鳴叫，感覺有很多種鳥在林間盤旋，但一時間也不知道鳥兒藏身何處。

「這裡是植物治療區。」鍾老師說，「這些都是植物孤兒，人家拿來寄放或棄養的，很奇妙吧，竟會有人棄養植物。其實都是病患家裡養不活的植物，拿來老師這裡治病，有些養好了就帶回去，有些就留下來，因為老師沒有計畫地種植它們，所以就成了這副種類繁多的光景。不過經過周老師的手，老師的手能治人，也能治植物，沒有養不活的。」

「沒有小鍾說的這麼誇張。」突然一個宏亮沉穩的聲音從身後傳來，李靜君趕緊回頭，一位穿白衣白褲的長髮男子走出來，身材高大，面如圓月，五官非常明朗的男子，強健的身體跟紅潤的臉龐，是有點年紀的人，但看不出究竟是四十或五十歲，想必就是所謂的神水老師。

「靜君是我的學生，姓李，以前在電視台工作。」鍾老師簡單介紹她，李靜君向周老師點頭：「周老師好。」周老師稍微欠身，問她：「喝咖啡還是喝茶，不喜歡咖啡因的話也可以喝香草茶。」周老師說話時，聲音渾厚，簡直像是有重低音，雖有年紀了，但面容燦亮，氣色紅潤，幾乎看不見皺紋，他的眼睛深長，鼻子挺直，嘴唇厚實，神情不怒自威，但只要微笑起來，眼睛瞇瞇的，卻顯得很慈祥，那是一張有諸多神情的臉。「咖啡跟茶我都可以，也想試試香草茶。」李靜君說。

「那我們各種都喝一點吧。春樹，先去煮咖啡。」周老師說道。那個年輕男孩立刻走進吧檯，熟練地開始磨豆子。「大家都說修行人不宜喝刺激性飲料，不過我們這裡不是道場，想喝什麼都可以。」周老師說，「春樹來這裡以前我們也沒有煮咖啡，但春樹的咖啡太好喝了，所以我就請他準備了全套的器材。」

時間彷彿靜止在這個庭院，咖啡的香氣，春樹細心拿著長嘴壺滴濾咖啡的動作，幾聲鳥鳴，風吹樹葉刷刷地搖動，周老師安坐在扶手椅上，李靜君坐高板凳，鍾老師與周老師對坐，又一陣風吹來，有花香，李靜君忍不住四處張望，簡直分不出是哪一種花的香。

他們喝了兩種咖啡，一款豆子分作冷熱兩款，簡直像在品茶，李靜君的喉嚨一直殘留著咖啡微微苦味，這份苦入喉嚨後化為甘甜，吞下腹後，口腔裡會升上一股淡淡的酸氣，整個過程好清晰。

李靜君喝完咖啡就到園子裡看樹，看花，有時會蹲下來仔細看著蕨類的孢子，看著這些植物的時候，心裡有千百種滋味，她走走逛逛，有塊石頭平坦，她就坐下，靜靜四望，風搖擺著花草樹葉，雲滾著天邊捲動，一隻翠鳥飛過，有蝴蝶停在她面前的花朵上，細細的小瓢蟲飛過。好像聽見老師們談話，但話聲漸漸淡去，她似乎進入一種出神的狀態，等她回過神來，臉上都是眼淚。

她也不去擦拭，走回她的座位上，閉上眼睛讓眼淚繼續流，生病以後，她很少哭，因為忙著處理身體大小病痛，各種層出不窮的徵狀，以及生活上的變動，連哭的力氣也沒有。她持續哭了好一會，似乎也不顧旁人的眼光，有時會突然哭出聲，有時又只是靜靜地流淚，過程裡她一直感覺到風的吹拂，以及幾乎清晰可聞的，樹與草花間很自然的吐納，她說不上來這體驗到底是什麼，一切都是活生生的，有生命力在竄動，包括她自己，流淚是證明。

她清醒過來時，後院只剩下她一人，她起身要去尋找鍾老師，在穿堂遇到春樹，春樹說，鍾老師去打坐，周老師請她到靈療房，要為她治療。

她跟著春樹走，所謂的靈療房就在過道裡第二間房，沒有門，只是放下簾子，春樹掀起簾子，周老師坐在椅子上閉目，春樹帶領李靜君到診療床上躺著，周老師睜開眼，走到她身旁，老師低頭望著她，她一時間不敢承接那目光，老師說：「放輕鬆，試著讓眼球往下沉。」

老師看著她的臉，那雙深刻的大眼就像X光似地，將她從頭頂、眉毛、五官、下巴來回巡看了很多次，她又想哭了，很自然地流下眼淚，卻覺得眼睛很清亮，好像屋子裡光線都變亮了，接著老師伸出手，兩隻手掌平伸，在距離她身體一公分的地方像在描摹她的形狀似地，非常緩慢，從頭頂起始，一左一右，開始隔空觸摸她，說是觸摸也不對，那種感受就像是老師在尋找什麼似地，每個地方停留的時間不一定，某些部位老師停留得久，雖然她看不見老師的動作，卻可以清楚感受到被某種力量牽引著，房間很涼爽，那個牽引的力量像是微微的熱風，帶點靜電，會讓毛髮顫動，她心裡變得好安定，就像瑜珈課上完的大休息，讓自己四肢都攤平，隨著呼吸起伏，但不久後她發現自己的呼吸是跟隨著老師而動，老師好像在調整頻道那樣，不斷不斷地對她進行調整，這些無形的感覺卻明顯地在她身體四周傳遞開來。

她覺得自己被一雙很大的手輕托著，像漂浮在一片溫暖的水上，身體開始略略地擺動，動作很輕微。她聽見自己平勻的呼吸，眼角餘光看見周老師已經走到她的腳邊，她立刻就睡著了。

醒來時，春樹給她一條熱毛巾，一杯熱茶，「你整理一下，喝點草藥茶，然後到大廳來。」

她不知道自己睡了多久，感覺應該只是一下子，因為手錶上的時間，從進入靈療室到現在才過了二十分鐘。

這就是她與周老師的第一次接觸。

起初她不知道靈療功效，只是愛上了那個有著小小雨林的屋子，她每週搭很遠的車，走路二十分鐘到達，起初一週一次，爾後一週兩次、三次。沒有靈療課的時間就是打坐，有時老師在忙，她就自己拿本書在院子簷下看書，漸漸地她也學會泡茶、煮咖啡，有重要的客人來，也幫春樹削水果。靈療課程沒有標準收費，而是隨喜，大家各自把紅包放在玄關的陶缽裡，她常去之後，周老師說，靜君不用再添隨喜了，就幫春樹打掃環境吧，多點勞動對你身體有益。

於是日子裡多了鋤草、澆花、除蟲、翻土這些照顧植物的工作，她發現自己喜歡這樣把雙手弄髒，觸摸泥土、植物，她喜歡這些翻土種植的工作，也開始喜歡上做料理，周老師吃得簡單，一葷一素，雜糧飯，蔬菜湯，中午吃魚，晚上吃肉，她大多做晚餐，就她與老師跟春樹一起吃，春樹話很少，大多在勞動，周老師則幾乎都在看書打坐或練功。

八個月過去，連續兩次醫院回診，報告都是正常的，各項指數都達到標準，連醫生都感到不可思議，「好好維持現在的生活節奏，這個病無法痊癒，但可以控制。」醫生不知道她的生活裡都是些什麼，但她知道，眼前只要出現那個有花園的屋子，只要聽見老師敲鑼、頌缽、梵唱，或者春樹無邪地哼著歌，聽見鳥鳴、蟬聲，她覺得自己就到了一個既遙遠、寬闊、又美好的地方。

熟悉之後，她才知道神水老師的名號怎麼來的，老師每個月都會去找某個山溪修行，浸泡在水中，進行他自己的靈療，那時候都是春樹跟著去的，她想多問老師怎會發現自己的能力，老師笑笑說：「跟你一樣啊，大病一場，一無所有，就會看見自己真正的路。」

當時還不叫神水社，也不算真的道場，就是一些認識的人來打坐、參拜，給老師靈療，提領經過加持的神水。這些水都是用淨水器製作的鹼性離子水，裝在兩個不同材質的巨大容器裡，一個是陶甕，一個是錫鉢，說是一陰一陽，讓老師持咒半日，在院子裡靜放三天，經過一定比例渾合而成，可以讓信徒自己帶容器來裝，老師說這是陰陽水，並沒有說有什麼療效，倒是信徒自己稱這是神水，就逐漸叫開了。

除了靈療與神水，老師也提煉花精，給病患服用，花精品項複雜，但效果很好。

認識周老師第二年，李靜君已經很少回醫院看診了，身體甚至比生病之前更強壯，那年六月，春樹要離開了，李靜君問老師春樹要去哪，老師笑笑說總不能永遠留在這裡。聽老師說起，她才知道春樹的故事，春樹的生父不詳，母親把他扔給奶奶照顧就跑了，他自小在街頭跟人混，吸毒、偷竊、賭博，被關、出獄又犯，再出獄後，就被祖母送來周老師這裡學習，春樹原是最叛逆最不服管教的青年，一團火似地見誰都要燒，但他一遇到周老師，人就安靜了，三年下來待在老師身邊，脫胎換骨。周老師認識的一位集團老闆見了春樹很喜歡，要帶他去澳洲的飯店工作，春樹答應了，周老師也說好。

春樹離開後，非常自然地，李靜君接下了春樹的所有工作，是周老師提起，可以把店裡的蜜蠟佛珠帶來這裡賣，這樣她也能賺些生活費。李靜君跟老闆商量，就批了一些貨，展示在院子裡的櫥櫃裡，起初只是隨興擺放著，到後來，有許多來看診的婦人特別喜歡這些物品，請老師幫忙加持，給的價錢多了幾倍，老師把錢都給了李靜君，李靜君推辭，最後是五五分帳，老師終於點頭。

李靜君感覺自己終於對老師有了貢獻，就摸索著自己做功課，去找貨源，周老師見她認真想做生意，就帶她去了一趟大陸，老師在大陸認識的商人，給了他們品質極好的天珠與蜜蠟，這一趟旅程裡，李靜君與周老師同房，卻不曾發生過任何親密接觸。李靜君起初有些失落，才知道自己對周老師存著愛慕，周老師以禮相待，卻反而讓她更加安心，回台北後，她辭掉了工作，退掉租屋，就搬進了周老師的屋子。有一回老師信筆在一塊板子上寫了幾個字「水中有人神」，掛在門口處，於是這別墅就成了大家口中的「神水社」。

遇到劉敏葳與邱大山，是掛匾兩年後的事了，那兩年裡，接觸到的人各色都有，大家來到社裡都很安靜，也不太會宣揚自己的身分、事蹟，只有在後院休息泡茶，在大家閒談間才知道許多病患都是頗有來頭的人，商界、政界，也有藝人。周老師幫人靈療，有時也解惑，有媽媽拿來孩子的衣物，說老是逃家，有沒有什麼辦法，老師卻幫她治了「焦慮症」，孩子的衣物請李靜君拿去後院用缸裡盛的神水浸泡，晾乾了讓那位母親帶回去。不多久母親帶著孩子來道謝，說是孩子乖了很多，母親跟孩子在道場住了幾天，歡歡喜喜回家去了，李靜君問老師怎回事，老師說，孩子沾了調皮鬼，洗洗就好，主要還是媽媽的問題。

道場裡時常有這樣的事，疾病痊癒、怪病改善、失物尋回、迷惑解開。這些前來求診的人，無論是生理或心理有病，來到神水社一段時間，都改善了。周老師的靈力，即使不是奇蹟，也是很靈驗，李靜君天天跟在老師身旁，起初還有想揭穿他作假的念頭，但經過長時間仔細觀察，老師從不宣稱自己有特殊能力，老師說，所謂的靈療也不過就是調整磁場，他說人人都有自癒能力，只是需要有人去喚醒自身的能力而已，他做的事就是去把人原有的免疫力重新調整，虛弱的喚醒，錯亂的歸位，過強的部分撫平，靠的還是患者自己心境的調整。

「你就是最好的例子了。你的免疫力錯亂，攻擊自己，我只是讓它恢復正常而已。」周老師說。

「那些來求財、求復合、求壽的人呢？」李靜君問。

「我也只是讓他們恢復平常心罷了。」

「但是真的應驗了啊！」李靜君問。

老師笑笑不語。

老師話不多，神色鎮定，但也時常帶著微笑，他不近女色（至少他從未動過李靜君），生活簡樸，卻也沒有修行人那種自律嚴謹。道場沒有特定的修行時間，來的人大多自己打坐，看書、讀經，簡單的治療時間過了，默默放下隨喜的紅包，跟老師打個招呼，又靜靜回去了。但算起來每週一到五，一天五六組客人以上，假日如果開放，人潮更多。預約的部分現在都是李靜君在處理，有時遇到緊急的例子，夜裡家診也是有的，款項的部分老師也交給李靜君處理。李靜君發現進帳多得驚人，每個月至少都有三四十萬的隨喜，有一大半是買天珠跟蜜蠟的本錢，她已經不願意跟老師分帳了，後來進貨的錢也都由老師這邊負擔，她每個月領三萬的薪水，自己都心虛了，她算是免費吃住，做的事也不辛苦，身體變得好強壯。

每個月月圓時，周老師都到東部去找水，李靜君也跟去了，才知道老師不但是要找水，也在找地了，想要蓋一棟更寬敞的道場，「需要有流動的水，」他說，「我得離水近一點。」周老師修行的方式李靜君沒看見，她會讓老師在修行地獨處，就是送飯送水，冬天的時候很苦，她會住在附近的小山村，每天把食物跟用水背過去。月休為期三天。年度閉關則選在農曆年底，大家過年時，老師就在家裡閉關，那些日子裡，非常需要有人照顧，老師潔淨身體，完全不吃東西，只喝他自己調配的液體，瓊漿玉液，後來神水社開斷食營李靜君才知道那是楓漿加上檸檬汁，排毒用的。一般人排毒可以潔淨身體，周老師排毒是為了把身體從別人那兒沾染的濁氣排掉。

閉關後他會變得清瘦，又顯得很年輕。

原本是那樣簡單的生活啊，李靜君是老師的助手，他們幫助人，得到豐厚的報酬，也給與很多地方捐獻。李靜君身體變強壯有力，宿疾也都控制得很好，她每日跟在周老師身邊學習，感覺到自己彷彿脫胎換骨。

一切都是邱大山他們夫妻出現之後開始改變的。

劉敏葳是另一位中小企業老闆的太太帶來的，說是有暈眩症，來過幾次，非常標緻的一個女性，從頭到腳的香奈兒，筆直黑髮垂肩，瀏海齊眉，襯得一張小臉特別出色，後來就把她先生邱大山帶來了。邱大山也算長得英挺，四十幾歲的人，髮線有點後退，但五官很俊朗，說是胃不好，常鬧胃痛，第三次之後才知道邱大山是一個小鎮的鎮民代表。

李靜君沒想到劉敏葳會那麼投入神水社的社務，她來過之後，政界的人出現得多了，說是她暈眩症醫了幾年從不斷根，來老師這裡就沒再發作過了，邱大山那時正在參加縣議員補選，求了一個天珠手鍊回去，神水他們家都是一桶一桶帶的，為此，劉敏葳還送來好大一個陶缽，說是有什麼離子作用，周老師專門為他們一家製作神水，就裝在那個缽裡。那年縣議員選舉，邱大山當選了。

日後他們幾乎每個月都來神水社一到兩次，也帶著三個兒女來，寒暑假全家人會來參加為期三天的禪修課，老師在四樓加蓋了通鋪客房，可以容納二三十人，加上三樓的五間客房，一般大眾住通鋪，邱家人一家五口住雙人房，二樓是老師的住處，李靜君住在邊間一小房，那時別墅已經顯得不太夠用了，但平常日還是空空闊闊的。這樣過了兩年，老師說要找個離水近一點的地方，本來他們想搬到花蓮去，劉敏葳卻說那樣太遠了，她說他們在海山鎮就有可以用的別墅。

劉敏葳帶周老師跟李靜君到海山鎮小鐘山上的社區參觀，占地寬廣的山坡地蓋了大小七棟別墅，不遠處就有一處活泉，是海山鎮的百年神泉，開車兼走路到神泉也不過三十分鐘。神泉附近還有個小瀑布，瀑布底下有汪溪水，可以潛泳。

邱大山以極低的價錢將別墅租給周老師，屋子任由周老師改建，還為老師在神泉附近蓋了一個小木屋，老師每個月都可以去那兒靜修。改建資金也是邱家出的，周老師沒有拒絕，在金錢方面他一概任由進出，既不追求也不拒絕，老師說錢也是活的，自有生命來去。

於是李靜君開始了在小鐘山的生活，小鐘山的別墅也改名為神水山莊，神水老師給李靜君賜名，她從此成為了龍兒小姐。

事情是什麼時候開始變糟的？她有些想不起來，神水山莊、點靈會、消災祈福法會、販售神水，所有一切都改變得太快了，她只是忙著去處理每天發生的變化，就累得不得了，然後有一天邱大山的女兒邱芷珊失蹤了，她感覺背後像有一座山轟然倒塌，腳下的土地也塌陷了，什麼都在不斷地流失。

眾人把矛頭對準神水社，警察一天到晚來找麻煩。老師怎麼想呢？老師好像變得更沉默了，她最害怕的不是警察、不是媒體，而是老師的眼睛。這時她突然懷疑起老師的神力，如果老師真有神力，應該可以阻止這一切骨牌效應般的事物發生。

他們為什麼不離開呢？這裡已經不安靜了。她問過老師，老師只是說，時候還沒到。

如果當初沒有來海山鎮就好了。李靜君總是這麼想。如果不曾認識劉敏葳，她就還活在周老師那個有著小小森林的屋子，與周老師過著彷彿夫妻卻沒有肌膚之親的生活，但至少周老師屬於她，他們的生活很平靜。只是現在想這些都沒用，來不及了。

## 08 汪夢蘭來到小鎮

我在南下列車上看到了海。泛著遙遠波光的海，一望無際的海，深不可測的海，或者說，我一無所知的海，可以吞吐所有祕密的海。我父親葬身於斯的海。

我這時才想起，一生中我總是盡可能遠離與海相關的事物，但我要去的地方卻叫做海山鎮，我到底是有多絕望，才會接下這樣的工作。那位於海線的小鎮，就是我接下來要住的地方，我將會被與海有關的所有事物都包圍著，甚至連空氣都會充滿海水的氣味吧，有些事是你越想逃避越逃避不了的，但我還有什麼好失去呢？

我並不怕海，只是不想靠近而已。

海洋、海水、海灘、甚至海鷗，只要與海相關的形象與字詞，都會使我突然感到惶惑，不是恐懼或悲傷的心理，是一種深深的迷惑與喪失。那種感覺會讓我頓時心神渙散，思緒彷彿被吸引到某種神祕、深沉、不見底的空間裡，暫時無法思考，會出現一大段時間的空白停頓，整個心魂就像抽空了。倘若是在電視電影裡看見海洋相關影像，副作用會少些，但我依然會失魂幾分鐘，畫面裡搬演的其他劇情都看不懂。那時的我，進入的或許就是十歲時在海邊發現父親遺體的時刻吧，父親失蹤十天後，我與母親被帶到漁村的海港邊，企圖辨認那已經腫脹潰爛成幾倍大的屍體，母親沒讓我去到陳屍處，我只是遠望警察帶著母親靠近那白布包裹著的遺體，母親蹲下身，垂著頭，靠近那遺體，她動作非常緩慢，像是被定住了一樣，我看見警察帶著手套指著遺體上的幾處特點給母親看，母親似乎沒有在注意那些特徵，她只是一直望著某個定點，像是自己在尋找徵象，許久後，她順從地點點頭，又用力對警察鞠躬，像是在說謝謝你們，女警扶著她離開時，只走了幾步路，母親就倒地了。

父親生前因車禍受傷，右肩打過鋼釘，他的左手戴著一只精工錶，上排牙齒有兩顆缺牙，這些都沒有因為海水浸泡與死亡而消失，後來母親跟我說，她一眼認出的是父親的捲髮，那一頭又亂又捲的黑髮，「死去我也認得。」警方相驗，死因是溺斃，懷疑是自殺，因海岸邊的石頭上發現父親留下的筆記本與背包。空白筆記本第一頁寫著：「我很抱歉。我無話可說。請將我遺忘。」三句話，警方認為那是遺書。如果說那也稱得上遺書的話。

回憶至此，我仍有不真實感，我父親身體強健，妻子賢良，女兒乖巧，工作穩定，到底有什麼非要尋死不可的理由？漸漸地有些人開始揣測父親死因，謠言越傳越甚，說父親虧空公款即將曝光，也有說他與公司已婚女職員不倫，還有說父親是迷信宗教，走火入魔。有一派人將父親說成魔鬼，另一派人將他描寫成懦夫，彷彿自殺後的他，生前所有事蹟皆被取消，父親得過優良員工，參加過展覽，還跟人一起合作開發了幾項設備，在美術、音樂、文學、甚至科學方面都有研究，在小鎮裡算是個人才，我以為父親的死會有許多人感到惋惜悲傷，但更多的卻是這些謠言與揣測。我知道這些那些都不是真的，但母親卻相信了父親外遇的傳言，因為母親在父親遺物中發現了與那位女子通訊的信件，那些信裡書寫著不明顯的愛意，卻又壓抑纏綿，父親許多心事不曾與母親說起，卻都告訴了對方。父親死後，母親苦於喪夫之痛（但她的敘述裡，受到背叛的傷害更大），被鄰里流言所傷，與祖母多有爭執，「整個世界都垮了。」她帶我搬到了台北，本就是美髮師的她租下永和的一棟老舊民宅，做了家庭式美髮，兩年後母親與附近開水電行的鄰居李永浩叔叔結婚，生下我的弟弟。

繼父性格和善，小弟活潑可愛，母親終於恢復了快樂。我們搬進水電行二樓公寓居住，繼父為我闢出一個專屬的房間，也供我上學讀書，待我與弟弟沒有分別，但我心裡有個什麼永遠失落了，母親再婚後，將父親的遺物全數銷毀，也截斷了我與生父家族的關係。我記得自己在港鎮老家時一些片段的往事，我們住在三合院邊間，爺爺開雜貨店，有個叔叔跟兩個姑姑，父親去世時，爺爺受到打擊頭髮一下子就白了。最初，我仍會吵著要回祖父家，吵著要看父親的相片，我不肯喊繼父爸爸，只願意叫他叔叔，屢次與母親發生爭執。

上國中後，一次我發作憂鬱症，母親慌亂不知所措，反倒是繼父一肩扛起照顧我的重擔，那段時間他總是不厭其煩地來跟我說話，幾乎是每天都到房間來陪我，他讀書給我聽，帶我去看電影，即使我根本不理會他，他依然這麼做。我最清楚記得的是他帶我去河濱公園放風箏，大草坪上都是歡樂的一家人，但放風箏的都是小孩，只有我一個少女，繼父就像小丑那樣努力逗我，風緩緩吹來，風箏艱難地起飛，繼父來回跑得滿頭大汗，不知為何，我突然真的笑了，繼而又哭了起來，繼父見狀，抱著我，也哭了起來，「蘭蘭你辛苦了，我們都會陪你的。」頓時間我感覺血液洶湧，生命好像終於開始流動了，我喊了他爸爸。此後我不再對母親詢問父親的往事，不再要求要回去爺爺家，長達二十年的時間，我不曾回到故鄉。

我拖拉與猶疑的性格導致大學重考，讀了五年才畢業，打工存錢準備考研究所，但念兩年後輟學，之後在咖啡店、書店、漫畫店到處打工，二十五歲拿到第一個文學獎，陸續換過幾個工作，二十七歲出版第一本短篇小說集，我曾經被當作明日之星，但三十歲第三本作品出版後，我去周刊當人物採訪記者，三年後辭職自由接案，成了幫人寫傳記的寫手。我再也寫不出任何小說。

這世上似乎誰都想要來問你些什麼，似乎是人與人之間交往的基本條件，但我因為不想提起自己有兩個父親，對於他人友善或客套的問話，時常覺得尷尬，彷彿旁人一開口，我就會落入必須交代身世的難題，即使不問：「你爸爸做什麼工作？」（不知為何這幾乎是年輕時最常被問到的問題），也會問：「你在做些什麼工作？」然後會問你大學讀什麼，接著就會問說：「讀日文系要做什麼？」因此，我盡量少對人說話，也盡量不讓人對我有開口提問的機會，即使問了，我若不是不回答，就是簡單地說：「就一般上班族，呵呵。」然後就此打住。

我對誰都無法敞開心胸。知道我父親自殺的人只有林慧與我的兩個情人。

「我總是聽見海濤聲。」我說。

年少時我常在夜裡大叫醒來，為此母親帶我去看過醫生，不是找藉口，我跟醫生說：「我總是聽見海濤聲。」我媽當場又哭喊著叫罵我爸，哭得昏死過去。我什麼也不想再說，那是我內心的聲音，一波一波來了又去、去又復返的海濤聲，白天黑夜我都聽得見，那是我生長的小鎮最熟悉不過的聲音，但卻結結實實干擾了我的後半生。「你不要什麼都怪你爸爸。」母親說，明明什麼都怪父親的人是她，我只是聽見海濤聲，只是睡不著而已，自小父親最寵愛我，他從未攪擾我的生活，甚至不來我的夢裡相見，尋求跳海而死的父親，已不是我所知的父親，然而我所愛的父親並未隨著海浪撲拍遠遠離去，他只是迷失了回家的路途。我一直深信著，他只是失足落海，而非有意尋死，我在意的只有這點，至於他是否與任何人不倫，那不是我想知道的事物。

我總是聽見海濤聲，而我不走近它，唯恐自己會忍不住想弄清楚那裡頭訴說著什麼，是什麼捲走了父親的魂魄，我深信，那也會捲走我的心魂。

正如我愛上李振家的那時刻，一切都是生命的預謀。

「你以為不做自己就會變得快樂嗎？」李振家對我說，那句話像是一個咒語將我的生命定調，「你以為你可以永遠逃避自己嗎？」他又說，語氣恨恨地，彷彿真的有那麼恨我。他指的是我不該一直逃避寫小說，但是我把採訪的工作做得很好，況且我不去上班又有誰可以付房租，讓他安心在家裡寫劇本？「你以為你為我犧牲我就會感謝你？」李振家的話語真像我母親，他們對我總是有那麼多不滿，儘管我知道那都是出於關心，但，為什麼愛你的人的關心，到後來都會變成放棄？我母親放棄了我父親，李振家放棄了我，而他們還要說那叫做愛。我沒反駁，我不開口，我只是聽見海濤聲，那日夜侵擾我、偷走一切的海，不曾給我答案，只是日復一日在我心裡纏繞，好像在說，「嘿，下一個就輪到你了。」

海線沿途火車上，我總是望著窗外，貪婪地探看，各樣事物都能吸引我，彷彿多久沒見到外界似地。這樣說也沒有錯，自從發現李振家外遇，我的神思就破碎了，沒有現實感，也無法清楚感知自己的狀態，即使我心裡早就有他會外遇的預感，我們能撐這麼久已經是奇蹟，但真的發現時，卻還是那麼令人震驚與痛苦。我在他的牛仔褲口袋發現汽車旅館的打火機，幾經思考，我決定問他哪來的，他沒否認，直接承認跟工作上認識的女人到旅館開房間，他回答得如此爽快，好像根本沒有什麼值得為之撒謊，甚至連遮掩都懶，猶如他是刻意要放置那個打火機讓我發現，找機會離開我。

一想到這裡，我的心臟就會一陣狂痛，必須摀著胸口揉搓，直至呼吸勻順。李振家不是什麼好男人，他有著許多致命的缺點，不切實際、花心、任性、不成熟，但為何與他在一起多年我依然愛著他，那份愛與日俱增，超過我自己的預設。我一直認為自己寡情，母親生氣時也常罵我冷血、沒心沒肺，但我心中有個柔軟之處，那是我不想為誰打開的，而李振家有本事打開那個蓋子，使我坦露自我。這似乎也是他的嗜好，他明明可以遊戲人間，我們一開始也說好只是單純約會，但他就是想要戀愛，想要有人愛他，他想要探入對方內心最黑暗、脆弱之處，這才是他追求的愛情。我們交往時，他曾讓我在回憶過往時哭了好多次，每一次的流淚我自己都很震驚，更令我震驚的是，那時的他，神情是那樣溫柔，他會安靜流下淚水，然後將我摟入懷中。

或許我的黑暗他已經厭煩了，他需要的是另外一個人的靈魂，與金錢。以前朋友常笑他吃軟飯，可對我來說，那不是吃軟飯，他可以給與人金錢買不到的東西。那些時候他是慷慨的，他可以陪你哭、陪你笑，他不會畏懼你的冷漠，不被外在的表象欺騙，他有雙可以直視人內心的眼睛，他能夠召喚出你的欲望與恐懼，但這也是他傷人的地方，因他召喚出你心中的怪物，卻一走了之，任由你自生自滅。

我不恨他，一分鐘也沒恨過他，我只是心痛於自己是那樣軟弱，竟被愛情打倒在地，我恨自己沒有在與他相處時把自己醫好，我傾訴我的痛苦，卻說不出我真正痛苦的根源，因我自己亦不知那是什麼造成，使我日益空洞。或許，這才是他想要分手的原因。對方是怎樣的女人，他們如何認識，我都不想知道，我只是問他要留下還是要離開，他說，要分手，那三個字撕裂了我的心。

鐵道路線上，窗外看見的總是屋子的背面，或者說是城鎮的背面。不同於高鐵可以從高處往下俯瞰，那些田園、水塘、高樓、矮屋、林木快速掠過，看見的景觀有被高度提升後的美感，但這輛海線列車卻慢吞吞地，搖搖晃晃，老舊的絨面座椅已經髒汙處處，窗簾是廉價的布料，一種褪淡的橘色，但掩映在窗簾後的依然是一晃而逝的列車窗景。我不記得自強號是這麼慢的，好像什麼地方都到達不了，只會一直無止盡地向前開去，這非常適合我的狀態，是啊，為什麼事發當時我不立刻就出國呢？生活在一個愛人已經離去，每條街都有他的身影的城市，到處都是你們一起共度過的地方，是多麼令人痛苦的事。因為我沒錢，沒動力，我心中還存留著一絲他會突然回頭的奢望。

列車繼續搖晃，我記憶深處與家人搭火車的印象，都是去南部探望親戚，大學時也曾與友人一起搭火車環島，李振家也帶我去過幾次台東，是這樣的搖晃把記憶搖出來了。我過了幾個月糜爛的日子，腦子都空掉了，已經夠爛的生活還要自己將之踩個粉碎，不能再這樣了，我想著，我即將要去的地方，以及我將要接下的工作，是我救命的稻草，我拿起背包裡的資料，開始翻讀起來。

我提著行李走下火車車廂，隨著其他旅客穿過地下道、爬上坡道，將車票交給閘道口的站務人員。迎接我的是個簡單的車站大廳，說是大廳，但也不過是二十多坪左右的空間，五列六排整齊的木椅，白綠磨石子地板，天花板很高，仰頭可見粗壯的梁木橫陳，給人遼闊空曠的錯覺，四周大面窗戶都是藍漆木框，白色牆面上除了掛有紙質色澤古舊的火車時刻表，另有兩張鎮公所某某活動的海報，一台飲料販賣機，除此之外沒有其他裝飾，非常簡單的候車大廳。

時間是九月五日令人昏昏欲睡的下午四點半，座位上三三兩兩散落著乘客，有群與我同車的年輕男女已經戴上草帽、穿著拖鞋，笑笑鬧鬧似乎準備等會就去海水浴場。他們離開大廳之後，更顯得這裡的空乏，其他人則像尚未決定動向，或者純粹只是在等車或等人，有人滑手機，有人無聊地翻著報紙，夏天最後，車站裡沒有狂歡的氣氛。我推敲著眼前這一切場景說不出哪裡奇怪，但確實給我奇異的感覺，或許是因為來到此地之前，海山鎮對我來說就只是中部一處「遙遠卻又知名的觀光勝地」。這個濱海小鎮以海水浴場與生態農場聞名，搭火車接近時，會看到電影與廣告裡時常出現海岸邊一整排白色巨大的風力發電風車，「藍天、碧海、風車、花田、農場、比基尼與衝浪的海水浴場」是小鎮給人的既定印象。我一直以為此處必然也會有充滿小吃、零嘴、伴手禮、觀光客擠得水泄不通的「老街」，或許是觀光潮已經結束，但光是車站的簡單以及近乎簡陋的氣氛就呈現出小鎮沒有因觀光客的湧入而改變，彷彿即使街道上遊客如織，小鎮鎮民依然過著比時下城市裡緩慢二十年左右的氛圍。雖然我尚未踏出車站，也還未進入小鎮，但光是車站裡當地人的穿著打扮與舉止，都給人一種時間靜止的感覺，非常奇妙，就是那種突然有人牽著一頭水牛走進來，景象也不會突兀，那種時空幻異的氣息。

我注意到車站一角還有報夾與雜誌架，另有個小小的玻璃櫃裡有些免費的旅客資訊、地圖導覽手冊之類的刊物可以索取，但沒有人在掛著「旅客服務站」的位置上等待，剛才幫我收回票根那位戴著帽子的男士，似乎收完票之後就走進了票亭開始販賣車票，感覺上應該有五個人才能運作的小車站，目前只看到兩個工作人員。

炙烈陽光從戶外曬進屋，天花板上高掛的吊扇轉啊轉地，我的汗水從額頭滴下，感覺沒有開空調，或者因為大門敞著所以即使有空調也不涼快，但望向室外的豔陽使我卻步，會有人來接我嗎？就在我拿出手機準備打電話給接待我的人時，「你是汪小姐嗎？」輕快的聲音喊著，我抬起頭，一個戴著黑框眼鏡的年輕男子向我走來，我想他就是一直與我用郵件往來的報社中部特派記者王大勇先生，他從鄰鎮趕來接我，據說開車要三十分鐘車程。

王大勇頗有紳士風度地幫我提起看來很重的行李，放入汽車的後車箱，「我們先到民宿check in，再帶你去附近熟悉一下。肚子餓嗎？附近有家著名的阿娥麵店，可以先帶你去吃點小吃。要喝咖啡的話我有準備，冰拿鐵可以嗎？這天氣不喝點冰的實在不行啊！」看來他是不怕冷場也考慮很周到的人，雖然我不喝冰咖啡，但還是接過了他手上的特大杯便利商店咖啡，接下來一大段時間他將會是我需要依靠的人，盡可能讓人感覺我不麻煩、好相處是第一要務。而他看來也確實不討人厭。

車站前的電線桿上掛滿了候選人的海報，鄉鎮市長的競選幾個月後即將開始。在一片旗海之中，最醒目的卻是其中一個大木牌，上面貼著一張尋人海報，海報上寫著「懸賞五十萬」。我忍不住走上前去看，「你見過邱芷珊嗎？」令人怵目的大大字體，是一個少女的照片，這時我才想起幾個月前鬧得沸沸揚揚的海山少女失蹤案，來此之前我未曾想過此事，「海山少女還沒找到啊！」我問王大勇，他點點頭說：「大海撈針，談何容易。」

王大勇先帶我去車站附近的老麵店吃飯，距離車站不到五十公尺的小店，整間都是木造的。我注意到小店附近這排房屋都很相像，特色是外牆都漆成白色，木窗有藍綠色的油漆，屋齡雖老，卻整修得很好。這是離車站不遠的外圍街道，右手邊的告示牌標誌通往「海山海水浴場」的方向，商店大多是販賣小吃、飲料，以及一些釣魚用品的小店。

我們在「阿娥麵店」吃了乾麵、魚丸湯、滷菜，大勇說這個魚丸是海山鎮的特產，帶有強烈白胡椒味道，非常鮮美的丸子，麵條很Q，是店老闆手打的，豆乾、海帶、百頁豆腐、滷蛋每一種小菜都滷得很入味，煮麵的老婦人應該就是「阿娥」吧，年約七十的老婦，但動作俐落，看她切菜燙麵整個有一套自己的流程，行雲流水。有個年輕的男子幫忙端麵、收錢，男子可能對於外來人特別注意，他多看了我幾眼。是個眉清目秀的男孩，但走路時腿腳有點不便，不知是殘疾或只是剛好受了點傷，但從他力求自然的走路方式，感覺應該是早已習慣。

觀察周遭人事物也是我的習慣，不是因為記者的身分，而是從大學時代開始學習寫小說，當時啟蒙我的老師給與我的功課，是每天都得交一篇至少一千字的人物、景物觀察素描。這功課到現在仍持續，但我已經不再書寫於紙上，而是慣性地將觀察所得記錄於腦中。這幾年小說創作沒有什麼成就，但至少我不需要沒事滑手機，我可以看人、看風景，將眼前人事物印入腦中，浮想聯翩，從不無聊。

吃完麵上了王大勇的車，他說：「我們先在小鎮上逛逛，有超市可以買點日用品，也讓你認識一下小鎮。」聽起來像是我等會要去住的民宿很偏僻似地，想到要在他面前買飲料零食就覺得尷尬，不會開車真是麻煩。

沿著車站正前方的道路筆直，兩旁零散著一些商店，車行兩百公尺左右，有個小小的圓環，幾條較小的馬路沿圓環散開，我們走的還是主要的大路，小鎮市區似乎就是以圓環為中心輻射出去的街道連接而成，我望向前方，街道整齊，沿途有傳統市場、腳踏車店、雜貨行、電器商鋪、服飾店等。「海山鎮的路很好認，你就認圓環附近這幾條街，直的是我們走的這條海安路，這條路就可以通往劉光老師家，海山鎮的主要道路有海安路、海豐路、海佃路，橫的就是街，有海一街、海二街、海三街等等，記住這幾條馬路跟街道，飲食起居就沒問題了。你看從地圖看起來，圓環是不是就像個太陽似地，四周的道路就是光芒，很好認。」王大勇貼心遞給我小鎮的地圖，他說這是鎮公所製作的觀光地圖，上面清楚點明了海山鎮的主要幾個觀光景點，海水浴場、農場、日本時代的神社，一些知名民宿也都標注在上頭。

「聽報社的同事說汪小姐不會開車，我想往後你可能要租摩托車，不然到時出入可不方便了，畢竟我也無法天天接送你，你住的民宿離劉光老師家還有一段距離，但光走路還是走不到，得騎車才行。你會騎摩托車嗎？」王大勇問我。

我不知如何回答，讀大學時騎過幾次，不能說不會，我看四周人車不多，或許多學幾趟就熟悉了，於是點頭說：「可以試試看。」

交通問題很棘手，這是當初接下工作時沒想到的，這些年我寫過很多人物專訪，但採訪像畫家劉光這種等級的人物，還是第一次。我目前得到的簡略印象是，劉光，海山人，師大美術系畢業，長期旅居海外，早期以油畫聞名，九〇年代卻以抽象畫在國際畫壇逐漸揚名，幾年前一幅畫作在拍賣會標出天價，就此身價倍漲，許多年輕時的畫作遂紛紛出現，突然成為話題人物，去年還得到文藝獎章。林慧他們出版社標到劉光傳記與畫冊的案子，於是找上了我。

出發前我已經與劉光老師的助理通過電話，也收集了他所有作品、訪談、新聞報導等資料。劉光作品難懂，據說個性也相當古怪孤僻，沒有助理作陪不願對陌生人開口，說到底這樣的人為何願意接受採訪，我心中存有很多疑惑，但我曾經非常喜歡他的作品，他少數的訪談內容我幾乎可以倒背出來。即使如此，我從未想過神祕的畫家本人會出現在我眼前，不多久之後我就要見到本尊了。

路過一家「圓滿飯店」，王大勇說這裡是鎮上兩家飯店之一，外觀破舊，離車站很近，房價低廉，但生意很冷清，「這裡連我也沒辦法住，還可以繼續營業真是不得了。」王大勇說，「不過飯店老闆以前開過金合歡大酒家，聽說劉老師年輕時是金合歡的常客，據說金合歡裡有間他專用的房間，白天讓他創作，所以你可能也還得來採訪吧！」我望著圓滿飯店陰暗的大廳，難以想像曾經的輝煌。

王大勇繼續說道：「旅社斜對面那棟洋樓是鎮長的老家，你知道最近的縣長鎮長選舉，鬧得沸沸揚揚的。」

他是政治線的記者，對海線這幾個縣市特別熟悉，我來之前也做過功課，幾個月後的選舉爭議焦點是「月光海度假村」的興建計畫。現任縣長王貞永爭取連任，扶持的鎮長候選人劉立功大力支持月光海的投資計畫，現任鎮長是海山鎮政治世家第三代長女謝美華，對推動觀光持保守看法。月光海是跨國集團，主力是興建大型賭場酒店，反對派的環保人士宣稱海山鎮的海岸構造不適合興建大型建物。海岸附近完全沒有任何公共設施，縣長的競選政見提出爭取高速鐵路設站，並沿海建造一條連接海山鎮與南灣鎮的藍色公路，陸地與海上同時並進，飯店、度假中心、遊樂園，創造十三萬人就業機會，標舉「打造海線第一大縣」旗幟，對於一向因為交通不便而造成青壯人口外流的苗縣確實是一大賣點。但縣長選舉的熱潮延燒不到安靜的海山鎮，唯有鎮長選舉是鎮民關心重點，現任鎮長謝美華的父親以前是老鎮長，這十幾年來謝家一直是海山鎮的政治經濟龍頭，從媽祖廟的董事到農會總幹事，都是謝家人掌權，但另一位鎮長競選者劉立功挾著卸任立委的高知名度空降，其背後的政治資源除了現任縣長的支持，也包括其黨派亟欲奪下沿海三城執政權的企圖。

進住的民宿是個三合院改建的農家型民宿，房間不但寬敞舒適，而且還有無線網路，紅磚的老屋配合新的工法改建，保有現代化的舒適與古樸氣氛。網路上寫著老闆是農家新生代，夫妻倆放棄台北高薪工作返鄉務農，是目前流行的風潮，進住之後意外地比圖片上看來更符合我的喜好。出發前查閱網路資料，發現海山鎮的民宿若不是比較靠近海邊的「希臘風」、「地中海風」，就是接近農場的「健康庭園度假風」。我討厭在中部鄉村出現的地中海別墅，也不喜歡占地寬廣、除了住宿還提供騎單車、割草餵羊、捏陶畫圖等活動的親子風格。我選擇「老家」民宿，只有四個房間，除了住宿還提供簡單餐點，除此之外，什麼服務都沒有，正合我意。

童年時我亦住過這樣的三合院，記憶中光線黯淡、空間狹小，那是我祖父母家的三合院，比起老屋民宿規模小得多，但如今與祖父母一起同住的記憶都已遠去，父親去世幾年後我也不曾再回去故鄉了。

會不會是我在網路瀏覽照片時下意識挑選了這間民宿呢？這腦中閃過的念頭使我煩躁。

我放下行李，王大勇要帶我去租摩托車了。

這個夜晚，我跟王大勇在市區的小吃店吃過晚餐，他帶著我騎摩托車整個小鎮繞了幾圈，回到民宿才九點鐘，我洗過澡，喝了兩瓶啤酒，沒有吃安眠藥就睡了。

醒來的時候，我以為自己還在台北，但立即知道不是，昨晚沒開冷氣就入睡，意外地並不覺得悶熱，老房子僻靜陰涼，床單潔淨，有水晶肥皂的氣味。早晨的陽光從窗簾空大的縫隙灑落，天花板上老舊的吊扇旋轉著，這個老屋房間瀰漫一股難以言喻的氣味，可能是四周的稻田、樹木、田埂與溝水混雜成的氣味。那是一種埋藏在記憶深處的味道，十歲之前我也是生長在類似這樣一個田園鄉間，那段時光裡發生了什麼我毫無所悉，可我的身體記住了那股氣味，再往深處裡尋覓，會想起祖母屋裡玻璃罐裝的「藥洗」，以及放在門後的尿桶。三合院老屋裡早期沒有衛浴設備，後來雖然安裝了新式的浴廁，祖母仍習慣在房內放一只尿桶，那陳年的尿臊味還在我意識深處。父親剛離家的幾年，我總是做著找不到廁所的夢，夢裡我憋脹著膀胱惶恐地尋找一處可以上廁所的地方，總是在竹林或草叢間，趕緊蹲下解放，而因為褲底一陣濕熱驚醒的我，發現自己尿床了。

一天開始，該做些什麼呢？採訪的工作有幾個月期限，得到的報酬我可以在這個小鎮生活個大半年不成問題，我這次遠行的目的更多是整理自己，希望能夠動筆書寫長久以來一直無法寫的小說。當記者這些年，我總是想著存了一百萬就要離職寫作，而我真正開始寫小說卻不是因為賺夠了錢，而是因為什麼都沒有了。原來幫助人離開舊有的生活需要的不是積蓄，而是失去，腳下的地板被抽空，只好離開走人。

我到民宿的廚房吃早餐，整修過的廚房相當寬敞，角落還保存著早期的灶，大大的鐵鍋裡熬著白粥，老舊的碗倒扣在另一個「鼎」上頭，我幾乎有種幻覺是我祖母會從門外走進來，手裡捧著剛去雞棚收到的雞蛋。

桌上擺放著醬瓜、菜脯蛋、肉鬆、荷包蛋、空心菜跟地瓜葉。

我慢條斯理地吃粥配菜，讓記憶一點一點回來又退去，時間多得很，也沒有什麼地方非去不可，才離開台北一天，我心裡一直緊繃著的什麼都鬆開了，跟出國旅行不一樣。我快吃完時，有個男人走進廚房，四處張望著，他似乎很困惑於眼前所見的一切，想轉身離開，又可能因為肚子餓而猶豫，這人鬍渣凌亂、黑眼圈很重、瘦長臉、五官深刻、年紀大約四十歲左右，一臉沒有睡飽，甚至徹夜不眠的樣子，他視線朝向我，我對他點點頭，「沒睡好？」記者的習癖使我忍不住開口。

「找點東西吃。」他說。

「鍋裡有粥，」我說，「很好吃。」

因廚房裡只有一張大圓桌，他盛了食物也只好面對我坐下，我因無事可做就跟他攀談起來。感覺是個非常沉默的男人，好像得用湯匙才撬得開他的嘴。

「我是記者，你呢？來海山做些什麼？看你不像來度假的人。」我決心從他嘴裡問出些什麼，當作這一趟旅程的開始。他身上藏有祕密的氣味，是那種不想讓人打探，卻偏偏引起我興趣的人。

「來幫朋友找個人。」他說。

「你怎麼會住在這裡？這兒很偏僻。」我問。

「這次來找人行程匆促，這家民宿是我以前在警局工作時認識的朋友回老家開的，就臨時來借住一晚。」

「你是警察？」我問。像掉進電影對白裡。

「以前當過警察，現在在徵信社。」他回答，「專門找人。」

對話比想像中順利，一定是因為老屋使人放鬆，粥飯使人鬆口。

「什麼人都找得到嗎？」我問。

「我擅長找人。」他苦笑，「但也有找不回來的。」

「找人是怎麼回事？要怎麼開始？」我問他。

「以前警局有些朋友可以幫忙，查詢醫院、殯儀館、派出所，探訪親友、同事，搜尋社群網站打卡紀錄、發文與留言內容、信用卡使用資料，調閱手機衛星定位、金融卡提款紀錄，海量調閱各重要交通要站、公共場所監視錄影畫面，聯繫各家飯店旅館，能用上的方法都可以用，人要完全消失在這個世界上不容易。」

「你要找的是誰？」我問，隱約感覺讀過類似的訊息，他說出「邱芷珊」這個名字，是三個月前非常轟動的海山千金邱芷珊失蹤案。我在火車站看過尋人海報。

「每年有兩萬多個人失蹤，最後未被尋獲的超過五千人。」他說。

說完這些話，他就沉默了，我還有些問題想問他，卻感覺他並不想跟我多說話，當我想離開時，他卻又開口問我，「那麼你來到海山做什麼呢？看得出你是外地來的，卻又像是要長住的樣子。」

「我來做採訪，要寫畫家劉光的傳記。」我說。

「這麼說來我們的工作有點像。」他說。

我正納悶著，他就回答了，「我們的工作都是到處打聽、尋訪、追問，設法把答案找出來。」

這個男人很奇特，說話沒頭沒腦的，但是我對他有好感，他幾乎不說廢話，而且他長得好看，大大的眼睛深得像黑夜，一望即醉。

對於接下來在海山的生活，我沒有太多計畫，就是採訪跟放空。採訪劉光，暫定分八次進行，除了採訪他本人、助理，另外還需訪談他的友人、親族，我列了一份問題條目，但目前也還沒有確切名單。時間很多，我可以慢慢來。

過往生命裡我曾幾次到國外，住上十天半個月，寫一篇深度報導，但這次不一樣，兩個月甚至更長的時間，我覺得自己想來療傷的心態多過於採訪，這也是林慧的用意，找個理由讓我離開台北。

因為寫過幾篇重要的人物專訪，我雖非科班出身，卻也在業界獲得滿高的評價，許多不接受採訪的人物，都被派到我手上，我也因此結識了幾位藝人、政治人物、藝術家。但我越是在記者的工作裡得心應手，越感覺自己偏離寫作道路越遠，「寫小說才是王道。」李振家曾這樣對我說，他自己卻是從寫小說轉行去拍電影，他的意思是寫小說是「我」的王道，也不管那時我們的生活費都是靠我在周刊上班的穩定薪水提供。

我不是因為薪水而當記者，我是為了逃避寫作壓力，寫採訪稿壓力也很大，但那種壓力總是有形的，就算被總編罵了，再三修改，即使採訪過程再不順利，那畢竟不是無中生有的東西，只要努力，我總是寫得出來，最後的成果也大多令人滿意。但我卻無法寫小說了，我曾經那麼擅長說故事，那麼善於從虛空中創造人物、編寫身世、製造劇情，可是那個能力消失了，每當我坐在書桌前，打開電腦，只要我寫的不是真實事件，只要我啟動想像，我就會被腦子裡衝出來的惡意、悔恨，以及無休無止的回憶折磨，使我發狂想逃。兩年前我從周刊離職，想專心寫作，離職後我變成自由接案，只要是工作我就能做好，除了寫小說，我什麼稿子都能寫，我是最稱職的影子寫手。但跟李振家分手後我連最簡單的稿子都寫不出來。來到海山就可以寫作嗎？我不確定。但至少我可以出門了。

小鎮幅員廣大，但大多都是山區與海邊，住戶零散，真正的人口密集區只有集中在火車站這一區塊，我騎著摩托車在鎮上閒晃，市區道路整齊，感覺短短時間就可以逛完。我騎車逛了幾圈，決定找地方停下車，慢慢走逛。

主街上商店不少，有兩家連鎖超商、兩家茶飲、一家連鎖服飾品牌，這些醒目的招牌台北都有，但即使有這些招牌，小鎮依然散發著城市沒有的氣息。一般的店鋪店面都不寬，但很深，還可以看見米店、雜貨店、西裝店、皮鞋店、委託行這種傳統的商店，就在透天厝的一樓，想來大家都是住在二三樓，有一種不管賣的是什麼，都不太積極的感覺。店鋪裡東西少少的，顧店的大多是老闆或老闆娘，甚至是老闆的爸媽，客人零零星星，生意可有可無，沒客人時老人家就打開電視邊看，店裡幾乎都有茶桌，時常看到客人們一起在泡茶，簡直把商店當客廳，讓生活這般裸露。

我逛了很久才找到一家咖啡店，是在馬路邊小弄裡一家名叫「老時光」的咖啡店。這排屋子都小巧，咖啡店也是小小的，他們把前門與牆壁拆掉後推，做成一整片落地窗，窗前後推的地方做成小庭院，在這條街顯得異常醒目。以前的建築天花板很高，室內光線較暗，但咖啡店整個透亮，門口窄小的花園植有各種多肉植物，門邊落地窗，米色窗簾，屋內清一色白色或松木的家具，極簡風格，在小鎮看到這樣的風格覺得突兀，但可解我的都市鄉愁。想問問在地人對劉光的看法，咖啡店應該是好地方。長期記者生涯的訓練，讓我從一個有社交恐懼症的人，變得容易與人攀談，但我骨子裡還是孤僻自卑的人。朋友總說，倘若你不笑，擺一張臭臉看起來很凶。冰山美人，他們說。年輕時我可能還有幾分姿色，現在也都被損耗了。

吧檯是一對看似夫妻或情侶的年輕男女，我點了拿鐵跟三明治當午餐，打開筆電搜尋「老時光咖啡」，出現他們的粉絲專頁。我瀏覽了一會，已經知道這家咖啡店的故事，老闆與妻子原在台北從事廣告業，因父親中風決定回老家長住，父親去世後，他在自家住宅開設了這家咖啡店，店裡的招牌是香草戚風蛋糕跟布朗尼。我又點了戚風蛋糕。

店裡客人只有三兩人，送餐時老闆娘與我攀談，「是外地來的嗎？」我點頭說：「是記者，來採訪。」「我們這邊遊客大多往海水浴場跟農場那邊跑，來街上的不多，所以生面孔一下就認出來。」我遞給她我的名片，「我會住上幾個月，往後請多多照顧。」以前這樣的話我怎麼也不可能說出口，現在卻隨口就能說出。

「在這邊習慣嗎？」我問她，「生意還好？」

「生意還過得去，午餐時間客人少，但下午茶時間就會出現很多太太，大家都是來買蛋糕的，放學的時候，父母也會帶小朋友來吃冰淇淋。以前在台北想開店都沒開成，反而是回到鄉下來開店了，其實我們當這裡是自己的客廳，常辦讀書會，後面有我們的工作室，做蛋糕宅配。沒房租壓力，能生活就好。」

「我還滿喜歡這裡的步調，什麼都慢慢的。」我說。

「不趕時間啊，即使不做什麼也很舒服。」「可以叫我木易，」她說，「我姓楊。」

我們閒散聊天，蛋糕果然非常好吃。木易說結婚五年一直沒懷上孩子，回來小鎮一年就懷上了，現在五個月。

「你知道畫家劉光嗎？我這次就是來採訪他的。」我問木易。

「我見過幾次，劉光老師是阿橋的遠房伯公，很少見他上街。要找他可以去附近的花田看看，偶而會遇上，鎮公所補助農民在休耕時間種花，他們家附近的農田三色堇開得很漂亮。阿橋說只要跟伯公討論花，他就會變得很多話。」

第三天，為了交通便利，王大勇建議我搬到市區的海山旅館居住。

海山旅館，曾歇業長達十多年，成為馬路邊的廢墟，有不少鬼怪傳聞。因海山旅館已有七十年歷史，算是鎮公所重點保護的老建築，這幾年鎮公所大力推動觀光，把幾處重要古蹟與建物都做了修繕。在計畫補助下，海山旅館修復並且重新開業，而後由第三代子孫方正勳接手，變身為時髦的老屋改建「海山旅館」。

我留意到旅館還保留當時的外觀，但玻璃、窗框、門板都修補換新或重新上漆，看得出花費了極大心思努力保存老旅館當時的氣氛。沉重的木製櫃檯應該是早期留下來的，大廳牆上掛的老照片、櫃檯旁邊的置物櫃，以及牆面上掛鑰匙的木格子，也都經過整修復原，接待沙發換上綠色皮沙發，是經典家具的復刻版，茶几可能是民藝品淘來的老件，天花板上的奶油燈、壁燈看來都是選用帶古舊感的器物，唯有大廳掛了一座垂懸而下的燈具，如花樹的枝葉，是屋子裡最新潮的，也算是亮點，配上修整過的大面落地窗，使得老建築帶有現代感。

站櫃檯的是一個年輕女子，不知是不是方家的人，或者只是來工作的員工，穿著白襯衫、米色背心、牛仔褲，頭髮挽起，臉上淡淡妝容，是個秀麗的女子，辦好簡單的住宿登記，女子給我房間鑰匙、早餐券，對我說：「早餐七點到九點，請到一樓旁邊的餐廳用餐。」我問她飯店有無WiFi，她微笑說有，密碼是000加上房號。「需要帶你參觀一下設施嗎？一樓的餐廳可以點餐，但餐點是對面海風餐廳送來的，所以也可以直接到對面去吃，有九折優惠。二樓有閱覽室，放著一些海山鎮的歷史書籍以及我們老老闆收藏的大量藏書，四樓有花園露台，從那兒可以眺望小鐘山和白沙海岸。」

因為客人不多，加上我一次訂一週的住宿，櫃檯人員熱心為我解說，她遞上名片，寫著「經理方秀珍」，難道是方家的孫女？

飯店房間比想像中寬敞潔淨，他們將老舊的裝潢都拆除，只保留了磨石子地磚，牆壁也都修整粉刷成白牆。我住的房間在四樓，房間大約四坪，預訂時我特別強調需要寫作用的書桌與桌燈，屋內陳設簡單，木地板、白色牆壁、簡潔的木架床、實木桌椅、桌上擺放一盞綠色檯燈、衣櫥是嵌進牆裡的，浴室走清水模風格，附簡單花灑、分離式浴廁。一進房間感覺整個人都放鬆了，我把行李擺好，書桌正對窗戶，掀開白色窗簾，可以眺望遠方。海山的房子都不高，飯店的視野很好，往下看，旅館背後有幾排三層樓樓房，再望過去，是綠色鐵皮搭起的大片建築，想來應該是市場之類的，旅館當初選擇的地點就是視野遮蔽最少的地點，而多年過去，海山鎮幾乎沒有什麼高樓，於是這個地點優勢延續到現在。

飯店與海風餐廳都位於通向小鐘山方向的這條道路上，再過去一些就是上坡，往上坡路走約十分鐘有一處岔路，右邊通往小鐘山的別墅區，左邊則通往一處古蹟神社。

劉宅位於小鎮偏山的郊區，獨棟建築氣派而美觀，周圍都是高大石牆圍繞，資料記載劉光家族為海山世家，他們家族歷代都是生意人，唯有劉光一人棄商從文，但家族的男子卻都在五十多歲就早逝，也唯有劉光活過了六十歲。

那是一棟非常典雅的洋樓，位於一段上坡路的頂端，這條路已經離開市區，是通往山上神社的道路，前方看得見矮矮的山丘，路兩旁都是樟樹，上坡路走約五百公尺，就可以看見黑色石牆圍繞的建築，彷彿是為了讓人仰望而建於此處。

我按了門鈴，對講機響起一個男人的聲音，我報上姓名，一分鐘後有人來開門。

院內非常潔淨，幾棵松樹與柏樹，簡單的日式庭園造景，洋樓是巴洛克風格，拱廊、立柱、露台、玄窗，牆上的立雕精緻，維護得非常好，開門的是個灰衣的老人，有一個眼睛已經萎縮，但身體很硬朗似地，動作非常敏捷。他帶我進屋，一樓大堂寬闊，沒太多家具，只是牆上掛著幾張先人的照片，一座大型玻璃櫃，裡頭擺滿各式展品，我在大廳等候，不一會出現一

EX.LIBRIS
written by
無父之城

位年輕人，他遞給我名片，頭銜是基金會的祕書，名叫韓正恭。我倒不知道劉光有什麼基金會，「老師在接待室等你。」他說。我們穿過細細的走廊，廊道旁有高聳的凸窗，米色窗框有精緻的雕刻，從窗戶瞥見的庭院，是另一副風景。

這棟樓可以住上好幾十個人吧，但此時感覺異常冷清。

所謂的接待室，是一間較小的客廳，茶几、書桌、幾張單人椅隨意地擺放（但每張椅子造型各異，看來都是造價昂貴的收藏品），劉光坐在綠色單人扶手椅上，他穿著白色亞麻襯衫，同質料色系的休閒褲，一頭白髮略長，比想像中更為高大也更俊朗。我曾見過幾張劉光的照片，都是側面或模糊不清的剪影，給人以陰鬱的感覺，但我此時看見的畫家，在光照良好的接待室裡，神態輕鬆悠閒，就像是個氣質高雅的長者，甚至給人一種瀟灑的感覺。

這一切都讓我放下緊繃的心情。

「劉老師好，我叫汪夢蘭。」這句開場白我不知練習了多久。

「我看過你寫的文章。」他說。

我心裡一驚，他笑笑說：「被採訪的人也會先做功課啊，現在網路這麼發達。」

「很難想像劉老師用Google搜尋我的資料啊！」我笑了。

「資料是小韓列印給我的，但我自己也會上網，是今年開始迷上的嗜好。忍不住就會在網路上買書、買唱片什麼的，對我這種不出門的人，網路真是好東西。」

話題就從網路購物開始。

前半個小時，我們完全沒談到他的身世、背景、求學、繪畫，光就是談網路、臉書、他在報上看到的各種消息。他彷彿將我當作從真實世界來訪的使者，逐一與我核對他吸收到的新知，他這份親切與好奇，在談話進入三十分鐘之後，開始變得怪異，我突然理解到有些真正孤僻的人，不是那種不說話的人，而是儘管他侃侃而談，你卻知道他活在另一個次元的時空裡。

我任由他開啟話題，覺得這是認識他，或者有機會認識他最好的方式。

正當我專注於他開啟各種關於他正在蒐集的瓷器的話題，他像想起什麼似地隨口說道：「我們劉家世代經商，家業很大，父親年輕時曾經被捉去南洋當軍伕。他負責蓋鐵路，當運輸補給兵，幸運撿回一條命。戰爭結束後開始跟著朋友去日本做生意，回海山之後，開了第一家酒家。」劉光絮絮叨叨，我知道他要開始講故事了。我沒知會他，悄悄按下手機錄音鍵。

因為家境富裕，劉光成長於戰後的海山鎮，當時家裡住的就是這棟洋樓，父親有一妻一妾，劉光是大房的兒子，但沒有繼承父業，他大學時代讀的是師大美術系，畢業後因為體檢不過，服役兩週退伍後就出國去了。

「我開始想畫畫，是因為我母親的緣故。」他說，「母親是清水鎮的望族之女，高校畢業，學過西洋畫，會彈鋼琴，是典型的受過西洋教育的富家女，母親在私塾讀書學畫，家人還送她到台中去學騎馬，她個性豪爽，非常大氣，本想到日本讀大學，卻因為祖父突然染上天花病逝，祖母也染了病，病情嚴重，家人想要幫祖母沖喜，便將她尋覓了海山鎮的富家子配婚。」劉光一口氣說到這裡，突然久久地停頓，「真好奇母親為何當時沒有反抗？也許家人突來的病故使她的傲氣消泯了。但她嫁得並不快樂，我父親是天生敗家子，會賺也會花，主要是愛玩女人。」

說到這裡，他搖了一下桌上的手鈴，一個女人送上了紅茶跟蛋糕。

「我可能受了母親影響，」他笑道，「當然，在國外住久了，自然喜歡這些西洋東西。但每次喝茶時還是會想到母親，你看這套茶具，是英國骨瓷，母親收藏幾十年了，我就是捨不得丟。」

女傭將裝有紅茶的茶壺、杯子、盛裝蛋糕的盤子、湯勺、叉子，以及裝有砂糖與牛奶的小罐子都擺好。

劉光親自為我倒茶，他似乎很沉迷這些動作，仔仔細細，我注意到他的手已經略微顫抖了，正如他說話時頻繁顫動的嘴唇，可能有帕金森氏症或其他健康問題。

喝茶，他的奶茶加了兩匙糖。我不加糖不加奶。

各自喝了半杯茶左右，他又像按了開關一樣，繼續講。

「文化部說要給我獎，獎這種東西年輕的時候該得，越多越好，但像我這麼老了，拿獎就沒意思。他們說要找人給我寫傳記，我本來也排斥，一個老東西了講來講去也就是些老回憶，誰想聽呢？不過讀了你的小說，我突然想起很多關於我父母的故事，講講這些我覺得有意思，我也沒子沒孫，這些歷史沒有傳人，就是講出來自己回味一番吧。」

我想要開口鼓勵他「這些歷史很重要啊」，又覺得沒必要，我只是默默聽他說。

「婚後我母親都關在家裡，就做些洋裁，彈彈鋼琴，我父親總是不在家，母親生下我，才又拿起畫筆。我有記憶以來，她總是在院子裡對著植物寫生，我三歲時她就讓我拿畫筆了，據說，只要給我顏料跟紙筆我就會變得很安靜。」

他又搖了手鈴，這次出來的是基金會的韓正恭，劉光說：「去拿我早年的畫冊。」韓正恭退下去，我跟劉光兩人繼續談話。

早年畫冊家人都收藏得妥當，泛黃的紙張，畫滿各式素描，有幾本是他小學時的習作。劉光說他三歲在紙上亂塗，四歲母親就正式教他水彩，十歲之前都由母親教授，那時他的素描、水彩都畫得非常好，但母親不曾學過油畫，所以將劉光送去台中跟一位師院的老師學油畫，我們正在翻閱的畫冊就是母親帶領他畫的。他一生作品無數，他自己最珍愛的，都是早期的作品。

來此前，我在一篇劉光的報導裡讀到他求學與畫畫的經歷。劉光讀台中一中，之後考上師大美術系，退伍後直接到美國留學。在美國時他得了一些獎，也辦過畫展，但因為性格孤僻，並沒有與當地藝壇有太多聯繫，家境富裕的他對於賣畫也沒有太多興趣。他認識了後來的妻子，是個法國人，也是畫家，兩人婚後就去了法國，那一段時間，他們住在法國南部鄉間小鎮，開始做起雕塑，畫水墨畫，做的都是自己不擅長的事。

三十八歲那年，妻子認識了一個詩人，詩人學禪修行，也帶著他們修習，那是影響他人生關鍵的一年。學禪之後，對於作畫的興趣大減，他買下一座古舊的莊園，有近十年光陰，都在研習靈修，參禪打坐。莊園裡有農場，引來五、六個好友，都是同道中人，那是八〇年代，還有嬉皮殘餘，他偶而畫畫，更多時間在寫詩，練瑜珈，種香草。四十五歲時父親去世，偌大家業都由弟弟與妹妹接管，身為長子的他，繼承了一些土地、祖屋與大筆現金，接下來的時光，他繼續變賣家業，供養他的莊園。

直到妻子因癌症去世，他們沒有生育，幾個友伴也逐漸離開，他驚覺只剩下自己一人在那偌大的莊園，喪妻之痛讓他重拾畫筆，畫風大變，他畫起了抽象畫，這樣的繪畫解放了他。他把莊園處理掉，再次回到美國，買了一輛露營車，進行了一趟長途旅行，大約有兩三年時間，都在美國各處流浪，他就是在這時期畫下後來標售天價的畫作，那段時間他漸漸感到生命的空洞，有什麼不斷流失了，越是如此，他越寄情於繪畫，他旅行到紐奧良，認識了小他二十歲的畫商安娜，兩人同居了十多年，直到安娜因車禍去世，他晚期的畫作都由安娜負責展出，逐漸累積了聲名。他一直在紐奧良定居，工廠改建的畫室兼住宅，有三層樓，非常寬敞（我在雜誌上看到畫室的照片，那是個狹長的屋子，長度像是沒有盡頭似地），直到卡崔娜颶風來到，再次摧毀了他的住處，幸而大部分重要畫作都存放在紐約，此時他動了回台灣的念頭，想回海山老屋定居。二〇一〇年，拍賣會上他的一幅抽象畫賣出五百萬美金，消息傳回台灣，各大媒體都報導關於他的消息。他悄悄回台，將老屋整修好，在海山小鎮隱居，最初還是有媒體追蹤，兩年後他得到文化部文藝獎章，正式宣布封筆。

後面這些資料都是表面文章，媒體披露過了，我的採訪要做的就是把這些歷程背後每一個細節找出來：他為何離開美國？在法國的莊園生活又是如何？與妻子及經紀人的關係？以及最後封筆的理由？

但這些問題都盤旋在我自己心裡，還不能一一說出口。我得耐心等待。

第一次訪談，劉光說的都是童年。他說母親教他習畫，說起母親婚後的不快樂，都化為對他的期待，「小時候畫畫，更多是為了博得母親的歡心，因為只有教我畫畫時她才會微笑。」

劉光還記得孩提時的海山小鎮，當時鎮上已經有洋樓、商店、汽車，也有專賣音響的小店，海山有幾位商人，因買賣樟腦、樟木、製鹽致富，這些商人也開設商號，如百年老店的餅行義華齋，老闆就是劉光父親的好友。海山雖然是小鎮，但發展得早，日本時代就已經建設得很好，海一街海安路這些大路都在日本時代早已規畫好，棋盤式的建築，從市場綿延到整個市區的街道整齊，至今仍可見當年繁華商街的舊影，主街上還有很多八十年以上的建築，都是兩層樓房，二樓有陽台，一樓販售各種商品。彼時，劉家、蔡家、邱家是海山大戶，互相通婚為慣例，惟劉光因為人在異國，沒有加入通婚的行列。

「印象深刻是蔡家的沒落，我小時候他們還是鉅富，但因為一直單傳，又有遺傳性的青光眼，族裡的男丁各個最後都失明，簡直像詛咒一樣。我曾畫過蔡家的大院，院裡一棵百年樟木，非常雄偉，那幅畫後來被蔡家買走了，蔡家敗落之後，那幅畫也不知去向。我聽說蔡家最後一個兒子，流落到台北去當按摩師，起初很落魄，後來他妹妹反而當起了按摩會館的老闆，開設連鎖店，雖沒有以前的輝煌，但也算重新站起來了。很傳奇的一家人。

「我母親很喜歡蔡家的大院，小時候她常帶我去寫生，他們家是兩進的三合院，古樸典雅，跟我們家的洋樓不一樣。那段時間，放假的日子，吃完午飯，我們總是帶上畫板，就去蔡家院落裡畫畫，我記得他們有三個女兒，長相標緻，時常躲在繡房看我們畫畫，當時怎麼也想不到日後的衰頹。蔡家大院還保留著，後來被王家買走了，據說現在是當作古蹟保護著。」

我聽著劉光仔細描述蔡家的盲眼命運，以及敗家的過程，腦中彷彿可想像出那景象，他說自己出國前曾經被介紹跟蔡家的大女兒見面，那時他們家父親已逝，靠著變賣祖產過生活，家族裡很多故事都是大女兒對他訴說的。他們兩人似乎有情意，但都抵不上他想要出國讀書的願望，最後也是分開了。在美國時接到女孩持續的來信，他們變成沒有見面僅是通信的朋友。從信中得知，蔡家家產變賣完之後，舉家搬遷到城市裡，後來三個姊妹都嫁人了，哥哥才去當按摩師。最後是家裡的二妹跟妹夫頂下了一家按摩會館，改善了家裡的經濟。盲眼的大哥六十歲死於肝癌。

「我父親也很崇洋，喜歡穿著西裝，開著當時少見的汽車，在小鎮街上晃蕩。父親會帶著我們幾個孩子，沿著海岸奔馳，揚起高高的塵土，像大浪翻天。童年的時候，每次父親冶遊回家都會被祖父責罵，當時祖父總是大罵他浪蕩、奢侈、不上進、富不過三代，祖父非常憂慮我們劉家的未來。我幾個叔伯早年就被送出國，後來都成為非常優秀的醫師，有兩位至今家業都還是很興旺，唯獨我們這房，父親母親死後，我與二媽和弟妹都不合，他們早就搬到都市去了，我與家人鮮少往來，只剩下我一個人回到這個洋樓，我感覺生命最後似乎只剩下守護這樓房的氣力。我的畫作事業都由基金會打理，後來跟政府單位打交道，包括現在你要寫的這個自傳，我覺得都只是我自己晚年的消遣罷了，來日不多，還能做什麼，我沒有後代，所擁有的一切終將不屬於我。」劉光語畢，抬眼看看我，「剩下的，下次再談吧！」他伸出手，我也伸手，他重重地握我的手，「跟你談天真好。舊時光都回來了。」

「期待下次相見。」我說。

管家送我走出了大門。

我回望那座洋樓，如今它在我心中的意義已經非凡。它變得既美麗又複雜。我想要去尋找蔡家祖宅。我想寫蔡家的故事。

一路上我內心大聲喊叫著，我想寫作，我非常想寫作，寫小說是我的本命，沒錯的。我找到那種感覺了。

# 第二部

滴低，他聽見計時器鈴響，第一次提醒，尚有三十分鐘。

一小時的鐘，兩小時的點，已是再熟悉不過的流程，全身油壓推拿，穴道指壓，頭頸肩加上足底按摩，刮痧、水療、溫灸，從頭到腳，店裡總想得出各種套餐組合，當然他負責的總是那幾個項目，盲人專長，短則三十分鐘，長至三小時，六年時間的訓練，無論組合如何變化，他已將流程記在腦中，刻錄在指尖。

近來，他越發需要計時器提醒，想是體內什麼被喚醒了，擾亂了時間，造成時差。他想，是因為那個女人。

今日女人第二回來到，上次帶著另一個女子，這次單獨。姿色不知如何，聲音柔細，皮膚脂潤、緊緻，但皮下脂肪略薄，已不是二十來歲的緊繃，手腕與腳踝特別纖細，可謂瘦不見骨，就身段而言，是個三十到四十間的熟齡美人，直長髮，髮質柔細，耳朵形狀小巧精緻，第一次為她做足底按摩時，按到痛點身子會輕輕一顫，個性應是執拗的，女人點的是一小時全身油壓加四十分鐘足底按摩，手掌碰觸她的身體，總感覺發出了「唉」的長嘆。一切全是他的猜想。

可以確知的是，第一次療程結束，他聽見女子在櫃檯結帳時，買下十二堂的課程，她說姓鍾，還說下週也指定十號蔡師傅。

如他這樣的盲人，店裡一半都是，館長不知用什麼樣的名目申請，將原本專作盲人按摩的小店開展成頗具規模的美容健體養生會館。當然這一切，也是聽同事說的。

他一向只管自己雙手的事，熟記著路線，來去自如，館院擴大之後，他偶而會被叫到樓上高級的包廂裡，據說是因為他長得與明眼人無異，畢竟他才盲了十來年，還帶著明眼時難卻的習氣。又有人說，因為他長相斯文，談吐溫和，得女客人信賴。

道聽塗說。

上回他在鍾姓女人的鎖骨間凹陷處發現一顆米粒大的痣，略略突起，為她按摩至此，他以指尖在上頭摩娑了一會，問女人：「是黑色米粒般的痣嗎？」女人嗓音軟軟回說，「是啊，人家說痣長在這兒不吉利。」

他記起已逝的母親也有那樣一顆痣，她也為傳說而苦惱，心中一慟，多年來因盲目而死滅的心智突然活騰起來，像有人將堵住的河水疏通，像有人從他腦中取出了鬱結，什麼啟動了記憶，往事滾搖如流。

記得啊，最初是空暗的大廳，神明桌前，母親的側臉，黑痣如月影落在白晰的頸間，香案上焚燒的蠟燭滴淚，瓷瓶裡的鮮花漸萎，案前的紅色跪席，他們倆起伏身體久久的禮拜。跪拜案上蔡家祖先，與觀世音菩薩，祈求身體康健，「讓這孩子常保光明」。那時他還能清楚看清所有細節。

歷歷如新啊過往，歷史被折疊如一小張紙條，存放在他皮夾裡。因為看不見，剩下的都是觸感。

海山蔡家曾經顯赫，曾曾祖一輩妻妾成群奪愛亂家，計謀相殘，小妾暴斃，一屍兩命，曾祖自誓蔡家男子再不得納妾，不得離婚，人們謠傳當年慘死的小妾立下詛咒，自此開始蔡家男丁單傳，獨子成年後俱因眼疾而目盲，無一例外。

家族敗落如一棵老樹染病，遼闊宅院裡，祖父剛逝，父親初盲，他是長孫，繼承著家族命脈，也沿襲終將走入黑暗的基因。

眼疾從詛咒變成遺傳，視網膜病變，無可逆轉，陪侍有眼疾的父親，母親努力多產，擴大分母，增加機會，除了他，還生有四個姊妹。

受過教育的母親用科學觀念與意志力對抗，但對抗不了偏愛。母親一直嚴格訓練他各種盲後的心理調適與生活自理，卻又縱容他在生活上的要求。他顯得格外成熟，又特別驕縱。

當時大街上有蔡家商號，還有租賃出去的十餘家店鋪，父親一年一年賣掉祖產，開始他「環遊世界」奢華旅程，母親原是鎮上診所裡的護士，嫁於父親後，日日在商號裡站櫃收銀，父親荒誕，在三十到四十五歲那些年，像來日無多的人，漫天飛花狂舞，將龐大家產悉數散盡。他記得母親每回都帶著僕傭到基隆碼頭接父親，幾張地契換來的遊歷，人力車上堆滿滿的外國奇物，有時還帶著外國女人。

他們一行人從碼頭搭車回鄉，沿途都有打賞。父親纖就自己走向失明的道路，是燙金刷銀的。

這金銀道路沒少了他，父親帶回的禮物象徵著「世界」各種新奇進步的外國事物，糕點美食，珍稀收藏，他有一整冊昂貴的集郵與外國錢幣，最金貴的手錶，稀有的玩具，寫滿洋文的絕版書，鎏金花瓶，鑲玉鏤鑽的衣裳，他與父親一樣，凡手能撫摸的都要最好，眼睛能看的美物都要收藏，母親寵溺，父親荒疏，姊妹們全像哄著什麼珍稀事物般縱讓著，偌大家產變賣成一屋子物品，家底厚實，光是享樂不足以盡興，什麼都買回來也無法填補空洞，父親迷上了賭博，唯有輸贏的激爽可以讓他感到活著，他什麼都能賭，眼睛看不清也還能賭，狂嫖濫賭，打開所有感官極限，活得像沒有明天。

父親終於盲了。

眼瞎沒有殺死父親，倒是盲目使他趕赴死亡，不能到國外，就在鎮上晃溜，他夜夜買醉，縱情聲色，一次酒醉夜歸，跌入圳溝，水深及膝，就奪去父親性命，那時他年方十五。父親將祖屋變賣盡淨，財產消融一空，只剩下規模漸小的商號還護衛著蔡家榮光，母親眾家姊妹百般呵護，萬般順從，保護溺愛，讓他上最好的私立學校，供給他無需打工的四年大學生涯，蘭花一樣將他呵養，他繼續揮霍母親的打工錢，在破屋裡過著少爺生活。

失明前倒數計時，誰也不知剩餘的時光還有多少，第一次視力的惡化竟如日蝕，將日頭從圓形遮蔽成筒狀，亮白天裡眼前光度發生變化，他用力眨了幾次眼，依然如此，他從書本上看見自己視野如何縮減，像有人胡亂撕去書本字跡旁的天地留白，那次的視蝕產生後，兩側視野消失，邊緣白茫，此後他再沒有所謂「眼角餘光」這東西。

是年二十五歲。他清楚意識到時間不多，他變賣自己手中收藏，不像父親環遊世界，他只想玩女人。

祖厝賣掉之後，一家搬進商號後面的矮屋，六口人在一狹長窄仄的屋裡，黑燈瞎火，配合著父親摸索的節奏，一日復一日，奔向毀滅。

該是更小心，像母親儉省使用著財物那樣，但他如父親極力地揮霍，他已將大學讀完，沒有就業，就回到了鎮上家中，因眼疾只服了兩星期國民兵，他不怕恥地窩居家中商號，就著日光讀報，有客人來買煙，買酒，秤兩斤米，他將收音機開得響亮，與路過每個人交談，依然閒得慌，母親到鎮上的工廠為人煮飯，四姊妹都已就業，各在美容院、麵包店、學裁縫，還有一人做護士，拚命掙錢，填補他這個燒錢坑，傍晚大家收工，煮一桌子飯菜，吃完才准離席，夜裡是他自己的時間了。

大學時代交往的女友苦苦相求，依然堅持分手，他不願娶妻，躲避詛咒與遺傳，孤獨夜裡，趁著還得見月色，漫山遍野地去，他騎單車、摩托車，步行，快跑，非得弄得筋疲力竭，眼睛發痛，才願歸返平地，途中，是鎮上的酒家，他如父親當年那般推開門走進去，點一杯酒，叫來每日不同的小姐。是宣洩，也是收集。

他得看。在視力完全消逝，趁月色被黎明置換前，他得看。

看，成了他的一切。

只剩二十五分鐘了。還有雙腿尚待療癒。鍾姓女人腿上有細細汗毛，如風中棉絮拂過臉龐，他真想趴下伏倒。

跌跌撞撞從酒家走出，大搖大擺往家的路上走回，小旅館就在家對面，破舊寥落，他不顧忌，櫃檯女中是熟識的表嫂，給他慣去的房間，買鐘出場的女人隨著他進房，連檯燈都點上，「我要看。」他說，要女人做出各種姿勢，有時他點上燭火，將女人如物件那樣翻來覆去，「我要看。」他說，曾有心慈的女人因為這句話的急切而哭泣。

蠟燭盡滅，他向櫃檯要來火柴，燒一枝，點著鈔票發亮成小團火光，直燃到燙手方停。日光燈、電燈泡、輾轉映入的路燈、月光、燭火、紙鈔的臭味，然後是星星火柴微亮，每一種光線因其強度、亮度、曲折照射的方式，將眼前女子的裸身反覆照亮、很亮、漸亮、落入朦朧，然後剩下猜想。

搭配著手指撫觸，肌膚親弄，而後是器官深入，所有光線都落下了，換來天光濛濛亮起，女人被這奇異的歡愛方式弄得神醉，狂亂嗚咽著，我要，喊著他的名，他摀住女人的嘴，像風暴一樣裹脅著她，鎮上誰不知曉啊，那帶毒的血液，最後的男丁，名叫蔡光明。

他因憤怒與悲傷而傾洩，流射於女人體腔，突然眼前一黑，彷彿日蝕到了盡頭，天地徹底暗了。他一慌心，大喊了一聲。

對街的母親可聽見了？

二十年過去如今他是蔡師傅，眼前女人是鍾小姐，也不知是否化名，療程最後二十五分鐘，他仍在小腿盤旋，一個半小時的鐘，為她他失了節奏。

前一個鐘，從頭頸肩，脊背，腰臀加強，女人反穿著浴衣，背部裸裎，會挑選男師傅做體療的女人，想必再熟悉這一套偽性愛的儀式不過，半點敏感地帶也不碰觸，全是意淫，他執業十年，近乎麻木。

但鍾小姐掀翻他的黑盒子使大浪拍擊這小小診間，時間翻湧，女人敞開的身體在此，他的手宣讀密碼似地，答答答答，一一讀出他的過往。

密室裡，唯他們二人。

從頭至腳，鍾姓女人每一處都引發記憶狂潮。

鍾女如瀑的長髮，叫喚初戀女友曉楓，她一頭長髮如瀑，遠山眉，晶晶眼珠亮得人心慌。街坊小吃店女兒，高二下學期他日日放學都到店攤站崗，陽春麵加滷蛋，小菜切滿一大盤，還要陪女孩的哥哥下棋，花費半年才得到與她單獨出門的機會。

女孩愛用566洗髮精，花香四溢，他為女孩從鎮上的委託行買來昂貴日本洗髮精潤髮乳，使其香味更醇美。女孩愛吃糖，他也蒐羅日本糖果，女孩愛穿白衣黑裙，不上學也有學生氣息，他又為她買來一條純絲領巾，女孩含笑接受，「像空姐嗎？」她盈盈笑說，女孩長他三歲，即將北上求職，他寵她愛她，但他不能娶她。

他確實辜負她，輕吻輕抱其他不敢跨越，女孩性子剛烈，「不要我為什麼追我。」將門重重摔上，他在門外等候，天上浮雲一朵，無父的他，憑什麼不辜負。

每當飛機劃過頭頂之天，他總想著女孩盤起髮髻，正在問客人，「咖啡還是紅茶？」

他絕不輕薄，他只是回憶，若非鍾姓女人刻意讓背部肌膚露出，他甚至不需碰觸她的身體，他自信隔著浴衣，也能執事，鍾女是否如一般女客蔑視盲師傅，自覺裸露與否無關盲者，或者，那是一種明與暗的偷渡，局部裸露，她需要一雙看不見的眼睛鑑賞她的美麗。

也可能都是猜想。

他生命經過的女人在鍾姓女子身體上羅列出席，像出籠的鴿子，如潘朵拉之盒，他的寵愛與悲逆，在他瞎盲雙眼裡花火般乍明乍亮出現，太過清晰，不能止息。

女人們，月黯之後就不再光顧他生命的女人，回來了。

曉楓大美小冬春花秋月芊芊青青細細云云，莎莉麗莎金姐羅妹美麗美秀美花美雲，春夏秋冬梅蘭菊竹，小家碧玉，大家閨秀，黑美人，金絲貓，肉彈巨乳，清麗脫俗。

女人在他盲的眼睛裡如核爆，炸開了世界。

鍾姓女子的手腕纖纖細若無骨，十指蔥白似地，對，還是猜想，他無法判斷女子的膚色，即使柔滑如玉，也可能是古銅或小麥肌膚，然而那蔥白之指，是大學時女友芊芊於琴台上飛舞的手，他一見難忘，也投入追求。

獵物似地，他要親炙那雙手，要在眼皮子底下守著，用視線將之收攏。

那四年，他沒停止過親吻，夜裡繾綣，他將芊芊小指含吮口中，他以溫牛奶為它們浸泡，塗上最好的乳霜保護，芊芊愛嬌笑他：「愛我還是愛手？」夜風吹來，他連人帶手擁入懷中，「蚊子好多。」他笑說，芊芊說：「哪來的蚊子？」

喪鐘敲響。滿天飛蚊都在眼中，是發病的前兆了。

至此，他不再戀愛，只看不收。

「小腿好瘦。」鍾姓女人突然開口，他心驚，唯恐內心的暗湧已被識破，「站得久了都這樣。」他安撫說，女人突然放肆地唉呀唉唉，那聲之嬌媚，一下湧出了月蘭。

與酒家小姐的歡愛，她們會先淨身，儀式似地，水盆端來熱水，毛巾沾濕，扶捧著他的陽物細細擦洗，他雖醉酒，卻看得仔細，每一個小姐輪過，總有特別知心的，本地人，外地來，都住在酒家為她們租賃的宿舍，小鎮地方，大家都熟，他見過白日的她們，如常婦人提著圓桶鐵飯盒打飯買麵，下雨天打傘，花色特豔，幾個成群就膽大。女人檢查他，他檢查她們，當是前戲，這些老狐狸女子，慣愛取笑他的白晰，有些粗俗，愛在床上以方言叫床。

他記得一位，花名月蘭，簡直不專業，她的旗袍最不合身，是借來的，洗屌動作害羞地雙手打戰，差點打翻水盆，他翻來覆去將她細看，太潔白，恁瘦弱，皮膚光透紙一般細薄，敏感極了這身體，樂器似地，輕彈就響。他在月光下進入她，她先是顫抖，喊痛，然後呻吟，而後酣醉似地喊叫，叫聲嬌美如夢。他徹夜讓她吟喊，大街上雜狗狂吠。

他沿著鍾姓女子小腿肚按壓，她也如夢地吟叫，唉唉唉，嗳嗳嗳，別，別，疼，疼啊。

那夜他們宿在旅館，一夜輾轉不停，最後兩人都哭了。月蘭說：「你要了我吧，我給你洗衣燒飯看店顧家，不計名分。」他能要誰？

十五分鐘。

酒家的女人有一名叫如如，鍾小姐的小腿肚像如如，小鹿似地，特別纖長，如如便是那心慈落淚的小姐，連屁股溝都讓他掀翻來看。桃子似的臀，撥開有一只小核仁，他湊上前要看，聞到果香，他笑了：「如如你吃什麼，是香的。」如如害羞轉過身，雙腿夾住他的頭，他掙扎起身看見了她的眼淚。「哭什麼呢你？」他又將她翻過來，二十歲的女孩，臀腿潔白如月。

連她的眼淚他也要看，要女人俯身低就，他張嘴讓眼淚滑落口腔，一顆一顆吞下鹹苦，「父親死前，也是這樣說要看我們，所有孩子都成排，一一走過去讓他看，他要人點蠟燭，就像你一樣。」如如說。

他翻過她身從背後肏，要讓果核爆裂。

她從小腿顫抖到肩膀，沒喊一聲痛。

蔡師傅的他以手指手心手掌手肘，細細看望鍾小姐。眾多女子繁花促放從鍾小姐的身子裡幻生出來，他許久沒有如此清晰的視覺，彷彿星球在眼中爆炸。如果這時要將她衣裳全剝她也不會拒絕的，但他並不想這麼做，他極力專注在雙手的動作，進展至腳踝，這女人怕是有婦女病，體寒，恐怕月月要痛的。

沙漏流光走時，沙沙沙沙。他細細為她揉捏腳踝，好似她是他來不及愛寵的那些女子。

忽忽他聽見一種細微的低頻，幾乎是震顫的聲音，他知道那是什麼，是倒數計時。

多年來他習慣這個計時器，已能分毫感覺它即將低滴，提醒時間已盡終了，那聲低頻，他經歷過。

是視覺最後了，雙眼像簾幕由舞台兩旁謝落，先落下一層紗簾，使世界模糊，他不再光臨酒家，不將女人帶回，他在街上遊蕩，在夜裡狂奔，他高歌痛飲，在雨中疾走，也阻止不了世界逐漸轉灰，霧靄蒙上，什麼都沙沙地，他轉回家去，狹窄長屋，總是暗黯，他把所有燈光打開，在屋裡痛哭，下了班的母親與姊妹聞聲而來，聽見他哭喊著：「我要看！」

後來的事他記不清了，只記得他站在臥房，窗前矮櫃上還留有他未變賣的家當，一盞飄洋過海的檯燈好沉，底座是實心玉台，燈罩跑馬燈似地會慢慢旋轉，流光如金。一旁有日本製留聲機，揚聲器，有一只咕咕鐘，一個音樂盒，他最珍愛的膠捲攝影機……

他轉過身，老式統鋪發出檜木香味，姊妹四人，坐在床沿，洋娃娃似地，全都裸著身子，她們雙手摀胸，又一起張開，白玉胸乳如滴，母親站在一旁，導演般口中喃喃，綠色蚊帳低垂，他像是從管中窺物，視線已經縮到最小，但亮亮的，正在發光的，是那四個勞苦的姊妹，她們嚶嚶哭著，像剛過門的新娘。

黑幕完全落下之前，他漫步走到了床邊，逐一輕撫她們的臉頰，胡亂擦撫著眼淚，「我不看了。」「我不看了。」「你們別這樣。」他喃喃自語，窄屋裡哭聲一片，咕咕鐘突然開始以音樂報時，是華爾滋舞曲，小小人兒群群起舞。

記憶至此，他淚流滿面，那夜之後他安分作一個盲人，直到母親謝世，今夜他幾乎遺忘了的所有一切復返，他還想再看，如湧的往事裡有一幕絕美的畫面，他伸手欲按掉計時器，讓時間永不停止。

時光迢迢，他如歌如醉，但他忽地覺得夠了，再深入回憶，人生恐怕無以為繼。於是他放開手，讓計時器如往常那樣，低低低。低低低。

走到盡頭。

——〈月蝕〉，《我鍾愛與遺失的小鎮》

## 01 汪夢蘭

海山旅館斜對面相隔一百公尺左右有一家餐廳，叫做海風餐廳。自從第一次踏進海風餐廳，這兒就成了我在海山鎮最喜愛的地方，外觀看來就像一般的海鮮餐廳，門口擺放著裝有各種生猛海鮮的玻璃冷凍櫃，進入餐廳，寬敞的室內大約有五十坪，幾十張圓桌鋪著紅色桌巾，每桌都有十張圓板凳，就像辦宴席的地方，但如今真正有客人的地方只集中在櫃檯一帶的五六張桌子，像她這種散客，第一次走進餐廳是拿著旅館的餐券而來，很擔心這種賣合菜的店裡沒有方便一個人吃的料理，然而攤開菜單才發現餐廳連排骨飯都有賣。我點了一盤什錦炒麵、竹筍湯、燙青菜，醬油口味的油麵炒得油亮鹹香，簡單的肉絲青蔥豆芽菜，一點烏醋提味，吃得眼淚直流，記憶裡母親也會做這樣的炒麵，就是那一點點烏醋加入，使整盤炒麵變成了記憶裡的亮點。

那天之後，我午餐晚餐都在海風解決，老闆娘幫我準備一人餐點，大多是一份主食配上三四樣小菜，餐廳的排骨飯與外頭的排骨飯不同，是一整根肋排不沾粉直接炸到金黃，沾胡椒鹽吃，配菜則是醃小黃瓜、煎得外緣焦香的荷包蛋，兩種炒青菜，炸排骨是餐廳的招牌菜，每桌客人都要點的，因我每日報到，老闆娘幫我特製客餐，梅乾扣肉、筍絲控肉、油雞等每日變換，我有時吃客餐，有時吃麵，炒麵湯麵拌麵，還吃過蛤蠣絲瓜麵疙瘩，簡直一絕，這是老闆做給家裡小孩吃的，也給我來上一碗。

有了海風餐廳，我在小鎮的生活似乎就能安定下來，買了一台腳踏車，早餐完畢開始讀書寫稿，午餐後就騎單車去小鎮四周逛，最遠還曾騎到鄰鎮去，我已經多年不曾有過這樣安靜規律的生活，晚飯過後，老闆會邀我到他家喝茶，一家人在店門口擺上矮桌、小椅子，泡茶聊天，這時，鎮上許多人路過，有的會坐下來泡茶，有的只是寒暄，聽大家言談間我才知道海風餐廳也是小鎮的消息集散地，因海風餐廳的老闆林永風是鎮長的好友，餐廳與鎮長家就是鄰居，我無意間竟然就這麼認識了海山鎮的鎮長謝美華及其家人。

通往劉光家的這條海安路，可說是海山鎮真正的經濟政治中心，這時我才發現王大勇為我安排住宿的用心良苦，我打電話去謝謝他，他卻說：「是你自己的能力啦，我也安排過其他人住在海山，也不是人人都能讓林老闆請喝茶的。」

我到達海山的第七天，第二次訪談之前，劉光因心肌梗塞住進了醫院。聽基金會的人說他是在洗澡的時候滑倒，送進醫院時仍有意識，外傷處理後原本要辦理出院，卻突然心肌梗塞，引發昏迷，開始使用葉克膜。

三天後劉光仍處在昏迷狀態，情況並不樂觀。第一次的訪談稿我已整理好，接下來還能不能做訪談我沒有把握，我突然陷入無事可做的情況，但一點也不想回台北，我還想留在海山寫作，雖然要寫些什麼自己也不清楚，我與林慧通電話，在飯店房間裡，我突然哭了起來，不是因為悲傷或難過，也不是因為想起李振家，而是我發現自己並沒有想像中那麼愛他，我感覺自己根本不知道愛情是什麼，那麼長的時間裡我感受到的只是失去的痛苦，被比較、被遺棄的悲哀，我回顧自己的情史，心中似乎總有一個突破不了的關卡，我跟男人的關係，似乎依賴更多於愛情，我以為與李振家的愛是我不曾經歷過的，但實際上也不過是因為那過程特別坎坷，使我深陷其中無法自拔，對於自己心中如何啟動對於他人深切的愛、信任、並且因此與他人產生密切的聯繫與自然的互動，依然沒有頭緒，我回顧與李振家同居的生活，好像只是跟著他來來去去，他的朋友我一個也不喜歡，我只是喜歡賴在他身旁，因為處在愛情裡，我就不用去煩惱、去思考自己的事情，就像我選擇去周刊上班，當記者，去當寫手幫人寫傳記，這些事都可以分散必須寫小說的重量，實則根本沒有人要求我得寫小說，沒人在乎，這件自己正在逃避的事可以說並不存在，我為了一件不存在的事，出賣了自己的生活。

我開始安靜地哭。

電話裡我與林慧說著自己不可能對他人說的事，林慧就是有這樣的能力，你會不自覺地信任她，她像一口深井，你可以隨意投擲進任何東西，她都會靜靜地收藏。

「我在乎啊！」她說，「別忘了我一直在等你的書。」她說。「等你想要寫，等你寫出來，沒有期限。」她又說。

我把手機放在大腿上，按掉通話鍵。改傳訊息。「我哭一哭就沒事。」

「無論發生什麼事都可以跟我說。」林慧寫著。「沒有任何人是多餘的，總有人需要他。至少。我需要你。你的存在對我非常有意義。」

沒有任何人是多餘的。我想著，那麼，為什麼有人的父親必須放下家人去死呢？

劉光昏迷的期間，採訪暫停，因他病情嚴重，往後也不知道能否繼續完成這本傳記，我已拿了預付的五萬元稿費，電話裡林慧說不用退還，這樣的意外誰也無法預想，「你也不必急著離開海山，不過旅館的部分公司這邊只能付到這週末，我想既然你喜歡那兒，我幫你找個地方住下來，我來想想辦法，看有沒有其他工作可以接。」

我心裡一下空掉了，就像以往任何發生在我身上的好事，總會突然消失，轉彎，遇到波折，我自小就養成悲觀的性格，唯獨對李振家會外遇的事毫無準備。來到海山之前，也沒有想成是如何的美差，我只是需要一個理由幫助我搬離那個樓中樓而已。

算算預付款與我自己的存款，大概總共有十幾萬元，旅館還可以住三天，接下來或許可以在這裡租個小房子，應該不會太貴。

## 02 馮愛麗

陳先生，你終於來了，我一直期待有人會繼續去找芷珊，沒有放棄尋找她，但最近這兩個月警察幾乎沒什麼動作了，只剩下邱家的懸賞啟事，張貼在海山火車站的布告欄，那張懸賞的照片芷珊不喜歡，是她爸爸競選議員的時候攝影師幫全家人拍的形象照片，照片裡芷珊顯得很乖，髮型也被整理得呆呆的，跟她本人很不一樣。但她的臉卻是誰都認得出來的，那樣一張臉放大變成海報，本來應該是某某電影電視海報或者廣告吧，我一直這樣認為，邱芷珊長大會當明星，一定會很紅，我可以去電影院、或者打開電視就會看到她的臉，她會成為大眾注目的焦點。但不是現在這樣，電視新聞裡也曾出現過她的照片，那是她爸爸去公告懸賞的時候，那段時間海山好熱鬧，有很多電視台記者來，我也被採訪過，邱芷珊失蹤案一下子成為最熱門的話題，不過，那段熱潮只有一陣子，連五十萬賞金都無法找到她的下落，我真的很擔心她出事了。

有一陣子，我每天都搜尋關於芷珊的新聞，但新聞更多的都是關於邱家的八卦，很討厭，但熱潮就是那樣，一下子東，一下子西，過不久人們就去追求更刺激的新聞了，只剩下被太陽跟雨水弄得褪色的海報，芷珊的笑容好像凍結了，我曾經偷偷去把海報撕下來，想等到天晴的時候再貼上去。後來邱議員把海報都裱框了，芷珊才不會被雨淋濕，但那些美麗的照片也沒辦法讓誰把她找出來，真是太令人悲傷了。我好擔心再過不久，大家就把她遺忘了，人的忘性是那麼大啊，曾經芷珊失蹤的消息上過社會版頭條，在網路上也引起過很多討論，不過那段時間我也很痛苦，因為看到大家開始討論她的私生活，很多不喜歡她或不喜歡議員的人，都說些冷嘲熱諷的話，也有些根本是追求不成的男生爆料說什麼跟芷珊交往過，謠言傳得亂七八糟，後來那些人據說都被起底，遭到警方訊問。

熱鬧的時候擔心大家誤解她，安靜的時候又感覺她被遺棄了，我的心情好矛盾。

芷珊失蹤後，警察找上了我，因我是邱芷珊的好朋友，他們問了我很多事，尤其是生日派對那天的現場有誰，有沒有發生什麼特別的狀況，我能說的都說了，不能說的也說了。

什麼能說？不能說的又是什麼？

能說的是現場有接近三十個人，還有些來來去去的，我沒辦法算得很準確，門口有簽名簿，警察也帶回去檢查了，但上面大多寫的是暱稱或綽號，要一一比對警察也不是辦不到。芷珊生日辦派對是今年才開始第一次舉辦，但是議員太太生日時，他們家就辦過派對，所以大家都知道邱家辦的派對很盛大。

十七歲，算是重要的生日，不過我們家不管幾歲，生日就是象徵性地去附近麵包店買個蛋糕，好一點的話全家人一起去吃「我家牛排」，但我媽要是忙起來，就給我五百塊自己打發，我們班是流行發糖果，每次有人生日就會發給大家餅乾糖果，這樣也很好玩，只是芷珊失蹤後，大家都沒心情慶生了。邱芷珊的派對是海山的大事啊，人人都想去的，但她也不是誰都邀，具體來說到底邀請了誰我也不清楚，她光是臉書好友就有三百多個，還有很多人追蹤她的ＩＧ，因為她很漂亮啊，會在臉書上貼很多專業的照片，大多是小馬幫她拍的，小馬雖然看起來不太正經，但很會拍照，還得過幾個獎呢，幾乎算是芷珊的專屬攝影師，每隔一段時間都會幫她拍照，我也跟過幾次。芷珊的爸爸選舉時，拍攝介紹海山鎮的影片，也是用芷珊當模特兒，她十三歲就長到一六二了，很早熟，不過後來也只到一六五就沒再長高，不然她就去當模特兒了。其實有人找過她拍電影，但她家人不肯，說要等到大學畢業。

不能說的是，那晚芷珊脾氣很差，一直在找麻煩，樂隊演奏到一半就叫停，變魔術的魔術師也被她罵，所以整個會場氣氛很差，連小馬都被她罵走了。我知道原因，是因為林柏鈞沒來，她惱羞成怒，後來我設法打電話找到了柏鈞，拜託他過來，我跟柏鈞是國中同學，住得又近，感情還不錯，他小時候跟芷珊也是同學，海山這麼小，到哪總會碰上，「不要選在這種日子讓芷珊難堪。」我跟林柏鈞說，他才答應要過來。十點多，他過來了一會，芷珊總算開心了，柏鈞送了芷珊一張卡片跟他們家餐廳做的八寶米糕，她寶貝得跟什麼似地。十一點我離開的時候，還看到柏鈞跟芷珊在別墅外面的桐花樹下聊天，我才放心回家。

沒想到芷珊就這樣失蹤了。真的，怎樣都沒想到，如果說她是計畫要失蹤，那幹嘛在意什麼生日派對，如果照警察說法，派對只是為了轉移焦點，那芷珊為何又會對柏均沒有出現那麼難過，這些事都很不合理，我確實曾經聽她說過想去台北，去拍電影，她也想去巴黎念書，但她想做的事很多啊，為什麼偏偏要在生日過後呢？我真的不懂。

派對上可疑的人？沒有注意。頂多就是那些老是黏著她的蒼蠅吧，我最討厭的是農會總幹事的兒子，屁孩一個，很喜歡欺負人，他想追芷珊，也不照照鏡子，柏鈞長得像年輕的孔劉，他像什麼？連當配角都不夠格。但要是說只是因為追求不成就綁架芷珊，也不像他的作風，他們家家境也不錯，犯不著為了追求女孩子違法。

警察查了一陣子，都沒有進一步消息，人不可能無故消失，以議員的勢力，竟然在自己的家鄉弄丟了自己的女兒，這種事不是會讓人感到害怕嗎？好像海山小鎮埋伏著什麼連續殺人狂？或者喜歡抓走少女的變態？是我韓國電影看太多了嗎？電影裡那些少女總是在暗夜裡，在曲折的爬坡一個拐彎被什麼人擄走，連救命都來不及大喊。但是我媽說不是綁架勒贖，因為綁架都是為了錢或仇，但這次既沒有勒贖電話，也沒有屍體，看起來就不是犯罪。

「你知道電影裡有演過，沒有屍體的謀殺案。」我說。我媽一掌巴了我的頭。「烏鴉嘴，什麼謀殺案。一定是離家出走啦。」她說。

我心中有很多推演，就屬離家出走最不可能，即使他們說芷珊帶走了背包、換洗衣物跟存摺和提款卡，即使她可能曾經想過要出走，但那天一定不是她自願的，說不上來，我就是有這樣的預感。你想想看，現在媒體這麼發達，網路肉搜不是很厲害嗎？議員都登廣告尋人了，也上過電視節目，這樣強烈的曝光，像芷珊那麼漂亮的女生，有可能整個藏起來不讓人發現嗎？除了改頭換面，否則她到哪都不可能重新生活。一定會有人見過她的，五十萬的賞金不是小數目，至今卻沒有人真正見過她？為什麼？

後來也沒人來問我了。沒想到邱議員會找什麼偵探來，我沒見過偵探，很好奇，所以你盡量問，我什麼都會告訴你。

大叔，有人跟你說過你長得很帥，很像梁朝偉嗎？以前我跟芷珊都是大叔控，你知道孔劉嗎？芷珊最喜歡孔劉，我喜歡李秉憲，但是你像梁朝偉，不過沒關係，都是大叔啦，也不知道我們為什麼喜歡大叔。可能是海山太無聊了，大叔象徵的是那個遙遠的城市生活，如果有個外星人，或者有超能力的鬼怪來到這裡，可以把我們帶走就好了。

對啊，我時常希望芷珊是被鬼怪帶走了，成為了鬼怪的新娘，她好愛那部劇，她跟我說她一直在等她的鬼怪大叔將她帶走，後來她在網路上認識了幾個人，其中有一個也有點像孔劉，他是個經紀人，說要帶芷珊去拍電影，我看過那個人的照片，是個型男大叔，但恐怕有四十歲了吧，現在想一想，還跟你真像。

你想知道我跟芷珊的相處？

我沒告訴警察，但可以告訴你，我不能算是她最好的朋友，對芷珊來說，誰都是外人，她很難對人交心，每換一個學校都會換一群朋友。她看起來喜歡熱鬧，但其實個性有種孤僻跟封閉，我不過是這個階段她最常相處的人罷了。

但邱芷珊卻是我唯一的朋友，我們都從海山去上學，我搭公車，芷珊有司機接送，後來芷珊的爸爸讓我搭他們的便車，那是我最快樂的時光了，在所有人的注目中，有人為我們打開車門，夕陽下閃著光亮的高級房車，像從天而降的神物，是公主的坐騎。

邱芷珊一進學校注定就是風雲人物，因她生得美麗，家境富裕，自己又多才多藝，她的氣場強大，連老師都會敬畏三分。可我媽說，芷珊面相不好，雖然漂亮，卻可能短命，我連忙叫我媽別說人家是非，媽媽說：「她長得就像她死去的媽媽，你沒見過，那才真是漂亮啊，誰看了都會憐惜的一張臉，可是最後死得那麼慘。」

我嚇了一跳？死得怎樣慘？不是因為癌症拖了很久嗎？

媽媽噤聲不語，探頭望了望門外，我們家是開文具店的，那時間沒客人，「芷珊她親生媽媽是自殺死的。」

媽媽瞇細了眼睛像在腦中搜尋什麼遙遠的記憶，她說起了芷珊母親的故事。

「芷珊的母親叫林玉書，十八歲從台中到海山來工作，跟著一個老爸爸，六十多歲，退伍老兵一口鄉音說話誰都聽不懂，租了一個矮房子在市場邊巷子底，玉書跟爸爸在市場賣山東大餅，邱大山有次路過攤位就看上她了，展開激烈追求，那時候邱大山幾歲？二十七八，徹頭徹尾是個浪蕩子，他們邱家事業做那麼大，邱大山卻每天晃蕩，風流得不得了，玉書長得真是有氣質，白淨柔弱，可又一股子傲氣，很矛盾的綜合體，結婚的時候她還不滿二十歲啊，聽說是大肚子了，不過一開始他們夫妻感情真是好，邱大山一結婚就乖了，每天去上班，也不跑酒家，不玩女人了，邱家人都很喜歡玉書這個媳婦，那時他們在鎮上有家電器行，玉書就大著肚子在那兒顧店，我去過幾次，大家真的都是看新娘子那種心情啊，結婚後玉書變得大方多了，真的有那種大家閨秀的樣子，身體強壯些，性子感覺也溫和了，那時她爸爸就中風了，邱大山給他請了一個看護，每天輪椅推進推出，老先生也開朗了。

「邱芷珊出生的時候，是個胖大的漂亮女孩，不過邱大山是獨子，頭胎沒生男孩，玉書壓力很大，三年後第二胎流產，不知為什麼那次流產大出血，好像子宮也受損了，都說往後很難再有小孩，玉書就開始消沉了。後來我們聽說邱大山有外遇，玉書個性變得有些怪，神經質、也容易發怒，都不笑了，一張漂亮的臉變成三角臉，又瘦又尖，好像隨時都會出事，因為狀況不好，她也不站櫃檯了，每天就是陪著女兒上下學，教她做功課，大家有時會看到他們母女倆在街上散步，只有那時候玉書臉上才有溫柔的笑容。芷珊長得很快，長相是她爸爸媽媽所有優點的綜合，這是難得一見的漂亮孩子。芷珊十一歲那年，邱大山吵著要離婚，說是外遇的對象已經生下男孩了，因為玉書的身體已經不可能再有孩子了，也就答應了離婚。」

這些都是我媽告訴我的，但我覺得媽媽說的也不一定全對，這些應該都是謠傳，也不知可不可靠，但他們離婚時，確實邱大山是帶了一兒一女回來的，外面的女人，就是現在的邱太太，真是厲害的女人啊，邱家給林玉書他們父女一筆錢，打發走了。邱芷珊留下來，就當是邱太太的女兒養大。

三年後芷珊的媽媽就自殺了。我們家是因為跟邱家姨婆有親戚關係才能知道這麼多，對外都說是胃癌，姨婆在醫院裡親眼見到的，喝農藥自殺啊，在醫院熬了兩天，很悽慘的死法。

據說是怕冤魂纏身，邱太太不知去哪找來的高人，就是後來的神水社周老師，他們全家就很信周老師，還把神水社整個搬到我們海山來。神水社對我來說很奇怪，到現在都還是神神祕祕的，裡面拜的是什麼神我也不知道，不過我跟姨婆去過一次，裡面的老師跟信徒都穿白衣服，我們去參加過點靈會，據說孩子不好教的話，可以在宿舍裡住，芷珊說過她寒暑假都會去神水山莊宿舍住，不過我覺得一定沒有很靈，因為邱芷珊越修行越奇怪。我那次去，看大家都像中邪似地信周老師，氣氛很感人，可是我很想笑，不知道為什麼，我不相信大人啦，他們根本不知道我們在學校過著什麼生活，一群女孩子有多麼可怕。

芷珊被霸凌?

不會的,她不霸凌別人就算不錯了。

我說的可怕是別的,主要是我跟宇婕在承受的吧,沒完沒了的比較、小動作,如果不是邱芷珊跟我們要好,我都不知道日子要怎麼過。去年我們學校有個男學生被霸凌,後來就不到學校上課了,到現在也還沒回來。

## 03 司機 王政石(綽號:石頭)

我跟議員是小學同學,算是一塊長大的,我國中畢業就出來混了,是海線太子幫的一員,現在講太子幫沒人知道了,以前光是喊出太子幫的封號就暢行無阻,那時大家都叫我麒麟王,因為我姓王,因為我是十一指,左手小指旁多生了一指,以前村子裡的老人說十一指是福兆,叫做麒麟指,我又是十個半月才生的,長得特別高大,反正就是麒麟王。太子幫幫主當然就太子,據說是三太子轉世的,我們這個幫派特別重視這些,每個人說起來都有些來頭,每次幫派開會的時候,我們都笑說根本是天庭聚會啊,客廳裡就是一堆神啊怪的。我混到二十八歲才去工作,因為老婆生孩子了,她不喜歡我再混幫派,況且那時太子幫也沒落了,那時候光靠收保護費、賭場抽成什麼的已經混不下去了，都要賣毒品，那不是我們的路數，我們就收攤了。

那時邱大山還沒從政，剛從台中回到海山，幫忙管理家裡的食品公司，有時會去當義消，我也是義消，就這樣我們成了哥們，他已經準備接他家的養雞場，就把我也找過去幫忙，也幫我轉成正式的消防隊員，福利還不錯，海山大火的時候隊上死了幾個人，我老婆就怕了，叫我退出消防隊。他當鎮代表、選上議員這些事我都有參與，後來我就去幫議員開車，這一開就是好多年，跟著他一路走到現在，這一切真像作夢一樣。我是指我自己啦，議員說將來先選立委再選縣長，等選上縣長後就要讓我去縣政府做事了，可是啊我還是想當司機就好，雖然現在我大部分都在接送議員的家人，但他給我的薪水很好，也很照顧我們家人，我老婆都去他們公司當會計了，小姨子也在食品工廠當品管，等於一家人都受他們照顧，沒什麼好抱怨的，議員有事我當然義不容辭。

所以啊，大小姐失蹤的時候，我真是恨不得把自己頭給砍了，真的，那天晚上我就不該離開的，一切說來話長，如果不是太太叫我，我也不用先離開。

老實說，我都現在都還不習慣小姐不在家，每天接送小姐去上學，已經是我生活的一部分了，在車上她都戴著耳機，沒跟我說話，只是我會從後照鏡觀察她，不是怪癖啦，就是關心。也不知道為什麼，這個大小姐一直讓我擔心，可能是她外表看起來總是那麼堅強，又那樣拒人於千里之外，我算是從小看她長大的，以前啊，還曾把她揹著去看廟會，人潮擁擠，因為我長得高，把她架在我肩上，她就什麼都看得見，那時候她好開心，都會一直喊我王叔叔，但後來她長大了，變得很冷漠，但還是很有禮貌，都會問候我，下車的時候也會說「謝謝王叔叔」。我們家大小姐真的是很漂亮，真漂亮，漂亮到先生都會擔心的程度，老先生也很擔憂這個孫女，所以基本上去哪都是家人接送的，她總是生氣說自己一點自由也沒有，其實也不算沒自由啦，如果好朋友來家裡接，或是走路到得了的地方，也都讓她自己去。不過在車上，看她都在滑手機，有時會對著手機笑起來，那時我就放心了，小姐還是有開心的時候，也不知道她看到了什麼，她似乎一直都在等訊息，Line的聲音一響起來，她會跳起來似地，我猜是有喜歡的人了，大家都說是林柏鈞，不過我問過海風餐廳的人，沒聽說他們有在交往，邱家跟海風餐廳林家有點恩怨，他們兩個要是想談戀愛，大人怎麼能允許，我想到就操煩。

結果照顧得那麼好，孩子還是失蹤了。

派對那晚是我送小姐去別墅，但回程她說有朋友接她，叫我不要去，我不放心地在外頭等到十點多才離開，我就把車開回去了。我問過先生，他說有同學接送就可以。發現小姐失蹤那個早上我沒去上班，因為先生放假，大小姐也不用上課，基本上週日我都放假，但只要有吩咐我也會去接送。每天載大小姐出門上下學，是先生的規定，以前小姐一直吵著上高中就要去住宿舍，但到學校也不過四十分鐘車程，怎麼可能讓她外宿，我認為即使上了大學，議員也不會讓大小姐外宿。

二小姐跟少爺在台中讀書，是太太自己開車接送的，大小姐才由我來接送，自小她就特別叛逆，比如我載她去上學，她總是要我把車停遠一點，她不願意讓大家看到我載她上課，但其實大家都知道的，別人也是有爸爸媽媽帶來上學啊，「爸爸媽媽跟司機不一樣。」「你可以跟大家說我是你的親戚啊！」我說。「大家都知道我們家有司機。」她無奈地笑。

平常時間，都是由我接送議員和太太的，那輛賓士五百，也是太太的堅持，這種招搖是先生最避免的事，怕綁架啊，要我說，開Lexus最好，舒適穩定又不招搖，前鎮長就是老老實實開台Lexus，也是帥得不得了。

小姐失蹤後，先生就要我把車賣了，但因為被警方列為證物，調查了很久，小姐一直沒找到，先生反倒對這車起了戒心，好像把車賣了小姐就回不來了一樣，所以就一直開到現在，我每天載先生去上班，一打開車門，感覺都好像大小姐會出現在裡面似地，很辛酸啦。

對啊，山上還有一棟別墅，不是在神水社，不是，我們怎麼會去跟那些人攪和，我們的別墅沒那麼裡面，我們是自己蓋的，坪數比較大，有一棵超大桐花樹，房子是依著桐花建造的，為的是桐花季的時候，讓院子裡飄雪。

你還是想知道神水社的事？那是太太的事，我只是帶她去，沒有進去過裡面，不知道。

有人看到我進去？

好吧，就知道那些人嘴巴靠不住。

是那次有人來找老婆的時候，都打人了，太太趕緊打電話叫我進去處理。你知道嘛，周刊記者的事，我真的狠狠揍了他一頓，還把相機都摔壞了，沒想到他還有照片存檔，真是的，害我被太太罵了不知道多少次。

先生工作忙啊，太太又是神水社的會員，我們都定期捐款，太太總也要去露露臉。

芷珊被藏在神水社？

不可能，藏她幹嘛？

芷珊不是太太的女兒？

先生你問這個就不厚道了。這件事海山鎮誰不知道，可我們太太疼芷珊是出了名的，比對自己的孩子還親啊。

逃家？打工？男朋友？先生你越說越扯了，那才不是我們家芷珊會做的事。

你問我她到底在哪，先生啊，這不是你的工作嗎？我要是查得出來，還得當司機每天在這裡讓人差遣嗎？

芷珊的親生母親？

這別來問我，我一向不過問先生的事。

小姐因為生母的事多次與父親發生衝突？

先生，這種家庭的事，不是我們可以過問的，但以前的太太我見過，那是悲劇啊，誰都不願意發生的，但畢竟都過去三四年了，跟小姐的失蹤沒關係吧，我們海山人厚道，不會道人長短，議員是海山重要的人物，爭取預算都靠他的努力，我們都巴望著他選上縣長，讓海山更有發展，誰想見到家裡發生這種事，選舉在即，新鎮長選上了，接下來縣長選舉就有希望，你懂嗎，這種力量環環相扣，生生不息，一個環節都不能出錯。你沒見過神水師父的能力，老實說，我也是神水社的信徒，全部都告訴你也沒關係，我以前吃喝嫖賭什麼都來，但是周老師要我練習打坐，我在禪堂裡一坐就是兩三個小時，真的跟入定了差不多，我把菸酒檳榔都戒了，你看我，看不出來吧，以前我不是這樣子，是一分鐘椅子也坐不住的人，現在我每天早晚都打坐，我是沒時間去社裡聽師父講課，但我受到感召啊，我的老婆、女兒，每週都去社裡聽講，你不知道我家改變多少啊，整個家都變和樂了，你知道我老婆以前跟母老虎一樣，一張嘴就要咬人，打小孩跟打什麼似地，現在她多溫柔啊，哎呀，你真該去社裡看一看，別看那些雜誌把我們老師寫得跟什麼怪人似地，我這輩子沒見過比他更和氣的人了，他是打心裡讓你服氣的，讓你覺得從現在開始修行，過去做錯過什麼事都不要緊。

你想去看看，我就帶你去，我跟先生說說。神水社沒什麼不可告人的，誰都可以進去。

我只求小姐平安無事，趕快回家。

## 04 邱家駒

我比邱芷珊大一歲，跟她同班，我也是海山人，我們學校不是只有海山人可以讀，但大部分都是中部這幾個縣市的學生，就是公立高中吊車尾，不上不下的，大多數的人都是貪圖離家近吧，我們學校校風不錯，錄取率，普普啦，像邱芷珊這種人會跑來讀海山高中，大家都覺得很奇怪，當然引人注目，我到現在也搞不懂她為什麼不去讀比較好的私立學校，她家有錢啊，幹嘛跟我們這些窮鬼留在鄉下地方，說她喜歡海山嗎？好像也是，不過，是他們家人不讓她離開吧，說好聽是因為阿公生病，說難聽點，她小媽根本沒想好好栽培她，議員還說因為他們是海山人啊，當然要讀海山高中，屁啦，他小兒子就去讀台中的私立小學，芷珊她妹妹也是讀台中的國中啊，不公平啦，大家都知道，後母嘛，真的是，議員這方面根本沒魄力，這種人連老婆都管不了，女兒也照顧不好，選什麼縣長？我心裡根本不希望他當選，光是想到那個埃及豔后要當縣長夫人，以後去哪都會看到埃及豔后那張臉，我就渾身難受。

埃及豔后？你沒見過議員太太嗎？埃及豔后頭啊！一張臉白得像鬼，大家都說是美魔女啊，我看就是魔女。就是她把神水社引到我們海山來，弄得海山很多人都神神祕祕的，連芷珊也是，每天都在說什麼周老師，以前神水社還只是幫人看病、算命，現在可好啦，還有什麼遊地府、牽亡魂，連埃及豔后都開天眼了，大家真的吃這套耶，議員要選立委，就抽到爐主，玉皇大帝都請到家裡去供了，怎麼可能選不上，埃及豔后說邱芷珊十八歲之前不能離開海山，我說啊，要是她真的開天眼，不是第一個就該看到芷珊她親媽？她親媽現身的話，不是一把就該掐死她嗎？

我幹嘛那麼生氣？我喜歡邱芷珊不行啊，我為她感同身受，替她難過，外表風光，內心苦痛，只有我知道啦。

那天如果我不要提早走或許就沒事了，雖然就算我不走，芷珊可能也會把我趕走，但這幾年不都是這樣嗎？我只要臉皮厚一點，賴在她身邊還是可以照顧她，可是那天林柏鈞來了，我真的很生氣，不是氣他來，他本來就有受邀，我氣的是，芷珊一整晚擺臭臉，可是她看到林柏鈞遠遠地騎著摩托車過來的身影，整張臉就像花開了一樣，笑得好燦爛。可是林柏鈞根本就不在乎她啊，芷珊要什麼沒有，偏偏去喜歡那個沒種的男人，要是我，管家人講什麼，那些事都是阿祖他們那一輩的糾紛了，要說林柏鈞他爸的死，是車禍意外，雖然駕駛是議員太太的弟弟，但出了意外不能全都怪邱家，他們都說議員包庇，隱藏了酒後開車的紀錄，但就算要怪議員包庇，也不至於到殺父仇人那麼嚴重吧，但林柏鈞就是在意，車禍之後，林邱兩家就是深仇大恨了。

我總是問芷珊，為什麼非得林柏鈞不可，還有很多人追她啊，不然等以後讀大學，還怕沒有男朋友嗎？弄得好像自己在倒追他，真的很不堪啦，可是芷珊說我不懂，她又要講什麼小時候一起畫畫，國中一起補習，幹，如果我跟她從小到大都一起讀書，我也可以陪她做任何事啊，以前的事姓林的搞不好都忘光了，就她純情，從國小喜歡到現在，根本就是幼稚。

我知道那段時間他們很好，那時林柏鈞他爸還沒死，但他們還是小孩子，我不清楚芷珊在惦記什麼，不過她表面上看起來很凶，其實骨子裡很純情，很念舊，她什麼東西都不丟，房間裡還有小時候蓋的小毯子，她媽買的睡衣、玩具，穿衣間裡都是堆那些破爛。

算起來我跟她是遠房堂兄妹，也是不行吧，所以是我單相思，但只要她肯喜歡我，堂兄妹我也不管的。

不過阿公就是因為我是她堂哥才肯讓我帶她出去，誰也不知道我心裡喜歡她，我不會表現啦，只是想要保護她照顧她。還有讓別人以為我是她男朋友，省得蒼蠅螞蟻一大堆。

那天一看到林柏鈞，她立刻就跟我說，「晚上我要柏鈞送我回家。」

我真的當場心臟都快爆炸了。我精心準備了一個月的生日禮物她都還沒拆，而且我都答應要把她安全送回家，所以一個晚上我都沒喝酒，可是她不領情啊，我把禮物交給芷珊我就走了。騎著摩托車去小鐘山繞了幾圈，對著山野大吼大叫。

可是沒辦法，邱芷珊是我的剋星，就像林柏鈞是邱芷珊的剋星，天下一物剋一物，但這樣說林柏鈞剋星是誰呢？不知道。我聽說林柏鈞喜歡學校的英文老師，哈哈，果真是那樣，就太倒楣了，老師都三十幾歲了，怎麼可能喜歡他？

我因為國中跟我爸去過大陸，休學一次，所以跟他們一樣讀高二。我有檔車，她喜歡兜風，女生都喜歡搭汽車跑車，她卻說那種車她搭膩了，喜歡我這台老老的檔車，她喜歡做一些古怪的事，比如跑廢墟，去逛鬼屋，在夜裡的海邊裸泳，嚇得我膽戰心驚。

不過，我知道她不快樂，家裡有錢，親生老媽卻死了，她小媽是個表裡不一的人，表面上對芷珊很好，私底下卻常欺負她，她爸啊，議員嘛，大忙人啊，對芷珊溺愛得很，但他又經常不在家，所謂的溺愛也不過就是要什麼給什麼，你看芷珊才高中，她背ＬＶ大包當書包，戴卡地亞手錶，這不是等人綁架嘛？

所以我認為是綁架。雖然至今沒有接到勒索電話，再等等可能就會有了。

你們懷疑我嗎？可以查啊，我那天從派對提早回家，因為邱芷珊根本整個晚上不理我，我又有點吃壞肚子，不走也沒意思。

私奔？你們真的很會編故事。除了那台檔車，我有什麼可以吸引她，讓她跟我私奔？而且我明明就還在海山啊？私奔我也該奔去吧。

我跟阿公阿嬤住老家，我爸媽都在大陸工作，他們也只會給我錢，我跟芷珊在一起，時常兜著車去城裡百貨公司逛，亂買東西，只是我都買球鞋啦，手機電腦音響之類的，她就是買包包跟衣服，花錢當發洩。

你們要知道喔，我可沒動過她，人家邱芷珊是要留著當處女新娘的。

幫邱芷珊拍裸照？

先生你們想像力也太豐富。我是常幫芷珊拍照，但那都是正正經經的照片，她在鏡頭底下真的很美，跟本人不同，那種帶尖帶刺的東西都不見了，有一層淡淡的憂傷，我們每次出去玩，我都幫她拍照，就是因為我喜歡鏡頭底下的她，有些什麼都無從遮掩，我都說鏡頭不會騙人，一般人只會看美不美，圖修得好不好，可是我看到邱芷珊這個冰山美人的靈魂，唉呦，說起來會起雞皮疙瘩，我小馬也會講什麼靈魂，邱大千金也會有那種東西嗎？我給你看看她的照片，你就什麼都懂了。邱芷珊不愛我，我自己一個人默默愛著她就行了。或許啊我愛的也只是鏡頭底下的她，回到現實人生，她又是個潑辣的麻煩。

但是，芷珊確實暗示過我帶她走，有次我們都喝醉了，她問我：「邱家駒，如果我想離開海山，你會帶我走嗎？」

我以為她在開玩笑，只回她，「等我們考上大學，不就可以離開海山了嗎？」

她突然用力搥了我的胸口，氣得我大罵，她只說，「我現在就想離開，多待一天都不行。」

那時我應該答應她的，但我一直不敢對她表白，無論我們多頻繁來往，我也告訴自己我們只是朋友，她有時說些表明心意的話，我都當沒聽見，心裡雖然暗爽，但絕對不能認真，她很喜歡操弄人的心理，一不注意，你就會成為她的獵物。

要查就去查林柏鈞，別來查我這個擋箭牌。林柏鈞，海風餐廳老闆的孫子。我們學校籃球隊隊長，優等生，大帥哥。可是這世界好奇怪，林柏鈞就是不喜歡邱芷珊，但我不相信，我認為林柏鈞表面上不在意她，心裡卻是喜歡她的，就跟我一樣。

## 05 林柏鈞

那天我確實先走了，因為邱芷珊醉得很厲害，一直胡亂說話，起先還好好的，我們在別墅附近散步，她神情滿怪的，可是馮愛麗說芷珊希望十七歲生日我可以陪她過，說她有話要跟我說，其實我不想聽，我知道她要說什麼，但那些都是不可能的，我也不想讓她傷心，畢竟她是女孩子，親口說出那些又被拒絕的話，也太傷人了。

後來她動作開始大起來，聲音也很大，我覺得她有點怪，一會哭，一會笑，一會手舞足蹈，我說我送她回家，她不肯，一直哭著說小時候的事，唉，我們之間也就是那些回憶而已，我也都記得，十五歲之前，所有事都美好，可是我爸在我十五歲那年去世，我的世界都亂掉了。

我沒想過要跟她在一起，我只想好好照顧我媽媽。我曾祖父當年坐牢，財產就被他們侵吞了，我爸是被議員他們親戚開車撞死，我們家跟他們的冤仇是解不開的，我怎麼可能去想要跟她談戀愛。

但即使不談戀愛，我對她也有一份感情，我們小學六年同班，一個班長一個副班長，我們一起上美術課，一起打球，一起練合唱團，幾乎做什麼都在一起，小四那個暑假，我們還一起去參加了兒童夏令營，那時我確實是喜歡她的，誰能不喜歡她呢？小時候的邱芷珊就像天使一樣，絕對不是後來這種囂張跋扈的樣子，我們最快樂的日子是十歲的時候，她母親還在世我父親還活著，我們只是兩個單純的小孩，過著簡單的生活，那段回憶太美了，但我不想活在回憶裡，芷珊卻總是提起，好像那是她生命的全部了，我很怕她這種激狂的個性，想要什麼就奮不顧身去爭取，我沒有她的勇氣，我有我的包袱。我是家裡的男孩子，父親不在了，我不能讓我媽跟我阿公傷心。

到現在我都還很懊悔，那天晚上我對邱芷珊太凶了。我並不想對她這樣，但看見她的時候我總是會發毛，一種從骨子裡冒出來的寒意，止都止不住，我不是膽小的人，可是我無法接受她，無法接受她一直的表白，像拚了命似地想接近我，我不覺得自己哪裡特別好，有什麼地方吸引她，或許她就是無法接受這世上有人會拒絕她，但我除了拒絕她，還能做什麼？

那天晚上是馮愛麗一直來拜託我，我跟馮愛麗是鄰居，跟哥們一樣，她說我不出現，邱芷珊把別墅鬧得都快翻天，叫我去一下，露個臉就好，她連卡片都幫我準備好了，我還能怎樣？說到底大家都是小鎮的人，小時候的邱芷珊很可愛，一點都沒有大小姐脾氣，也沒有後來那些乖張的行為，有一段時間，我們兩個去畫室學畫畫，那段時光真美好，我也還不懂什麼家族恩怨，在芙蓉老師家的院子裡畫向日葵，我很喜歡那個安靜的屋子，陽光照著向日葵，也照著邱芷珊的臉，那時她好漂亮，明明朗朗的，笑起來多燦爛。

老實說，她失蹤了我也會心痛，雖然她帶給我很多麻煩，但也帶給我很多美好的回憶，我想，她母親自殺的事影響她很大，讓她整個都改變了。

那晚她有沒有什麼異常？

她每天都很異常啊。她整個人都很戲劇化，每一件事發生在她身上都很不尋常。她愛恨分明，感情強烈，走到哪都像有聚光燈打在她身上，讓人不注意也難。

不過我倒是清楚記得，她跟我說：「這是我最後一次打擾你了。」

我看著她，她像是要哭出來似地，「這是我最後一次打擾你了。」她又說。「你很開心吧，以後都不用再看見我了，不用老遠老遠躲著我，我不會再害到你了。」

那時候人散得差不多了，我陪她在桐花樹下講話，她的臉看起來好蒼白，大大的眼睛很空洞，我想她是喝醉了，她走過來抱著我，我不敢動，感覺胸口的衣服濕透了，我想她可能在哭，「為什麼你不能喜歡我。」她低聲說著。「為什麼我只是想要一點點幸福都得不到。」她像是在說夢話似地。我輕輕拍了她的背，心裡覺得難過，她這麼好強的女孩子，在我面前哭，這種事最好不要給別人看見吧，我想安慰她，但也開不了口，「你是不喜歡我，還是不能喜歡我。」她反反覆覆地問我。「要是不要長大就好了。」她說。

聽到這句話，我的心好像被刺了一下，我想起那個有向日葵的庭院，老師家的日式平房，要是不長大就好了。

## 06 邱大山

你知道孩子失蹤的感覺嗎？說真的，我到現在還覺得這件事是假的，只是芷珊開的玩笑或者是在向我抗議什麼，我以前不是多關心小孩的人，工作忙應酬多，每天都是一個人當兩三個用，芷珊失蹤後，我覺得很懊悔，那天晚上如果我有去巡看芷珊，或許可以阻止這件事的發生。所以現在睡前都會去每個孩子的房間巡視一下，連芷珊的房間我也看，每一次打開門前我都會深呼吸，期望打開門，她又好端端在書桌那兒玩電腦。

那天早上我們都很晚起，快吃午飯了，芷珊都沒下樓，以前這種情況也常有，假日就不吃早飯了，把自己關在房間裡，除非是阿公叫她，不然她都傍晚才下樓。十一點多吧，我叫她弟弟阿寶去喊她，阿寶說沒回應，我就自己上去叫人，把門都快拍破了，後來才去拿備用鑰匙，當然，芷珊不在裡頭。

換做其他日子，我們是不會聯想到什麼的，雖然家裡管得嚴，但如果只是短暫出門，在鎮上晃蕩，頂多回家挨一下罵，但那天她姨婆從台北回來，全家都要聚會，所以非找到她不可，我開始打電話，怎麼打，手機都沒人接聽。

不過說真的，那一整天下來，我都還沒想到要報案，只是覺得她可能翹家了，可能是因為我跟我太太沒去參加她的生日派對，不高興了，這也是沒辦法的事，選舉快到了，活動場子多，撞期也沒法排開，我有提早送她生日禮物，她嘴上說不要緊，說不定心裡還是難過或生氣。以前翹家過幾次，但第二天就會回來，芷珊是戀家的人，而且阿公身體不好，阿公喜歡她陪，她放假就都會陪阿公下棋。因為阿公中風，走路不方便，阿公叫菲傭推輪椅，親自到她房間找，當然房間找不到人，我們起初以為她只是去同學家玩，因為她阿公一直不允許她在外過夜，那天派對結束後到底她有沒有回家，還是回家後又偷跑出去，我真的不能確定，你這樣問我我很心虛，我不是那種每天睡前會去看看女兒睡覺了沒有的老爸，那個晚上我跟我太太去參加一個活動，我喝了酒，醉倒了，連怎麼回家都不記得。

以前為什麼常翹家？

沒有很常啦，有過幾次，說出來不怕你笑，我現在的太太是再娶的，不是芷珊的親媽，兩個人脾氣都硬，相處得不算好，芷珊會翹家大多是因為跟她小媽吵架，有次真的吵得很兇，我去勸架，她連帶也罵了我，芷珊這幾年脾氣變得很暴躁，兇起來口不擇言的，真的會讓人很生氣，她一直罵我軟弱、小白臉、靠女人，還真不知道她哪裡冒出這些念頭，她還動手推我，我打了她一巴掌，現在我都還很後悔，真的，那次她就跑去堂姊家住了三四天，我去找了兩三次她才回家。小孩子離家出走這種事不可能去報警，太丟臉了。

我給她堂姊、表姊、常來往的幾個朋友打電話，都說沒看到人，怕她們幫忙瞞著，我叫司機親自去看過，都沒有，附近她常去的書店、服飾店也都找過，鄰居親戚都問過，這時我才有點不好的預感，就又回去她的房間找。

她姑姑跟她比較熟悉，檢查過後說芷珊的皮包跟後背包不見了，手機錢包鑰匙也都沒看到，最常穿的兩雙鞋子不見了，衣服的部分有沒有缺少我們不知道，女孩大了，自己偷偷買些新衣服大人怎麼管得了呢。

看起來像是去上學了，但那天是假日，我們可以確知的是她帶走了手機、筆電、iPad、制服跟幾件衣服，球鞋跟靴子，儲金簿提款卡身分證都帶走了，尤其是儲金簿，這種東西以前都是我在保管，後來是她說已經十六歲了可以自己管，才還給她的，裡面有多少錢我也不清楚，帶走儲金簿真的很奇怪，因為我都是用這個儲金簿匯生活費給她，當時我問她，她還說現在可以用什麼什麼支付轉帳，叫祕書去辦理就好，芷珊沒有信用卡，身上也沒太多存款，錢的事我們管得很嚴，要買什麼都是家人帶她去買，或者她姑姑帶去，買東西都可以，只是不讓她有太多現金。

她應該是跳窗逃跑的，因為窗戶沒關，但冷氣開著，這不太尋常，芷珊是那種環保小尖兵，不會開著窗吹冷氣，沒關窗就出門，這也不像她的作風。大概是因為這樣，我突然覺得她是跑掉了。或者是被人帶走了。雖然被人帶走還打包行李很奇怪，但可能是被男朋友帶走的，是私奔吧，就是那種感覺會出去很長一段時間，很不好的預感。

我找了一下屋裡有沒有留紙條，並沒有看見這種東西，這時候她姑姑突然大喊，芷珊傳簡訊了，我衝下樓去看，她只寫了一句話，「不要找我。」

我開始拚命傳訊息給她，她就沒再回了。手機也關掉了。

她房間在二樓，一樓的露台加蓋了寬敞的遮雨棚就像平台，往下跳也不會受傷，奇怪的是我們家狗威力應該會叫啊，威力最顧家，如果芷珊跳下來，應該威力會大叫的。

當然，她正大光明從大門走出去的可能也不是沒有，一樓沒人住，管家傭人都睡在外面加蓋的傭人房，她應該是解除了保全，給威力吃了什麼，總之她用了什麼神不知鬼不覺的方式逃走了。

這個孩子，不知道準備了多久啊，也不知道這一逃會逃到哪裡去。

這個家到底有什麼她非逃不可的事呢？

那天傍晚我給警局的人打了電話。照程序是要等二十四小時，不過他們立刻就派人過來了。

她失蹤後我認真回想她過去的生活，聯繫她的朋友，我才發現我對自己的孩子一無所知啊，我知道的都是些表面上的事，她早餐喜歡吃法式吐司，喜歡吃牛肉，但又有罪惡感，吃素好幾次都失敗，心情不好的時候都會去吃麻辣鍋，胖起來又會急著減肥。她功課普通，但鋼琴彈得很好，在家裡時很沉默，只有跟好朋友在一起會顯得活潑。我一直認為我的第二任妻子對待芷珊像自己的孩子，但等我靜下心來想，當然還是有差別的，有一次我妹妹罵我，說過年前為什麼沒帶芷珊去買新衣，那天我是真的不清楚，我已經先到了台中的百貨公司，妻子才帶著兒女一起來會合，她說芷珊跟朋友出去了，我沒多想，回家後我給了芷珊一萬塊，讓姑姑陪她去買，後來我妹妹才告訴我，每到假日芷珊常躲在房間哭，說媽媽只帶弟弟妹妹出門，零用錢也時常苛扣，所以我才直接請祕書匯錢。不過有時我太太好像也會叫祕書晚點匯，所以芷珊身上有時連零用錢也沒有，這些事我都不曉得，後來芷珊也很少跟我要錢，會去跟阿公拿，我爸就把自己的錢領出來給她用，我問我太太，她說芷珊東西買得很凶，花錢像流水，有時一個月花掉好幾萬，也不知道是真是假，唉，我跟我太太自己也沒有以身作則，孩子都是被我們寵壞的。

但我想芷珊不會為了這樣的事離家，我們家是有很多相處問題，妻子跟公婆都處得不好，跟我的兄弟姊妹也不合，全家人住這麼大一個房子，糾紛還是很多。我要是想躲起來，就會跑去山上的別墅住，那邊又大又清靜，我的跑車跟重機也都藏在那裡，我爸都知道啦，只是他怕我開快車，又不喜歡招搖，別墅是我要買的，後來弄什麼游泳池，真是多餘的，但那時鬼迷心竅了，附近一棟別墅是我們鎮上的地主蓋的，有網球場，我不打網球，就想來蓋游泳池吧，後來根本很少用，但我太太喜歡，每年家人生日、耶誕節、我們的結婚紀念日都會在這裡辦活動，這種風格也不知道哪學來的，海山沒人做這些事，弄得大家閒言閒語很多，對我風評也不是很好，但有個別墅可以躲，我要是喝醉了就去那邊睡，晚上老婆就找來了，兩個人可以獨處。她很黏人，但也是可愛啦，我真拿這個女人沒辦法，剛認識的時候就知道了，她治得住我，她對我的事業也有幫助，是啊，一切都是敏葳跟周老師的功勞，我一開始連選代表都很辛苦啊，選了兩次才選上，後來卻當上了縣議員。都是周老師指點，把我這個浪子漂白了。

神水社嗎？不可能人在神水社我不知道啊。藏她做什麼？

神水社是正道，不是外面傳的那種邪教，社裡住的是自願要修行的人，不是誰想去都能去的，要觀察一年，有誠心、有毅力，通過了才可以住在社裡的。

芷珊是她自己想去的，她說國中會考時許過願，她大考成績都會不穩定，很擔心可能會落榜，考上了公立高中，非常開心，她說都是周老師的加持護身，此後每年我們去祭改、法會、禪修，她都要跟，她自願參加寒暑假的歲修，以及三天的禪修班，還有上次為我父親添壽的法會她也去過。這一年多來芷珊放假都在那兒修行，寒暑假會待久一點，平時就是每週五晚上到週六傍晚，是芷珊自己的選擇，但那週周老師去閉關了，芷珊也因為過生日所以沒有去上課，如果芷珊真的去了神水社我一定會知道的。沒有誰會把她藏在那兒。周老師很稱讚她，也給她很多教導，但不可能綁架她，你們不要把神水社講得鬼鬼怪怪，我們相信的人自有我們的道理，也沒妨礙到誰吧。

我會雇用偵探是因為我不相信台灣的警察，雖然局長分局長我都熟，但警局也不是我家開的。少女失蹤不算大事。也就是起初一個月好像雷厲風行，因為沒有勒贖電話，不能算是綁架案，如果朝少女逃家的方向偵辦，頂多就是加入協尋計畫，久而久之，熱度就散了。但現在都三個月了，我們家芷珊沒在外面討過生活，自己一個人，怎麼教人不擔心。

我了解她個性，鬧個革命啊，想要做自己啊，這種念頭難免會有，或許上個月她生母忌日也有關，那天不是我不帶她去祭拜，是議會裡有事走不開，才請司機帶她去，以前都有姑姑陪著，偏巧那天姑姑也沒空，母親忌日又快到她生日，那種心情特別複雜，回來後她關在房間裡晚飯也沒出來吃，那時我應該去關心她的，可是你知道，像我們這種年紀，很難跟孩子表達關心，尤其芷珊那麼倔強的孩子，真的跟她媽一個樣子，說來也不怕你笑，我是快三十歲才結的婚，我本來是不結婚的人，以前是關不住的野馬，家裡也待不住，什麼工作都做不下去，就是到處跑，我們家經得起我這樣跑，可是結婚後我都定下來了，但是一個男人要他整天待在工廠跟家裡嗎？我好不容易才有的事業心，需要經營啊，我當時會外遇不是不愛她，是她那種個性啊，那時候我真的吃不消，我打小沒受過氣，都被照顧得很好，家裡誰不讓我，我老爸那麼凶的男人也沒認真罵過我。

我起初會追求玉書就是因為她看起來很有氣質，那種根本不把有錢人看在眼裡的骨氣，是我沒在別的女人身上看過的，不過後來結婚了，住在一起不一樣啊，我出去玩那也是社交，兄弟感情，她就說我髒，不讓我碰，馬的那時我根本只是去酒店，沒碰那些女人，被她這麼一鬧，兩個人幾個月不說話，我是男人怎麼受得了這種冷戰，尤其是我爸媽根本都站在她那邊，我也是叛逆吧，就故意去酒店，到處玩，遇上後來的太太敏葳也是緣分啦。可是我怎麼也沒想到後來玉書會自殺。

這些事你一查就有，如果對找芷珊也有幫助，我都願意講，是啊，我是先跟敏葳有了孩子，才回家鬧離婚的，這些事都在預料之外，本以為是逢場作戲，但我跟敏葳都認真了，說真的，我愛玉書勝過敏葳，可是愛又怎樣，相處不了還不是一場空。

我也是認識敏葳才真正被收服了，她懂我嘛，我這種男人好安撫，不要來硬的，你看我不是也從浪子變成好爸爸了嗎？玉書跟芷珊一樣，一條腸子到底，固執又敏感，這樣路怎麼走得通。

玉書她爸爸死後她就無依無靠了，我們沒有不讓她看孩子，芷珊每個月都去台中跟媽媽見面啊，玉書她爸最後住療養院，錢也是我爸出的，只要開口，我們還是會幫她，怎麼知道她後來得了憂鬱症，芷珊一直很內疚，說後來自己也不想去找媽媽，因為媽媽變得很奇怪，一起住的叔叔很凶，媽媽老是在哭。不過人家要傳什麼玉書後來去酒店上班，那是狗屁，她要是可以去酒店上班，根本不用走上絕路，是選到不好的男人，怨怪自己吧，我想她一定也會埋怨我，恨我也有可能，所以我們每年都幫她辦法會啊，沒有一年缺過的。

但說實話，去那個靈骨塔我真是受不了，那個塔特別陰，她的塔位又高，我每次去，一仰頭就暈，真的是中風也有可能，想過給她遷塔位，手續很麻煩，想說等到芷珊十八歲，用她的名字來辦就可以。

這些事我說起來還是懊悔，從我們邱家出去的女人，還是邱家人，我爸到現在還怨我，沒有照顧玉書，那時候我阿嬤要邱家有後啊，我媽也一直逼我，玉書擺明不可能再生了，敏葳兒子都生出來了，我不可能讓他們母子三個流落在外面啊。

果然錯都是在我。所以陳先生，麻煩你，無論如何都幫我把芷珊找回來，多少錢我都付，真的，我賺這些錢不是都為了孩子嗎?芷珊以為我不愛她，這怎麼可能，重男輕女是有一點，我只是不知道怎麼跟她這種拗脾氣的女孩子相處，她回家後我會改，會加倍愛她，年年都帶她去法靈寺看玉書，要我改什麼都可以。

# 07 姑姑 邱素珍

芷珊一定是失蹤不是逃家，一定是有誰把她帶走了，不是她自願走的，若不是綁架、就是誘拐，不能因為她傳簡訊回來就表示她人在台北，手機這種東西不能代表人你說是吧，可是警察偏偏認為那就是證據。「有人把邱芷珊帶走了。」我去警局說明了好幾次，沒人要理我，到後來連我哥都認為芷珊是離家出走了。

為什麼我很確定？因為我跟芷珊很好啊，她不可能瞞著我偷偷溜走，何況以前她說過想離家出走，我還說要幫她，她不可能連我都不說，再加上阿公病重，她再怎樣也不會選在阿公生病的時候跑掉，我爸是全世界最疼芷珊的人，芷珊也最孝順，我們這個家，一直烏煙瘴氣的，說是曾曾祖那輩家裡有女傭人給玷汙後來自殺了，業障一直消不掉，所以子孫婚姻運都不好，也有人說是白色恐怖那段時間，我曾祖當抓耙子，鎮上幾個人被抓，有人槍決有人坐牢，都跟我曾祖有關，但我覺得這是亂講的，就算是真的，也是時代的悲劇，那時候誰不怕，每個人都可能被抓去關。

可能是祖上沒積德，我兩個哥哥都離婚，姊姊也喪偶，至於我，有丈夫跟沒有一樣，他是個廢人，我哥給他安排多少工作他都做不久，一直想開公司，可他根本不是做生意的料子，他當初是我哥的結拜，本來家世也很好，工廠大火那年，他們光是賠償就把祖產都賣光了，一直落魄到現在。

大火的事？海山大火今年滿十年，當年我們家木器工廠大火燒死了十幾個工人，受傷的也有十來個，比大地震還慘，這些男人都有家庭，所以我們海山一下子多了一群寡婦跟沒爸爸的孩子。幾個女人後來有的改嫁，有人離開海山，留下來的家庭問題很多，木器行是我大伯跟夫家合開的，也算是我們邱家的產業，當初光辦理賠償就賣掉了很多房子，我們真的是有誠心在處理，但那時家裡就蕭條了很多，直到我哥哥選上鎮代表，家業才又興起，所以我們家人都很信神水老師，覺得是他指點迷津，才讓邱家又能重振家風。

大火的事？你問我我也不清楚，那是多年前的事了，木材行發生爆炸，怎麼看都不合理，但就是爆炸了，整個廚房氣爆，因為廠房裡堆的都是木料，一下子就延燒起來，恰巧那時堆放了很多易燃物，還有噴漆用的鋼瓶，不知道是怎麼回事，大火跟爆炸來得又急又猛，入口的天花板突然也坍塌了，所以才把員工困住，沒辦法逃生。消防隊進來的時候，還發生了兩次爆炸。那之後我們真是賠慘了，還一直被告，官司打了好幾年才平息。想來真是噩夢一場。

我哥後來去神水社，真的每年都在幫海山祈福，媽祖廟當然更神啊，可是拜媽祖的人那麼多，不可能每個人都顧到。但是周老師有周老師的厲害，那是有針對性的，一個一個救。我很討厭大嫂，但她介紹我們認識老師這點我要感謝她，我以前根本就是憂鬱症，也是去神水社之後才慢慢好起來。神水社沒你們講的那麼神祕，因為想要清靜，所以過濾訪客，這也沒什麼奇怪吧。想進去的話我哥會安排，你進去查看就會知道，那裡只有神蹟，沒有鬼怪。

芷珊不尋常的地方？真的要我說那實在太多了。

在我看來，有那種後母，還可以這麼正常就是不尋常。這些事我都沒跟我哥多提，我大嫂有夠扯，真是標準雙面人，只要我哥不在場，她馬上就露出一張晚娘臉，不只是對芷珊，連我爸我媽跟我，也是一臉愛理不理，吃什麼東西都挑，我媽煮的菜也敢挑剔，喜歡擺架子，請什麼傭人司機，若不是我爸身體不好不想動怒，我們邱家怎麼可能出這種媳婦，奢侈、浪費、虛榮、奸詐，讓我說個三天三夜也說不完。

我哥總說，是我大嫂幫他選上鎮代表跟縣議員，說是周老師的功勞，說後來家裡事業這麼成功都是因為大嫂幫忙，屁勒，我書讀不好，道理還是懂的，我大伯是縣議員，堂哥是前任鎮長，我們家本來就有事業，他要從政根本只要開口就行，以前代表選不上是因為他自己爛啊，混黑道、跑酒店，那時我們家很好過，他就待不住家裡，娶了老婆美得像仙女，也沒用啊，真的我覺得我哥就是不爭氣，他天性很軟弱，低自信高自尊，這是芷珊說的，周老師則說他晚開竅，我承認他後來是有變得比較果斷，從政以後也有模有樣的，可是功勞要說都是別人的，我可不認同，說到功勞，還是我爸功勞最大吧。

芷珊就是乖，有點大小姐脾氣也是有，但我覺得那是裝出來的，她骨子裡很沒自信，跟沒媽媽也有關，以前我還沒搬回家時，家裡事業忙，幾乎都是歐巴桑帶她，欸，我們家請歐巴桑跟我大嫂請的傭人是不一樣的，歐巴桑是來家裡幫忙的雇員，傭人啊，大嫂非得要人家跟她去買東西，幫她提包包，跟前跟後做牛做馬，真的，我們家雖然大，還不需要用到兩個傭人吧，管家司機傭人，她真當自己是公主啊。

我不是對我大嫂有成見，真的，芷珊逃家她絕對是關鍵，去問問她私底下怎麼對芷珊，這孩子第一件胸罩還是我帶她去買的，那時她都十四歲了，胸部大得跟大人一樣，第一次生理期也是嚇得哭著打電話給我，我大嫂根本都不管啊，她自己的女兒佩佩小芷珊三歲，就寶貝得跟什麼一樣，對芷珊就是個不聞不問，真的，我哥一忙起來什麼都不知道，有段時間的零用錢芷珊都是先來跟我借，因為大嫂就是拖啊，故意拖個兩三天，這樣孩子是要怎麼去上學，然後過年買衣服，過生日，這些日子她也都很故意，反正就是要讓芷珊覺得自己是外人，可是只要我哥在，她就是滿嘴甜心寶貝，我真的很氣，我哥是瞎了狗眼，像我爸都坐輪椅了，她連幫我爸倒杯水都不肯，因為有傭人啊，有傭人她就不用當媽當媳婦了嗎？每天睡到中午，一張臉沒化妝跟死人一樣臭，不，我說錯了，死人臉不臭，死人不會擺架子，死人不會故意糟蹋人，我大嫂看我每天住娘家，就是一張死臉給我看，拜託我照顧我爸七八年，靠她行嗎？我哥是有給我錢，也有幫助我丈夫，那又怎樣，財產也是有我一份，當然我不是詛咒我爸死，可是我大嫂早就慫恿我哥要求我爸把財產能過戶的都過到他名下了，就是選舉啊，我爸心軟，為了籌選舉資金，資產大多都過到我哥那裡，選舉是燒錢啊，好到誰我不知道啦，我們邱家被掏空，邱家分兩半，然後我阿爸最疼愛的孫女失蹤了。

神水社跟我大嫂的關係？可深啦，她做對的事大概只有這一件，把神水老師接到海山來住，幫助了好多人，神水老師這麼神，為什麼沒辦法治我大嫂的那些死毛病呢？我真的不懂。

那年，說是我大嫂帶我哥去台北看醫生，看遍了有名的中醫，聽說有個老師會隔空治療，說起來好笑吧，不過是真的。起初我們都帶著看笑話的心情，看他們每週跑一次台北，可是我哥的胃病真好了，我大嫂是說她有什麼暈眩症啦，暈死最好。不過最神的還是選舉，我哥自從認識周老師以後，真的連講話都不一樣，有氣質，有霸氣，很奇怪，以前那一臉混混的樣子都沒了，反而變得跟我爸很像，只是太愛穿名牌了，他戴上眼鏡，剪短頭髮，整個人看起來就是穩重，本來他長得就可以，算帥吧，我們家的人都長得好，唯獨我例外。真的，全家男的帥女的美，我不知道像到誰，太黑了，鼻子又塌，眼睛是大大的還可以看，身材又不好，我媽說我是隔代遺傳，我覺得我就是抱來養的。

對不起，我話多，你要是天天跟一個中風又沉默寡言的老人住在一起，也會滿肚子話想說。總之，芷珊可憐，她頭腦聰明，但考運不好，她天生容易緊張，每次遇到大考就會生病，都沒辦法考好，本來我哥要安排芷珊去加拿大，我爸不肯，我大嫂也說不用，還是留在家裡好。

我覺得芷珊在學校也不快樂，不知道為什麼，她沒什麼真朋友，她跟朋友在一起也是兩種樣子，這我不太懂，她好像故意想要成為某種人，說真的，是那種像我大嫂的人，驕傲、自私、自我中心、虛榮浮誇，就是那種人，我覺得她連打扮也越來越像我大嫂，把頭抬得高高的一臉不屑別人的樣子也像我大嫂，學那女人幹嘛，芷珊的親生媽媽才真是漂亮又有氣質，人家是多有書卷氣啊，對誰都是那麼和善，現在想起她的笑容我還會心痛，真的，雖說好人不長命，可是如果沒有我大嫂出現，玉書根本就不會死。

可是我知道芷珊不是驕傲的孩子，那都是裝的。這點我真的不太懂，你要能解開她電腦的密碼，肯定可以發現她到底是怎麼回事，這孩子天天在網路上寫東西，都是匿名的，我聽她說過有寫小說，也是登在網路上。有沒有筆名我不知道，我也沒看過，她都不肯說。

## 08 鎮長　謝美華

我們家跟邱議員家淵源滿深的，早在我祖父那一代，謝邱兩家是親戚，一直算到現在也還是遠親，日本時代邱家是巡佐，我們曾祖是區長。

到我叔公當選國大代表，他們家的伯公也當上縣議員，後來我爸爸當鎮長，他們家還是縣議員，可以說邱家的影響力已經擴展到縣了，我們家更著重在海山鎮，差別就在這裡。後來邱大山計畫想選縣長，就要有他們的人馬來選鎮長，我之前的鎮長就是邱大山的堂哥邱仲傑，我哥出來選的時候不是中槍了嗎？破案後雖然說是以前警局被我哥抓過的小混混做的，也判刑了，但知道的人都清楚，那鐵定是縣長那邊的人幹的。

我們就跟邱家斷了來往。

邱仲傑前鎮長，年輕一輩臉書上都叫他邱終結，也不算錯啦，畢竟是他終結了海水浴場與跑馬場，在他任上賣掉最多鎮公所的土地，連神泉都租給財團，以前我們都笑說如果媽祖廟可以賣，想必他也會賣。什麼都賣掉，換來一座化學工廠，結果化學工廠後來遷走了，留下一堆職業傷害跟環境問題。但這是我們的看法，也有人覺得邱終結很好，說他把海山活化了，爭取到將來高鐵設站、連結第三高速公路，說他任上海山外來投資是最多的，房價也高了，這些都是假象，化工廠一走，附近的農地都汙染了，海山出好水，我們種的米一向是最自豪的，傳出汙染後，誰還敢提海山米，只做代工了。年輕人外移這種問題也不是蓋工廠就可以解決，結果這次邱大山支持的鎮長還要提什麼月光海度假中心，爭取農舍資格放寬，樁樁件件都是禍害，我不是要說我自己多正直，可是我們世代都是海山人，做的都是會想到千百年後的事，那個白沙海灣怎麼可以蓋度假中心，先別說土壤地形都不合適，海灣村那是媽祖的地方啊，我們海灣媽不一樣，是客居的，海灣村世代以來家家戶戶都是媽祖居住所，你把房子全拆了蓋一個超大飯店，不要說誰會來住，就說說那以後媽祖住哪好了，他說要蓋最莊嚴的媽祖廟，這不是搞笑嗎？海山早就有百年媽祖廟了，海灣媽要住廟還不簡單嗎？外地人不懂海山的事，空降下來撒錢就以為可以呼風喚雨。

我爸說我小看了對方，這種奧步說不定會成功，我不是小看啦，是看不起。

我有我自己的選法，當初我從台北回來選代表，誰認識我啊，乾乾瘦瘦一個不起眼的女孩子，也是一家一家，大街小巷去走，去市場跟人家握手、寒暄，去廟口泡茶跟老先生辯論，去車站發傳單，我雖然大學後離開海山，但我每個月都回來，我的心永遠是海山人，為了我哥的一條命，我也不能輸。

那時我爸已經糖尿病了。他六十歲發的病，現在一個眼睛看不到，左右腳腳趾共截掉三隻了，可是他有力氣還是騎車去巡啊，我說爸你不用巡，巡邏車我派很多，每個角落都巡得到，他說什麼你知道嗎？他說眼睛看不到的，警察也看不到，巡不出來。

後來坐輪椅的時候多，外勞都蒂就推他到處去逛，我爸是靜不下來的人，而且聽那些老老小小一聲老鎮長，病都好一半了。

邱芷珊的案子我們很重視，不會因為是邱大山的女兒我們就不管。不過鎮公所跟派出所對這種刑事案根本使不上力，只能加強巡邏，當初事發的時候我們發動了很多鎮民幫忙協尋，小鐘山、東勢溪、海水浴場，都派大隊人馬仔細搜過了，真的是找不到。

神水社？對啊，當初也懷疑過神水社，因為去年有傳出醜聞，而且我對於他們壟斷神泉的事一直想處理，彼此都沒有好感，不過真的不管是神泉或是神水社都不在我管轄範圍，宗教自由啊，倒也不是我懼怕縣長那邊的壓力，是我管不到，當初縣裡的刑警隊都派人去查過了，沒查出什麼，派出所的人我也派去過幾次，都是尋常活動，那裡常是人山人海的，要藏一個活生生的女孩子可不容易吧。

## 09 汪夢蘭

不知是不是林慧牽線，海風餐廳的老闆突然問我願不願意幫他們整理家族史，說我可以住在他們家的老房子裡，包吃包住，也願意給我生活費。他說資料都有了，之前請了一個鎮上的老師寫過一段時間，後來老師調離海山，家族史就停筆了。

他說，「如果你能願意幫忙那就太好了。」

午飯的忙碌結束後，我與海風餐廳老闆在餐廳聊天，老闆說話簡潔，客氣卻不拘禮，「我叫林永風，我父親是林俊才，父親去世已經二十年，再過幾年是他冥誕一百歲，想用家族史來為他留下紀念。」我問他希望如何進行家族史的書寫，有什麼資料可以提供給我，他拿出一本相簿，「因為父親有許多年不在家中，關於他年輕時的照片很少，很多訊息得去查訪，這就是我希望你來為我們做的事。」話剛說完，他又補上一句，「父親在一九五一年因為白色恐怖被逮捕，坐了十年牢，這是他離家的緣故。」我有點吃驚，但盡可能不表現出來，「前些年也有單位想來找我們做訪談，因為當時母親還在世，她不願意旁人再提起往事，所以我們都拒絕了，父親生性寡言，直到老年之後才開始願意對我們訴說當年往事，但沒多久他就罹患有阿茲海默症，他好不容易願意開口說，卻沒能力說完就逐漸遺忘了，八十歲就去世了。母親高壽九十五歲去世，雙親如今都不在世，我也逐漸老去，我才意識到自己沒有徹底理解父親，是一件遺憾的事，想到總有一天這些都會隨著死去的人消失，就覺得痛惜。」沒想到老人如此坦率，對我毫無保留，但我也意識到自己倉促接下的是一樁巨大的工程，也未必是我可以勝任的。

「白色恐怖」這一詞我時常聽見，但我不曾認識過任何一位經歷過白色恐怖的人，我自己一直將此當作是某個遙遠的歷史，從未深究，報章雜誌或電視新聞的報導，也都是浮光掠影式的印象，反倒是二二八事件因為電影《悲情城市》而留下印象，但一切都只是「印象」，這些印象要化成一個人物的生平需要更多的資料，我心裡逐漸慌張起來。

對於林先生的直率真誠，我既詫異又驚喜，本來這次見面就類似面試吧，過去接代筆作家的經驗是，寫手跟傳主必須有什麼可以互相連結，至少氣息上不能相互排斥，否則我絕對寫不出來，曾經接過一個企業家的案子，首次見面時就對他喝斥祕書的方式感到厭惡，後來他對我也是百般刁難，最後合作破局。

但林先生的案子不同，他不是傳主，要我書寫的是一位已經去世多年的老人，而且有著不為人知的過往，我要寫這本書等於是重新挖掘這個人物的生平，並碰觸到禁忌的主題，也是我不熟悉的範圍，我不可能僅靠著採訪家人朋友就完成這本書，必須要做很多功課，然而怪異的是，我卻一點也不想拒絕，針對酬勞也沒有什麼想要求的。

「汪小姐，這樣說可能比較失禮，但還是想跟你先說清楚，我想要的不是一般市面上的家族史，完成後我也未必會真正出版，我想請你做的，是我自己為人子應該做卻沒有能力去做的事——去認識我的父親。想到這點我就自責心痛，這麼多年來，我們從沒有真正搞清楚父親當年因何入獄，在獄中的遭遇，以及出獄後的心情，因為大家都不想提及那段痛苦的往事，使得父親想說也沒有對象傾訴。爭取冤獄賠償時，也是由其他人幫忙負責處理，拿到錢之後，父親才開始想要跟我們訴說當年的事，但不多久父親就病了，那時我正在忙事業，沒有心思在他身上，如今對於父親感到很虧欠。在父親出獄後這些年裡，偶而從父母親口中還是陸續知道一點當時的事，只是我自己如何想，都想不透這些前因後果，以前避諱，沒有仔細想，父親去世以後，也延誤了許多年，想來是我自己老了，身體漸衰，感受到時間消逝的可怕，尤其是記憶，放著不去想它，回憶會無端溜走，這幾年我一直想要做，但自己不知道從何做起，才會想到要找外人來幫忙，我想過找徵信社的人來調查，但是詢問了一些人，發現我想要的不是答案或真相，而是理解父親為何入獄以及他坐牢、出獄這整個過程，我也想了解父親坐牢這件事對我們家人的影響，這些事太複雜，我需要一個人來幫助我。但我必須說，我們這樣做可以得到什麼結果我沒有把握。」他停頓了一會，「但只要能夠幫助我理解父親，最後你會寫出什麼都沒關係。父親的身影好像散落在這個屋子各處，分別在我們家人的心裡，這裡一點，那裡一點，卻不是我可以去打探的，這是我需要你住在海山的原因。」我沉默地聽著他說的話，腦子裡不斷思考著，但也還無法給出答案。

他像是要轉移話題似地，突然起身，對我說，「要不要先參觀一下你要住的地方，如果有什麼不夠的東西我還有時間準備。我們邊走邊聊。」

林先生給我一種異樣的熟悉感，或許因為父親倘若還活著，也該是這種年歲，我想像過父親各種樣貌，要是他像林先生如此溫文，那該是多麼好的事啊！我可以看出這個彬彬有禮的長者內心隱藏著多麼強烈的失落與遺憾，他內心感到焦慮，即使看起來如此健康，卻好像有什麼從內部開始侵蝕他，或許，他擔心自己也會罹患失智症，會因為不可避免的遺忘，將該記住的全部忘記，所以需要我幫他寫下來。我想到自己的父親，母親因傷痛而努力遺忘他，我自己又是為什麼遺忘？我二十歲時，父親的骨灰轉移至靈骨塔，當時我曾去祭拜過，但那卻是最後一次了，我置身那充滿各種骨灰罈的小方格之間，感到天旋地轉，陷入無邊的恐慌，父親變成一個小格子上頭貼著的照片，在比我稍高的位置，我必須仰頭才能望見他，正如童年時一般，但我再也不能觸摸他擁抱他，讓他用粗粗的鬍渣摩擦我的臉頰，這些念頭讓我崩潰，就此不再去探望。

他是否也會希望我去尋找他呢？我們的遺忘，是否也正在讓他徹底地消失？但念頭思及此事，那種恐慌又悄悄升起，我閉上眼睛，努力放空。

林先生帶我去參觀我要住的地方，正是那棟未來準備拆除的老屋，就在餐廳後面街巷，僻靜的一角，獨棟兩層樓房子，有小小的庭院，屋齡老舊，但保持得很好，看得出新近整理過，院子的雜草都修剪了，林先生說這是父親出獄後經過多年努力興建的，在當時算是時髦的房子。父親剛入獄時，為了籌措營救他的費用，家人變賣了家業，不願讓父親回來時無家可歸，就在附近租了位置做麵攤生意，父親出獄後知道祖屋已賣掉，非常自責，就努力賺錢再蓋了這個屋子。林先生說他自己也在這屋子度過童年與青年時期，直到開店後，才搬到租賃的餐廳樓上，這些年餐廳生意興隆，他們買下餐廳那棟樓房做為店面與住家，一旁又加蓋鐵皮屋擴建店面。隨著大家成年後到外地求學、工作、結婚，老屋裡的人口漸漸減少，後來僅剩父母與未婚的小妹居住老屋，父親死後，母親與回家照顧她的小妹還住在這棟樓，母親去世後，小妹過度傷心，不想留在此地，就搬去餐廳樓上跟姪女住在一間房。

想要整修房子是家族的決定，因為兒孫眾多，不想繼續在外分散，目前還留在海山的家族成員都居住餐廳的二樓跟三樓，房間不夠用，都是兩三個人擠一間房，擁擠不堪，希望可以建造一個足夠十多人居住的四層樓房，讓一家人團聚，這個想法已經存在很久，直到母親去世後，好像有什麼必須放下，才終於真正要去落實，「過去的事就是過去，盡量不要再提，重要的是現在以及未來。」這幾乎是家訓，但林永風卻無法如是想，在整理老屋時發現許多父親的遺物，使他興起了寫父親傳記的念頭。「看到父親生前的讀書筆記，書本上密密麻麻寫滿難以辨識的文字，我感到無比心痛，他是那麼急切想要寫下來，想說出口，身為子女的我們卻沒有留意他的心願，任憑時光空白溜走。」他的語調裡充滿悲哀。

他帶我上下樓各處參觀，午後的老屋，木框窗戶油漆斑駁，薄脆的玻璃透進的陽光似乎特別柔和，我們老家以前也是這樣的玻璃窗，時光久遠就會變成一種很淡很淡的茶色，不知是不是我記錯了。老屋地板是綠黑相間的磨石子，天花板都有裝潢，一樓客廳有一座酒櫃當隔間，老屋內部還算得上整潔，外觀雖已破舊，內裝卻仍保持得很好，幾個房間都還可以居住，廚房衛浴也都功能良好，「房子大修過幾次，狀況保持得不錯，是這幾年沒人長住，才漸漸顯得破敗，以往這住過很多人，爺爺奶奶、父親母親，以及我們四個孩子和我的小孩。最小的妹妹是父親回來之後才出生的。」

「不介意屋子老舊的話你可以住在二樓客房裡，這間房間是以前兩個妹妹的房間，現在妹妹偶而回到故鄉，都還是會來住，整理得很乾淨，這屋子雖然老舊，並沒有什麼古怪，住起來相當舒適。如果汪小姐介意的話，也可以幫你安排民宿或旅館。」屋子各處通風蔭涼，異常安靜，要讓我住的二樓房間窗子面對院子一側，可以看見一棵芒果樹，一棵茶花，以及其他矮的樹叢，屋裡有書桌、化妝台、衣櫥，床櫃，雖都是老舊的樣式，材質看起來卻都很耐用。「只是老屋沒有安裝網路，需要的話我也可以為你申請。」林先生說。

「沒關係。」我搖搖頭，問說附近有圖書館嗎？他說有，規模不大，但可以上網。「需要的話餐廳也有網路。當護士的女兒有幫餐廳經營土雞跟粽子的網路銷售，你來餐廳吃飯也可以上網。年輕人總是需要網路。這邊也沒有電視跟第四台。」我說我不需要電視。他補充說：「午餐晚餐都在餐廳用餐即可，早餐要跟我們一起吃也很歡迎，只是我們吃得早，你若要多睡些時間，附近有幾家早餐店可以選擇。店裡只有週一公休，但週一我妻子會下廚，餐廳吃膩了，附近也有很多吃食，海山雖然是鄉下地方，吃喝都不缺，老店很多，往後再慢慢帶你去吃。當初說到包含食宿，也是希望讓你可以融入我們的家庭生活，這樣方便你寫作。」我笑說：「謝謝，我這人有吃又有住就可以好好工作了。」

林先生突然有點害羞地說：「我本來想自己幫父親寫傳的，但實在不是這塊料子，就放棄了，不過因此我倒是知道寫作需要什麼，鎮上有位已經過世的老作家是我們家的世交，他曾對我說過，穩定的三餐，明亮的光線，安靜的環境，對寫作有幫助。」

林先生為我介紹環境，院子裡停放著機車，說是準備給我代步用，還從餐廳那邊牽來一隻大黑狗阿福，他說阿福靈性高，會看家，有隻狗作伴一個人比較不會害怕。

一個人住在這樣的空屋裡我並不害怕，不知為何，或許是因為父親早逝，我自小對靈異事件就沒有什麼感覺，跟生性敏感的母親不同，某種方面來說，或許我也在追求著不安全吧，「我渴求著可以與亡魂對話」，大學時曾跟社團的人到處探勘廢墟，後來跟李振家還拍過幾處凶宅的影片，不管多麼破敗陰森的地方，別人說回家後頭暈想吐、運勢不好等等，我都沒感覺，當然，我一直運勢都不好，沒太大差別，我唯一的優點就是壯得像牛似地。因為強壯的緣故，旁人也時常不把我當女孩子對待。我不怕亡魂，但亡魂從未出現。

「所以我通過面試了？」我問他，林先生微笑說：「沒有什麼面試，只是先談談話而已，而且主要也是要看你的意願，你在這個屋子裡沒有什麼不舒服的感覺吧，只要這樣就可以，我一直相信父親還在，不瞞你說，如果是不合適的人，他會讓我知道。」

即使不信怪力亂神，任誰聽到這種話都會有點心裡發毛吧，但正如我說過的，我對這類的事物不但不反感，甚至有刻意追求的傾向，林慧就說我早晚會惹禍上身，但以李振家對我的傷害而言，人比鬼可怕多了。

「汪小姐，我不是要嚇你，這只是一種感覺，父親還在我們的周圍，會一直與我們同在，我父親是好人，不會傷害你，雖然晚年陷入失智狀態，是在神智不清、連我都認不得的狀況下死去的，但他死時比生前更為平靜，那些往事或許只有疾病能夠驅散。最難過的是，他曾對我說，他以前努力想遺忘的事，等到遺忘真的到來了，才知道他根本不想忘記那些事。生命最後幾年，我每次看到他努力在紙上書寫著什麼，那種拚命想要留下什麼的模樣，都感到心痛。到後來他也幾乎只用日語說話，所以最後可以談話的對象，只剩下母親。但母親不與他說監獄的往事，父親又進入了沉默。」林先生在這時突然顯露出老態，我想，其實算算時間，父親被捕時他五歲，一九五一年至今，他已經是七十多歲。

「因為我對這個題材沒有經驗，我想暫時不要收取費用，只讓我先在這裡住著，我先收集資料，自己做功課，然後慢慢開始訪談，再決定我能不能寫這本書，這樣好嗎？我們都給彼此一點觀察時間，因為劉光老師的採訪我也必須做個收尾，寫一篇短的報導，所以這個月我還無法開始工作，只是我需要住處，我想可以先跟你租房子，等我開始寫家族史，你再提供我住宿，給我一些緩衝的時間，我心裡也比較踏實。」我對林先生說。

「都好，這本書不急，我一直感覺相信你會來到海山是跟我們有緣，就讓你慢慢適應這裡的生活，再開始工作。有什麼需要儘管說。房租的部分，就先一個月一千元吧，象徵性收費，也讓你安心。」林先生豁達地說著，使我非常感動，這段時間的相處，每天一起泡茶聊天，我卻在此時真正感覺他對我敞開了心懷，我也忍不住對他訴說，「我父親在我童年時自殺了。我成長的過程裡我總是覺得沒有歸屬感，但在海山小鎮，我好像找到一些遺失的力量，謝謝你讓我留在這個屋子裡，這裡好像我小時候住過的地方，我們家是在台北海邊的小鎮，是三合院老屋，但一樣有庭院，我想在這裡寫書一定可以順利的。」我激動地握著老先生的手，好溫暖的大手，掌心有硬硬的繭，那些繭像是許多安靜的聲音撫慰著我，使我鎮定。

談話結束，我們走回餐廳，正值晚餐時間，我吃了豐盛的晚餐，還參與了他們家飯後的泡茶時間。

晚飯過後，傍晚的海山鎮，街邊已經安靜下來了，路燈一盞一盞點亮，有幾個行人騎著單車經過，大家都會互相招呼，餐廳前的路燈點亮，茶桌旁，擺著七八張矮凳、小藤椅，人們紛紛入座，林先生開始泡茶。如過去一樣，這個時光是家人團聚相處的時間，但我自從知道他父親曾經失去自由，家人曾離散又團聚，這個泡茶時光對我而言開始變得意義不同。

茶桌邊圍坐了林先生夫妻，林先生的弟弟、弟媳，林先生的女兒、兒子、以及他的孫子們，這是關係非常緊密的一家人，過去我總以為鄉下人家都是這樣注重親情，如今我卻感覺他們的團結有別於其他人，他們大方地在家門口擺上茶桌，好像誰都能加入茶局，但這可能是林老先生出獄後，一家人打拚多年，終於開了餐廳，買了房子，為了想要重新融入鄉里所做的努力。我無法想像眼前這一家人曾經離散，曾經滿懷恐懼，在林老先生被捕後的日子裡，家人可能根本連大門都不敢打開，只能從後門出入。我不知道當時鄰里們如何看待他們？有沒有人欺負他們？更不知道在林老先生離家的那十年裡，這一家人如何生活？如何在關係緊密的小鎮裡安然度日。我看見林永風先生閒適地泡茶，與大家寒暄，我看見路過的誰誰停下來，走過來喝上一杯茶，過往那不過是鄉間尋常的一景，而今對我來說，那是歷劫歸來後千難萬難復得的平靜。我想像著林家從閉門不出的日子，要走到今天這樣和樂開朗的團圓，那該是多麼漫長的一條路，那就是往後我要去尋找出來的路途，如此一想，手裡小小的一杯茶突然變得沉重又貴重，眾人都不知道我繁亂的心思，我感到眼眶濕潤，喉頭一緊，趕緊抹抹眼睛，免得眼淚掉下來。

大家繼續談論著各種話題時，林先生隨口提起：「我請林小姐來幫阿爸整理資料，想寫寫家族史。要麻煩大家多照顧她。」他轉頭向我，笑笑說：「林小姐應該也是要做什麼採訪吧！」我趕緊回答：「是的，日後我會一一拜訪各位。先謝謝大家了。」

林家的兄弟姊妹看來似乎都不難相處，但這種親和之中卻也有一股將他人排拒在外的氣氛，我說不上來是什麼，只能說他們都客氣得令人吃驚，我不禁想到或許要進行採訪會很困難，我感覺他們是倘若決心要保守什麼祕密一定做得到的家族。

或許是我多想了，既然已經接下工作，先住下再說。

林先生吩咐他的孫子林柏鈞帶我去超市，看有什麼需要採買的，其實這附近我也熟了，但覺得能跟柏鈞多聊聊也不錯。林先生說：「以後就讓柏鈞幫你跑腿，他正在讀高中，你要是平時下午肚子餓，可以請柏鈞幫你煮個麵，他手藝不錯。」林柏鈞面貌俊秀，身材高大，一臉稚氣，他說超市就在附近，我們走路過去就可以。

走進超市，我逛了許久，隨意瀏覽各種我不需要的生活用品，總算有回到現實世界的感覺，剛才的一小時，我彷彿經歷了好幾個不同的時空，需要時間回過神來。我本就有攜帶盥洗用具，但還是買了飲用水、濾掛式咖啡、馬克杯、浴帽、幾包泡麵、蘇打餅，柏鈞幫我提東西，一路上我們簡短聊著，是個有禮貌也不多話的孩子，我問他見過曾祖父嗎？他說沒有，但是跟曾祖母生活過一段時間，曾祖母活到九十多歲才去世，「以前大家都說她會活到一百歲，但也差不多了。」

「你會想到外地去嗎？離開海山，去大城市看看？」我問他。柏鈞笑笑說：「我高中讀完就要上大學了，那時想不離開海山也沒辦法了。」我們邊走邊聊，他說自己就讀海山高中二年級，細問之下我才知道餐廳原來是柏鈞的奶奶在經營，爺爺以前開食品公司，柏鈞的父親是小學老師，在他十五歲時車禍喪生，他母親就帶著他回到林家，林家要擴建老家，也是為了安置這些年紀漸長的孫兒。回到老屋，柏鈞陪我上樓，把各個房間都巡過一次，電燈都打亮，「爺爺說，晚上讓燈都亮著沒關係，我們之前也都會亮燈，習慣了，屋子沒人住，暗暗的不好。」林家人的細心真是令人感動。

客房裡棉被床單一應俱全，有一個老舊的保溫罐造型古舊可愛，樓下廚房有簡單廚具與鍋碗瓢盆，還有一個兩門冰箱，可以燒開水、做簡單的料理。夜裡洗澡熱水也很充足，洗完澡回到房內，才驚覺四周安靜得可怕，當然我並不害怕，安靜得可怕只是一種形容。

我穿著睡衣躺在床上試著看點書，但又躺不住，才晚上十點鐘，根本不到我的睡眠時間，屋裡也沒電視，夜晚無事可做，我決定在屋裡各處走走看看，多熟悉環境，既使這件事明天再做也可以，但又有什麼差別呢？

下午到達時，沒有仔細觀察樓房裡的各個房間細部，就初步觀察，一樓為客廳、廚房、飯廳與一個房間，我的住處在二樓，二樓隔出三個房間，另外還有一個神明廳，我住的客房有張上下舖，床板很牢固，衣櫥、化妝台等都是木頭訂製的，樣式老舊，卻頗典雅，貼皮雕花做工精緻，房間還有日式欄間，造型非常秀美。這間房間在走道底端，有對外窗，衣櫥裡有著用真空包包好的兩套冬夏棉被床單，收拾得很整潔，我把衣服都整理好，行李箱收妥，推開房門進入走道，隔壁兩個房間門都敞開，夜晚的老屋，安靜地散發某種氣息，神明廳的神桌已經移走，留下的位置。堆放了許多紙箱，看來都是家裡擺不下的物品，紙箱邊有一個三層櫃，櫃子上擺著卡帶錄放音機跟一盞檯燈，好久沒見過這樣的東西了，我忍不住拿下來看，撢掉灰塵，插上電源，發現可以播放，就開了收音機聽廣播，屋子裡有音樂聲，總算驅散了那股靜默。

依照這個屋子的裝潢擺設來看，距離上次裝潢時間大約二三十年前，另外兩個房間看來已經許久沒人使用，屋裡除了家具，沒有其他用品，我注意到其中一間房間，牆壁上有訂製的書架，竟延伸至天花板高度，可惜架上都沒有藏書了，但從這點可以看出林家一定有酷愛讀書之人，不知是家裡哪位兄弟姊妹，也不知現今藏書於何處，我想到神明廳裡的紙箱，或許就封藏許多藏書。

我把收音機拿進我房間，試著一台一台轉來聽，父親曾遺下一台收音機，陪伴我度過許多熬夜讀書的時光，當朋友們都在使用ＣＤ或ＭＰ３時，我依然保持聽收音機的習慣，但大學畢業後因為那台收音機故障，廣播就從我生活裡消失了。

這個夜晚，我在各個主持人的心靈小語或播放音樂的聲響中逐漸感到睡意，在十一點左右像斷片似地沉入了睡眠。

那是一片很遼闊的草原，記憶裡不曾見過那樣翠綠如海的草，草浪一波一波，起伏的草尖上，我看到父親輕輕拂過的手，很長的手指，像在比劃著什麼，或者是在草上寫字似地，他蹲著，以手指那樣比劃，我在一旁看著，終於看出些字來，「人生已無路可通，千言萬語已解釋不清，我一人離開對大家都好。照顧我的蘭兒，使她安心成長，請她不要將我遺忘。」父親寫著遺書，然後站起身來，縱身跳向草浪裡。我驚叫著醒來。

隔天一早，有人來按門鈴，是林柏鈞要來帶我去吃早餐，我跟他說以後早餐我自己處理就可以，柏鈞說：「海三街那邊有家豆漿店很好吃」。他帶我到餐廳裡，林先生一家人竟然連早餐都是一起吃的，那時才早上七點半，一家人圍坐圓桌，桌上有清粥、油條、吐司、豆漿跟牛奶，荷包蛋與各色小菜。

林家人的餐桌上，最活潑的是柏鈞的小姑姑林美貞，她是家裡的孩子王，每天為家人準備早餐、點心，非常顧家。

「今天我打算幫你把父親的書房整理一下，以後你可以使用。你也可以慢慢開始整理父親的書籍雜物，父親留有一些讀書筆記，雖然寫得很凌亂，但應該可以給你參考。我不會干涉你的工作方法，但是不用太著急，剛開始先慢慢適應環境，下午我叫柏鈞帶你到處走走，可以去看看父親讀過的學校，也是我們全家人都讀的國小，叫做海山國小，有九十五年歷史了。」林先生說。

「方便的話，我會先讀資料，下個月我想先從你開始訪問。我也會一邊整理老先生的文件。如果你手邊有什麼資料都可以給我，老先生昔日的舊友倘若還在世，希望也能把名單整理給我。」

昨晚我幾番思考，書寫已經逝去的人，只能沿著他的周圍從地理、空間、人際關係逐一搜尋、勾勒，透過旁人觀點的描述，一點一點把這個人物的過去描繪出來，但那也像是一雙雙從外往內看的眼睛，看出的是在旁人心中老先生是如何的一個人，從他出生、成長的時代裡，去發掘他走過的路，進而設法理解他做出的選擇，但他人終究是他人，無法還原本尊，可是我知道即使只是這樣擬想的還原，這個努力本身就是林先生想為他父親做的事。

林先生為我整理出來的書籍資料有十箱，主要是以老先生的藏書為主，「父親在牢裡讀了很多書，可以帶走的他幾乎都帶走了，監獄大學，他以前這麼說，坐牢之前他是生意人，在牢裡卻變成了讀書人。母親當年因為怕惹麻煩，把父親的來信都燒掉了，真的很可惜，但父親卻留著母親寫去的信，內容不多，都是書寫寄送的東西項目，讓父親核實。」

我們一起將書本上架，逐一擺進那個高高的書櫃裡，老先生的藏書多樣，從哲學、歷史、文學到心理學、醫學都有，書籍版本也從罕見的古籍到各種近代的出版，林先生說父親在獄中養成閱讀習慣，出獄後經常四處購書，工作之餘也都關在書房讀書寫作。林先生拿出了一台老唱機，以及一箱唱片。「除了書本，這是最常陪在父親身旁的物品。他幾乎可以二十四小時不停地聽音樂，連睡覺時間也要開著收音機。」

我望著那台唱機，內心一震。

我父親遺留的東西，唯有一頂帽子與一台收音機，是我偷偷藏起的，還為此跟母親吵了很多次。我最想要的是父親的照片，母親卻一張都不肯留給我，父親那紙遺書，也早被她撕毀，我從未親眼見到。我懷疑父親的遺書內容根本不是母親所說，父親到底留下什麼遺言，我已無從得知，我多希望父親寫過日記，能讓我理解他生前所思所想。

國中畢業後，我已經很少想到父親，彷彿那是記憶中不可碰觸的地雷，我靠著融入繼父與母親建造的家想要讓自己心裡有個安定感，但年紀越長，越發現那樣的努力反而扭曲了我自己的人生，我在各式各樣的男人身上尋找父親的身影，我卻沒有意識到自己在尋求父愛。像我這樣看似堅強、獨立的女人，交往後卻變成沒有安全感、鑽牛角尖，自暴自棄的人，這樣的我，誰都無法好好愛我吧！

我們花了三天的時間將老先生的書桌復原，生前最後的階段，他就是在這堆滿書籍雜誌唱片的小房間裡，振筆疾書，苦思冥想，最後慢慢退到無人可以碰觸、理解、溝通的記憶深海。我把筆電與行李拿進老先生的房間，林先生用紅酒箱子幫我安裝唱機與喇叭，網路也安裝好了，屋裡加了張單人床，我就搬進書房住。

我有種感覺，覺得自己可以在這個書房寫到天荒地老，我再也不要跟會傷害我的男人戀愛、同居，不要去公司上班，不要參加那些我根本不擅長也不喜歡的應酬，我想像著，如果我可以每天吃著海風餐廳的客飯，騎著單車，日出而作日落而息，我應該就可以寫出小說了吧。

自從三年前一個短篇沒有得獎，我就沒再寫過小說了。我已經變成了「寫手」。林先生對我說：「只要你能準確表達出父親的生命，就算要寫成小說也沒關係，父親生前最愛讀小說，所以你放手去想、去問、去寫，我想要的只是理解他，並且為他留下紀錄，留給我們的家人子孫。這樣重大的事，不該忘記。遺忘不能療傷，只會讓傷變得更深，更無法復原。」

我感覺自己要哭了，於是快快地走進了浴室。終究我沒有流淚，我知道遺忘不能療傷，但那些已經被遺忘了的人事物，到底該怎麼辦。

深夜裡，只有我在老屋裡，打開電腦面對空白螢幕，我想起那幾年不能寫作的日子，我先在周刊當記者，後來幫人寫傳記，從記者變成代筆作家。我勤於書寫，也擅長那些寫作，但寫的都不是我自己的創作，無論寫出多麼出色的報導，都無法令我感到安心，但我日復一日地逃避，成為名副其實的「影子作家」。

在老先生的書房裡，在那些洋溢著古書氣味、樟木香氣，以及一種時日曠遠無人居住的時間沉澱中交織出的氣味裡，電腦螢幕兀自閃著光，我雙手落在鍵盤上，彷彿自有生命，開始敲打起來。我寫下一個字，又一個字，那些字句像落在海面上的雨，滴滴落落，在深夜裡拍打著，不知為何，我開始寫小說了。

我趴搭趴搭地打字，像是被什麼附身一般，我繼續寫著之前劉光老師對我說過，蔡家敗落的故事，我闔上雙手祈禱，請讓我能夠寫作吧，讓這安靜的長夜裡孤寂的亡魂親附我身，讓我聆聽他們的聲音，寫出故事。

下午我讓柏鈞帶我走走，「我們去街上逛逛。」他說。我問他：「為什麼叫做街上？」他說街上指的是沿著火車站出來的幾條街，是海山最熱鬧的地方，海風餐廳位於海安路，兩邊都是商店，步行約十分鐘，有個小小的圓環，圓環邊上都是攤販，幾條馬路沿圓環散開，每一條街都有商店跟小吃店，「這裡就是街上，」柏鈞說，「市場已經收攤了，但可以看看那些建築物，很可愛。」大男孩口中說出很可愛幾個字，確實可愛。菜市場不同於我以往所見，是集中在一處，一排一排木頭屋頂接連著，從外觀看去，藍綠色的木框、小窗、門板，幾乎是日治時代的建築了吧，我問柏鈞，他說是的，八十年來翻修過幾次，但幾乎都保留原樣，只是裡面加了現代化設施，「我常來這裡幫忙買菜，很喜歡這裡的氣氛，早上有人拍賣魚，改天我們來看。」市場已經收攤，地上卻收拾得很乾淨，只是略有潮濕，還殘留著魚肉蔬菜的氣味，這些都是我生活裡沒有的事物，每一樣都讓我驚奇。

「我是都市俗，成天宅在家，已經頹廢了好久。來到海山休息幾天，我感覺有精神多了，我昨晚還寫小說了呢。」我嘲笑自己。

「之前寫不好嗎？如果住在這裡寫得好，你可以住久一點，爺爺說你寫的小說很好，我也開始讀了。這附近有個台北來的親戚，是從電視公司辭職回來種田，第三年了，終於有好的收成，我們現在也跟他買米呢，要不要去看看吳大哥他們開的小店？」我聽到他提起我的小說，有些心驚，但又覺得在這男孩面前不必拘束，就點頭說：「請帶我去。」

沿途所見店家，他一一為我介紹。小鎮裡什麼都有，生活機能比想像中更方便。

過了幾條街，我們來到一家小店，店主是回鄉種田的吳先生，他曬得黑黑的，高頭大馬，他的妻子馮馮開了家毛線店，小小店面木架子上擺了自家耕種的蔬菜稻米，也有自製的果醬，馮馮手藝好，雖然是大熱天，她織的帽子是我喜歡的款式，我買了一頂，她還附贈我一罐果醬，是蘋果果醬，吳先生話不多，都是馮馮在招呼我們，他們跟林家人都熟，我問馮馮到海山幾年，她說：「兩年八個月。這一年多稻米才收成的，我們都還在學。」她說起讀小學的兒子患有輕微過動症，在台北時狀況很不好，常跟同學起衝突，吃藥治療成果也不好，回到海山之後。他們常帶兒子去爬山、下田，接觸大自然，也自己動手做很多東西，發現兒子在這些親近土地、山林，流汗、勞動的生活裡，原本過動與注意力不集中的狀況都改善了，「我兒子很喜歡昆蟲，放假的日子，我們就帶他去山裡看蟲，在山裡，他變得好專注、好安靜。」馮馮說，看見兒子的改變，使他們更堅定了留在海山繼續生活下去的信心，在這裡花費不多，自己的房子，自己種米種菜，有很多時間可以跟家人相處，「是金錢買不到的生活。」

安靜的吳先生突然問我：「聽說你要寫老舅公的故事？」我點頭說是，說自己還在摸索。

吳先生說：「可以問我阿太，她今年九十八了，身體還很好，當年舅公不在家，阿太去林家幫忙照顧過那些孩子。」

我自然是感激不盡，但話題隨即一轉，吳先生說：「耕種的生活沒想像中簡單，剛開始什麼都不會，第一年我都在拔草，想要不用除草劑跟肥料，根本種不出什麼，後來是住在竹東的朋友來教我，漸漸才種出一點東西，我的田不大，夠自己吃，也可以供一點給親友吃。但耕種除草等待收成的辛苦卻沒什麼壓力，就算是颱風把田淹了，也只覺得從頭再來就好。重要的是好好過生活，跟家人在一起。」

我們離開吳先生家，我想到咖啡店的夫妻，這靜謐美麗的小鎮，似乎蘊含生機，我來到這裡，真的就能找到平靜嗎？我突然想到自己，是否也有可能成為母親，這個念頭使我困惑，怎麼想都沒有可能。

柏鈞陪我繼續走逛，這孩子高大安靜，給人一種可以信賴的感覺，側臉看來鼻子高挺，模樣很俊，正面看來額頭寬闊，嘴唇厚實，感覺有兩張臉似地，真是好看的人。柏鈞父親早逝，也造就他特別早熟的性格。

「你交女朋友了嗎？學校裡一定很多女生喜歡你。」我問他。

「沒有，都沒有。」一向穩重的他，突然慌了起來。

「跟你開玩笑而已。」我說。

「感情的事，不能亂開玩笑。」他急忙回答。

「你總有喜歡的人吧？」我又問。「像我，是因為被男朋友拋棄才跑來海山的。很慘啊，有幾個月的時間都不知道自己在做什麼，每天混吃等死。幸好我來到這裡了，不然可能會發瘋的。」

閒閒的散步，讓人放鬆，我好像把柏鈞當作朋友了，畢竟，在這裡我也沒有其他談天的對象。或許因為我說了自己的事，柏鈞突然問我：「如果喜歡上不該喜歡的人，要怎麼辦？」

「要看是哪一種不該喜歡？對方有婚姻？犯罪？暴力傾向？要區分吧。」我回答。

「不知道該怎麼說。我也不能確定是不是真的喜歡，還沒來得及分辨的時候，就發生了不好的事，已經不能喜歡了。」他說，並不想告訴我真實情況，我也沒多問。

「如果真的是很難解開的問題，不如就把感情放在心裡，等時間過去，看看情況如何變化。你越是努力去壓抑，感情會變得越強烈喔，不要去壓抑，只是喜歡，沒有付出行動是沒關係的。」我說。

「只要放在心裡，不付出行動就沒關係嗎？」他再問。

「沒有一種愛是錯誤的。錯誤的都是行為。」我說。其實我也不能肯定，有些愛即使沒有罪，也會令人心碎，甚至致命。

# 第三部

**「一定是缺少某個重要的關鍵人物。」**這個念頭將他驚醒，墨綠色不透光雙面窗簾與窗框間的縫隙透入光線，像是手電筒射入的光束，不辨晨昏的他，渴了喝，餓了吃，睏了睡，日子過得沒有分別，這幾日決心規律生活，即使必須吃安眠藥上床也在所不惜，昨日還特別進城買了鬧鐘。

那是他許久以來第一次離開小鎮搭捷運進城，主要是到醫院精神科拿藥，之後在商場美食街吃飯，電器城裡徘徊好久，選定了一個兩側有小木槌敲打、造型古樸的古董鬧鐘，他不敢相信那兩根小槌敲打鐵製鐘身的噪音竟沒能把他叫醒？想來是安眠藥的劑量算錯了，亦或者睡前也不該喝那杯威士忌。

鬧鐘指向下午兩點鐘。算了，又不用上班，調整什麼睡眠。

缺少了什麼？

打城裡回來，他夢見過去高樓裡的辦公生涯。捷運站座椅上握著小鏡子化妝的ＯＬ，商店街裡學生裙與白短襪的高中少女，小吃店裡獨自叫四盤小菜的老嫗，那麼多人臉如畫，各種女人的臉，燦爛的青春的成熟的凋萎的，他很久沒有女人了，剛到這小鎮來時，交往多年的女友還會來探望他，距離一拉開，他們之間的不合適就顯出了，女友想要結婚，他的未來還是一片茫然，後來她終於不願等待便嫁給願意娶她的人。

最初時節他想要描寫一個小鎮，做為長篇小說的場景，他將場景設定在一九九五年他就讀的大學所在這個濱海小鎮。

小說動筆時，他三十五歲，出版過兩本小說，得過兩個文學獎，曾經受到注目，一切都在昂揚的路上，彷彿什麼都可以拋去。他決定孤注一擲，辭去城市報社記者工作，帶著一筆存款，住進了年輕時曾住過的磚造平房。

以寫作者身分回到小鎮，人物皆非，碼頭邊搭起了商店街，遊客一波波湧進來，只有眺望昔日的山與海，才能感受到他需要的那種，已經消逝的靜謐。平房已經破舊不堪，房東也已老入了輪椅，起初他日日到鎮上走逛，看見什麼都有靈感，他追逐著夢裡殘影，比對著現在，創造今昔對比，飛快書寫時光，編物造人。

五年來，他已為小說裡的小鎮創造了二十個人物，十六個篇章，中間散落三十二個夢境，拼貼六十五則新聞，抄寫歷史資料與維基百科一百零六條訊息。儘管那更接近一些人物速寫，街景寫生，像散落一堆零件還沒拼裝完成的機器人。他還缺乏點什麼，如魔術師揮手指點那刻，瞬間使一切成真，使機器人擁有靈魂，尚未，還沒，他急切找尋。

他日日凝視重讀，凌亂的小說草稿，就像捷運旁邊廣場為人畫像的街頭藝人，人物笑貌都像照片那麼逼真，卻一點真實感也沒有。

隨著年歲過去，他滯留在屋內的時間增加，除非必要飲食採買，他不再與人交談，沒有認識新的對象，甚至連日常吃喝都在固定的小吃店，日久就成了這樣，影子似地淡薄。最初要把小鎮每條街都走完、要認識街上老人、商家，要拍照、做田野、建立口述歷史的野心，都以埋首在書桌閱讀資料取代，後來，他甚至連圖書館也不再去了，只靠著手上舊有簡報書籍，以及網路搜尋補充知識。

實際上，他已經沒有什麼想探勘、想查訪、想深究的了，他筆下的世界，落敗的小鎮本該是繼續荒涼，卻背反著他的書寫一徑地熱鬧翻騰，他不知還能做些什麼。偶而，除了無力感，還會有一種灼心的焦急，化身為夜裡造訪的春夢，化身成前女友，某女星，或對任一不知名女子來侵擾，除了晨間的遺精，他的生活結結實實變成了一場虛幻，是的，結實的虛幻，如他筆下的小鎮。

那日他走逛一次鎮外新城，如夢境裡回返真實，他從捷運裡走出，從魚貫人潮下班男女裡掙脫，捷運裡潮湧的人體氣味使他心裡一震，他驚覺自己必須從這足以使人溺斃的沉滯中醒來。他得做些什麼。

他站在月台，從高遠處下望，等了一班又一班列車進站離站，這時間裡把他描摹過的小鎮又看了一次，離開捷運站步行回住處的路上，他決定讓小說往相反的方向走。

他要創生一個從城市裡逃向小鎮的女人，這個女人每日搭著從小鎮通往城市的捷運上下班，漫長的車程裡，沒有任何人與她交談。他要用這個女人將二十個破碎的人物連接起來。

這日下午他一醒轉，胡亂洗了臉，灌下冰箱裡隔夜的黑咖啡，拉開窗簾，抽兩根菸，像過去那樣，躺在他慣常思考的長沙發上，幻想孵育著這個小說裡的女人，他才剛描繪出她的長相，不能醜，也不該太美，身體是豐滿的，但臉孔有魅力卻不到達美麗，男人們喜愛她的肉體，但不到癡狂的地步，他想像她年約二十八，頂多三十五，超過這年齡對人生就太絕望了，她應當悲傷，但不可太過絕望。她未婚，至少談過三次戀愛，但不可超過十次，那會導致痲木。

她養貓一隻，兩隻也可以，貓適合孤獨的女人，貓若超過三隻，恐怕生活會是災難。養狗太療癒了。如果一貓一狗，就會變成喜劇。

為了描寫方便，屋子就像他現在住的一房一廳，小廚房有流理台，微波爐烤箱熱水瓶一應俱全，獨身女人應該再添一只大同電鍋，橘紅色款，咖啡機他暫時拿捏不清該是虹吸式還是美式咖啡機，講究點的可以使用義式咖啡，或乾脆就一只銅壺對著濾杯沖泡？杯子或咖啡豆的細節描寫等人物出來再進行。

女人神色滄桑，既菸且酒，內心荒敗，卻仍有少女的純摯，她難以拒絕陌生人的善意，卻又對親近的人提防，對愛情憧憬，但每一段關係都失敗，年過三十，連失敗的愛情關係都很難開始，碰上的男人不是已婚就是有了未婚妻。

父母健在，兄姊弟妹都有，人生裡最大的悲劇只有愛情，這是她絕望的另一理由。

工作方面，大約是五六年待在同一公司做到手下有一兩個人左右的基層小主管，為了描寫方便，他讓她從事自己比較熟悉的出版業或媒體。寬鬆一點的話，廣告公司也可，這些他畢竟都涉獵，也想過給她開個咖啡館，但那恐怕太忙，接觸人的機會也太多，悲傷孤獨的時間就不夠多了。

他繼續孵育著女人的前半生，花去一整天時間，他依然感到活力充沛。深夜兩點鐘，他剛洗完澡，小說篇名剛寫下「造夢者」，還是換個「人」字？他最不擅長命名，沒關係先打出來等小說寫完書名一定會準確浮現上來。

門鈴響了。

不可能是找他的，他任著門鈴繼續響了一聲又一聲，終於因為好奇心將門拉開一縫隙，一個赤條條的女人在門縫裡，「請幫幫忙！」女人聲音混濁黏稠，像是喝醉了，他急忙關上門，「不好意思，我把自己反鎖在外面了……」女人繼續敲打房門，「整棟大樓都沒人開門，請幫幫忙！」她急切地喊，他們隔著門板對話。「我可以幫你叫鎖匠。」他說，不是因為膽小，而是，這個女人，與他今日構思出的角色太神似了，他全身發毛，「可是我沒穿衣服……」她說，夏娃誕生時也是光著身子，他想，糟糕，該不會，他真的創生出了一個女人。

終究他還是個心軟的人，五分鐘之後，他打開了門。

那是個活生生的，真實的女人，宣稱自己住在他對門，她說酒醉的夜晚只記得最後一杯馬丁尼，恢復神智時，發現自己光著身子在走道上，大門反鎖。

他讓她進屋，泡了熱茶，借她衣服穿，幫女人叫了鎖匠，等待鎖匠到達需要三十分鐘，女人還在拼湊導致她今晚災難的可能，「會不會遇上歹徒？」「有沒有可能我其實帶了男人回家？」她對他說，一點也不忌憚他們並不相熟。「或者我去洗澡，然後把大門當成臥房門，所以開門就把自己反鎖？那為何我不圍條浴巾？」女人的推理頗有可能。

自言自語的女人，小麥色皮膚，單眼皮，高鼻梁，豐滿嘴唇，果然是這樣的長相，散發一種迷媚的性魅力，但又叫人清醒地想保持距離。最初見到的她，肉慾的身體，輪廓是疲憊與疏於照顧的線條。

「最有可能是洗澡，但一切進屋了就知道。」他淡淡說。

鎖匠開了門，他陪她進屋，女人說在樓梯間見過他，「感覺不是壞人所以敢找你」，他對她沒有印象，他搬到此處才第三個月，他久居的紅磚屋房東去世，繼任的屋主以整修為由要他搬家，他存款漸薄，處境窘迫，唯一與他保持聯繫的老同事說手上有個閒置的套房，可讓他便宜租用。離市區近些了，以為換了住處對寫作有益，但來到這新大樓卻更無力了。

女人的房子比他居住的大上許多，是兩間大套房打通成公寓，客廳地毯上有嘔吐物，那是一塊花色與質地看來就昂貴的地毯。像裝潢雜誌會報導的那種波西米亞小資女孩的屋子，每一處都有異國風味收藏品。

皮包信用卡都在，屋裡沒有遺失任何物品，沾有嘔吐物的衣褲客廳就扔下了，浴室裡大小毛巾還在架上。看不出有帶男人回家的痕跡。

女人招呼他坐，不知是為了感謝，還是想找個談話的對象。女人泡了茶醒酒，繼續自問自答，他很窘，她很累，這一夜發生太像夢境，女人偵探般繼續推敲著自己何以至此，隨著推理又說了半年前被男友劈腿的故事，女人沒哭，但話語裡的悲傷令他心堵，他只好等女人把故事說完才告辭，第二天女人把乾洗過的衣服拿來還他，附上了一張卡片，「謝謝你，陌生人。」字跡秀美。

那個假日午後，女人來敲門，給他送來自己烘焙的蛋糕，外型不佳，口味尚可，再隔週，女人送來自己做的海鮮燉飯，他正餓著，吃了也香。他們只是鄰居關係，他可能散發某種爛好人的形象，也或許女人需要一個壯漢。女人請他幫忙安裝窗簾桿，也修過堵塞的水管，又一次女人來敲門，說要到上海出差，可否麻煩他幫忙餵貓澆花，不知因為軟弱或好奇，女人的要求或給與他都接受。五天四夜裡，他每日早晚，開門進屋，餵貓、換水、清貓砂，陽台上大小十多盆植物，澆水、除草、撿拾落葉，他做得順手，簡直回家一樣。他小偷似地溜進女人的臥房，真凌亂，他得忍耐才能不把地上的衣物撿起來，但他還是把廁所垃圾給倒了，不可思議的是，女人把保險套就放在床頭，他許久沒使用這東西了，拿起來手上掂量，他想起第一夜女人的裸體，想起女人說，與男友分離，使她只能與酒吧裡的陌生人上床。他撫弄著未拆封的保險套，看著凌亂床鋪上女人亂扔的絲質睡衣，他在臥房裡轉悠，以為自己會像青春期那麼興奮地對著褻衣打手槍，但他甚至沒硬，就走出了臥房。

最後一天下午，他到鎮上鑰匙行把她備用鑰匙拷貝了一份，也不知道為什麼，他握著那把鑰匙，感覺所有一切順理成章，毫無罪惡感。

**他要開始寫她了**。

光是這個念頭，突然使他整部小說都靈動起來，這不屬於他的人生，為他筆下的小鎮吹了一口氣，街道上行人走動，故事裡每個人都有了位置。

他想過可以有更方便的作法，就是跟她談場戀愛，那麼，她就會心甘情願將自己過往人生故事全數傾吐，他可以正大光明進出她的屋子，他可以翻閱檢視讀取她的身體、心情、生活，她的夢境，但他做不到，他敢於在她屋裡翻箱倒櫃，卻羞於對她提出約會，更根本的問題在於，他不愛她，連假裝也沒辦法，況且她看來也沒有愛上他。

日復一日，他望著螢幕敲打鍵盤創造她，抽象想像變成文字描述，偶而出現在眼前的她變得像是另一個人了，他已習慣透過想像來觀察理解她，他在小說裡描寫她每日搭末班捷運回家，週五晚上跟朋友去喝酒，每週一到兩次，會有不同的男人來過夜，他描述她散漫地脫衣、儀式般地泡澡、像擁抱愛人那樣抱貓、嘔心瀝血似地嘔酒吐，床鋪上與酒吧及網路上釣來的陌生人興致昂然或興趣缺缺地性交，他用想像力跟蹤她到上班地點，跟蹤她去跟朋友聚會，跟蹤她在夜店流連，他進入她內心的密林，最不為人知的領域，他書寫她的歡愉、悲傷、憤怒、傷感、無力、孤獨。

對於這個幻生而出的女人，最掃興的就是她的聲音，過度菸酒造成的沙啞，且習慣粗鄙言詞，雖然由此也可以顯現他的寫實功力不足，過著這樣生活的女人，怎還可能擁有一副嬌嫩嗓音，但他縱容自己在小說裡寫下，「即使被菸酒磨損，她的聲音仍帶有令人心顫的甜美」──。謊言。

他撫摸著螢幕，企圖感覺就在對門的她，想像她撫摸著貓，感覺指尖有電流通過，她突然轉身，彷彿感受到他無所不在的目光，她焦躁地起身，到浴室把熱水放滿，她來回踱步，她焦躁抽菸。他飛快記下她的內心流轉，這個女人不知道自己在小說第六章，將要與他小說裡的某一個男主角相識，孤獨的她，將要再經歷一次失敗的戀愛。

小說進行第三個月，他收下女人兩個蛋糕、三道菜餚，在走道與門廊間寒暄至少十一次，女人多次邀他喝茶喝咖啡，他始終沒進屋，她的備用鑰匙一次也沒用上，那只用於打開他的想像。

有一陣子女人沒來按門鈴了，他寫得正順手，第六章收尾，小說裡的女人正在經歷摧肝裂肺的失戀，走到海邊，海浪撲地翻捲上岸，幾乎要將她捲走。

下午時間精神正佳，他因為寫作順利生活完全變得穩定，突然門鈴響了，「還會有誰？」他猛然想起又是一週週末，又到了她送食物來的時光，「別過來！」他心中大吼。

他把頭埋進雙手裡，閉耳不聽響亮的門鈴聲，他假裝不在家，他不可能在要讓女人面臨跳海衝動時打開門接收她送來的蛋糕。

不可以。

他赫然想起自己也不可能於完成小說之後繼續住在這個屋子，他要如何繼續與女人當鄰居又能出版這本書呢，然則這世上除了此處他無處可去，正如她，除了這個公寓，也無處容身，但她不該、也不能在這小說之外的地方繼續與他聯繫。

門鈴繼續響動，如第一晚她的降臨，那種固執的摁動，非常熟悉。

他終於打開門，門外活生生的她，畫著淡妝，衣著清麗，神情溫柔，但對他而言，這女人陌生恐怖猶如鬼魅，兩週不見，小說裡她已經行走得好遠，有了無數發生，現實裡的她，似乎也變了，是轉向他所不理解的方向。

他們在門口談話，他沒有邀她進屋，女人嬌羞說：「我交男朋友了，他說也想認識你，謝謝你的照顧，我們正在吃火鍋，要不要過來一起？」

他痛苦地閉上了眼睛，想著自己必須在一秒之間回應，他想把腦海裡這個畫面抹去，或者更乾脆的辦法，忽視她，眼前這一切本就是她的人生，但即使真實的遭遇亦無法改變他的寫作，更何況，他不相信她這麼快可以得到幸福。

不可能。

他還記得那夜她如初生的女子赤裸裸出現，酒醉的、狼狽的、孤獨的，無可救藥的她，完全符合他需要的角色。

他說：「我回房換個衣服。」女人微笑點頭轉身回屋。

他想，應該立刻開始打包，火速離開這個屋子。他繼而又想，其實也都無妨，根本可以大方過去吃飯，然後回房把她寫死。

他脫下衣物，換上的也跟原先沒有太大不同的乾淨衣褲，走到女人門口舉起手準備敲門，他聽見屋內隱約的歡聲笑語，隱約地，像從遙遠的山間民家飄向海邊的炊煙，小屋門口有人對遠方的他打著旗語，「一切的祕密都在其中」，海浪捲向他，他猛地想起或許慢慢將淹死的人是他自己。

唉。

他想起他曾經描繪那個必將走向荒敗的小鎮，想起鎮上的人物命運的交纏，想起自己方才說話時喉嚨的啞澀乾痛，這是太久沒有說話導致，他放下舉起的手，返身回到自己的住處，他安心坐定桌前，小說還等著他，一點也不會因為女人的戀愛而逃走。他可以回到最初那一天，女人從生活與小說降生之前，把她的故事從小說裡取消。

或繼續由自己編派下去。

他發出乾乾的笑聲，很安心理解且終於接受，事情得從頭來過了，可能再一個五年，十年，也或許就是下個月，他會在電腦前靜坐到油盡燈枯，直到他這荒寂無謂的生命燒盡為止。

——〈造夢人〉，《我鍾愛與遺失的小鎮》

## 01 神泉

人們一走進小鐘山谷，滿眼各種綠把空氣都染翠了，各種高大或細小的樹木，低矮的蕨類，以及石頭上的青苔，構成整個色票上的綠之大全，小鐘溪在山間潺潺流過，溪水碧綠，溪面寬闊處會令人有湖泊的錯覺。偶有鳥鳴，一聲兩聲，水流聲與鳥囀，顯得山谷更靜，雖然不知名的蟲子飛來飛去，但不叮咬人，人們再繼續往前，會發現這條通道是悉心修整過的，人們輾平了泥土，將大小碎石鋪排整齊，架上木板，做成台階、步道、木橋，以此帶領人們走進山谷深處，其中一條叉路，是通往神泉的路。

到達神泉之前，先看到小小的廟宇，神龕裡擺放著一個臉盆大的石頭，人們以綠葉與花朵供奉，也有人擺放糖果或各式點心，據說當初就是在這塊磐石下發現神泉，這塊石頭也因此被視為守護神。

神泉近在眼前，但走到神龕之後，就無法再前進了，因為神泉所在地，已經成為了私人產業。

大約八年前，這片山坡地被房地產商人買下，興建了一批別墅，叫做天泉山莊。三年前成了神水社的所在地，神泉本就有靈，神水社卻推出了經過神水老師加持的「神之水」，經由邱家的食品公司裝瓶上市。

百年來自然湧出的神泉，鎮民已經無法自然取得，反而必須要向神水社購買，變成了神水老師加持過的「神之水」，一開始鎮民都無法接受，反彈得很激烈，不久後，有人在神龕附近發現了另一處泉水，大家就轉向那邊取水，販售與免費取水之間得到平衡，爭議才漸漸平息。

以往神泉就有治病、許願等等傳說，就像神泉的神力本身也被轉移了，擁有隔空治病、通靈、開悟等神通之力的神水老師周清雲，出身不詳，神祕地空降此處，逐漸由一個神醫，慢慢變成「神人」，從一對一為人看病，調整身體，逐漸擴大經營，開始舉辦每三個月一次的點靈會，每年一次的消災祈福會，以及七月的除穢節，後來還有個人與團體禪修班，每週舉辦一次，信徒越來越多。由邱大山食品公司生產的「神之水」，在鎮上專賣店銷售，那家專賣店位於市區主街一樓，表面上看起來就是個佛珠店，但裡面卻有專賣神水老師加持過的天珠、佛珠、玉石以及神水與神水相關產品，成為海山鎮民與神水社最近的接觸點。

無名小店看似低調，卻成為神水社轉介會員、發放文宣的場所，接近選舉的時間，也大方掛上候選人的競選布條，既顯眼又刺眼。

這一年的鎮長選舉，是海山經歷過最激烈的選戰，在選前倒數五個月，一位女孩在海山失去了蹤影。

## 02 汪夢蘭

「你喜歡海山嗎？」林子彤問我。

「喜歡，比想像中更喜歡。一開始我只是想離開台北，我需要工作賺錢，所以接下專訪劉光的案子。但是來海山之後，逐漸適應在這裡生活，卻不想回台北了。我原本也是出生在北部的小鎮，住到小學才離開的。」我說。

「我跟你相反，我好想去台北。」彤彤說，「我想離開海山，我本以為上大學可以到台北去，沒想到我沒考上台北的學校，後來讀的學校在外縣市，因為搭火車只要三十分鐘，家人不想要讓我住校，通勤根本沒有當大學生的感覺啊，大家在夜遊、送消夜、跟友系的學伴約會的時間裡，我都在海山陪阿公泡茶。雖然我很愛我阿公，可是我才十九歲，我很怕自己的世界就只有海山這個小鎮，這是我這兩年感受到的恐懼，雖然海山的年輕人成年後幾乎都會離開，就像是成年禮一樣，海山工作機會少，只有兩家工廠，若不是家裡開店，就是種田、捕魚、當木匠，這些都不是年輕人想做的吧，但我們家有餐廳，親戚也有人自己開店，現在店裡又在做食品宅配，感覺家人希望我一直長住海山，前陣子姑姑還想問我想不想跟鎮代表的兒子交往，他剛退伍，回來海山接家裡的電器行工作，他們家在街上有五間店鋪，我才不要跟海山男生交往。

「我好想去做牙齒矯正，但他們都說我的兔寶寶牙很可愛，你可能覺得海山很漂亮，有山有海，純樸安靜，但你不知道一直住在這裡到後來會覺得一切都不美，你看我近視一千度，為什麼，海山雖然有三家眼鏡行，但是每家老闆驗光技術都超爛，我每年近視都兩百兩百這樣增加，我看不多久我就會視網膜剝離，一嘴爛牙，然後嫁給一個從來沒離開過海山的男生，永遠老死在這裡。」林子彤說完眼睛都紅了。她張開嘴巴讓我看牙齒，齒列真是混亂，要說這樣的牙是兔寶寶牙很可愛，也太勉強了。

「想離開就可以離開的，成年以後可以選擇自己的路。」我說，說得有些心虛，我知道有些困境，要逃脫並不容易。

「可是我真的放心不下我爺爺，他越來越老了。」子彤又說。「我們去散步，不要想這些事。」

林子彤是林永風的孫女，正在讀大學二年級，每天通車上下課的她，說話口吻完全不像大學生，感覺還是小女孩，他們家人關係緊密，如果老厝拆掉，改建了新屋，屋子寬敞舒適，所有家人都可以住在一起，感覺代代相傳，可以住到天長地久。

每星期四天有課，彤彤總是搭著火車趕回家吃晚餐，若她下課晚了，廚房會幫她留好飯菜，她就端著盤子在戶外跟大夥泡茶，晚上七點多，林家幾乎都聚齊了，反倒是老鎮長一家，老鎮長夫人早逝，其餘小孩都忙，就是老鎮長一人與照顧他的菲傭在廊前與大夥泡茶，鎮長有時會過來寒暄，但我總感覺真正把這個聚會聯繫起來的還是老鎮長的力量。

「我離不開我爺爺，或者說我爺爺離不開我，我爸也是這樣，明明可以調任到其他城市工作，但為了照顧爺爺，他也沒接受調職，一直待在海山，高不成低不就的。」離開茶桌，我跟子彤去散步，這幾乎成了例行公事，

因為住在海風餐廳的老厝，每天到餐廳吃兩頓飯，傍晚也常參加他們的泡茶聚會，他們似乎也將我當成聚會成員，有時我沒出現，柏鈞或彤彤都會打電話問我在哪。

這種景象使我想起小時候，父親還在時，爺爺家門口也是這樣擺一個茶桌跟大家喝茶，我還是小孩的時候，爺爺會讓我坐在一旁矮凳上，大人喝茶我喝水，我好像也有一組塑膠小茶具，印象有些模糊了，父親死後母親將我帶離那個小村莊，過去的一切跟我都無關了。

老鎮長聽說我是作家（這個傳聞簡直變成小鎮的新聞了），特別喜歡找我說話，因為要寫林家的家族史，多蒐集資料總沒錯，誰要跟我聊天我都很歡迎，我一直都是傾聽者，能少說自己的事我求之不得。

我來到時，老鎮長已經因為糖尿病嚴重切除了兩腳的三根腳趾，視力也很差了，但他依舊保持每天早晚騎車「巡視」的習慣，二十年來如一日地，他總會騎上他的老單車，在鎮上大街小巷晃蕩，雖然視力不好，路已經都記在心裡了，我曾借用彤彤的單車，陪老鎮長騎過兩次車，那真是走到哪都有人喊：「鎮長好！」「吃飽沒？」「新來的妹妹哪裡人啊？」

最重要的真還是那句「鎮長好」，倘若是我，即使生命如風中危火，這一聲叫喚也能讓我回轉過來。

「鎮上變了啊，遊客好多。這麼多飲料店，到處都是塑膠杯。」鎮長自言自語。

我看不出這個古樸的小鎮有何變動，但確實那些五十嵐、COCO、7-11的店招打亂了視野，這是台灣到處都有的連鎖商店，沒見到的話反而不覺得像是台灣了。

這一日，車站前的藥妝店開張了。鎮上幾個西藥房老闆都跑來觀察敵情，儂儂服飾店兼賣資生堂的董娘也來了，在老鎮長介紹下，我才知道店門口排隊領取小禮物的人潮裡，幾乎有一半都是街上的店家，這家大型藥妝店再次引起了店家的緊張，據說開店的人是外地人，連員工一半以上都是外派來的。大家跑來排隊領贈品，兼觀察敵情，隊伍裡有很多年輕人，想來老一輩不希望改變，但年輕人早已翹首期盼，希望小鎮更加繁榮。

我想像著老鎮長卸任後過往的每一天，在女兒尚未選上之前，有多年時間，鎮長由另外一派的邱家擔任，他說，不敢說自己做得最好，但確實在邱家當權後，海山有了很多改變，那些年高鐵準備建設，海山的木雕業沒落、海水浴場失修，整個小鎮突然陷入出走潮，有段時間鎮上少見青壯年男女，只剩老弱婦孺，大家都到外地打工，那時老鎮長每天騎著他的鐵馬在鎮上繞，心裡都是悲憤，邱家忙著買賣砂石、廉售土地，引進化學工廠在山埔那一帶設廠，海山是交通不便、誰也看不上的邊陲小鎮，但海山有百年媽祖廟，有豐富的漁業、有鹽田，魚牧農耕樣樣不缺，養活海山鎮很容易，他卻把這樣一個富足的小鎮弄到猶如廢墟。

老鎮長說，他心痛啊，他看見化學工廠排放的廢水直接流入河川，黑煙日夜不停排放，帶來的工作機會並沒有如當初邱鎮長保證的那樣多，當時人們怎麼說，工廠蓋了之後，農地一坪翻十倍，海山人就有錢啦，幾年工廠後爆發污染，有許多田地都被迫休耕、廢棄，那段時間的恐慌真是前所未有，「那時我很想再出來選，但我得了糖尿病，當時眼睛已經很不好了，只恨自己兒子生得太少，我大兒子選舉中槍，老二又天生愛做生意。」沒想到小女兒從台北回來，跟他說：「爸爸我要從政。」

這個女兒一直是他的驕傲，她與長子都是讀書的料子，根本不用人催，自己就會讀書，女兒更是從小就泡在圖書館，給她的零用錢都拿去買書，她高中到台北去，一路讀到美國拿博士，這樣一個孩子，不去教書，卻跑去當立法院助理，三十五歲回來海山當鎮代表，五年後選上了鎮長。

當然跟女婿的背景有關，女婿的父親當時就是立委，女兒在公公的一手調教下，展現了政治才華，反倒女婿是天生的學者，他們回到海山後，女婿依然台北海山兩地跑，以前老鎮長擔心小女兒任性，沒想到長大後她成為最令他放心的人。

「只是做得再用心，不見得人人都領情。現在要選第二任，選起來也是很緊張，對手是縣長那邊從台北空降下來的，當過立委，戶口才遷來沒多久，根本對海山不熟，是劉派的分支，口口聲聲都是縣長掛保證，支票開過一張又一張，這次我們美華選得很累。」

「連任應該沒問題吧！」我問他。

「很難說。真的很難說。我老了，海山人想要什麼我想不透了。」老鎮長吸了一口菸。

「美華鎮長做得那麼好，海山人又不是沒眼睛，不會選錯人的。」林家的媳婦陳鳳秋講話了，她是林柏鈞的媽媽，丈夫過世後就搬回婆家住，泡茶時間她總是會過來，當林老闆的助手，煮開水，拿茶葉，端點心，話不多，但非常細心。連一向沉默的陳鳳秋都會談論的話題，一定很重要。

「是大家不嫌棄。」老鎮長說，「鎮長選上了，還有縣長要煩惱，邱家的勢力不比劉家差，兩家結合起來誰擋得住。真是操煩不完。」

「以後要是讓邱大山選上了縣長，海山就真的完了。」林家次子林建明說。

「為什麼？」我問。關於邱大山，我只知道他女兒失蹤了，是現任縣議員。家裡有很多土地跟工廠。我還沒見過他本人。

「邱大山才當一屆縣議員，就搞得海山雞犬不寧，他們竟然可以把屬於海山人的神泉都租下來，變成瓶裝水來賣，還有什麼做不出來。」林建明恨恨地說。「好像只要對他有利，海山的什麼都可以賣掉。現在又動頭腦要蓋什麼賭場飯店、度假中心，那塊海邊地，就算不顧忌上面居住多年的人，也要顧慮那裡是海灣媽祖的聖地啊，海灣媽沒有固定廟宇，都是住在民宅，大家輪流供奉，這都幾百年慣例了，誰敢破壞，可是連這塊媽祖的土地他也想吞。」

「所以鎮長候選人一直在鼓吹的藍色海岸線，就指那塊地嗎？他的政見說要蓋度假飯店、觀光海港，連接從北部海港到中部的遊輪行程。聽說居民一直在陳情。」我問。

「我有個小學同學就住在那裡，那邊確實很慘，以前捕魚，後來魚源少了，就改耕田，可是那兒的土地真的很貧瘠，種不出什麼，所以他們都去外地工廠上班，因為生計問題，有一半的居民是想賣地換現金，搬到其他地方去，但另一半的住戶不想搬走，這些人都是對媽祖比較虔誠的信徒，也很重視故鄉，不想輕易離開海山。說是抗議，但就二十戶人家，能有多大的力量？」林建明繼續說。

大家正在七嘴八舌討論著，突然現任鎮長謝美華從屋裡走出來了。

「我絕不會讓邱大山得逞的。我會連任，還會讓邱大山落選。」她大聲地說，聲音斬釘截鐵，充分表現出她俐落爽朗的個性。

「鎮長，海山都靠你了啊，別讓外人把海山的土地都破壞了。」海風餐廳老闆林先生懇切地說。

藍色海岸線？海灣媽祖？感覺有好多故事，屬於海山的歷史。這些事我得仔細查一查。

我到餐廳吃晚餐，看見陳紹剛也走進餐廳來，最近聽說他到處打探邱芷珊的消息，這次可能也是為了打探消息，餐廳是海山鎮老店，什麼樣的人都在這裡出入。他說剛去過隔壁的鎮長家，順道來吃飯，海風餐廳人多口雜，也是消息轉播站。我看他走進來，喊他，對他招手，他就跟我同桌坐下。

「你常到這裡來吃飯嗎？」他問我，「這裡可以算是我的辦公室，我午餐晚餐都在這吃。現在也住在老闆的老家裡。」我正好點了一盤炸排骨，分了兩根給他吃，上次民宿見面後，又過了許多天，想不到他還在小鎮裡繞。「人找得如何？」我問他。他面無表情說：「不容易。」

我說起劉光中風的事，說自己現在沒工作了，就搬到海風老闆家的老厝，準備幫他們寫家族史，「還想繼續在海山住一陣子。」我說。「你喜歡這裡？」他問。「沒有其他可以去的地方。」我回答。「有時人們待在一個地方只是因為沒有其他地方可去。人們離開一個地方，也未必有可以去的地方。」他像謎語般說著，「人總是有想逃避的東西。一種與生俱來，逃避的慾望。」

「說說那個失蹤的孩子吧。」我說。聽林柏鈞說起，失蹤的邱芷珊是他們學校的學生，他們也認識。

「家庭富裕，生母自殺，有暗戀的對象，失蹤前一天辦了盛大的生日派對。」他說。「每次訪問不同的人，都說出不一樣版本的她，是一個萬花筒一樣的孩子。」

「但每個人可能都是像萬花筒一樣的人吧，在不同人眼中所見，都是不同的模樣，只是沒有誰會費心為我們這樣的人，特地去訪談身邊認識的人，沒有誰會幫我們找出每一個不同的面孔，拼湊成完整的樣子。」他說。

「我現在也在做訪談，我找的是一個過世的人生前的訊息。你找的是失蹤的女孩失蹤前的足跡。」我說。他打開一罐啤酒遞給我。「所有人都跟我們息息相關。」他說，然後舉起酒瓶向我點點頭。

我們就這樣像謎語般一來一往地談話。我很喜歡他講話的方式，不囉嗦，有點沒頭沒腦的，但你問他什麼都回答，好像什麼事都很重要，也一點都不重要。

他那雙黑著眼圈的眼睛像漆黑深潭，眼神哀傷空洞，他心中恐怕有著比我更深的黑暗，飯後我們一起走出餐廳，我看見店裡的人都以奇異的眼光看我們，他穿一身黑，我也是，在入夜的小鎮裡，我們怎麼看都是外鄉人。

「我知道一家喝酒的店，想喝一杯嗎？」我問他，在小鎮裡，除了買酒回去喝，晚上還真沒什麼消遣，前幾天我在媽祖廟附近發現一家燒烤店，都開到半夜，夜裡人不多，老闆很安靜，食物非常好吃。他隨著我走了，彷彿也沒有別處可去。他毫無選擇，我又何嘗不是。

燒烤店很尋常，就是在主街的一樓店鋪，座位延伸到騎樓，外頭掛著寫有「燒烤」二字的招牌，裡面有簡單的吧檯，五張桌子，牆上掛著兩台電視螢幕，永遠都在播放各種職業球賽。這裡是適合聊天的地方，但老闆跟客人都很安靜，好像誰稍微大聲一點，就會驚擾到他人。可能是老闆的氣質吧，看不出實際年齡，臉上皺紋非常深的中年男人，他無論做什麼都悄無聲息，令人懷疑以前可能是特種部隊的，不知為何看見他我總是想起深夜摸黑上岸的蛙人，可能是他黝黑的臉，以及神祕的氣質吧，不說話時看起來很凶，但一笑起來眼睛全瞇上，反而變得很搞笑。他的烤雞翅很好吃，牛舌串也不錯，我也很喜歡烤茭白筍。

生啤酒非常新鮮，我通常都是睡前跑來吃點消夜，喝一杯啤酒，但這一晚我們點了威士忌，想不到這樣的酒也提供，老闆跟陳紹剛很有話聊，這個沉默的男人，似乎在工作的時候又會變成另一個人，想來他是在問案情吧。多問多聽，他說，幹這行的人就是要到處蒐集消息。

老闆跟他說，邱大山背景很複雜，他老婆也是，「神水社來海山之後，勢力變得更大了，人都是近廟欺神啊，明明我們街上就有百年的媽祖廟，正神不信，卻跑去信什麼神水老師，隔空治病，鬼才相信。」老闆發起牢騷竟然沒完沒了呢，想來過去我對他的神祕職業與身世都是想像。職業病使然。

我們一起離開了燒烤店，我跟老闆借了安全帽，搭上陳紹剛的重型摩托車，臨行前老闆送我們到門口，用那種彷彿要送入洞房似地眼神看著我們，笑笑說：「騎慢一點。」

陳紹剛在黑夜裡飆車，越騎越快，帶我上了小鐘山，從市區騎到山頂，只花了十幾分鐘，小鐘山不是很高的山，我們在一個觀景台停車，這兒正好可以鳥瞰黑夜裡的海山鎮，小鎮的夜景，燈火並不輝煌，入夜之後燈光更少了，反而是海岸那邊，可以看見發電廠煙囪上的紅光，不知象徵或意味著什麼的紅色光線，一閃一閃地，夜空很清亮，確實可以看見海，天上的星，以及各種黑與灰的景物，輪廓模糊，無法正確描述。我可能醉了，他大概也是，或許我一直沒有清醒過，他好像也一直在迷夢中，我們置身這個小鎮，都是身不由己。

以前在台北，我有時會在酒吧跟陌生人回家，那只是城市裡男女尋常的交際，但今晚，我感覺自己更像是迷途的人，好不容易把自己弄乾淨，為什麼又把在城市裡的舊習帶回來呢？

他點菸，我伸手拿過來吸上一口又遞給他，我感覺自己每個動作都是誘惑，可是我內心並沒有什麼強烈的慾望，我只是習慣這麼做。失戀之後，我需要證明自己還是會吸引人，儘管這個證明一點意義也沒有。

我從背後抱住他，他動也不動地，像雕像一樣，感覺全身都凍結了。我還是抱著他，對於他的無動於衷感到安心。他身上有酒精、菸草、食物，以及某種奇怪的氣味，不是不潔的，更像是過度清潔吧，我想起我的洗手癖，不知為何，我覺得他一定也有種清潔自己的怪癖。我想起嘩啦啦流過的水，想起自己粗糙的掌心，想起每次焦慮時我就會拚命打掃浴室，把自己從頭到腳刷洗一次，我總是在浴室待上好久的時間，我閉上眼睛，還時常看見父親腫脹的屍體，那氣味一直停在我鼻腔裡，滲入了我的骨髓深處。我冷得發抖。全身顫抖不停。

我感覺陳紹剛也在顫抖，夜風是涼的，一點也不冷，兩個人緊緊相擁也沒能讓我們溫暖一點。遠處的燈火閃耀，天上細細的星光，明明滅滅。

我們之間什麼都沒發生，只是我表現得像個花癡，兩人都屏住呼吸安靜不動，過了許久我才放開他，他沉默地載我下山，我要他讓我在街上下車，他說，晚安，早點睡，我說，你也是。但我知道我們倆誰也睡不著。

夜裡晚風習習，陳紹剛離開後，我獨自在街上溜達，我可以一口氣把海山市區主要的街道都走遍，也不過一兩個小時，因我天天這麼走著，街邊的店家、民宅住戶，似乎也都知道有我這麼一個「台北人」，我與一般遊客不同，大家來到海山，大多是當天來當天走，頂多住上一夜，一天去海水浴場，一天去農場，有時第二天晚上就開車直奔海山北面的南灣鎮，那兒有知名的老街，是更為熱鬧的景點。

現任海山鎮長上任後，開始推動觀光，整合鎮上的民宿，提供經費為他們修整馬路、改良建築，還請來專業人員輔導他們開設單車遊、陶藝班、手作課，以前海山最知名的木雕工廠大多已關閉，其中一家僅存的店專做小飾品外銷，鎮公所也輔導他們變成親子木雕課程，這些民宿做得熱熱鬧鬧，但帶來的遊客也只限於景點幾處比較熱鬧，鎮上的街道總還是那麼冷清清的，偶而一群穿著背心短褲夾腳拖的青年男女呼嘯而過，大多也只是來幾處有名的小吃店覓食。

我詢問鎮上居民，大家對於觀光並不特別熱中，青壯人口早已外移，留下的大多自己有店面、土地、工廠或做些小買賣，或在鄰近城鎮工廠上班。所以海山人對於那幾個從台北回來故鄉的年輕人都感到好奇與不解，有人回來耕田種菜，有人開咖啡店，有人做兒童繪畫班，還有幾個在做地方誌的編寫，成立了海山文史工作室，這些都將會是我要走訪的對象。

我的小說裡總是充滿缺席的人，過早離世的父親，永遠不在場的母親，不知何故離開的人，無法成為父親的父親，不像母親的母親，成為我書寫長久的命題。

說句老套的話，我想透過寫作，把我父親寫活，讓他回到我身邊。我開始懂得寫作，或者說我發現了寫作這件事，是可以將我與父親聯繫起來的唯一方式，我可以透過寫作一次一次重回那現場，回到父親死去之前，我可以一次一次改寫父親的結局，我能夠透過書寫、虛構、創造，將生命裡我無能改變的加以改變，我可以因此設法觸摸、探索、接近，那我接近不了的真實。

真實不是眼前所見的事實，真實與事實的差別在於，真實可以存在虛構之中，真實能夠穿透死亡，真實可以搭建在謊言之上，真實，可以奠基於空無。

然而當我一次一次書寫，一次次透過各種方式轉換、比喻、象徵，無盡地書寫了父親，父親的缺席就變得格外明顯，當我從小說裡抬起頭來，望見的世界，就更像是父親已經徹底消失的世界，我內心深處有許多疑惑依然沒有排除，我感到的缺憾沒有被填補，父親卻無數次死在那個海灘，無數次被母親認屍，無數次被母親忘卻，我有能力一次一次去書寫那些殘酷、痛苦、令人無法直視的腫脹潰爛的屍體，生命被刻意遺忘，我卻沒有能力去問母親，「一切到底是怎麼回事？」我只是越逃越遠。

無父之子。我甚至連一個沒有父親的孩子該是怎麼樣我都不知道。我有父親，我不能宣稱無人愛我，我的繼父關愛我、包容我，對我有無比的耐心，他就像最理想的父親，但他依然不是我父親。

不是血緣的問題，而是在我記憶之中，那個位置已經永遠的被親生父親占據，即使我們只相處了短短十年，即使我花費更長的時間去遺忘，當我走得那麼遠，離開他彷彿永遠不可能再回想，他卻活生生出現在我的創作中，讓我著魔地寫了五年，完成三本書，而後突然像腦子裡的什麼東西被通通拿走了一般，再也無法寫小說。

有什麼缺損了，有什麼不斷的漏失，有什麼從我身體裡被偷走、取消、置換了，我這人的存在歪斜了，我變成了某種我不喜歡，不想要，我無法確認是我的存在。

不是因為愛情。

那是因為什麼呢？

不能寫作之後的我，站在曠野裡，那是名副其實空空如也、什麼都沒有的空曠場所，腳下只有乾巴巴的土地，環顧四周，只有遼闊無比、無限延伸的湛藍天空，以及一望無邊際的空曠，那份空無的感覺使我回顧自己，感覺身體也要被周遭的空給融化了，霎時我現在連那塊踏腳之處也不斷地流失，我的雙腿陷落泥土、整個人以不斷下墜的方式開始慢慢地陷落，那看不見的什麼正吞噬著我，把我從腳趾開始一點一點地吞沒，我大叫著想要阻止這不斷的流失，但什麼也阻止不了我自己被自己吞噬的過程。

直到我徹底醒來。

但我現在可以寫作了，在林家老屋房間裡，一盞舊檯燈、老書桌，我的筆電，在安靜得令人恐懼的氣氛裡，我卻感受到一種強烈的湧動，我每天趴搭趴搭地打字，體內像有不停止的字句想要洩漏出來，我開始寫短篇小說了。

## 03 陳紹剛

陳紹剛在邱大山同意下於邱芷珊房間尋找，邱大山還從警局調回了一些證物讓他檢查。查出一箱生母的遺物，遺物中包括母親的衣物、手鍊、手錶，邱芷珊從小到大的獎狀獎牌以及諸多考卷。

邱芷珊的房間有著少女該有的粉色家具，卻也有重金屬樂團的海報，視覺系藝人的CD，鋼琴與低音貝斯並列，衣櫥裡的衣物風格迥異，有家人愛用的LV、RL、CHANEL品牌服飾，也有黑衣黑褲黑蕾絲的龐克風格，另有一格文青風格的棉布衣裙，還有一格都是陳舊的衣物。這是個不斷變換面貌的女孩，但她離家時只帶了學生制服與幾套衣服，據幫傭的劉媽推算，除了生日當天穿的BURBERRY洋裝，還少了兩件LEVI'S牛仔褲、幾件品牌不詳的T恤、一件CK牛仔外套，很確定穿走了愛迪達白色球鞋和一雙GUCCI高跟鞋。

她帶走的還有LV肩包和小狐狸登山包。

準備如此齊全，加上那兩通報平安的短訊，邱芷珊應該是逃家了，且可能有長期離家的打算，原有的手機可能已經賣掉或丟棄。但即使有那通簡訊以及各種離家出走訊息，也不排除被綁架、甚至死亡（自殺、他殺或意外死亡）的可能。

先從逃家的方向開始下手，也同步搜查被綁架或殺害的可能。倘若邱芷珊逃家了，那麼，她是有計畫的嗎？逃到何方？是否有人接應？案發隔日，警方鎖定邱芷珊的手機定位，發現落腳在台北西門町，北部警方協助調查，到第三天晚間手機便再無訊號，北部的調查單位清查西門町附近旅館、日租套房等地，也並未尋獲邱芷珊。只憑手機定位就可以確定她人在台北嗎？事後警方沒有放棄她在台北的可能，但追查多日均沒有消息，也將邱芷珊列入北部失蹤協尋目標。另有一線索，是邱芷珊失蹤的第三天，當時警方還在邱家安裝電話追蹤設備，接到一通電話，對方只喊了一句「阿公救我」，便斷訊了。聲音為年輕女性，但無法確知是否為邱芷珊。

陳紹剛的飯店房間擺放著邱芷珊的物品，這些物品上有著主人清除不了的痕跡，但這些痕跡卻無法被解讀。你在想什麼？為何離開？想要到哪裡去？

陳紹剛約談了邱芷珊的幾位好友，詢問的都是幾件事，邱芷珊喜歡讀的報刊雜誌？是否有其他臉書帳號、部落格、ＩＧ或其他社交媒體？她在其他朋友處的留言紀錄以及對方與邱芷珊的訊息跟郵件，他們是否談過離開海山的計畫？期望讀的大學？想要從事的行業？喜歡的國家？城市？外地是否有熟悉的朋友、親戚？有沒有特別嚮往的地方，或旅行計畫？

邱芷珊同班同學馮愛麗那邊給的訊息最多，邱芷珊的臉書幾乎都只放獨照或她跟好友的照片，很少寫長的文字，大多只是地標打卡或簡單描述，無法探究其內心。這兩年她臉書寫得少了，幾乎都只發ＩＧ，文字更少。可以從這些照片推測邱芷珊的性格，但無法判斷她是否想逃家。

邱芷珊的公開發言與她多樣性的穿著和喜好都一樣讓人無法捉摸，邱大山說邱芷珊是一根腸子到底的孩子，想來他根本不認識自己的孩子。

詢問馮愛麗好幾次，她終於提起，邱芷珊曾經找她陪去當鋪，賣掉一只卡地亞手錶，當時說是為了存錢去看演唱會，如今想來那應該是在存逃家基金。

陳紹剛與邱大山核對邱芷珊的貴重物品，卡地亞手錶、蒂芬妮手環手鍊、ＬＶ包包、幾條施華洛世奇水晶手鍊，他送給她當生日禮物的貴重物品幾乎都不見了。

如果真是逃家，這些物品若不是她當天帶走，也可能是她早就一樣一樣賣掉了，或二者兼有。陳紹剛清查海山鎮的兩家當鋪，發現邱芷珊賣掉的卡地亞手錶與幾條手鍊，得價六萬元。其他物品是否賣出，無法得知，但更加確定邱芷珊籌措逃家基金的可能性。或者被什麼人勒索？借貸？她本人並沒有大筆的開銷，生活所需一向由父親支付。

陳紹剛想起多年前徵信社接過一個案子，是一位先生上門，說他因為想離婚離不了，家庭事業都被岳父控制，非常痛苦，希望徵信社幫助他「人間蒸發」，當時陳紹剛與一位同事縝密規劃，協助這位先生逃走。

這位先生的岳父派人盯梢，嚴密監視他的行蹤，陳紹剛跟蹤盯梢者，在盯梢的人出門前安排了假車禍，盯梢者急著要離開現場，說不用理賠，陳紹剛卻反而吵著要那個人賠償，兩方拉扯許久，這段時間，陳紹剛的同事就悄悄把案主接走，順利送到機場，搭機離開。

看見邱芷珊的房間，陳紹剛就知道她是主動有計畫地失蹤，房間收得那麼整齊，適合長途旅行，該帶走的東西都很齊全地帶走了，連存摺、提款卡、護照都帶走了。想離開的原因很複雜，但可能是她自己有意識地想這麼做，他困惑的是如果找到她，到底要不要將她帶回來。

## 04 汪夢蘭

劉光去世了。住院十天之後，宣告死亡。

雖然早知這是可能的，雖然我也還沒跟他建立什麼交情，但得知他的死訊我還是很傷心，原因非常複雜，幸好已經可以住到海風餐廳的老屋，還有個安身之處。來到海山後，我的住處換過好幾個，終於在林先生家的老屋安頓了下來，我們談好象徵性的房租每月一千元，等我開始幫他們寫家族史，就可以不用付費。這些日子我一直在寫自己的短篇小說，即使我對林老先生入獄的經歷有興趣，對於時常聽聞的白色恐怖也有些許了解，但我總感覺有一堵牆橫亙在我與林老先生之間，那是經過長期緘默造成的空白，那也是我自己個性裡的死結，我連我自己的父親之死，都無法坦然面對，沒有能力詳究原因，我有能力找出林老先生從一個平凡商人變成政治犯的過程嗎？我能夠穿越迢迢時光，找到他這幾十年生命的歷程嗎？我沒有把握。

在這之前，我想先把自己整理好。

為何每個被我書寫的故事都無疾而終，這些等待被說出來的生命，似乎想要保持沉默、不被翻動，真實故事的力量與文學不同，它不需要完成，也不須固定的格式，一次兩次三次訪談，縱然可以增加內容，但如果理解錯誤，更多的資訊也會使人迷途。

我手上的錢還夠用，我喜歡海山的空氣、樹木、農田，喜歡在這裡時我看見的自己，以及我是那麼想要理解其他人，這是我沒經歷過的，以往即使寫採訪、傳記，我幾乎都是用自己的直覺與才能去做，而一旦案子結束，我荒廢的生命依然荒廢，沒有什麼可以被保留下來，可是我記得我在醫院看見的劉光老師，插著儀器，已經無法言語動作的他，那漸漸消瘦、像是一刀一刀被削減的肉體，日漸單薄的身體裡還殘有正在努力掙扎的光。我也可以為自己留下這種強而有力的什麼嗎？即使痛苦、悔恨、被回憶折磨，內心還保有對誰的愛，還想要珍惜、保護什麼，那樣的決心，我也可以產生嗎？

今晚又在小酒攤見到了陳紹剛。我知道我是刻意去那兒找他的，看他跟老闆熟悉的樣子，想來他幾乎天天都在這裡。如果想喝烈一點的酒，老闆會從櫃檯底下拿出高粱或威士忌，這是熟客才知道的。

我總是喝啤酒，陳紹剛喝威士忌。他桌上有盤剛吃完的串燒，十幾枝竹籤，想來他的晚餐延誤了。

「聽說劉光老師去世了？」他問，我點點頭。「你還會繼續住在海山嗎？」「你呢？」我反問他。我們都沒回答，但我們也暫時都離不開，因為各種原因，我們都是被困住的人，這就是最好的答案。

我說我接下新的工作，也開始在寫自己的小說了，「要逃到這裡才能靜下來做自己想做的事，但我也不知道這種狀況可以維持多久。」我自顧自地說起來。

陳紹剛仔細地把威士忌倒入酒杯，彷彿那是多麼珍貴的液體，甚至是他生命的一部分似地。

「你對失蹤案有興趣嗎？」他問我。我點點頭，「我父親失蹤過。我想我可以稍微了解家屬的心情。」

「要不要跟我一起查？」他問我。

我嚇了一跳，「想，但我什麼都不會。」我說。「幫我整理錄音檔就好。如果訪談想跟也可以跟，你是記者，採訪應該很擅長，有些人我們分頭去訪問，能問多少人就問多少人，反正我們現在都動彈不得，就動起來吧。」他說。

很多人想要給我工作，卻不知道我現在只想寫小說。

我們喝到十二點，與他相對，一口一口喝著酒，隨意地說話，看著四周煙霧繚繞，男人低聲或高聲交談說笑時，我彷彿又回到了台北，真奇怪，白日裡我還徜徉在綠意盎然的山林，在稻田間散步，變得健康明亮，可是到了夜裡，我像癮頭發作似地到處走，我知道我在找，我以為是都市人的魂魄在騷動，但後來我才知道我在找這個男人。這個跟我一樣從城市來，身上帶著不可告人的祕密，始終在夢遊的人。

他跟我以往結交過的男人都不一樣，雖然也是城市裡來的，但卻瀰漫著在荒野裡走過的氣息，或許任何地方到他眼中都成了荒原，他身上有一種讓人不忍逼視的痛苦，我幾乎不敢看他的眼睛，但當他低頭望著酒杯，像要把那個杯子望穿似地，注視著杯中琥珀色的酒液，我看著他的五官，發現他長得很好看，不是李振家那種美男子，那張滿是痛苦的臉，像寫滿了故事，我卻一個字也讀不懂。

我想要他再帶我去小鐘山，我想要在那個可以眺望遠方的觀景台，緊緊地從背後抱住他，我想要他用那台可以騎得很快的車，超越人類可以行進的速度，滑進黑暗裡，說不定如果夠快，我們就足以穿透黑夜，脫離那揮之不去的暗影。

我上了車，他一言不發地帶我回他住的旅館，那是在海山外圍靠近臨鎮公路邊的一家汽車旅館。他把車停在車庫，我們沿著窄窄的樓梯走上二樓，我沒有多問什麼，他打開房間門，我走進去，燈都還沒全開，他就將我按倒在牆邊，像吸毒一樣，吸食我的嘴。我們一路像打架似地，剝落對方的衣物，拉扯肢體，跌跌撞撞，跌進了屋內那張偌大的床，他一句話也沒說，我什麼也沒問，好像這是一直在等待我們的，某一個注定的劇情，沒有關上的窗簾照進街邊的路燈，隱約還可以看見旅館外一閃一閃的霓虹燈，寫著「夏日之戀MOTEL」，那俗豔的顏色與字體，像一句諷刺。

我們之間的性愛，像是殺戮，卻又異常溫柔。我已經很久沒有性了，感覺他也是，我們像是有仇似地，在床鋪上激烈廝殺，又像是滿滿的愛需要傾瀉，我心中有恨，而他呢？我沒問，他既粗暴又溫柔，既悲傷又暴力，感覺房間幾乎都要被我們拆掉之後，感覺所有恨意與後悔，都從體內被吸吮抽走，我高潮的時候哭了幾次，他舔掉了我的眼淚，像是多麼飢餓似地，我對於他的過份溫柔感到恐怖，便伸手打他的臉，他似乎一直在等著我伸手打他，把身體向我更靠近一些，我聽見他低聲地說：「對不起，對不起。」我知道他不是在對我說，就更恨地打了他，那耳光之清脆響亮，讓我內疚了起來，他握住我打他的那隻手，將我的手塞進他嘴裡，我全身起了雞皮疙瘩，我覺得我快要沒命了，他這樣的人，不是我可以玩弄的。其實這世上哪有什麼我可以玩弄的男人，他花了很長的時間，才終於結束這場可能導致傷亡的性愛，我們筋疲力竭地倒在床上，月光正好落在臉上。

我喜歡這個人，他的悲傷與黑暗等量齊觀，我們應該更好地相逢，更慎重地來往，我們不該在一張廉價又寒酸的床上開始。但除了這樣，我們也不知道還可以採取哪一種方式，讓我們這樣兩個無望的人，開啟一段關係，未來一無可悉，或許過了這一夜，一切都會化為烏有。

我躺在他的臂彎，他好像想要說什麼，但終於沒有開口，他粗糙的手掌在我脊背上輕輕撫摸，那裡有他咬嚙過的痕跡，他沙啞地問，會痛嗎？我說，會痛讓我感覺安心，表示我還活著。我撫摸著他紅紅的臉，那才應該會痛，我沒問他痛不痛，只是用手掌輕輕地摩娑著，他閉上眼睛，嘴角上揚，彷彿微笑了一下，又陷入沉默。

我問他：「那些找不到的人都死了嗎？」

「有一些。但其他的消失了，這世上有些人想要離開自己的生活，到別的地方重新開始。」他說。「你也是這樣的嗎？」我問。

「有些人無論跑到哪也無法開始。」他說。「有些生活是你擺脫不掉的。」

那個深夜，我們赤裸著身體對視良久，他對我說了他的故事，幾年前妻子疏忽造成兒子車禍，之後妻子陷入憂鬱自責，最後離家出走，在旅館燒炭自殺，此後他離開警局，開始自我放逐的生活。

他是我所認識的人之中最悲傷的一個，但那龐大的悲傷化為一種沉默的語言將他的臉刻畫成一本寫得太滿的書，我想吻他，不是因為無法抑制的激情而吻，而是我想給與他的一點點溫柔的撫慰。

我們兩個像小動物那樣相互取暖，彼此安慰，我們也像久經戰亂，終於重逢的戀人，被離散折磨得死去活來，又為重逢感到措手不及。

歡愛、訴說、擁抱、親吻、哭泣，以及長久的沉默，最後我終於又睡著了。醒來時，他早已開始工作，我看到床邊攤開一個睡袋，或許他沒有在床上入睡。

下床後，我才清楚環顧四周，我被眼前所見的景象嚇住了。

牆上貼了一大片白紙，可能是由多張壁報紙接連而成，白紙上黏貼著許多照片，各種箭頭、符號、日期、用麥克筆寫下的人名、數字，即使令人眼花撩亂，但我也看得出這是邱芷珊失蹤事件的關係圖。

地板上一疊疊影印資料、書籍、一只行李箱以及一個睡袋，東西都擺放得很整齊。

他對我展示邱芷珊案件的各種證據、訊息、家屬朋友的證言。「我苦惱的總是，如果她根本不想被找到呢？」陳紹剛說。以往在辦理凶殺命案，動機單純得多，破案是為了真相、找凶手，讓家屬與死者安息，給社會大眾一個交代，但處理失蹤案，他時常找到的是根本就不想回家的人。

「那麼你覺得我父親希望我了解他的死因嗎？」我問他。

「我想他會希望得到你的諒解。但要諒解之前必得經過了解。」他說。

了解？我要如何了解那樣無故死去的父親？我不知道，或許，將來我也需要陳紹剛幫我尋找父親死因。陳紹剛就像那種「報信的人」，他可以穿透失蹤者的心，找出他們的位置。那麼他能不能穿梭冥界，連結陰陽，找出死者的心聲？我為自己荒誕的想法感到可笑，倘若陳紹剛能穿越陰陽，那麼他又何苦到處奔逃，在身後追著他的，到底是死者，還是往事？或者兩者皆有，更或者，他逃避的就是他自己。

漫漫的長日裡，我們兩個孤魂似的人，在那些紙張、照片、大小物品裡，彷彿這世上只有這裡是我們可以待的地方，彷彿這裡也收藏保留了那些無處可去的人們。

「我懷疑邱芷珊人在神水社裡。」他說。「神水社？是新聞裡那個神水社嗎？」我問。他點點頭，拿出一疊資料照片對我解釋。

他說神水社藏身於海山東邊小鐘山上一個小社區，這個社區非常隱蔽，沒有熟人引介無法進入。它是一個數棟木屋組成的社區，發起人是台北下來的蔡姓建築師，起初只是一群人買了山坡地想要蓋房子退休養老，房屋建造過程因為水土保持引發一些爭議，證照下不來，蓋蓋停停許多年終於完成，最後卻被幾位政商人士集體買下。社區不遠處有一處神泉，是神水老師指定的修行處，神水老師帶著核心信眾在其中一棟別墅裡結社，成立神水山莊。

多年來神水社人士在此修行，信眾越來越多，今年年初有個男子因妻子與女兒失蹤，四下查詢，男子想起妻子多年前曾去神水社調養身體，懷疑女兒被妻子帶到神水社區，到當地警局報案，但因查無證據，又因《宗教保護法》無法進入其中盤查，男子在神水山莊大鬧，鬧上了媒體。去年某周刊記者祕密潛入神水社臥底偷拍，寫了一篇聳動報導，說神水社裡教主與信徒私交，引發信徒丈夫不滿，發生鬥毆，之後夫妻離婚，信徒丈夫於是到周刊爆料，說神水社誘拐他妻子，在其中一棟木屋裡每月舉辦「山水合體」的肉體靈修。文章刊出後，神水社發言人立刻出面更正，說是信徒夫妻之間的紛爭，信徒的妻子也出面開記者會，說丈夫家暴，她訴請離婚，丈夫才挾怨報復，離婚事宜已交由律師處理。新聞鬧了一陣子，就不了了之。

「之前有登山客收到從神水社傳出的求救紙條，但警方沒有處理。因為字跡不是邱芷珊所寫。」他說。

「如果請鎮長想辦法呢？我認識鎮長。」我說。

「正副縣長跟幾個縣議員都是神水社的成員，會員裡頭的政商人士不知有多少。恐怕鎮長也管不了。」

陳紹剛出門後，我上網搜尋神水社，十年前最初只是一個練氣功、瑜珈、禪修、打坐的團體，由創辦人周清雲與合夥人龍小姐經營，原本在大學當通識科講師的周清雲相貌出眾、口才極佳，本名李靜君的龍小姐則是瑜珈老師，神水社成立於何時不可考，本只是一個專門以靈療聞名的老師，後來又結合解惑開悟、加持寶石、開光點靈的超能力，逐漸吸引一群狂熱信徒，信眾之中不乏政要名人。

正如其他類型的「宗教團體」，神水社也經歷了幾次「醜聞」，尤其是那次偷拍事件，新聞平息後，神水社更為低調隱密，逐漸成為一個神祕的社區型組織。

他給我看他屋裡邱芷珊的東西，我也聽訪談的錄音，看他整理出來邱芷珊失蹤的各種可能，邱芷珊這個失蹤的女孩在我心裡逐漸立體起來，我說不清楚那是一種什麼感覺，但我想去找她，我想協助或參與陳紹剛尋找邱芷珊的行動，我決定要幫他整理錄音檔案，參與邱芷珊的失蹤調查。這個女孩有很多地方與我相連，我可以感覺到她的呼喚，那是一種從很遠的地方傳來的呼喚，或很像是我自己發出的呼救，好像我只要找到她，就可以找到我生命失去的什麼。

這念頭非常強烈，即使我知道我現在應該做的是去尋找林老先生的故事，但我卻清楚意識到，我得去找邱芷珊，就像我得找到我自己一樣，對，我得去找邱芷珊，這個母親自殺的女孩，她是另一個我，她與我息息相關。

## 05 陳紹剛

他轉動握把加快速度，還要更快，當速度高過一個點，彷彿越過一條界線，全罩式安全帽裡的氣流方式會變得很奇特，感覺所有的空氣一點一點被抽走，將臉罩得更緊，兩頰被護具貼得牢牢地，好像有人托住他的下巴，從安全帽的震動知道是呼嘯的風聲，熟悉或不熟悉的景物都快速飛過，前方的道路分隔白線變成一道巨大的線條迎面撲來，像是某種暗示，那必然是一條白色通向終點的指引，這時他會將油門轉得更緊，體內的螺絲也被擰緊了些，他感到窒息、或者即將窒息的氣息，說是氣息似乎不太對，但就是氣息，像有人以濕毛巾覆面，眼耳鼻口都感受到那濕度，逐漸加重，使得你口中鼻腔都浸滿水，再也無法容納任何一點空氣。

他試著閉上眼睛。

睜開眼時車子已偏離軌道，但並沒有衝出車道。

要閉上眼數到幾才會衝出車道呢？

遠方的綠樹已經來到眼前，他握緊龍頭順勢滑動，仍在安全行駛範圍，他閉眼的時間不超過兩秒。

足夠了。

每次這樣做完之後，體內的窒息感就會稍微減弱一些，空氣流進來了，可以大口呼吸。能夠繼續活下去。

他想起那個叫做汪夢蘭的女作家，想起自己進入她溫暖的身體中，感覺到的暢快與哆嗦。那是活著的感覺。很久沒有感受到了，活生生，彼此的胯下血管貼合、具體跳動著的脈搏，隨著升高的體溫與動作，砰，砰，砰，起伏跳動。

他不知道自己為什麼會去碰那個女作家，好像是第二次見面的時候吧，汪夢蘭低頭撿拾東西，他看見了她白皙的頸脖與胸口，好痛，像被叮了一下，記憶一閃而過，他喜愛女人有這樣一段如玉的白皙肌膚，那使她抬起頭來時，整張臉突然都亮了起來，真是個性感的女人，可能自己也沒發覺自己的性感，像溫水漫開來，浸濕了腳底。

他渾身顫抖。努力不讓人發覺。

他們如常地說話，汪夢蘭是台北來的女作家，幫忙寫傳記，她說起傳主突然昏迷了，「接下來不知道該做些什麼，」她好像還說了些別的，但他都沒聽進去，只是望著那張光滑的臉發愣，光滑的肌膚，五官明亮，淡淡的妝容，臉上一股迷茫的氣息。

但是當他們倆在小鐘山的觀景台上獨處，汪夢蘭突然從背後摟住他，將頭依靠在他的背上，他被嚇住了，不是因為她的大膽妄進，而是她唐突的舉止顯得那樣無依，更讓他感覺自己不該有任何回應，好像自己稍微有所反應就會引發大火燎原，兩個孤寂的人湊在一起，只會製造出無盡的孤獨。

可是他第二次載著汪夢蘭在路上奔馳時，他知道自己無能抵抗這個朝他走來的女人，她似乎什麼都不想要，甚至他都感覺如果現在邀她一起去死，她也會答應。於是他推落一切，將她扶按在旅館的白牆上，死亡無聲無息地滲進了她的骨頭裡，他貪婪地吻她吸吮她，用舌頭在她口腔裡彷彿愛撫那樣觸碰著每一個可以觸碰的地方，柔軟的口腔像一個空空的房間，他最害怕的那種房間，裡面住著他鍾愛的一切，那些小巧的牙齒整齊地排列，唾液帶著香氣，他想起無數死屍的照片，都是女人，女人，女人。

當你與罪行共處很長的時間，你不自覺也會變得如同那些罪惡之事一般，死亡對你不再是不可能發生的事，有人失蹤，有人被殺，有人自死，有人因某些陰錯陽差而死，有人不知為了什麼理由死去。

他卸下了她的衣物，就如他想像中那樣有著細緻的曲線，柔軟，光滑，脆弱，他想起摩托車滑行在無人的縣道上，兩旁的路樹很高，陽光從葉片篩落下來，一派安詳靜謐，他一次一次滑行在那條道上，偶而閉上眼睛招惹危險，張眼時熱切感受到自己其實並不想死，這樣看似危險的舉動反而讓他可以活下去，所以，他這樣吻她抱她，是否也是一種想活的慾望？他不知道，這個女人降臨他的生命，來得太過突然，他來不及深思，就墜入了她的環抱。

不管是什麼都來吧，他吼叫著，我想要。他卸下自己的衣物，讓彼此赤裸，他很久很久沒有這樣渴望過一個人了，他扶正她的臉，小巧的五官靜落，那雙被痛苦折磨過的眼睛定定望著他，臉上有著在黑夜裡痛哭過的痕跡，他感覺到身體裡有一種深切的痛楚，他被她看得羞怯了，感覺自己好空，好像不配被人這樣凝望著，他煩惱地想著，我身上還有什麼你想要的東西？還有可以給與你的？她纖細的手環抱著他的腰，想要更貼近他一些，他內心的空洞發出嗚嗚的聲響，如果還有什麼，都可以給你，可是他知道自己沒有，這個女人不是來索取的，而是來安慰他的，天啊，他感覺到那股慨然就義的氣氛，正如面向火焰而沒有後退的模樣，使她變得格外地性感，那顫巍巍的慾望像細細的火焰，慢慢燃燒起來，老天爺別讓我想那麼多，我想要她。

就像在車道上閉上眼睛，他也閉上了眼睛，讓自己更加深入，她低聲喊了起來，緊緊閉合著身體，讓一陣一陣痙攣穿過彼此，他想像摩托車飛躍起來，然後落地，猛然的撞擊聲，是車身跌落，然後人體隨著重力墜落，側身著地，接著是頭，車體撞擊地面，他想起在腦中演習過千百次的死亡，她的身體強烈地起伏著，地面絕對不柔軟，一定可以擊碎安全帽裡那個隱藏的自己，但是她好柔軟，最後會變成一片屏障，阻隔在安全帽破裂、擊碎他頭骨的瞬間。

## 06　汪夢蘭

神水山莊並不像傳說那麼難以接近，聽說陳紹剛是邱大山派來的偵探，管家一下子就為我們開門了。

山莊的建築外觀就像是洋式的度假別墅，高高的石牆圍繞，庭院裡有高聳的樹木，漂亮的花園，白色三層樓建築，二樓以上都有寬大的露台。

神水社是什麼時候開始運作的，誰也無法說得清，當地人起初根本不知道山上有這樣一棟建築，只知道有些日子，許多黑頭車進出小鐘山，遠遠可以聽見敲鐘唱誦的聲音，至於裡頭的人在做些什麼，外人無法得知。

神水社正式對外開放，是在四年前新縣長上任後，舉辦活水節，海山以及周邊幾個鄉鎮的要人都受邀參加，媒體上也曝光了神水社周老師的照片，是個年約五十，留著長髮的高大男子。

來接待我們的就是傳說中的龍小姐。年紀大約四十五歲，不算很漂亮，但非常有魅力，充滿神祕感。

陳紹剛問的大多是邱芷珊之前來到山莊禪修的事，日期，次數，在這邊的狀況如何。龍小姐有問必答，態度親切得令人吃驚。

「其實我不姓龍，我本姓李，叫李靜君。龍兒是周老師給我的名字，說會為我帶來能量。」龍小姐對我們說。

「芷珊是前年送來神水社裡的，剛到山莊時，身體很差，議員說芷珊跟朋友偷吸安非他命，所以一開始是來戒毒的，但周老師說問題不在吸毒，在她內心，那次戒毒一個月，就是上高中那年，議員本來都準備將她送去加拿大了，但芷珊狀況不好，是擔心住在加拿大姑姑家沒人好好照顧，情況會更嚴重。」

「也是這個孩子跟周老師有緣，來這裡的時候都乖乖的，喜歡跟植物說話，之前還收養了一隻流浪貓，想來也是她生母自殺的緣故，她花很多時間幫母親唸經超渡。周老師還帶她去冥府找過母親，沒找到，但周老師有收到下面來的意思，說是她母親靈魂仍在兩界之間飄移，真是滿可憐的。」

「警察來搜查過不知道多少次了，人不可能藏在這裡，但也不能讓他們把山莊每一寸土地都挖開吧，周老師說芷珊還活著，是暫時離開不是被綁被殺，你們不要弄錯方向，一直針對我們。」龍小姐說話不急不徐，但也句句認真。

龍小姐帶我們參觀了神水社的每一個空間，陳紹剛說他的本意不是來這裡找人，只想了解邱芷珊跟神水社的關係，想跟周老師談談。

「老師去神泉那邊靜修了，月底才會回來，到時一定通知你。」

「還有些問題想請問你。」陳紹剛說。「為了邱芷珊，請幫幫忙。多說說你認識的她，以及她在神水社的情況。什麼都可以說。」

「可以幫上忙的我都會幫，也沒什麼不可以講的。我覺得芷珊這個女孩有點雙面人吧，不是批評的意思，中性地說，就是多重性格吧，她在周老師面前跟在其他人面前是不同的樣子，在神水社跟在家裡也是不同的模樣，這是她父母說的，一個漂亮的美少女，古靈精怪，也沒什麼可議的，只是我逐漸發現她有說謊的習慣，你問她任何事，幾乎都不會老實說，就是連早上吃了什麼，這種簡單的問題也不願意認真回答。所以她剛來的時候，跟大家關係很好，即便那時在戒毒，也很乖很配合，但漸漸地，她跟一起來修行的孩子混熟了，總是一副老大姊的樣子，他們還曾在禪修期間晚上偷跑去夜遊呢，就是芷珊慫恿大家跑出去的，芷珊認識很多大學生，那些學生會開車來接他們。那次被周老師嚴厲地斥責過後，她才變得安分。只是，今年她幾乎每週來道場，感覺什麼地方都有她的身影，她來的時候，整個氣場都會亂掉，連我的精神狀態都變得不太穩定，她真是一個特別的女孩子。

「不過，她跟家人一起來參加點靈會，感覺得出她跟繼母相處得不太好，這點我特別問過議員夫人劉敏葳，敏葳說芷珊很難帶，總是私底下說她壞話，說什麼她沒給生活費，故意冷落她，都是假的，邱芷珊自己有提款卡，怎麼可能沒生活費，說芷珊母親自殺後，她就變得很奇怪，哎呀，媽媽都自殺了，孩子能平靜嗎？所以老師說要消災，一定要辦法會，而且不是一般的法會，我們神水社本來是沒有在做這種道教的活動，是為了議員特別舉辦的，不過周老師本來就有通靈體質，只是要不要用而已，但奇怪的是，敏葳來道場修行這幾年，卻說自己開天眼了，周老師是不會說這種事的，我問老師敏葳是不是真的能看見？老師說，重要的不是她能不能看，而是她為什麼要看？她既有這種需要，也可能發展出這樣的能力，是真是假全憑個人認定。

「法會的操辦，都是敏葳偕同她認識的師父來幫忙，周老師只是負責在一旁觀察，不讓狀況失控。

「但有一次法會的時候，敏葳突然開天眼了，說看見芷珊的媽媽被火燒，很痛，那次芷珊聽到當場抓狂，跟她小媽扭打起來了。那是我看過她最狂暴的樣子。那之後，芷珊就常吵著要搬出去，說要去台北投靠他們家親戚，也常說要出國，不過十八歲之前不能出國，老師也要她忍一忍，再過一年就好了。

「所以我們都認為她是逃家了。她母親忌日剛過，情緒緊繃或失控也是可能的。」

## 07 汪夢蘭

邱大山的家位於海山街上比較外圍的地區，住家就占據了三個樓面，一樓是服務處，一側是辦公區，另一側空著，應該是方便舉辦活動之用。我們在辦公區的沙發上坐下，邱大山問陳紹剛目前查得如何，陳紹剛簡單敘述詢問了些什麼人，目前對案情的分析。陳紹剛帶我出門，都介紹我是他的助理，助理的身分方便我進出。邱大山繼續委任陳紹剛尋找他女兒，費用無上限。陳紹剛提出需要警方的諸多證物與資料，這得靠邱大山去協調申請，許多證據都已經拿到，卻唯獨派對當晚別墅的監視錄影沒有資料，邱大山說因為別墅少用，監視錄影器材故障卻沒有發現，當晚的影像全無，陳紹剛轉而請他尋找別墅附近各個監視錄影設備，凡是當晚進出別墅附近的人車訊息全都要找，「你們在市區住家的監視錄影也要調閱，住家附近所有便利商店、提款機、公車站牌也都要找，以及當天和隔天火車站、客運站的全天候監視錄影畫面。」陳紹剛說道，邱夫人這時一臉怒氣問：「事隔三個月，什麼資料都沒有了吧，當初沒申請的，現在也不可能申請到啊。」邱大山拉住她的手，安撫說道，「我盡量去找，應該還是有。陳先生我一定會盡力。」

邱家夫妻沒有要多留我們的意思，陳紹剛拿到第二筆預付款，我們離開了邱家。

很自然地，我又跟他回到了他的旅館，我累壞了，直接倒在床上睡，床鋪非常整齊，我懷疑陳紹剛根本不睡床上，他好像還想工作，我喊了他，要他上床來。

我想起他騎車時握著我的手的瞬間，那種親密感，即使是我們最激烈的性愛時也不曾有過，但我感覺他又退縮了，我自己又何嘗不是呢。

我們和衣而躺，不久後我便睡著了。

夢裡，我在街上的雜貨店買東西，聽見老闆娘跟幾個婦人竊竊私語，談的是父親的事，聽不清是什麼，但我知道她們在談他，那段日子裡，街頭巷尾最大的議論就是我們這一家。

我從沒見過家裡有什麼值錢的東西，如果父親貪汙，那麼錢放在什麼地方呢？夢裡我把雜貨店的東西都推倒了，跟人激烈扭打起來。那些匡噹匡噹的聲音一直停留在我生命裡。

那不是最糟的一天。

如果不是因為認識陳紹剛，我真有能力在海山繼續住下去嗎？像我以往每次到花蓮、台東那樣，吶喊著我要在這裡買房子，想像著與李振家住在山邊海邊的小屋，他寫劇本，我寫小說，他去拍片的時候，我也可以安安靜靜地，沿著我喜歡的山路前行，他愛海，我喜歡山，但他總是說，「你沒有能力離開台北，你已經徹底變成台北人了。」

台北人是什麼呢？到海山之後我很少滑手機使用臉書，感覺以前好在意的東西都離我遠去了，以往臉書上總是充滿各種資訊、消息，我每天都緊緊跟隨，總是會因為某個跟我同年、或年紀更小的作家出書了、得獎了，作品改編電影了，風光舉辦簽書活動，與誰誰跨界合作，這種種事情都會讓我受傷，好像那應該是我而不是他們，但一直沒作品的我，有什麼資格得到那些，我又嫉妒又悲傷，臉書上我沒啥好炫耀或記錄，現實裡我真正的朋友沒有幾個，我又不愛跟工作上合作的人有私下往來，自己孤僻，卻又嫌別人愛搞人脈。比如李振家，他只拍過一部微電影，人人見了他也是喊李導李導，他參與各種藝文活動，那些應該用來寫劇本拍下一部電影的時間，都花在社交上了，這些也是我們後來起衝突的緣故。

我要什麼呢？他總是問我，不要名不要利不要朋友不要被注意，這太矯情了吧。

我跟陳紹剛聊起這些，也不知為什麼，對著他漆黑的眼睛，我什麼話都可以說出口。「在你這裡我很安心。」我說。

那是早上了，我們竟然是先上床才當朋友的。

「我以前以為把心掏空，可以看到自己真正想要的，但結果是把心都挖破了。什麼也沒找到。」他說。「只能耐心等待吧。」然後他又說起發現妻子遺體的事，他破門而入，屋內滿是碳煙的氣味，妻子早已氣絕。「再早一點點我就能阻止，只要再早一點點，那是我們之前計畫著休假就要去度假的地方，但我一年多沒有休假，等她失蹤後，我甚至也沒有立刻想起她計畫過的旅行，她似乎是把我們想去的地方都去過了一次，她並不是一開始就想死的，而是在等著我去找她吧，她希望我像努力辦案那樣，找出解救她的辦法，可是她等不了，等太久了。」

我哭了。我哭的是他說的時候那平穩的聲調，哭的是我終於知道為什麼他手臂上有好多菸疤，哭的是，他拚了命去找失蹤的妻子，卻找不回自己了。

我們都是悲傷的人，但他的悲傷比我巨大，大到我感覺自己必須守護著他，儘管我根本沒守護過誰，但我想陪著他，無論多久，陪一天是一天吧。

凌晨或深夜，我很少看見陳紹剛安穩地睡覺，除了第一夜，奇怪的一夜情那天，他竟動也不動地睡了好長時間，我們大約是凌晨四點睡的，睡到早上十點鐘，醒來時，他跟我說，我好幾年不曾一口氣睡這麼久了。

當他熟睡的時候，我有一種戀愛的感覺，這種感覺讓我惶恐，我努力隱藏自己的感情，卻總會因為不久前我與他之間的性愛殘影感到臉紅心跳，我不是少不更事的女孩了，多少也經歷過一些深刻奇特的性，也理解男女之間歡愛的幽微，但與他之間的性，每每令我吃驚，不是什麼奇異的姿勢或者古怪的動作，而是他身上散發出來的情緒，透過他的指尖、唇舌，他緊繃或鬆弛的身軀，傳遞出來的訊息，有一種末日的感覺。他是那樣耗盡一切似地，在舞動著身體，把體內的某種力量全部湧動出來，每次我都懷疑自己根本接收不了那些洶湧的情緒，我們之間就像在舞劍一樣，每一個動作都可能瀕臨死亡，是啊，那種瀕死的感覺，是我沒有經歷過的，我的男人們總是貪歡，我過去感受到的都是歡愛，是人類在用身體品嚐著活著這件事的愉快，以及身為擁有靈敏性器官的雄性，透過他人的身體產生的劇烈快感，然而陳紹剛不是這樣的，他似乎對於自己擁有這些東西都感到抱歉，對於自己這樣活著，感到羞恥，那樣抱歉與羞恥，罪咎深深無能償還的絕望感，使得他在裸裎身體時，發散著這是最後一次，最後一天，最後一秒，最後一個動作的氣息，使他的身體好像可以延伸得很遠很遠，將我的感官跟意識也推到極遠處，我們雙雙都迷途於性愛這樣動盪的過程裡，只得緊緊挽著對方的手，攀住彼此的身體，才不至於滅頂。

我想多了嗎？不知道，每次做愛之後我總是睡不著，身體像被火燒過一樣。

我輕輕撫摸著他的臉，俊挺而斑駁的一張臉，要經過多少痛苦欲死的夜晚，要消耗多少酒精，流乾多少眼淚，才會得到這樣一張斑駁破碎的臉呢？我覺得自己也有這樣一張臉，但是當他撫摸著我的臉，卻喃喃說著，好光滑。

好光滑，說的是什麼呢？他描述的好像不是我的皮膚或者臉頰，而是某種無法言說的東西，那種光滑似乎是什麼都附著不了的，令人感到安心的存在。

醒著的時候什麼也不說，閉上眼睛的身體沉沉不動，卻發響著千言萬語。

這個男人是我可以靠近的嗎？我不知道。

但我可以確定他不會傷害我。絕對不會。甚至，我感覺他是可以為我而死的，儘管根本不會發生什麼致死的事，但他發出這樣的訊息，當他在我上方，離我很近很近，他深沉的大眼凝望著我，像要將我吞吃了，那眼神散發出來的訊息，讓我不敢解讀，有時我會忍不住閉上眼睛，當我再度睜開眼，他仍凝望著我，眼中有火，有淚，我會突然非常傷心。

後來的日子，我們幾乎每晚都見面，有時是黑夜，多半在我們去燒烤店喝酒，或到山上看夜景之後，有時是白天，我打電話給他，說想見他，我們或許一起吃飯，或許什麼前奏也沒有，就直接進了旅館。

做愛後他也有安睡，但時間不長，隨著邱芷珊失蹤日期越長，他變得很焦慮，好像自己做得太少，他怕的不是丟掉工作，而是這世上又有一個或兩個孩子無故死去。

「你覺得邱芷珊死了嗎？」我問他。

「如果不是早就死了，再下去也可能會死，除非有人安置她，不然太多危險了，即使身上有錢，也不見得有辦法完全失蹤，為了躲藏起來，很容易就上當受騙，除非外頭有人接應照顧，但誰又知道那個接應照顧的人是什麼居心？我有不好的預感。」說完，他陷入了沉默，又戴起耳機反覆聽著那些訪談。他突然抬頭對我說，「我覺得他們都沒說實話，那天派對上一定發生什麼事，但是被掩蓋了。」我望著他，他用力搥了自己的頭，罵了一聲：「幹！為什麼我不早點想到呢？我們走。」

我們再度去了邱大山的住家。

## 08 陳紹剛

陳紹剛敲響一個人家的門，走進其中，與某人對話，以手機記錄，用筆寫下，拍照存檔。他敲響一個又一個家門，拜訪這個那個與邱芷珊有關的人們，蒐集證詞、釐清線索，他在紙上畫出時間軸、拉出關係線，還原邱芷珊生前所有可能的路徑，這人那人誰誰誰與邱芷珊在何時錯身，何時交會，幾分幾點，幾日幾月。邱芷珊最後身影是在派對上，每個人都看見她，因為她是派對的主角，但也好像每個人都沒有真正看見她，以至於最後她去了哪，無人可以正確說明。他們喜歡邱芷珊，也害怕邱芷珊，他們因為喜歡或害怕而來到這個原本應該非常快樂的十七歲生日派對，游泳池、雞尾酒、比基尼、樂團、小丑、變魔術的人，主持人與DJ，大家都穿上最體面的衣服，在歡樂的樂聲，在酒精與音樂的催化下，一點一點變得狂放，原本大家要待到十二點，甚至更晚，但是蛋糕九點就切開了，十點鐘已經變成塗在許多人身上的奶油，游泳池裡漂浮著嘔吐物與啤酒瓶，陳紹剛想像著那場面，音樂震天、笑聲響徹，會不會有人偷吸了大麻、甚至用過了安非他命？他心裡止不住地想，照那些人的描述，很多事兜不起來，那晚的記憶光影交錯，好像誰跟誰的臉都分不清楚了，為什麼九點過後的事情大家都說不明白，像缺少了一塊重要的拼圖，使得時間軸錯亂了。

是毒品。陳紹剛有很強的直覺，場子裡一定有人用了毒品。

如果有，是誰帶來的？

邱芷珊用過毒品了嗎？那些東西一定是年紀比較大的人帶進來的，那些人是誰，有沒有陌生人進來？

陳紹剛揣想著女孩是在那夜何時消失，是在與朋友歡聚之後，超過十二點了嗎？還是在大家酒酣耳熱、被禁忌與慾望弄得頭昏眼花的時刻？

他盤問了好多人之後終於找出一點線索，當天晚上所有人都對這件事絕口不提，像是被誰下了封口令，更像是因為邱芷珊的消失，隱隱察覺到自己好像也參與了一樁罪行之中而感到恐懼。

第一次提到阿威舅舅的人，是邱芷珊的同學周宇婕，周宇婕是在吃過蛋糕，開始播放音樂的時候感覺不舒服想離開，灰姑娘的魔法消失之際，大家都還留戀不去的時刻，周宇婕卻匆匆地走了，陳紹剛問周宇婕為何離開，周宇婕起初回答含糊，只是說家裡有門禁，仔細再問，卻又說本來要在邱芷珊家裡過夜，都跟家人說好了。最後她才提起，「因為有人在發一些可怕的東西。」

周宇婕說每次到邱芷珊家作客，正如每一次離開那樣，總是帶著幾分輕鬆與惆悵，鎮上最美麗的女孩挑上自己作為好友，這件事帶給周宇婕的是一種幸運卻又不幸的複雜感受。

周宇婕回想著邱芷珊家的別墅，那個占地寬敞、視野遼闊、游泳池就可以望見山那邊的海，無論是房子或花園或車庫與其他建築，都寬闊、豪華、舒適得令人難以想像。那屋子裡擁有所有「電視電影裡」才會出現的物品，泳池、花園、涼亭、酒吧、跑車，各種先進的電器用品，大量不知道如何操作與使用的昂貴器物，炫富卻又好像無處可炫的氣氛，孤懸於與熱鬧市區有點距離的屋子，高高的圍牆，警衛森嚴，過去多少次周宇婕跟著家人途經這座宅子，總是猜想著宅子裡到底該是什麼模樣，因為鮮少人進入，當然也有許多傳聞，等到她自己經由邱芷珊的帶領進入後，才知道作為一個鄉下女孩，她對於「富裕」了解得太少了，人們繪聲繪影描述的那些細節也都太刻板、太表淺了。作為海山鎮的首富，邱大山所擁有的財富是所有海山人都無從想像的，甚至連這座宅子也只是冰山一角，只是必要地顯露出他們的闊綽以及生活的一部分。到底要有多少錢才可以擁有那樣的生活？要做什麼工作才能擁有這麼多錢？這是家裡開雜貨店的周宇婕永遠無法想像的世界。

像公主一樣的邱芷珊，為什麼會認識一些使用毒品的人呢？這些事為什麼不去查呢？報紙上甚至連寫都不寫，所有的報導都沒提到派對上大家用搖頭丸的事，她偷偷問過馮愛麗，愛麗一臉詫異，回說：「什麼毒品，我沒看見。你不要亂說。」關於那晚的記憶，好像被偷走了，只剩下她自己一個人看見的事，到最後等於沒有發生。

周宇婕顫抖著身體，喃喃著，自己這樣說會不會是錯誤呢？三個月後才提起這件事，大家會不會認為她在說謊？

## 09　邱大山

我知道玉書的死，一定給芷珊帶來很大的影響，對於玉書，我心中懷有歉疚，但那份歉疚逐漸變成一種憤怒，我知道自己絕情、離婚，也知道外遇對玉書帶來的影響，但她為何不替孩子想一想，芷珊是那麼愛她媽媽，她死得那麼慘，那種景象讓芷珊看到了，她一輩子能快樂嗎？

當然，有因就有果，這因是我種下的，就是要自己去化解。所以我才去神水老師那兒。

其實廟裡燒香拜拜祈福消災我什麼都做了，為了玉書，每年都辦法會，但是我老是作惡夢，夢裡總是玉書喝下農藥後的慘狀，我不知道她自殺到底是因為太痛苦，還是為了報復，畢竟我隱瞞了她那麼久，我跟敏葳的女兒都六歲了，敏葳又生了男孩，我才回家提離婚。

但我總感覺玉書早就知道了，早在那些我以工作、應酬、出差的名義在台中市區買的房子裡過夜的日子，似乎從那時起，玉書就沒再讓我碰過一次了，就是那種冷漠，那種拒人於千里，那種好像我已經變得很髒了的態度，讓我更想往敏葳那兒跑，是啊，我當初愛上的玉書也是她的拘謹、沉靜，後來卻也是這份沉靜讓我想逃，這女人太潔淨了，她不會容忍我的瑕疵。就說我自私好了，可是男人娶老婆，就是要娶賢內助吧，而不是娶一個會看不起你、打心裡覺得你很糟很爛的人。

但玉書是這樣看我的嗎？還是因為我自己故態復萌，婚後又開始跑酒店，心虛所以覺得被看破呢？

我索性任性到底。

追悔這些又有什麼用？現在我只想把女兒找回來，我跟玉書的女兒，這個古靈精怪的女兒，我根本沒有了解過她。

你說那天派對有古怪？

小孩子家，鬧點花招也是有的，我不在場，有什麼古怪我真的不知道。

毒品？

你說派對上有人發毒品？你說我要警察隱藏線索？

我幹嘛這麼做？

怕影響選舉？

芷珊是我的女兒啊。

陳先生，我請你來查案，可不是要你來調查我，起我的底，我以前是混過，那又怎樣，有過則改嘛，難道不給人機會嗎？

對於找芷珊有幫助的線索我怎麼可能去掩蓋？

敏葳的弟弟有販毒前科？

陳先生，既然你什麼都查出來了，我們就不用拐彎抹角。今天無論我們兩個說什麼，都不要洩漏出去，你現在不是警察辦案，你的工作只是要幫我找回我女兒，我給你的線索你一個字也不要寫下來，釐清案情，找出芷珊之後就他媽的給我全忘掉。知道嗎？我不是跟你開玩笑。我要講的每一件事傳出去都能讓我死得很難看。

敏葳的弟弟正威是坐過牢，我認識敏葳的時候他還在牢裡，他們家敗掉之後，兩個孩子都休學了，你想想他們的處境，也難怪會這樣，本來是日子過得舒舒服服的少爺千金，一下子房子車子都賣了，每天有人上門討債，老爸落跑，老媽發瘋，這樣日子要怎麼過？那時敏威就去酒店上班，正威也去酒店當少爺，同樣是酒店，他就適應不了，跟著人吸毒，然後只好賣毒來買毒，這是一條不歸路，幸好他年紀小，沒有關太久，不過他出來之後，就時常闖禍，我問過醫生，他們說是躁鬱症，不知道是坐牢引起還是吸毒引起，還是娘胎裡帶著的，畢竟他媽媽後來也發瘋，因果很難說。總之，正威出獄之後我們就把他帶在身邊，也給他安排很多事情做，有時就好好的，有時就令人很頭痛。有一段時間，我叫他來我們家幫忙開車，那時候忙著選議員，行程多，司機不夠用，他時常帶芷珊去台中補習，芷珊功課不好，去台中給名師補數學，就是那段時間，芷珊的媽媽去世之後，她的情緒一直不穩定，書讀不完就會焦慮得大哭，沒想到正威就給她吃鎮定劑，又給了她一些藥說可以提神，後來我才知道正威給她的是安非他命，芷珊一吃就吃上癮了，我發現芷珊一直消瘦，才知道她用藥了。我真的很後悔，不該讓他們兩個接近，但後悔有什麼用，敏葳寶貝她那個弟弟，跟命一樣疼，我哪裡動得了他一根寒毛？後來我送芷珊去神水社戒毒，染得不深，一下子就戒掉了。但周老師說，主要不是毒，而是心病，芷珊是因為心裡有苦，才去吸毒，不把她心裡的苦處理掉，她還會再犯。跟正威沒什麼關係。

這兩年我已經都把正威調去工廠做事，但我總不能不讓他們姊弟倆見面吧，生日會那天我是真的沒想到他又會把藥拿去我家別墅，真的是膽大包天。

但你要說海線那條生產線我有份，那是不可能的，我從政之後，什麼都不沾了，你用膝蓋想也知道，我又不缺錢，以前是愛玩，現在我幹嘛搞死自己？

芷珊失蹤跟用毒有關？

這我就弄不懂了，沒錯，是我要警察把那天的紀錄刪掉，鬧大了不好看吧，一群高中生在我家開派對，然後像發糖果一樣發藥給大家吃，你說這種消息傳出去，將來選舉還要選嗎？直接退出政壇不是比較快？

對，你分析得都很好，芷珊用了藥，又喝了酒，精神狀況不穩定，但是再不穩定，也是在我們自己家，能跑到那裡去？我查過了，真的，私下都把正威叫來問過不知道幾遍了，他當我跟我老婆的面下跪道歉，用他老爸的命賭咒發誓，他只是好玩，去鬧鬧場子，之後他就走了，不可能把芷珊帶走，他沒那個必要啊。

一切都是命，為了敏葳，我都忍了，你要知道，跟敏葳在一起之前，我是我爸眼中不爭氣的敗家子，什麼產業都沒有我的份，更別提選舉了，家業都是我大哥二哥的，誰曉得，最後是我當上了議員，食品公司也是在我手上發達的，等我選上立委，將來選縣長，我爸還有什麼話好說，他一輩子就是介意自己當時沒選上鎮長，輸給謝家那個老頭，是我替他出了這口氣，所以我能不珍惜敏葳，不感謝周老師嗎？

## 10 邱家駒

好啦好啦，說實話沒那麼難，如果不是為了保護芷珊的名聲，我也沒什麼好隱瞞。以前芷珊就用過安非他命，不是還去戒毒了嗎？好不容易都戒乾淨了，但是讓她用的人就是她舅舅，跟他們有往來。

說是舅舅也不是啦，就是她小媽的弟弟阿威，是海線那邊的小角頭，以前我們議員也是混的，

這些都是芷珊告訴我的，我也用過一次，我體質不合，用了就拚命吐，而且我不喜歡那些東西，我也不喜歡芷珊用，都戒掉了，何必再碰？

那天晚上阿威舅舅來的時候，我嚇了一跳，滿久沒見到他了，有人說他去海南島避風頭，也有人說他去台北發展，他就從正門走進來，像回家一樣，那時我心裡就很不安，阿威帶了兩個人，很快就跟大家喝起來，我一直盯著他們看，後來發現芷珊跟阿威到二樓去了，我也跟上去，他們關在房間裡，我怎麼敲門他們都不開，半小時後芷珊下樓來，眼神渙散，我就知道有問題了。阿威在現場發搖頭丸。

這也是後來我離開的原因。因為我跟阿威的手下打架了。發什麼搖頭丸？這是生日派對耶，以前就聽說他們在宮廟那邊培養小弟，就是用毒品來控制。我們海山鎮海灣那邊幾個漁村比較嚴重，都捕不到魚了，種田也種不起來，兩三個村子裡大人沒剩幾個，都去縣裡面打工，家裡的孩子就是爺爺奶奶在顧，逃學、打架、到處混，本來也都沒事，後來安天宮那邊有在練八家將，很多中輟生都去參加，我也去過，是好玩看看，我有個哥們就在那裡跳，剛開始只是練團，久了之後就都變了，我覺得那個宮很怪啦，管得很嚴，很多家長還覺得把小孩帶去很好呢，有人管啊，還包吃包住，可是後來他們都染毒了。去年吧，有一陣子事情鬧得很大，海山國中查出有幾十個人吸毒，新聞有壓下來，那些就都是阿威舅舅他們那批人搞的事，每個國中都有下線，整個海線好幾個鄉鎮都淪落，警察開始抓，阿威才去跑路。

我不是打輸才跑的，是我們在打架時，芷珊出面了，叫我不要管，趕快回家，我喜歡管嗎？我不喜歡啊，那時我本來是要去報警的，真的是氣不過，也滿擔心會出事，可是連愛麗都來叫我不要管，我覺得這些女孩子真的都玩太瘋了，十七歲又怎樣，十七歲就是大人啊？十七歲就要叛逆嗎？

別看我一臉壞，可是我不幹那種傷害身體的事。

後來我在別墅外面的樹林裡待了一陣子，抽了很多菸，喝了幾罐啤酒，真的很無趣，蚊子又多，然後我就看到林柏鈞來了，既然白馬王子來了，又何必我來救。我就走了。

芷珊的事我覺得你先去查那個劉正威吧，雖然說是舅舅，但害她的可能也不小。說不定芷珊就是被他拐去賣了。

## 11 馮愛麗

真的，我只吃了一顆，就那一次而已，議員叔叔說不要講出來，我才沒講的，那天到底發了幾顆，也不多吧，那是很貴的東西，不可能隨便亂發。後來不知道誰說要打電話叫司機叔叔來，阿威叔叔他們就走了，可是芷珊狀況很差，一直哭鬧，所以我才拚命去把柏鈞叫過來，柏鈞來的時候，芷珊茫茫的，但因為柏鈞不知道我們有吃藥，他是個呆頭鵝，以為就是喝酒而已。

小馬說的沒錯，海灣那邊的國中生很多人吸毒，所以後來鎮長有去處理，清查那個宮廟，這兩年狀況改善了很多，但因為以前我們沒用過，不知道那個危險，阿威舅舅是很有魅力的人，該怎麼說，我們海山的女孩子都很保守啦，不要看我跟芷珊會打扮，我們碰上班上北部下來的同學，心裡還是有自卑感，芷珊尤其嚴重，她功課總是在七八名上下，漂亮是最漂亮，但心裡總是有個什麼地方卡卡的，我覺得是她媽媽死掉的事，還有小媽不愛她，她爸爸不管她，阿公又太寵她，這些東西把她搞得亂七八糟的，她時常心情不好，考試壓力又大，所以國三那年才染了毒。

這些事議員都知道，我不曉得派對那天為什麼阿威舅舅會出現，畢竟都很久沒看見他了，他出現的時候還是那麼帥，他都知道芷珊喜歡什麼，一進門就給她送了好大一把姬百合，我覺得芷珊就像那個姬百合，張張揚揚開得那麼美，但是凋謝的時候也是咚一聲，突然頸子軟掉花就歪倒了，我總是擔心著那樣的一天，美麗的芷珊會突然歪倒頸子攤在什麼地方，好像從內部裡面腐爛掉了一樣。

對不起這些事我到現在才講，大人的話真的不可以相信，當初邱叔叔跟小媽說的都不對，保守祕密不是為了芷珊好，他們根本就只顧自己，拜託陳叔叔你認真去查，從這條線索下去查，警察沒查出來的你都查查看，我覺得芷珊不是逃家，她可能出意外了。

## 12 周宇婕

芷珊去台北只有發簡訊給我一個人，馮愛麗氣得不得了，因為在學校我們三個人總是在一起，但因為我家不住海山鎮，而是在隔壁鎮，所以上下學沒跟她們同路。那晚是我爸爸帶我去參加派對的，還順道帶了我們班上另外兩個同學。

要說我們是小集團也不是，但確實有人因為我跟邱芷珊接近，對我也客氣多了，剛進海山的時候，很怕，學校的學姊們有一群人，專門欺負菜鳥，新生訓練前幾天，就會被叫去體育館後面教訓，馮愛麗就是那天因為裙子太短被學姊盯上，還罰做了交互蹲跳。那些學姊真夠狠的，她們盯著我的頭髮拿剪刀說要剪，我哭著說我是自然捲不是燙頭髮，她們也檢查看我有沒有擦口紅，確實沒有才放我走，到了邱芷珊，本來也是大小聲，邱芷珊跟她們對嗆了幾句，她說：「我爸爸是縣議員，你們敢對我怎樣，保證退學。」學姊圍上來要打她，這時有人跑過來了，跟帶頭學姊低聲講了什麼，學姊才放人走開。

那天之後，邱芷珊對我們那幾個被留下來的同學特別好，後來才變成我跟馮愛麗和邱芷珊三個人時常一起，主要是馮愛麗膽子小、愛哭，芷珊特別關照她，後來上下學都搭她家的車子，但是那之後沒有人再找過我們麻煩，連我們班上那幾個外縣市來的，看起來特別凶的女生，也都怕邱芷珊，不只是因為他爸是議員，邱芷珊本身就非常悍，她長得高，小時候好像練過跆拳道，總之她手腳特別靈活，眼神凶狠起來真的我也會怕。

芷珊在別人面前總是很驕傲的樣子，但私下相處卻沒有大小姐的樣子，我覺得那只是她要嚇唬人的，還有學校男生常纏著她，也都被她罵跑，「別人覺得我凶沒有什麼不好，這世界就是欺善怕惡，你們兩個也不要總是不爭氣，動不動就哭。」她時常這樣說。但我私下看過她哭，是母親節老師要我們做母親節展覽，芷珊做了一個好動人的裝置，那都是她母親遺物組合而成，得獎的時候她沒哭，是我們在拆設備的時候，她偷偷哭了，我假裝沒看見，不過她就是連哭啊也只是滴兩滴眼淚而已。

還有就是她喜歡的人，那是一年級的事，有天晚上我們在芷珊家過夜，我們偷喝了水果酒，就瘋瘋癲癲在談心事，她說她喜歡一個男生，但是對方不願意承認喜歡她，「什麼叫做不願意承認？你知道他喜歡你嗎？」我問她，她點點頭，又一臉無奈，「這都是命。」她說。我覺得她滿迷信的，她常去神水社修行，有時一去就一兩個星期，我後來才知道她吸過毒，真是難以想像，邱芷珊是有潔癖的人呢，怎麼可能去沾毒品，但確實用過，也上癮了，被她爸爸抓去戒毒，學校那邊保密得很好，是她自己告訴我們的，我問她為何要吸，她反問我，為什麼不吸？清醒的時候有什麼好？我又問她那為什麼要戒？她說，「我找到了比毒品更好的東西。」我問她是什麼，她搖搖頭不肯說。

我猜，大概是信仰吧，她去神水社之後，脾氣柔和很多，功課也變好了。後來馮愛麗跟我說，芷珊一開始吸毒是她舅舅帶她的，他說不會有副作用，結果一下子就上癮了，我覺得很扯，自己的舅舅教你吸毒？就因為不是親舅舅吧。

所以後來她舅舅跑路的時候我們都很高興，覺得不會再有人把芷珊帶壞了。那一陣子我們都去上舞蹈課，她對自己要求很高，那段時間她很常練習，進步得好快，後來她自己跑去上街舞課，一下子就變得好厲害啊，那段時間她連穿著都不一樣了，街舞老師是大學生，很帥的一個男生，我們都以為他們在戀愛了呢！我們三個跟老師見過面，老師說邱芷珊可以當明星，說她有潛力，他說認識一個台北模特兒經紀人，以後要帶芷珊去台北。

但這些也不過是我們海山女孩小小的幻想吧，邱家是有錢，真要好好栽培她，送她去美國、加拿大都沒問題，可是她阿公不肯讓她離開家，她小媽也都在擋，所以一開始芷珊失蹤的時候，我真的認為她是去台北找那個經紀人了。我知道芷珊賣掉過一些東西，我本以為她是在籌學費，因為她小媽有時會故意不給她錢，她爸真的很亂來，高興起來就給她買這個那個，包包衣服鞋子手錶，都貴得要命，可是每次要繳補習費，她就常缺錢，因為生活費是小媽在管的，我跟她說小媽是故意在整人，叫她跟她爸爸講，她好強不肯說，是我偷偷跟她姑姑說了，才改成由祕書那邊匯錢，只是大大小小的事小媽還是會作怪，芷珊為了這些事情很痛苦。

剛認識芷珊的時候，我好羨慕她，甚至有點嫉妒她，覺得哪有人那麼幸運，長得又高又漂亮，家裡那麼有錢有勢力，真的啊，我去過他們海山鎮，走在街上真的會有人看到芷珊就喊大小姐耶，我們去一些小店吃東西根本不用給錢，海山有一家很漂亮的花園咖啡店，座位很少，都要預訂，可是我們去的時候，老闆都開ＶＩＰ包廂給我們坐耶，那個咖啡店有自己的薰衣草花園，包廂就在花園邊，玻璃透明屋子，桌上滿滿的甜點，我都覺得自己像公主了。

但是後來很多事情慢慢地發生，我才知道芷珊的親生媽媽自殺死掉了，現在的小媽就是當年的小三，她爸爸又很混，阿公雖然疼她，可是中風癱瘓了，也是用錢吊著命，隨時都會走，芷珊根本沒有可以倚靠的人，我想她或許早就想離開這一切吧。

這次辦派對的時候，她那種認真籌備的程度，簡直像是籌備婚禮，我覺得很奇怪，照理說她什麼豪華的地方沒去過呢，聽說她爸每個月都帶他們去吃魚翅宴，動不動就會帶全家去溫泉旅館度假，只是芷珊沒出國過，這點她很遺憾，她爸媽跟弟妹去日本那次，阿公住院，芷珊沒跟去，這種事也只有她爸幹得出來，說是議會參訪吧，不帶芷珊又算什麼。不過我們高中畢業就是要去日本，也算了了她的心願。可惜芷珊根本來不及參加畢業典禮。

呸呸呸，我這樣說好像芷珊永遠回不來了似地，但是我真的夢到過她，一臉的血，躺在花田裡哭著叫救命，我跟警察說過，也跟邱叔叔說過，他們說派人去過花田了，什麼也沒找到，可是夢裡的花田可能代表別的東西啊，那個花是白色的，像雪一樣白，芷珊的臉跟身體都被染紅了，還是很漂亮。我現在還常夢到她，我媽就帶我去媽祖廟收驚。

其實生日派對辦得很好，好夢幻，又很潮，雖然小丑表演跟變魔術我覺得有點孩子氣，但同學都很喜歡，我最喜歡的是晚上的樂團演奏，那個團就是老師的朋友組的，他還兼任ＤＪ放音樂，一切都好像電影喔，如果阿威舅舅他們不要進來發搖頭丸就好了。

大家吃過藥之後，場面變得很亂，我不喜歡大家在那邊摟摟抱抱，大吼大叫的，我沒吃，因為我有氣喘，不敢亂吃藥，我偷偷含在嘴裡吐在手心扔掉了，但我也是假裝搖頭晃腦的，聽愛麗說林柏鈞來了，林柏鈞就是芷珊喜歡的那個人，那時候晚上十一點了吧，我爸來接我們了，我最後看到芷珊是他們兩個在外面的花園裡講話，一邊講一邊往外走。芷珊顯得很激動的樣子，可是她的臉上帶著微笑啊，她那天化了妝，好漂亮，我真希望她是去台北、去美國，或是去任何地方了。像她那麼好的女生，離開海山，離開她家，去哪兒都好。無論身在何處，我希望她現在得到幸福了。

## 13 汪夢蘭

跟著陳紹剛尋人，我內心裡也時常回返父親離家的時光，不知道那時警察用了什麼方法去找人，如果那時有陳紹剛這樣厲害的偵探，能不能搶在自殺前將父親救回來。

我跟陳紹剛幾乎每天都會碰面，但我每隔一天才會去他住的旅館過夜，就像儀式一樣，明明可以天天在一起，但我們都避免著變成一種無法戒除的習慣，沒去陳紹剛住處的日子，我總是騎著單車到處跑，如果不這樣做，我可能會不自覺跑去找他。

我喜歡在路上奔馳，即使車速不快，這種可以將我帶離地面的交通工具，給我一種自由的感覺，以前在台北我多宅啊，每天就是關在房間寫稿、看書、追劇，但我現在都在路上，在旁人的家裡，在山間田野，到處奔走。獨處的夜裡，我總在寫作，寫小說，我動筆寫下劉光告訴我的盲人的故事，幾乎都是虛構，奇異的是，以往我缺少的那種虛構能力，在海山鎮找回來了，或許之前我總是想要靠著寫作來釐清自己的生命，想要透過寫作把父親寫活，讓家庭完整，讓生命可以重來。但我現在不寫自己的故事，我在這個小鎮聽到的每一個故事我都想寫，當我真正動筆去寫，那些故事卻自我生長、變化，長成了另一種樣子，過去我總認為即使寫的是我自己的故事，也是一種虛構。我變造自己的身世，改變父親的容顏，更動他的死法，但卻是一次一次重現著那些我無法改變的死亡與無能理解的祕密，而如今，我書寫著陌生人的故事，我沿著那些人物的生命搜尋，想像卻隨之而來，這一種虛構，將我帶到了小說的另一個方向。我感覺這些年的困境解除了，每晚我總是寫啊寫地，甚至在陳紹剛的旅館裡，我也在筆記本上寫個不停。

我也喜歡幫他整理錄音檔，過去他總是自己聽寫，潦草的字跡在筆記本上形成誰也看不懂的密碼，他說他其實不用寫下來，他只要反覆去聽，就不會遺忘。他必須一再地聽，從那些看起來毫無關聯的證詞裡，分辨真假，釐清脈絡，他說每個人都會說謊，但也會說實話，謊言與真實的比例不一，甚至無法區辨，重要的不是哪一句是謊話，而是這些謊言組合起來，會形成這個證人的特質，他要隱藏什麼，他想表達什麼，當你反覆一聽再聽，當你將這些話語全部攤開，他會形成一個巨大的網絡，這個人那個人，這條線那條線，過去現在未來，所有相關不相關的，都會慢慢聯繫起來，重點是你能否找出那些關聯，找出空白之處，你能否從那些已經被說出來的話語裡，找到還沒有被說出的話。

所以，我們時常反覆播放著那些錄音帶，當我們做愛的時候，某某人就正在說著話，我們的呻吟、呼喊、細語參雜著那個人的說話、坦露、表白，我們伸出手，貼著額頭，雙腿交纏，那些話語像細細的繩子，縛住了我們晃動的身體，那些聲調，高低起伏，真真假假，每個字、每個詞、每個描述，都變成細細碎碎的馬賽克，拼貼在這個廉價寒酸的房間裡，所有東西都晃動起來，可以表現出一百種真實或虛假，我們是兩個正在尋人的人，卻從事著互相親密的舉動，我們深入對方，卻像是在挖掘自己，那些聲音被放大，銘刻在我們的記憶裡，還要內化成我們身世的一部分，以便將來有需要時，可以當作證據，指認出來。

陳紹剛說，你真奇怪，哪有女孩子喜歡聽這樣的證詞。還要反覆聽，不厭倦。有時他會突然抽出一隻手，伸長手臂，去將聲音關掉。那時房間裡陷入沉靜，像一種真空狀態，只剩下我們獨處，我們就必須去面對「我們現在正在做什麼」以及「接下來我們該怎麼辦」的問題，他望著我的臉，我很害怕他會突然說出什麼，或者我自己會情不自禁開口詢問那些問題，我只好湊上前吻他，以防聲音流洩出來。

我腦子裡還殘留著那些話語，關於邱芷珊的種種種種，好像，他們說的其實是我的故事。

這天我們第二次到神水社，見到了周老師。

一張圓月似的臉，五官明朗，有點年紀了，但皮膚很光滑，練氣功那種好氣色，身材高大，一襲簡單白色衣褲，頭髮梳成馬尾，神清氣爽，我雖然不太會看人，但他實在不像什麼邪教頭子，比較像以前我老師帶我去練習太極導引的師傅，或者某些在家修行的人。

那天有點靈會，龍小姐允許我跟陳紹剛在一旁觀看，所謂的點靈會每一季辦一次，一次連續三天，早上是周老師帶大家打坐，中午讀經，下午時，周老師坐在台上，信眾一一走上前，老師會念誦幾句話幫你祈福，之後老師把沾有神水的手指往信徒額頭上一抹，給你一片不知名的小葉子含著，就這樣換下一位。每個信徒跟老師接觸的時間不會超過一分鐘，等待的時間裡，周遭一點聲響也沒有，大家都屏息等待著，非常有耐性，那時間屋子裡瀰漫的都是老師的聲音，周老師的祝福像唸詩，以某種押韻音調組成，也像是歌謠，內容我聽不太懂，只看見信徒們都是一臉感動的樣子，神水社的氣氛真的很好，連我都想走上去，讓周老師抹一點神水在我額頭上，彷彿那樣，就可以抹去往事、重新做人。

點靈會在傍晚五點結束，信眾們安靜地離開了。留下幾個人，等待著要吃齋飯，社裡的信徒帶他們去餐廳，大廳就剩下我們、周老師和龍小姐。

周老師先去沐浴休息，我肚子很餓，發出了咕嚕嚕的聲音，龍小姐似乎發現了，就領我們去一旁的廂房，簡單地吃了碗素麵。

吃完麵，周老師帶我們去了花房。

走進後院時，我並沒有心理準備，所以突然看到那些植物時視覺受到很大的衝擊。滿滿滿滿都是花。有大如人臉的、如碗、也有如串珠、或者小似珍珠的花，各種形狀、色彩，我去過花店，也去過花市，但從沒有看過這樣的景象，那些花卉與植物狂亂地生長，各種品種穿插，沒有任何秩序，但在一片沒有秩序的混亂之中，卻又隱隱地排列著一種氣氛，每一株植物都是單獨的存在，恰巧只是被擺放在那裡，但強烈的生命力讓這些植物恣意奔放，往上突生，奮力張開葉片、花瓣、蕊心、藤蔓、枝椏，一切的一切都在呼喊著，它們彼此競爭，又互相融合，我不懂植物，我感覺這個花園並不只是生養植物，而更像是一整片生命的泉湧，我被那強烈的生命力像震波一樣衝擊著，陳紹剛也一言不發，我們跟著周老師往花房裡走，來到一張圓桌坐下。

「很驚人吧！這些花，第一次來的人都會驚訝到說不出話來。」周老師笑笑說。

「對啊，不像花，像一群人。非常漂亮，非常飢渴的人。」我說。

「第一次有人這麼形容花房，但你描述得很好，這些都是生靈。因病而來，醫治之後，長得太好了。這個季節，都爭相盛開，我會採花瓣做藥，得有靈性的花才行，所以它們就拚命長啊，連我都控制不了。」周老師說。

「您做什麼樣的藥呢？可以看看嗎？」陳紹剛問道。

「是蒸餾提煉出來的精油。等會可以送你們各一瓶，點一滴含在舌下。不要馬上嚥下去。」老師回答。

「邱芷珊也用過這些花藥嗎？」陳紹剛問。話鋒一轉直指邱芷珊。

「既然來這裡修行，當然用過，每一次診療過後，使用的花藥都不一樣。最後一次，她因為失眠惡夢，我也配了一瓶給她。」周老師不慍不火回答，好像邱芷珊並沒有失蹤。

「你跟邱芷珊最後的接觸，是什麼情況，她有什麼不尋常嗎？」陳紹剛問。

「這半年來，芷珊每週五都會來靈修，就住單人禪房，她精神狀態不好，憂鬱、失眠、沮喪、有時又突然變得亢奮，精神科可能會說是躁鬱症，但她不是，是被母親的靈體纏住了，她跟她親生母親放不下彼此，互相纏繞，纏結得很深，不容易解開。她自己也有很深的執念，大概是我見過執念最深的人，其實芷珊也有些靈感體質，正因為如此，她自己打的結，旁人很難幫她解開，連我也沒辦法。」周老師說。

「那她持續來靈修有什麼用呢？」我問。

「在這裡可以平衡她的狀態，補充能量，回家才有能力過正常生活。你們知道嗎？芷珊一進到花房來，有些花瓣都會顫動呢！她的靈力就是這麼強。受到她感召的花，我會幫她取下來，這孩子是惜物的人，她會對著那些花瓣哭，叫我別摘花，花摘下來就死了。所以我帶她去看我製藥，說花瓣煉成精，反而是存活了，她就懂了。芷珊來社裡的時候，我大多是讓她做些體力活，種花、澆水、拔草，或者去餵雞、掃落葉、幫廚房阿姨揀菜洗菜，有時也幫我把花藥裝瓶之類的，她很喜歡做這些事，心情會靜下來。

「我們的靈修活動都是週六下午，芷珊週五傍晚過來，晚上會先打坐，跟龍兒練一堂瑜珈，睡前她大多在看書，不過在這裡只能看道場的書，我們這邊的書大多是跟瑜珈、佛教、禪修有關的書，她前段時間讀了很多奧修，那是龍兒提供的。第二天早上就是早課，做些勞務，靈修班學員不分老少都要參加勞動，每個人有不同的工作，下午靈修時間大家一起打坐，我會講課，傍晚結束吃完素麵就可以離開，當然不想吃也可以。你們有興趣也可以來參加。」

「報名就可以嗎？沒有什麼資格審核？需不需要付費？」我問。

「當然不只是報名，要有緣分才行。費用的部分我不太清楚，就是收個食宿費用吧。通常都是先來參加團體班，慢慢再進階到個人班。汪小姐有興趣嗎？可以先讓你參加個人班。」周老師問我。

我點點頭。大家傳說的真的沒錯，周老師有一種讓人想親近的氣質，他對你說的任何話你都會毫不懷疑地接受。

「周老師對於邱芷珊失蹤的事沒有什麼看法嗎？聽說你可以感應，難道無法感應邱芷珊的去向？」陳紹剛似乎不吃他那套，繼續逼問。

「說真的，我是人不是神，我沒有什麼神通，只是可以幫人稍微調理身體，安定心情罷了，大家來社裡都是一起讀經修行，大多時候只是打坐，倒是練瑜珈對筋骨滿有幫助，龍兒還發展出一些簡單的柔軟健身體操，對老人家，或者很少運動的人體能頗有改善。芷珊的下落我真的不知道，但我有不太好的預感，我雖沒神通，倒是有感應力，我感覺她離我很近，可是卻又跟我處在不同時空裡，怎麼說呢，說句悲觀的話，生命力應該是很弱了，生病或者更嚴重的情況都可能，只剩下殘弱的靈在呼喚。但也有可能是因為已經遠離了海山鎮，所以我感應不到。真的，她的訊息飄飄茫茫的，我是束手無策，不然早就幫忙找到她了。」周老師發出一聲長嘆。

「你若沒有神力，哪來這麼多人信你拜你？不是聽說連跛腳的老奶奶都治好了。」陳紹剛問。

「大家不是來拜我，是拜神。這點還是要區分的，我只是把那份神力傳達出來的媒介而已。你看我們道場神佛都有，我們是萬神論，連樹靈花神都拜的，萬物都有神靈，就看你能不能找到而已。老奶奶的腳是因為她失去痊癒的信心，我只是幫助她找到信心，她願意做復健，當然就能走了。信徒裡有很多病人最後也是失望離開了，我不是什麼病都能治，要自己願意好才行。芷珊就是沒有這種願力，她的怨念大過康復的願力。這最難治。」周老師不卑不亢地回答，對於陳紹剛的嘲諷不以為意。

「那些神水又是怎麼回事。還裝瓶販賣？想耍噱頭？還是裝神弄鬼？」陳紹剛又問。

「原本我們社裡的神水，都是自取的，從來不收費，現在外面販賣的神水跟神水社毫無關係，那是邱議員他們食品公司出產的，小鐘山的神泉本來就有神力，水源乾淨，加以過濾、煮沸、裝瓶，也是賣一般礦泉水價格而已，大家外面傳說神水社有抽成，神水這個詞不是我的專利，我既沒有出力，怎麼可能收費。我們社裡的神水，是讓信眾自己取用的，要付費的也只有花藥，花藥需要提煉，設備很昂貴，收的也只是工本費。」周老師仔細說明。

「那加持過的寶石呢？十萬也太貴了吧，這算是斂財。」陳紹剛繼續追問。

「寶石的部分是龍兒負責的，讓客人挑選，我只是幫忙持咒，那些都是稀有的好東西，天珠、蜜蠟，沒有假貨，價錢讓客人隨喜，有人願意出高價，這是人家的心意，我們不拒絕人的心意。」

這時，龍兒小姐從外頭走進花房，拿了兩個黑色小瓶子給我們各自一瓶，她說：「汪小姐的是安神，陳先生的是鎮魂，每天早晚舌下一滴。算是結緣。不收費。要嚐嚐神水嗎？水質很乾淨，要說神力，老師總是說，萬物都有神，神水也只是個稱呼。只要是乾淨、好好被對待的水，對身體都好。」

他們倆真是一搭一唱，龍小姐出現後，周老師就不太說話了，既然問不出邱芷珊的下落，神水社上下也都參觀過了，要找人除非有搜查令。

陳紹剛帶著我離開了。

「或許我去參加點靈會，或報名靈修班，可以幫忙探查。」我說。

「你不適合去那種地方，一去可能就被周老師洗腦了。」陳紹剛嚴肅地說。

「為什麼？」我問得心虛。

「每個人心裡多少都有破洞缺口、傷害疾病，他就從那些縫隙裡滲進你腦中，說好聽是治病，只要心術不正，就是控制了。」陳紹剛說。「但我知道邱芷珊不在神水社裡面。再找其他線索吧。」

我想對他說，其實滲進我身體破洞裡的人是你啊。但我確實不宜接近神水社，那裡有某種吸引著我的東西。

我記得李振家剛搬走的時候，我還不死心，查明了他與新女友的住處，是在我們時常去看電影的熱鬧街巷裡，我時常去那巷口堵他，堵上了，兩個人也只是沉默不語，看他手上提著大包小包，是知名滷肉飯的包裝袋，我看了很悲傷，以前無論怎麼忙，我也會簡單做幾樣菜，兩人一起吃，我的手藝都是他教的，吃外食的話，很少買回來，莫非李振家已經開始變成外食族了嗎？換了女友也換了胃，這一點都不像他。

分開後，我拐進小巷裡，去拜了四面佛，認識李振家之前我也拜過，一直沒去還願，大概就是這樣才會分手的，我買了鮮花，恭恭敬敬參拜，跪在參拜席上時，我突然覺得很荒謬，因為我心裡已經沒有想要挽回的念頭了，我只是對著神像說，「請給我平靜。」

請賜給我平靜。

是啊，倘若我單獨走進神水社，或許我會拜倒周老師席下，我會在花房痛哭，我會跟邱芷珊一樣，因為想尋覓死去的父親而企圖某種更高、更強大的力量。

霎時間我感覺自己好像可以了解邱芷珊某些部分，我心裡也有不好的預感。

「你有想過芷珊可能早就死了嗎？是死亡不是失蹤，所以才會半點消息都沒有？」我問陳紹剛。

「一開始就設想過了。過程裡也沒有排除過這個可能。」他回答。

「那該怎麼查？連屍體都沒有。」

「還是只能一步一步查。我覺得神水社的嫌疑還是最大，我說不上來，這個社團太奇怪了。不管是周老師，龍小姐，或者整個山莊的建築、構造、活動，都像隱含著什麼不可告人的祕密。」

「但他們什麼也不願意透露。」

「所謂的祕密，就是不願意讓別人知道的事。有些祕密，你甚至連對自己也不會說出口。」

# 第四部

下午時分，五點半，夕陽漸歇，半開放院子裡綠色草坪整修良好，草坪上一台紅色玩具推車，歪倒鏽蝕的盪鞦韆佇立，鞦韆旁有沙坑散落著藍色玩具鏟子、綠色小土耙，塑膠水桶透明處風化成白色、滿布細微裂痕，水桶裡有個缺少雙臂的塑膠玩偶，仿製芭比娃娃，身上衣裙已被剝落，塑膠金髮半禿。

白色老舊貨卡車緩緩駛進草坪，停住，後車斗載有木梯、工具箱，裝載扁刷、滾筒刷與各式大小刷具的水桶，幾罐大小不同鐵罐裝油漆，兩堆散亂的報紙，亦有單張展開，報紙上一隻血淋淋的鹿歪身倒著。車門開，下車者為一高大壯碩的男人，短髮凌亂，年約四十，身穿寬大敞圓領口已鬆脫的運動T恤，卡其及膝短褲，上衣與褲子上沾有幾處綠色油漆，沾滿泥土看不出原有皮色的露趾休閒鞋，頭戴棒球帽，男人手上抱著大紙袋裝的物品，往主屋晃去。

口哨聲響起。

男人走向的主屋是木造建築，一樓半，斜尖屋頂下有閣樓，先步上五級階梯，是前庭與木製陽台，男人逕自打開門進屋，光線隨其身影沒入屋內暗落。

屋門重重關上，室內灰塵彷彿因驚訝而揚起，木門內部裝飾著褪成淡灰的白紗窗簾，紗簾望去屋外景色如霧中風景，成群闊葉林木、白車、油綠草皮淡出遠去，但屋外仍比室內明亮，風景都融入光亮裡，因光暈而模糊。男人彷彿需要適應半暗的光線，抽出抱著紙袋的手，探出食指揉揉眼睛，或許如此光度才增強了，隨其目光梭巡，空氣粒子顯得特別粗大，眼前所見景物皆蒙上細沙的質地，粒子粗糙，色澤暗沉。

屋內所有窗簾均垂下，雙層簾幕，外層為髒舊細花緞布，左右如瀏海往兩側各自撒開、束起勾掛於窗邊掛環，內層為均勻覆上將窗玻璃遮蓋的蕾絲細紗薄簾，使屋內白日也呈現灰質色調的，除了紗簾，還有滿屋各處堆疊幾近天花板的雜物，光線曲折照入，又輾轉反射，灰塵與陰影，凸出與凹陷，折疊著屋內的空間與光亮，也折疊著屋內人的行動，高大男人艱難走動，可能因其體積，也可能因為窄迫的空間。靠牆或就在走道間延伸的十幾堆舊報紙疊高過人，岌岌可危，書籍與雜誌如大型物件般以金字塔堆壘的方式逐漸增高延伸至尖頂，搖搖欲墜，這些可危與欲墜的物品以微妙的平衡靜定在近乎固態的寂靜中，一種即將爆裂前夕的寧靜，男人走動時發出細碎的摩擦聲，從空間折射出的回音，擁擠中有著攪動近乎靜止的氣流造成的細微風動。

男人旋過客廳，充作客廳的空間裡有兩張雙人座木椅，一張單人扶手椅，三張椅子同款式，扶手雕刻精細，整體髹以白漆，漆飾剝落落出木頭色澤，靠背的方形靠枕為緹花布縫製，邊緣有金線紋繡，四角點綴以流蘇吊飾。

天花板垂懸一巨大水晶吊燈，繁複水滴狀的燈飾空缺多處，蛛網密結。

男人挪動龐大身體，穿過雙人椅與茶几間某堆舊報紙旁，雙臂與手上的紙袋沉重地晃動，逕自往廚房走去，過道狹窄，整齊堆疊的各式雜物形成曲折彎道、壁壘，猶如側身穿過密林。

廚房有窗，於流理台前方，一身形瘦削長髮女子面窗而立，男人出聲，「回來了。」語音上揚，猶如童語，女人驀然回身，兩頰鬆脫下垂，嘴唇乾癟，眼窩凹陷，蒼白臉龐皺紋深刻密布，與一頭直黑如瀑長髮形成對比，「下雨了嗎？」女人似問也似自語，側著頭諦聽，好像已經聽見雨滴。「烤雞買了嗎？」女人將手在腰前的圍裙上來回擦拭，又轉身望窗，窗外直見樹林，林中有一破敗倉庫，女人拿起抹布企圖擦窗，窗玻璃滿布油汙，油汙散開，窗景模糊了。

「雨停了。」男人聲音平板，「路上都溼溼的。湖面上落了很多葉子。」男人粗啞的聲音像某種蟲子的鳴叫，聲音在廚房迴盪。

男人從紙袋裡拿出蔬菜、長棍麵包、盒裝牛奶、袋裝烤雞、網袋裝蘋果。女人逐一接過食物，花費許多時間，像慎重考慮什麼般，幾經換置，才把袋內物品分批安置。她撕開膠紙，將烤雞取出放置流理台上，掄起尖頭菜刀開始於砧板上重重剁雞，男人從櫥櫃裡拿出大木盤、木碗，逕自儲裝了些麵包，從地上拾起一大塑膠桶裝水，女人將剁好的雞肉分裝到男人的木碗裡。

「冬天要來了。」女人說，「要準備柴火。」

「樹林裡的鹿跑到馬路上被車撞死了。」男人說，「明天烤來吃。」

「要吃自己烤。」女人將手指上的油汙用力抹在圍裙上，「你爸不會想吃鹿肉。」

「誰管他要吃什麼。這是要給安娜吃的。」男人眼光掃過女人，女人瑟縮著身體，像被用力搥了肚子。

男人雙手捧物，移動碩大的身體掃過廚房的過道，凡走道處無不堆滿物品，無數的空瓶，塑膠罐、玻璃瓶、保特瓶從地板堆疊至及腰高度，一堆一堆互相倚靠，如透明的柴火，窗外夕陽照入，在玻璃瓶罐上反光，有些瓶子裡有殘餘的液體，咖啡色、褐色、綠色、甚至粉紅色，瓶身或整齊或剝落或褪色的商標、招貼、與各色液體，許多黑色小果蠅在瓶內外飛繞，形成視覺上的斑點，上千個瓶罐在廚房裡像一個不斷增生的夢。點點果蠅是畫不斷的句點。

「啊哈。」男人遊戲般旋身猛然用腳踢其中一堆瓶罐，骨牌效應使得所有瓶身齊響，一個推擠一個、兩個、三個，而後整批崩潰、塌陷、倒落、推擠、碰撞，叮咚、喀拉、碰碰、匡當……女人後退躲向冰箱旁，瓶罐持續崩塌，男人離開了廚房。

步下樓梯，階梯底有地下室。

低下十級階梯，從光裡漸次進入黑暗，一旁是堆著工具的梯間，男人點亮頂上的燈泡，微弱燈光亮起，將靠牆的木梯挪開，推開依牆頂高的木架，出現一個厚重的木門。他從褲腰口袋掏出一大串沉重的鑰匙，摸索著拿出其中一把，解開巨大的銅鎖，卸下纏繞的鐵鍊，重重木門推開，光線倏地疾滅，黑暗矗立眼前。

適應黑暗之後，男人摸索前進，牆邊的開關控制走道燈光，日光燈慘白亮起，走道邊是一個工作空間，大大的平台，四角固定有長長的鐵桿，桌上整齊擺放著槌子、鑷子、鑿子、各種規格的剪刀、雕刻刀、木柄菜刀，各式刀具鋪放在褐色的布皮上，桌面正中的閃著銀光的鋸台顯眼，地面上有巨大的水桶，方形的塑膠桶裡有顏色與質地不明的暗色液體，男人巡禮般審視這個空間，而後直步向前，地下室略矮，男子走路稍低著頭，龐大身體顯出空間的擠迫，沿著工作間往前，窄窄通道延伸，洞穴般延伸出的空間一窟一窟，第一窟工作間尖銳刀具的森冷還殘留視線裡，第二窟則呈現著起居室的溫暖色澤，頂燈是亮黃的燈泡，灰質牆壁鑿出一個一個整齊平伸的方形壁洞，放置著燭台、神像、木雕面具、硬皮書本，幾張全木製的圈椅，順著圓弧形擺放，圈椅中央地上有張老舊的地毯，花色不明，圈椅背有靠枕，扶手有毛毯、椅上零星擺放動物形狀布偶，牆角還有一台老舊的鋼琴，大型電唱機，鐵製火爐靠在一角，地板上散亂有孩子玩的沙鈴、玩具汽車、足球、一張龍頭半邊損壞的木馬。

男人像是校閱軍隊般，逐一查看那些圈椅，眼神滑過每張椅子上擺放的玩具、毛毯，演戲似地，喃喃對物品嘀咕，咕噥說著難解的話語。桌上有水杯、茶壺，男人低頭檢查水杯中是否有茶，從樓上飛下的蒼蠅在他頭頂上飛繞，男人檢閱完各種物品，捧著雙手的食物繼續前行。前方道路黑暗，這一地下世界不知有幾個如此洞窟，燈光漸次亮起，這地下室造型曲折，一室還藏有一室，男人拖著步子，前方悶悶的腳步聲響起，男人站在走道前，彷彿在等待或聆聽什麼，他的身體微微顫抖，似是興奮，似是防衛，壯碩的身體酒醉般搖擺，手舞足蹈，走向下一個洞窟裡。

每個白晝，不知是幾點幾分，或每日不同，屬於地底的第一道曙光透過高牆頂邊層層疊疊的玻璃瓶窗洞，透過曲折的折射，將光線送進屋來，有色玻璃瓶照入有色的光，綠色、褐色、黃色，這牆壁頂端與天花板間的玻璃瓶窗洞，約一公尺寬，三十公分高，厚度則為兩個瓶身相疊，各色玻璃瓶以色塊散亂堆疊，猜想當陽光普照地面時，或光線強烈得可以到達在小屋圍牆地面這塊地，就有機會穿透玻璃瓶入內來。這間房屋架高鋪設的地下室對外窗已被封死，變成用水泥將瓶罐堆疊漆封的窗洞，日光或月光或星光，光照過剩時，剩餘的光就會穿透這厚厚的瓶罐，進入這地下洞穴，或強烈或黯淡或稀微的光，彩色的光亮將屋子照亮，我睜開眼皮，目光隨著那唯一的光源轉去，光漸次透入，散開，至少有百來個玻璃瓶相疊、造成半透明窗洞是這間地下屋與地面相接處，人搆不著的高處，圓形玻璃瓶能將光引入，卻無法將聲音傳出，至少我已放棄了這種企圖，我不再試圖敲打、挖掘、喊叫或做任何足以破壞我享有這唯一光亮的機會。

屋裡有床、矮桌、短凳、裝盛飲水的塑膠水罐、木碗、木椅、毛毯，我穿著布套似的罩袍，頭髮已糾結散亂，水泥牆壁處處有我用指甲刮出的刮痕，有些是文字、圖畫、亦有我企圖用各種隨手可得的物品努力挖鑿而失敗的遺跡。

房間外有一個無門小浴室，水龍頭，木桶，木杓，與矮矮的馬桶。馬桶無法沖水，水龍頭是乾的。

夏天陰涼，冬日寒冷，終年霉味。

光、食物、飲水、洗滌、排泄、睡眠，缺一不可。

得到這些並不容易，除了晨昏嬗遞、四季晝夜長短，陰晴雲雨雪霧等的氣候變化，光照每時的不同，亦引動我不同的身體知覺，是身體知覺、感官反應，並非心情或意志等情緒的變遷，「情緒」、「感受」、「思想」已在某日隨著燭光熄滅時，純然黑暗中我心中突然炸開恐懼如鬼，那時我決定將感受全部關閉，寄存在瓶中洞外任何一處地方，人們會說那叫作希望，而我稱呼那為「外面」。裡面與外面，我將之截然二分，人在裡面的我，不冀求任何外面的事，受囚超過半年之後，我甚至不再數算時間了，人們稱之為希望的事物，會讓我心碎而死。

有腳步聲。沉重、拖沓，一步一步像重錘掄地，男人不喜歡存在感被忽略，不許我忽視他，我計數腳步聲，調整心態、呼吸、心跳，準備迎接。

那人可能來了，也可能為了戲弄我，會在靠近門前突然回身走開。最初，我懼怕他來，使我受苦，之後，我期待他來，因他不來我便失去生存所需，於我有害。如今我知道無論是懼怕或期待都會使自己疲憊，會使他更樂於這反覆操弄我的遊戲，他來或不來，我冷靜以對，即使展現焦慮或緊張，也僅是表演而已，我要保存體力，不與他起舞。

每個光明與黑暗交替之間的漫長時間裡，他會到地底探我一次、有時兩次，有時他許久不來，使我失去時間感覺，使我陷入驚恐與絕望，然後他又出現，天神般使我歡騰。

他會帶來食糧、燭火、衣物與飲水，長時間對我說話，將我搬進搬出，沿著頸間的項圈勾拉的繩索，將我拉扯牽引，某些時刻，他會領我穿越這一房間以外的其他處所晃蕩。有時他會將燭火或頂上的燈泡點亮，光亮的時間多些，我可以閱讀他留下的一疊舊報紙，一本殘破的聖經，即使入睡我亦捨不得將燭火熄滅，地下室的潮濕、霉味、體臭，混雜燭蕊燒出的氣味，構成了我的味道，而他來過之後，他的氣味會盤旋很長一段時間，除了濁重的汗水與體臭，還有另些刺鼻的味道，是油漆與血汗。

每隔幾日他會帶來乾淨的冷水與毛巾，供我洗浴，水源不多，我反覆將身體、手腳、與其他摺縫處都拭淨，有時水竟是溫暖的，甚或帶著某種香氣，每回遇著暖水的日子，我總以為他要殺我了。

我一邊流淚一邊擦澡，哭著對他說，死前想要曬一曬太陽，想清洗一頭亂髮，想要牙刷與牙膏，仔細刷一回牙。

他沒回答，沒聽懂，或不在意，或者我說的這些他並不想聽，他繼續沉默與我對望，或逕自哼歌、吹口哨，說無意義的話語，他似乎將我的言語當作只是動物的鳴叫，從不理會，然我有次說想要吃水果，他帶來一袋蘋果。

有一回我在食物裡發現一把牙刷。

逐漸地，我不再驚恐於那些想像，他將殺我，或凌虐我，或鞭打我，或放開我，某些我曾經非常在意的，支持我，或折磨我的，像海浪退去，如風刮過度的臉，麻木了。

光線日復一日從窗洞照入，像一隻隻溫暖的眼，那些曾經喊叫著的人，漸漸安靜下來，終於不再出聲。我知道這深深洞窟裡，只剩下我一人。或有一日他將不再來，窗洞掩上，我會逐漸，不，絕不是平靜地，而是經歷極大痛苦後，慢慢走向死亡。

我死或我活，只在他一念之間。

為何我身困此地？此人為何將我囚禁？我均不知，漫長時間過去，我從起初的痛苦掙扎，日日哭嚎，到後來的漸趨呆靜，只求苟活，逐漸，我已習慣了這處洞穴，接受了他的存在，甚至，我知道我與這世界唯一的聯繫就是這個囚禁我的男人，有時我孤寂得想擁抱他，他幾日不來我會因絕望與寂寞而崩潰。

我想我消瘦而醜陋，乾燥的頭髮逐漸斷裂，指甲也都裂開，粗糙的皮膚像有沙，我已不再有生理期了，很多時間沉睡或昏迷，都沒有夢，那曾經是我唯一可以自由的時光，夢裡，時間總是發生在我一時興起進入這個樹林探險的那天之前，我還在世間的證據，此前的我，隨著身體的崩解、意志散亂、記憶混淆，逐漸消失在這地下洞穴裡，然而曾經的眠夢裡，我依然健康美麗，有戀人、家人、事業、住處，所有我曾抱怨過的事，在夢裡都變得閃耀特別的光芒，但我已沒有夢了，睡眠太長，醒著像惡夢，我越過清醒與睡夢那條線，夢被取消了。

我聽見解開鎖頭的聲響，他會為我帶來什麼呢？我聞到雞肉香，牛奶的腥甜，可能是幻覺，我總是想起蜂蜜、漿果、潔淨的棉布，我會在驚醒前感受到被褥的柔軟，戀人的體溫，然而不可能有那些。

今日，他將帶來的，會是熱騰騰的食物，與營養的麵包嗎？即將到來的他，會開心地像友伴那樣與我共食，或者像仇人那樣，踢我揍我，牽著我出去爬行？我逐漸無法分辨，亦不能推測，他的善與惡、溫柔與粗暴、歡樂與憤恨，我只知道，他該來，他必須來，無論如何，我需要他。

我聽見腳步聲，他推開門進來了。

——〈**玩偶之歌**〉，《**我鍾愛與遺失的小鎮**》

# 01 陳紹剛

他來到海山鎮已近一個月餘，蒐集了邱芷珊身邊相關人士的證詞，發現邱芷珊親生母親自殺而死，父親對她忽冷忽熱，小媽態度曖昧，家人給與期待，也給與約束，邱芷珊喜歡以前的男同學林柏鈞，但被對方拒絕。

生日派對那天，小媽的弟弟劉正威曾出現在派對上，發放搖頭丸。

邱芷珊最後見到的人可能是林柏鈞。但林柏鈞十一點半就回家了，有鄰居跟家人可以作證。所以邱芷珊一定還見到其他人。是誰？為何而見？陌生人或是熟人？

各種跡象推測，邱芷珊離家出走的可能性很大，但當初警方調閱火車站、客運站的監視錄影，都沒有看到邱芷珊身影，如果離開海山，應該是有人用汽車帶走。那麼這個人是誰呢？

邱芷珊若真的離開了海山，為何不曾有人見過她？警方當初查閱邱芷珊的提款記錄，也毫無領取現金的資料。當新聞鬧得最大的時候，幾乎每天都有報導，邱議員的五十萬賞金，也不曾得到進一步消息。

如果沒有離開海山，那麼究竟躲在什麼地方？

邱芷珊已經死亡的可能性也很高，倘若邱芷珊已經死亡，自殺？他殺？意外？但屍體在何處？

當初事件發生時，警方曾大規模搜山，也有很多志工加入，因邱芷珊最後是在小鐘山消失，故小鐘山被列為主要搜查地點。但警方一無所獲。

陳紹剛在牆上的圖表上塗畫，中間有某項關鍵的事件漏失了。

時間是邱芷珊與林柏鈞見面之後，林柏鈞離開後，邱芷珊是否回到了別墅？又是由誰帶她離開別墅？這個人應該就是他要找的人。

陳紹剛再度詢問當天出席派對的同學，逐一清查，列出所有參與者共二十八名，最後離開會場的是當晚的音響公司負責人員吳先生與ＤＪ阿德。

## 02　音響公司　吳先生

當天我是去負責音響設備，所以很早到場，最後才離開，費用他們早就結清了，我本以為當天會有人跟我交接，可是當天除了參加派對的人，並沒有其他人跟我接洽，不過狂歡派對常會出現這種情況，就是到最後大家都醉倒或跑光了，一個清醒的人也沒有。

生日的主角我印象很深，因為她很漂亮，ＤＪ介紹她的時候我特別多看了幾眼，真是亮麗得像明星一樣的女生。

我大部分的時間都在車上休息，屋子裡發生什麼事我不太清楚，工作是DJ阿德引介給我的，我們從台北開車下來，阿德介紹的案子都不錯，路途遠一點也沒什麼，像這種私人包場制的，規模不大，時間也短，很好處理。

最後是我跟阿德把設備都拆好裝箱，他搭我的便車回台北，所以我們兩個是最晚走的，沒有任何人跟我們交接，大部分的屋主會檢查看看有沒有破壞什麼牆面地板啊，有沒有遺留電線之類的，但我都會把現場處理得很乾淨，沒人交接我也不怕，阿德那天也很狀況外，我拆設備的時候，他跟一個女孩子還在屋子裡親熱，那個女孩看起來就是未成年的樣子，派對上什麼怪事我都看過，不過我忌諱的就是跟未成年人發生關係，以前有過助理因此被告的，事情弄得很慘，賠了很多錢，所以我立刻就去把阿德拉開了。我巡視了一下屋子，還有幾個男女在各個房間裡鬼混，都被我趕出去了，這些都是高中生啊，真不希望他們因為一場派對就把人生搞砸，弄大肚子，休學退學之類的，我這方面算是保守的，但我就是這樣的人。

把屋子清空不是我的工作，但那天晚上心裡就有這樣的感覺，這些小孩不知道自己在做什麼，我得把場子清空才行，那時都還想過把孩子們一個一個都送回家為止，不過最後我沒那樣做，只是逐一確定每個人都離開了，女孩子都有人接送，確實把屋子裡的人都淨空了，留下了一個有很多垃圾卻半個人也沒有的屋子，感覺滿可悲的。

所以最後我確實沒有看到邱芷珊，十二點半我把場子清空時，最後走的那批人裡面沒有邱芷珊。我很確定，因為那群人裡還有人問道：「誰看到邱芷珊了？」「誰送芷珊回家？」有人說早就沒看到人了。也有人說，不用擔心，大家搶著送她回家，不會落單之類的。

結果最後卻發生了失蹤的事，被警察叫去問話，盤問了好幾次，我跟阿德那段時間搞得關係很差，幾乎都沒辦法工作了。也曾被警察逼問，被徹查公司、倉庫，調閱我們的行車紀錄器，所有能查的都查過了。

不過我後來回想，我在車子裡休息的時候，曾經看到邱芷珊跟一個高個子男生走出別墅，兩個人沒有特別親密，他們一直往上走，夜色朦朧我看不清楚他們的表情，如果真要說起來，那晚我最後看到的邱芷珊，就是那時候了，後來我有小睡了一下，所以邱芷珊到底有沒有再回別墅我真的無法確定。我記得那時候廣播裡的報時剛報過十一點。

要說慘，阿德比較慘，因為是他跟邱芷珊聯絡的，他們是朋友關係，還有媒體影射說他們有男女關係，說阿德要當邱芷珊的經紀人，帶她去台北出唱片之類的。真的是被警察徹底地盤查幾次，連他大學休學、曾經結婚又離婚的事都翻出來查過。

不管從哪個角度來講，那天都是一場惡夢。那個失蹤的女孩子我有時候作夢還會夢到。

## 03 DJ阿德

我跟邱芷珊是在臉書上認識的，朋友的朋友，也不知道怎麼回事就跑出她的影片，很正，在跳街舞，我提出交友申請，她接受邀請，我們就變成朋友了。後來她說是因為我的頁面上有介紹自己是搞樂團的，她對音樂也很有興趣才連繫我。我們私下時常傳訊息，也講過幾次電話，有一回我們樂團去台中辦活動，我就順道去了海山跟她見面，那次還有她的幾個朋友，我們去海水浴場玩，還在海山的民宿住了一夜。

我們不是男女朋友啦，如果她願意我很樂意啊，但她只是高中生，我也不敢碰，她很有個性，但也很好相處，大概就是她喜歡的人她就很nice，不喜歡的人就會很凶，那類的女生。

她確實提過想去台北的事，但我勸她等到讀大學，因為搞音樂沒出路啊，像我這樣，樂團弄了幾年，自費出過一張專輯，後來也是靠著辦活動維生，我們自己有樂器，我可以放音樂，當ＤＪ，當主持人，音響設備也有專門配合的公司，一般中小型的活動都還ＯＫ，接一場就是好幾萬的收入，比唱歌好賺多了。不過現在如果有些音樂節找我，免錢我也可以去唱，唱開心的啦，我偶而也會幫舞台劇做音樂，不過錢很少，有時候只是送幾張門票而已。反正就是跟音樂有關，幕前幕後我都可以，但什麼都會，也什麼都不專精，混不出個名堂。

所以我跟芷珊說，還是要有個專業才行，大學好好讀，他們家有錢，可以出國就去，不要侷限自己。說實話，她歌喉不行，長得很好，但唱歌可不光靠一張臉，就我看來，演戲說不定可以，當模特兒的話又矮了些，拍平面廣告可能還行，但他們家不缺錢，何必走這行。不過她跳舞確實很棒，但光跳街舞要出頭？不行啦，我以前認識跳街舞的那些女孩，混得最好的就是幫明星排舞練舞。大概是我對演藝這行比較悲觀，所以邱芷珊問我，我不會給她畫大餅，反而是澆冷水，至於她說到想去台北讀大學，想去法國留學這類的話題，我就很鼓勵她，該讀什麼科系啦，怎樣準備功課，這種事我也願意跟她談。

後來是她說十七歲生日想要盛大一點，我知道他們家有別墅，看過照片，我說可以啊，來搞一場派對，我們溝通了滿久的，過程裡我才發現這個女孩子平時很成熟，常會有超齡的想法，但內心裡還是小孩，她竟然說一定要有小丑表演跟變魔術，我真的傻眼。她解釋了很久，說那是小時候重要的回憶，我才答應她，劇場裡有個朋友願意來扮小丑，表演默劇，我覺得滿不錯的，變魔術的部分也由那個演員來負責，因為只是簡單的魔術，主要是氣氛，前半段邱芷珊想要重現的是她十歲時的回憶，我只是負責去再現它。

後半段就是我拿個吉他唱幾首歌，然後播放音樂，電音舞曲，反正嗨就對了。一群小屁孩，調一缸雞尾酒，冰幾罐啤酒，電音舞曲放得大聲，大家就嗨翻天了。

老實說，當天效果還滿好的，前半段小丑出現，默劇演完就是變魔術，這些高中生大家都很樂啊，三層的蛋糕端出來，唱生日快樂歌，送禮物，抹奶油大戰，氣氛都很好，但邱芷珊還是悶悶不樂，因為她喜歡的男生沒出現，搞了半天前半段都是為了那個男生設計的，那是他們小時候一起看過的表演，邱芷珊這方面滿死心眼的，我跟她講過很多次講不聽。沒輒。

活動一直很順利，直到九點多的時候，那幾個人闖進來，氣氛就怪了，一個叫阿威的來發藥，芷珊說是她舅舅，我本來覺得不可以，高中生啊，吃了藥控制不住，但又覺得氣氛一直怪怪的，或許吃點藥也沒有不好，我問過阿威，他說這個很ＯＫ，只是助興而已。所以連我都吃了，真的是滿舒服的，不會讓你太躁，就是放鬆，舒服，音樂啊，美女啊，什麼東西都變得柔柔軟軟的，像在海灘一樣，我覺得後來芷珊也沒那麼緊繃了，氣氛整個放鬆很多，缺點當然就是開始有學生一對一對地往房間跑啊，我自己也被一個妹子勾住，其實我心裡有底，這些都是孩子，摟摟抱抱親熱一下還行，主要就是圖個嗨嘛，不過我可能太放鬆了，又喝了酒，後半段我真的有點記不得了，就跟妹子在那裡摸來摸去，你推我擋的，新鮮的肉體啊，我真的也不敢吃，可是摸一摸行吧，大概就是那時候，邱芷珊出去了，我是眼看著她跟那個高高的男生走出去的，心想說，白馬王子來了，沒我的事了吧。很安心。

真的那天我太放鬆了。離開的時候，累到不行，一上車我就睡著了，當晚就睡在老吳家的客廳，不知道是藥的作用還是什麼緣故，我老了吧，很久沒碰藥了，作用一點一點強起來，最後就是筋疲力竭。我也沒想過給她發個簡訊什麼的。錢她爸爸早就付清了，當天家長都沒出現也是意料中，邱芷珊都說過了。只是最後我們清場時，老吳說，這家父母也真看得開，都不來看一下的。我心裡有點替邱芷珊難過。但那時候以為她跟心上人走了，也覺得沒父母在場滿好的。

誰知道她就這樣不見了。

警察一開始根本就是鎖定我，問題是我有證人啊，我跟老吳兩個可以互相作證，而且我們車子很擠啊，滿滿都是東西，要坐三個人也沒辦法，警察就說，如果打昏了就可以放進後車廂，什麼啊，我幹嘛打昏她，他們把後車箱都掀翻了，一根邱芷珊的頭髮也沒有。那時候我想，反正一開始我們兩個就被當作是嫌犯，反覆訊問了很久，翻來覆去就是那幾句，但因為我沒說有發藥的事，也沒說跟女孩子摸來摸去，那些都不能講嘛，可能他們認定我跟老吳是外地人，犯案可能性比較大。不過說實話，那天晚上誰可疑？我真的看不出來，比較可疑是那個阿威吧，他十點多就走了，再回頭來把邱芷珊擄走的可能也不是沒有，所以剛開始訊問我有提起阿威出現的事，但我沒講到藥，吃藥的事一講出來大家都玩完。

不過你現在問我的話，我還是覺得那個阿威最可疑，因為我看他看邱芷珊的態度就是一個有鬼，況且他們到二樓去的時候，也不知道做了什麼，邱芷珊下樓的時候，整個神情都變了，說不上來，有一種說不上來的怪，當然是吃藥了，可是還有點別的，可能阿威跟她親熱了一下還是什麼的，不過邱芷珊守身如玉，這點也不太可能，那大概就是說什麼打動她的話吧，她變得很柔順嫵媚，瞬間風情萬種的，我看了都心動。

反正查不出個所以然，後來我跟老吳就沒事了，但邱芷珊失蹤的案子一天沒破，我們兩個心裡都有疙瘩，畢竟那天就我們兩個大人，把一個女孩子弄丟了，怎麼都覺得心裡過不去。

後來我覺得自己那段時間應該也是有喜歡邱芷珊的，有心動的感覺，滿妙的，是她在失蹤的期間我才體會到的。

去查那個阿威，真的，我覺得就是他最怪。

## 04 劉正威

我沒帶走邱芷珊，隨便查一下也知道，我住的地方就這麼大，當初警察也不是沒查過，我是有前科，那又怎樣，誰沒過去。

當天我是去給邱芷珊慶生的，很有情有義吧，我都還記得她生日。

我們一直有聯絡，也都是她主動傳訊息給我，我才知道有派對的事，那天也是啊，我本來在台中跟朋友喝酒，邱芷珊傳訊息給我，說想要一點助興的藥，說真的後來我都沒再給過她藥了，之前上癮那次，我姊夫都要把我的皮扒了，真的，如果不是我姊求情，我早就被關了。可是那時候啊，我們是玩玩而已，自家人聚在一起，我看她心情不好，那一年她母親自殺，心情會好才有鬼。我真的是同情她啦，會考在即，又遇到老媽死掉的事，她焦慮得不得了，說考試都沒考好，每次一到晚上就想睡，一睡著就作惡夢，我跟她說有提神的藥可以試試看，她就答應了，這種東西用一點點沒問題，短時間效果很好，我想說只讓她用到會考過後，量不大，不會上癮。沒想到她是那種容易上癮的體質，一用過就迷上了。

對啦，這本來就會上癮，我根本不該讓她試，可是又怎樣，清醒就有比較好嗎？你看她在那個家裡，沒有一天快樂的，我很了解我姊，她不會給邱芷珊好日子過，因為以前她親媽還在的時候，我姊不是小三嗎？當了六年小三，那種心情啊，不是人過的。雖然邱大山很凱啦，房子車子什麼都有給足，我姊也是這樣才離開了酒店，可是一個女人帶著一個女兒，住在大大的公寓裡，也是很孤單，而且我媽聽說她跟有婦之夫在一起，就發狂揍她，真的，拿衣架子像打小孩一樣打，我姊都幾歲了，我爸比較平靜，他說啊，只要扶正就好，邱大山以後是有出息的男人，沒關係，生得出兒子最重要。

我爸眼光還是比較準，那段時間連帶著，我日子都好過了，真的，邱大山出手大方，這點沒話說，人家我姊也很爭氣，先是生了女兒，邱大山就買房子給她，兒子倒是拖了很久才生，那段日子比較煎熬，邱大山兩地跑，我姊一個人帶孩子心情時常不好，我有時會幫她顧小孩，我姊就哭，可能有點產後憂鬱症吧，誰曉得，她就是那性子，死要強。

她打過電話去邱家，當然是瞞著邱大山啦，跟他老婆談判過，不過沒什麼用，人家是正宮啊，比我姊還早生了女兒，聽說是爺爺奶奶心頭肉，疼得要命。

我爸一天到晚帶我姊去拜拜，求子，真的什麼碗糕都試過了，草藥都不知道吃掉多少，才懷上了阿寶這個金孫。

那段時間，我常開車載我姊去海山，她很神經質，硬是要路過邱家的店鋪去看他老婆顧店，她一定是去看他老婆有沒有大肚子，看邱大山說早就沒碰他老婆了是不是真的，你說我姊是不是很瘋，當然她不是用強硬的方法逼的，這點她還算厲害，是邱大山自己說的，說他老婆後來都不給碰了，嫌他髒，一次我跟他喝酒的時候他講得都哭了，一個大男人的，真是不要臉，邱大山這個人你不要看他人模人樣的，公子哥，凱子爺，可是他骨子裡是個孬種，他老婆給他臉色看，他就受不了，他根本不知道是因為我姊打電話去跟她談判啊，我就覺得她那個老婆很能忍，什麼也沒講，不吵不鬧的，本來像這種正宮才能熬出頭啊，誰知道我姊先生了兒子。

對啊，我開車帶我姊去海山鎮上巡，那種感覺滿奇怪的，我姊都知道他們家住哪，哪一間店是他們開的，他老婆就站櫃檯啊，我姊真敢啊，就走進去逛，我也去啦，親眼看她那老婆瘦巴巴的，一副沒懷孕日子也不好過的樣子，不過長得真是很美，那種女人，美得令人發寒，我是說如果她給你臉色看的話，那就是冰山到極點的女人吧，看得到吃不到，邱大山日子肯定難熬。

我覺得他老婆好像也知道吧，因為我姊常去啊，兩個人在那裡對峙的樣子，滿好笑的，不過那時候我就有看到邱芷珊了，剛上小學的樣子，長得很高，我姊是個矮個子，邱大山的老婆卻很高䠷，你知道，女人家這種心理很奇怪，反正她很高這件事我姊一直很介意，所以後來她生了女兒很早就送去轉骨，兒子也是啊，就生怕長不高，不過小孩子營養好，一男一女長得都很不錯。

對啊，我姊很恨他老婆，各種恨，比她高啊，比她正啊，要說誰比較正是很難比啦，我姊長得豔，五官漂亮，邱大山的老婆勝在氣質吧，還有皮膚啦，五官也很好看，就是素淨、高雅，一副高不可攀的樣子，但其實可能是憂鬱症吧，我姊根本分不清楚人家是高傲還是怕生，就覺得恨啊，正宮了不起，老闆娘又怎樣，每次從海山回來就是哭給我看，打自己的肚子，恨自己流掉兩個孩子，生不出兒子。

其實我姊真的是想太多，就是滿腦子這些宮鬥的心思才生不出兒子。其實邱大山的老婆根本不是她的對手，我姊兒子一生出來，他們就離婚了。

我姊覺得邱大山事業順利都是周老師的功勞。那年運勢真的很好，邱大山選上議員，我姊姊股票賺大錢，一切都很順利。

我是要講，我姊那些扭曲的心事我最清楚，可是我卻沒有因為這樣討厭邱芷珊，因為她很無辜啊，畢竟她親媽都死了，自殺耶，想不到是個性烈的女人，我姊也嚇到，她一直就有點那種體質，就說有看到玉書陰魂不散，剛死的那段時間，我姊跟邱大山都不好過，吃不下睡不著，也是因為周老師開導吧，有疏通啦，後來才好過些，周老師點化，就什麼都順了。可是我知道我姊進邱家之後，鐵定不會讓邱芷珊好過的，所以有機會見面，我都想疼疼她，對她好些，雖然她也沒真心喊過我一聲舅舅，但是她長得真像她媽啊。越大越像，我也是一種補償心理吧，畢竟那時逼走她媽的過程我也算有參與了，帶我姊去海山和她媽對峙啊，其實後來她媽在台中上班，我姊也叫我搞過幾次鬼，不嚴重啦，嚇嚇她而已，就是打那種不出聲電話，這個真的很有效，就不出聲，每天照三餐打，連續打個七天吧，真的，正常人也會發狂。我覺得很缺德啦，但我姊就是解不了心頭恨，我真的沒辦法。

說到我跟我姊，我姊心腸雖然扭曲，但我跟她很親，因為我等於是她帶大的，她也最護我，因為我媽很瘋，從小就是那樣，根本不像親媽，像惡鬼，打啊，罵啊，一點都不手軟的，你真覺得會被她活活打死，她就是很神經，我們小時候真的每天都提心吊膽，不知道哪天會被打，哪天會被帶出去吃牛排，我媽好的時候很好，給你買最漂亮的衣服，帶你去吃大餐，她要是心情不好，就是打罵、踢，家裡能砸的都給她砸壞了，作業簿撕破，連制服都給你剪破。就是那麼瘋，日子好過的時候就是那樣了，我姊穿得漂亮點，就罵她狐狸精，要勾引男人，有這樣罵自己女兒的嗎？我要是考試考不好，她就用衣架子抽我腿，媽的，我才沒那麼乖勒，我都跟她打，我長大些她就不敢打我了，可是還是會打我姊。家裡有這種老母，有錢也沒用。後來我爸生意失敗，我媽更瘋了，我爸是那種死要面子的人，所以也沒帶我媽去看醫生，就是任她瘋啊，亂買東西，亂刷卡，借錢，闖一堆禍，我媽瘋起來真的是，她會買一冰箱的菜，煮他媽的幾十道菜，等我們回去吃，誰想吃啊，菜都冰冰箱，吃到餿掉也不管。她瘋起來真的那種日本電鍋什麼型號都買一台，連跑步機都買回家你知道嗎？我們家落魄的時候，還是住很大的房子，因為東西塞不下，而且我媽沒辦忍受爬樓梯，反正窮酸日子她沒辦法過，所以那段時間我們租一間四萬塊的公寓，我跟我姊都去酒店上班，我爸在賭場當圍事，就只有我媽，每天穿的漂漂亮亮去跳交際舞。我爸不管啊，他自己在外面有女人，後來我們幾個家都不回的，我就是去窩我酒店同事的家，那時候交的一個女友也是酒店小姐，很乖，奇怪吧，也有乖的酒店小姐，叫琪琪，反正我就住琪琪家，她那時候跟一個叫安妮的分租公寓，後來就是安妮的男朋友臭臉的讓我染了毒。我們就賣一些藥啊，比在酒店當少爺好多了，臭臉的他媽臉真的有夠臭，可是女人好像很吃那一套，覺得酷，我們兩個很合得來，有一陣子他幫我搞到一些藥，沒什麼味道，我把它放進我媽的高鈣奶粉裡面，我媽真的好像比較正常些，反正臭臉的很會搞這些藥，他好像以前弄化工的，自己也會做，成分什麼的都很懂，我是不太管成分啦，我就負責賣啊，我自己也有用，用不多啦，我也是很容易發神經那種的，一定是遺傳我媽，我滿控制的。

講這麼多，我一定是躁起來了，該講不該講的都講出來。

我承認我去發藥了，但我沒什麼壞心，我跟邱芷珊在二樓也只是講講話而已，她說她生日卻一點都不快樂，我就說，我帶快樂丸來了，保證你快樂，我知道是我姊故意弄的，生日派對啊，照理講怎麼樣我姊夫也該在場吧，但我姊夫那個人啊不是我在這裡講，當面我也跟他嗆，他眼中只有他自己，老婆女兒啊，都可以再娶再生吧，出了什麼事他都挑省事的，所以邱芷珊渴望他老爸愛她，這輩子是沒指望了。

不過不管怎樣，我沒帶走邱芷珊，我離開別墅就回台中了，後來發生的事都跟我無關。

## 05 陳紹剛

陳紹剛很討厭所謂「預感」這件事，但他天生是容易有預感的人，所以適合從事這個行業，但他的預感很少是好事，在他的職業裡，他所能預感到的幾乎都是壞消息，而且需要預感的時候，往往不靈光。

他到台北走訪吳先生跟阿德之後，去台中找到了劉正威，與這些人幾次交談，他心中逐漸浮現出那晚派對整個過程，他又走訪了兩次別墅，邱芷珊失蹤後，邱家人也鮮少到別墅來，聽管家說，議員夫人想要把別墅重新裝潢，可以改運，但警方仍將此處列管，不許他們裝修，夫人很不高興，跟警方鬧上一陣子，再一個月列管就會解除了，陳紹剛詳細畫下別墅的構圖，用相機仔細拍攝每個房間、通道、庭院、各個出入口，當時的監視錄影設備故障，沒有任何可以採用的影像，屋內的指紋繁複錯亂，經逐一比對，也有許多查無資料，畢竟這些人都只是高中生，仍未有資料入庫。

從音響公司吳先生跟ＤＪ阿德的供詞確定最後見到邱芷珊的人是林柏鈞，但時間比林柏鈞供稱的還要晚，十一點多他們還在山路上走著，那麼可能邱芷珊出了別墅，還想到其他地方，這是重要的突破口，「某個地方」，邱芷珊必然是在那兒失蹤的。

但陳紹剛跟越多的人交談，他越清楚預感到，邱芷珊的失蹤太過刻意，簡直像是有人安排的一樣，這種安排到底是「某個人」在幫助邱芷珊逃走，遠離海山，那天的派對只是一個煙霧彈或告別儀式，或者，邱芷珊的失蹤有「人為加工」，有人在協助這件事發生，無論是主動失蹤或者被失蹤，陳紹剛的預感越來越不好，儘管一切證據都指向邱芷珊主動離開，然而，那些人互相矛盾的證詞，以及她在派對上失常的舉動，他感覺「某個人」「某些人」的某些舉動，是她非離開海山不可的原因，但那個人或那些人是誰？到底發生了什麼事？是那個人或那件事，最後真正促使她離開，或者將她帶走。意外的發生可能是諸多事件的總和，一件接一件的差錯促使了意外不可避免地發生。意外，所謂的意外正如預感，很少是好消息。

陳紹剛決定再訪林柏鈞，這孩子一定有話沒有說，他必然是在別墅最後與邱芷珊相處的人。

陳紹剛打電話給汪夢蘭，請她先去找林柏鈞，他們在海風餐廳跟林柏鈞談話，林柏鈞一見到汪夢蘭，立刻卸下心防。

## 06 林柏鈞

我承認芷珊生日那天，我有些事情沒有說出口，事到如今我覺得當初是我的隱瞞阻礙了警察追蹤芷珊下落的可能，我不期望大家原諒我，但我確實有難言之隱。

那天我到的時候，大家正在跳舞，我原本只想把禮物送到就離開，但邱芷珊跟馮愛麗看起來都很奇怪，我懷疑她們吃藥了，以前就知道芷珊用過藥，也戒過，國中時一直都有風聲說我們學校有些學生吃藥，我自己沒吃過，但看過鄰居的孩子吸毒，那不尋常的神情就跟那晚邱芷珊的神情一樣。我打電話給馮愛麗的媽媽，請她媽來接她回家，邱芷珊的部分我不知道怎麼處理，她又哭又笑的，對我說了很多話，她家人都沒出現，我看了很不忍，就想陪她到處走走。

我們走到接近神水社的那棵樟樹底下，她突然抱住我，踮起腳尖吻了我。我不知道自己怎麼回事，也情不自禁回吻了她。那晚月色真好，即使她瘋瘋癲癲的，在月色底下，也還是那樣美麗。

我們在樹底下接吻，那是我的第一次，我感到天旋地轉，她像是有什麼強大的吸引力，將我整個人都迷住了，她柔軟的身體，香氣四溢，她突然安靜下來，柔弱的嘴唇像要融化一樣，我其實不太懂得怎麼接吻，我只是順著她的舌頭，彼此交纏著，霎時間，我覺得我有勇氣接受她的愛，我心裡也是愛著她的，無關童年種種，而是我記起一起做實驗的時候，有一回我們在學校待得很晚，反覆實驗，在夜色漸深的教室裡，四周安靜無聲，芷珊對我說起她母親的事，她說她總是夢見媽媽，夢裡她每一次都沒追上母親，我突然對她說起我爸爸的事，我從不曾對他人提起，父親死後，我一直噩夢連連，夢裡，都是我在醫院看到的父親，頭骨破裂，五官扭曲，他被汽車撞飛，當場就死了，模樣非常悲慘，在醫院時，大家都不讓我進去看，我衝過圍住的長輩，直接到了父親的面前，我揭開那塊白布，看見他破裂的頭顱。那之後我就睡不著了。

夢裡，父親的臉是碎裂的，情況非常恐怖，但我不害怕，而是努力地想要把他的臉拼起來，他變成像魔術方塊一樣的五官，在我手裡移來動去，我想起小時候自己非常擅長玩魔術方塊，但夢裡我卻無法拼好父親的臉，他始終缺少一隻眼睛。

我說著說著，就哭起來了，我已經強忍了很久，從來不曾大哭過，因為媽媽在父親死後，陷入了短暫的精神失常，那段日子，家裡很混亂，誰也顧不上我睡不著的事，我也不敢說出來。

我們兩個就在那樣的氣氛裡，臉上帶著眼淚，一直親吻著彼此，纏綿了很久之後，芷珊突然變得很激動，她說，「我們一起離開海山，就可以在一起生活，我想跟你結婚，一輩子都跟你在一起，只要我們好好相愛，我們會幸福的。」

她的話讓我突然清醒過來。用力推開緊抱著我的她。

「那是不可能的。」我說。

「至少要等到我們都上大學。」我又說。

「上了大學你就會跟我在一起嗎？」芷珊問我。

我沒辦法回答，對，即使上了大學我們偷偷在一起，最後我也是不可能娶她的，沒有一點可能性，我媽不會答應，我爺爺不會答應，全世界都會反對的。

我只是暫時失去了理智，才會吻了她，這個吻是真心的，卻也是無心的，因為我並不只是屬於我自己。我一直這樣對她解釋。但她什麼都聽不進去，開始大聲嚎叫起來，我很害怕，我摀著她的嘴，她用力咬了我的手一口，就發瘋似地跑掉了，我一路追她，我們在山路上狂奔，一路奔到了神水社附近，我看見她跑進神水社的庭院裡，她用力拍門，有人幫她打開大門，她立刻衝了進去。

這件事我誰也沒說，因為不想要解釋我們接吻的部分，但現在我很後悔，或許一開始我就說出來，現在已經找到她了，確實我親眼看見邱芷珊跑進了神水山莊。那張被登山客找到的紙條就是我寫的，我不敢說出來，但是一直希望有人去找她。這是邱芷珊給我的，她的日記，她說這本日記是要寫給我看的，她是為了可以跟我在一起，才努力活到現在，那天她跑掉之後，我手上還拿著她給的日記，我沒交給警察，也沒看內容，我不敢去看，以免自己後悔莫及。我一直都在抗拒自己對她的感情，深怕她日記裡寫的東西會把我的防衛擊潰。那晚我幾乎是睜著眼睛到天亮的，有好幾種衝突的感情在我心裡交戰，我想到自己推開芷珊的動作，想到她悲傷的眼神，想到她頭也不回拚命往山路上跑的樣子，想起她重複說著我們童年、少年每一個階段的相處，那真的打動了我，她不是單相思，我也是愛著她的，但是我不能，我就是不能，你知道我們家的歷史，我曾祖父當年坐牢，我們家的財產就是被邱芷珊的曾祖父騙走的，再加上我爸的死，這一切的一切，都是我們不能在一起的原因，我不可能為了這個去跟我媽對抗，我連想都不敢想，曾祖父坐牢的事，也有人說是邱家曾祖去密告的，我爺爺到現在都還在承受當年的痛苦，我怎麼能去跟他們家的女兒交往。

但即使我拒絕了她，我還是希望她好好的，繼續上學、跳舞、畫畫，過著她想要的人生，所以當第二天我聽到她失蹤的消息，我感覺一切都是我引起的，是我的拒絕使她灰心喪志，但是我太害怕了，我無法說出口，對不起，真的很對不起她，至少我應該說出最後她是跑到神水社了，這是很重要的證據，隱瞞到現在都是我的錯。

我認為她在神水山莊裡，是神水社的人抓走了她。請你們再去找，一定要把她找回來。

## 07 邱芷珊日記（節錄）

**五月一日**

我總是夢見媽媽，她總是摀著喉嚨說痛，好痛，我好痛，聲音一再迴盪，鮮血從她的眼睛跟嘴巴流出來。

媽媽一定是怪我的，不可能不怪我。

上國中後我就很少去找她了，不知道為什麼，她跟那個叔叔在一起之後，我變得不太喜歡她，一定是我變了。

最後一次見面，媽媽帶我去吃牛排，我說不要有叔叔我才去，是很便宜的牛排店，店裡坐椅都油膩膩的，以往媽媽才不會帶我去這樣的地方，因為她是有潔癖的人啊，我看到媽媽穿著房屋仲介公司的制服，黃色的塑料背心有點髒汙，她連臉都曬黑了，手掌粗粗的，她握著我的時候，感覺掌心都被磨擦得發痛，我把手抽出來了，「媽媽你的手長繭了。」我說，她臉突然紅起來，很尷尬的樣子，她說，騎太久摩托車了。我也無法想像媽媽騎摩托車的樣子。

那天我幾乎是逃走的。因為我無法看見媽媽這個樣子啊，感覺她在受苦。很多很多苦。

**五月三日**

我已經離開密卡太久太久了，我需要回到密卡，讓自己感覺合一。

靜坐與密卡。

ＳＴ沒有打電話。還沒。他還會打來嗎？他是不是一場夢？他是救命的繩索還是另一種深淵？只有深夜的ＳＴ。

我還沒對老師說過我作的夢，但龍小姐卻準確地描繪出了那個幻境。

夢裡媽媽穿著白紗短禮服，拉著我的手，我們像孩子一樣淘氣地笑鬧著，在農場的草地上，那片白與綠交融，天空藍得快出水了，我好快樂。

媽媽也好快樂。

她突然倒下完全沒有徵兆，就像斷電那樣歪倒身體，落在草地上，我搖晃她，呼喊她，她都沒反應，我持續搖晃呼喊，直到天空變暗，落下了強烈的暴雨。我不知道哪來的力氣拉起媽媽拚命往前走。

他愛我，所以才會悄悄來找我。我知道，如果那不是愛，那會是什麼呢？但是為什麼所有的愛最後都變得那麼像××。為什麼那些事總在夜晚發生，總是不可告人。

如果沒有ＳＴ，我一定跟隨媽媽去了吧，畢竟我是她女兒，畢竟生活裡沒有什麼眷戀的。

啊，有的，我心有所愛，可是他不愛我。

媽媽交往的叔叔都愛她嗎？做仲介的叔叔騙走了媽媽很多錢，但後來開小吃店的阿武叔叔對媽媽很好，一直想娶她，她為什麼不答應呢？

我問英英阿姨，她是媽媽最好的朋友，她說她幫前男友作保，背了債務，不想拖累阿武叔叔。

我是後來在英英阿姨帶領下去見了阿武叔叔，他長得很好看，一點都不可怕，媽媽開心地說要介紹新的叔叔給我認識，她說：「這個叔叔叫阿武，他人很好，你一定不會怕他的，他不會像阿忠叔叔那樣欺負你。媽媽再也不讓別人欺負你了。」

媽媽以為我是因為之前的叔叔偷偷摸過我的屁股，我才生氣不去找她，她不知道，我是厭倦那些叔叔以及媽媽簡陋的房屋，厭倦並且害怕，那個總是小心翼翼，再也無法抬頭挺胸的媽媽。

是我錯了。

我哭著對英英阿姨說，媽媽一定是被我傷透心了，才會自殺的。阿姨一直說不是的，她說媽媽有憂鬱症很久了，加上還債的壓力太大，身體又不好，才會這樣。

但我寧願媽媽活著恨我，也不要她死後寬恕我。

## 五月七日

我問艾利，睜開眼睛床頭有一隻怪獸。
或者麻醉後手術突然清醒。
或者，睡美人的王子是個××。
到底哪一樣比較恐怖？

她說怪獸比較恐怖。

我沒說的是，怪獸長了一張好人的臉。

打坐的時候，有些人會打嗝，有些人會搖頭晃腦，有些人還會哭，可是我沒有任何感應，沒有神蹟，也沒有靈感，只有內心一股悲傷像有一頭小狗在哭。嗚嗚嗚，我聽得見那哭聲，但我身體是麻痺的，有時我感覺繼續坐下去，我會發瘋也不一定。

但我還是喜歡這個禪堂，喜歡這裡的安靜、焚香的氣味，以及偶而響起的銅鑼聲。我不喜歡黑夜。以及夜裡的獸。

但巨獸白天是很好的人，只有他懂得我的憂傷，只有他願意努力幫助我使我痊癒。只有他。
我親愛的獸。

## 五月十二日

我要過生日了，只要再過兩次生日我就成年了，想到這個，就不會想××。只要再忍耐三百七十八天。

那時ＳＴ還會照顧我嗎？

ＳＴ可以是任何人。

我想要不寫密碼，我希望大大方方寫出你的名字，寫出他的臉，但我做不到，不是怕有人偷看日記，而是這世間某些人事物，當你寫出它的名字，就會成真，會真實得令人難以承受。

我始終在想的是，為什麼沒人愛我，艾利總是說羨慕我，因為我想要什麼都可以得到，我不知道她看到我得到什麼，手錶？皮包？玫瑰花？還是某些無聊男子的情書。

但是沒有人愛我，我很確定，我想要的人一個也不愛我。

這世上會有父親不愛自己的女兒嗎？以前我不相信，但後來我相信了，父親不愛我，他以為他愛，但其實不然，他愛不了我，正如他愛不了我媽，這是沒辦法的事。

一個沒有人愛的人，就該自我放逐，放逐到很遠很遠的地方，我都想好那是什麼地方了。

那是失敗者與受辱者可以生存的地方。

我想要建立那樣一個地方。

××可以是任何人。ST有千百個樣子。

**五月二十九日**

才不要告訴你原因。

今天××又惹我生氣，但周老師說不能夠用別人的錯誤來懲罰自己，那懲罰××可以嗎？我在她的早餐咖啡裡吐了痰，哈哈，我真想跟艾利說。可惜她是個守不住祕密的人。

我恨××嗎？恐怕不是恨，而是比恨更深更複雜的東西。

姑姑罵我為什麼越來越像她？我們會越來越像我們恨的人嗎？這是個好問題。會不會其實我也在渴求她的愛。那我不就是背叛××了嗎？

「所有人都與我息息相關。所有人也都與我無關，唯有你不只與我有關，而是關係到我的性命。」這是ST寫給我的句子。「我可以為了你的微笑而付出一切代價。」沒有誰會這樣對我說，但他說了。我多希望說這句話的人是你。

你以為我說的都是開玩笑。你以為一個小女孩不會記住生命裡重要的事，無法分辨自己的感情，但我說的都是真的，我很小的時候就知道愛是什麼了，我在媽媽的眼睛裡看到愛，以及不被愛的悲哀。

我總想著你有你的苦衷，但誰沒苦衷，連小M都有苦衷，他每次看著我，我都替他感到悲哀，因他跟我一樣，愛著一個無法實現的愛，尋覓著無法找到的夢，所以我讓他留在我身邊，至少我可以看顧他，他可以看見我，但可以看見卻得不到，那是另一層悲哀了。

痛苦的人應該相濡以沫。

我對小M說。他笑笑不回答。只要讓我看見你就好了。

你對著鏡頭笑，就是一切答案。

你有答案了嗎？

**六月一日**

生日派對老爸不能來。

那還辦什麼派對。

可是什麼都安排好了，請帖也發出去了，臉書上發布的活動有一百七十八個人說要參加，神經病，我哪來一百七十八個朋友。我公布的地址是假的。哈哈哈。

我多希望你來啊，我多希望你來啊，為什麼你不像ST那樣愛我呢？至少也可以像小M那樣保護我，為什麼你不能愛我呢？

我知道答案，你也知道答案，但我要的僅僅是你承認愛我，我只是要你一句話，這樣很難嗎？

我們是羅密歐與茱麗葉，我知道我們不會有結果，我跟ＳＴ也沒有結果啊，但他敢愛我，你不敢。

我從十歲就愛你了你知道嗎？

要不要跟我一起，遠走高飛？

ＳＴ說我在作夢，作不可能的夢，而且是一個人的夢。ＳＴ嫉妒了嗎？他嫉妒了。巨獸也有他的軟弱。但你從沒有吻過我啊。只有在美術老師家的時候，那一次地震，你拉著我的手往外跑，你還記得嗎？我們跑了好遠好遠，四周什麼都在搖晃，很多人在喊叫，然後火燒起來了，我知道有人死了，可是那是我最幸福的一天。你保護了我，你一點也不怕我。

為什麼我們身邊的人都不斷在死去，死去，又死去，這是一個被死亡籠罩的小鎮，有許多活著的人也像幽魂。死去的人不得安寧，活著的人猶如死去。

藍天，碧海，風車，綠草，深山，野泉，這應該是一個極美麗的地方啊。

可是死亡的影子揮之不去。

## 六月五日

晚上就是我生日，十七歲的女孩，能有，想有什麼願望？我希望把小說寫出來。我想要去演戲。××說要帶我去試鏡。如果有一天我死了，這本日記我要送給你，其實我已經寫了四本大大的日記，都被我燒掉了，我已經學會減少說話，但我還是忍不住要寫日記，因為只有當我用筆在日記本上寫出這些字，我才能感受到我還活著，是個真真實實的人，而不是一個幻影。

你會猜出我的密碼嗎？你會的。這個世界上，只有你知道那個數字。

我要過生日了，願我所有心願都能達成。你會送我向日葵嗎？這個季節有沒有呢？倘若沒有，那麼你還是會向我走來嗎？

ST說不會。ST說他要帶我去台北，他會安排好一切，我到底想不想跟他去呢？他說你不會帶我走。

想來ST比我更了解你。

有時我覺得我愛他，有時我覺得我怕他，有時我覺得我要逃避的人根本就是他，但有時我又覺得他是我唯一的救星。

一切都是因為你不要我啊，你不要我，我爸爸不要我，我媽媽也拋下了我，於是我只剩下了無盡的黑夜與噩夢，以及那個可以把噩夢喚醒，卻又帶來新的噩夢的人，一切都變得模糊不清，互相纏繞，快樂與悲傷，自由與綑綁，已經分辨不清楚了，你以為可以解救你的，其實是你想逃離的。而你真正想要的，卻永遠棄你而去。

但願這本日記可以傳到你手上，但悲哀的是，當你看到這本日記，表示我的計畫成功了，表示你沒有接受我，所以我離開了愛你的道路。我應該現在就把日記撕毀，那麼我的祕密就無人知曉，連你都不知道，可是啊，我還記得那個開著向日葵的院子，我還記得我們穿過操場往科學教室走去，我記得那些深夜裡一起的實驗，我記得，所有你看起來像是喜歡我的時刻，不可能沒有一點點喜歡吧，不可能連一點點都沒有吧，甚至，你根本也不會讀到這本日記，我所寫的，所愛的，所投入的，全部都是白費的。

但是我必須寫下來。我必須擁有像你這樣一口深井，可以埋葬我所有的情感與祕密，否則我要怎麼存活下去呢？

你總是說，要我好好的，但，沒有愛的世界怎麼會是好的呢？人要如何在失去一切的狀況之下還好好活著？你告訴我。有這種可能嗎？

祝我生日快樂，儘管，根本沒什麼可快樂的。

我請了那個小丑來表演，你會認得的，小學園遊會，你記得嗎？小丑給了我們兩個一人一顆氣球，那時我們還不是羅密歐與茱麗葉，那時，什麼事都還沒發生。而現在一切都來不及了。

我默默許下心願，我將一切安排妥當，上天垂憐，神明庇佑，或者有什麼更神祕的力量，可以祕密助我，那麼我將在明天找到方向，得到釋放。

跟我走。

跟我走。

跟我走。

我只說三次。

你會後悔的。

## 08 汪夢蘭

在海山這段日子裡，時常跟柏鈞相處，他總是勤快地在餐廳幫忙，休息時間就會陪阿公去散步，晚餐泡茶時間他幾乎都在，有時也由他執壺，動作很老練，大人講話時他很少開口，但心思細膩，誰的茶杯空了，他立刻斟滿，有時到廚房去削水果，有時端來姑姑做的小點心，海風餐廳的泡茶桌總是好吃好喝，人來人往。

我沒想過我會在這種情況下與他相見，站在陳紹剛旁邊，我好像也是來偵訊他的人，儘管我們根本不是警察，只是來協助調查，柏鈞知道我認識陳紹剛，餐廳的人都知道我跟他走得近，大街上時常看見陳紹剛騎重機載我，這點消息一定早就傳開了，林先生從不過問我私事，還是讓我安住在他們老家。

之前整理訪談的時候，已經知道邱芷珊喜歡林柏鈞的事，倒推回來，柏鈞問過我「喜歡上不該喜歡的人」，指的應該也是邱芷珊。

他一口氣像要卸除心裡重擔似地，想把心裡堆積的話通通說出口，說完話，他趴在桌子上哭，我上前去安慰他，他哭了很久，突然抬起頭來問我：「過了這麼久，都沒消息，芷珊是不是出事了？」

陳紹剛拉住我的手，說：「我們先去找邱大山，然後一起去神水社對質，人最後是進了神水社，下落只有他們知道。」

我跟陳紹剛一起翻閱那本日記，日記裡充滿暗號，一時間不能完全解讀，有個叫做ＳＴ的人是關鍵人物，××所指何人，似乎是不固定的，連ＳＴ也是。

陳紹剛越看臉越沉，他似乎讀出了什麼線索，我覺得自己好像也明白了一些事，邱芷珊在今年開始逐漸承受某種越來越升高的壓力，不只是因為被小媽欺負，也不只是功課的問題，而是夜裡有「巨獸」來襲，這個巨獸會進入她的房間。她害怕巨獸，卻也依賴著他，巨獸既是救命者，也是使她畏懼的對象。

「關鍵問題，誰是巨獸。解開這個答案，就可以找到邱芷珊。」陳紹剛說。

「你想的跟我是同一個人嗎？」我問他。

他輕輕地點點頭。

我們在討論日記內容時，柏鈞仍在一旁沙發上摀著臉哭，我不知道究竟是什麼樣的壓力，讓一個十七歲的少年崩潰，是什麼使他們無法相愛，又是什麼使他不能坦誠，這個單純的小鎮，小鎮裡一個天真的少女，卻彷彿有無形的大手在背後掌控，讓她陷入了天羅地網，不得不逃走，有什麼人使得邱芷珊一步一步走上絕境。絕境？我心中浮現這樣的字眼，我不敢說出口，我知道，我確定，一種預感就像電影畫面在眼前浮現，是一句白底黑字的話。邱芷珊死了。邱芷珊死了。我討厭自己的預感，正如當年我父親失蹤時，大家拚命地尋找，可是我知道他死了，我就是知道。甚至連李振家的外遇，我也早就預知了，奇怪的是，我每次都能預知，但最後還是會被事實驚嚇，彷彿預感是我的召喚，就像我召喚厄運。

但願這次我是錯的。

陳紹剛聯絡上邱大山，把林柏鈞的話轉述了一番，也提到邱芷珊的日記，邱大山跟我們約好一小時後神水社見面，陳紹剛先回旅館拿了些資料，我們便驅車上山。直闖神水社。

我們先到，邱大山跟他老婆隨後就到了。

邱大山夫妻是那種站在人群裡特別耀眼的人，男的高大英俊，女的嬌小豔麗，邱大山衣著簡單，像是披上外套就出門，但外套是名牌的，腳上的休閒鞋也是。邱太太穿著一身香奈兒，頭髮是齊瀏海及肩長度（我想起邱家駒說的，埃及豔后頭），臉上畫著全妝，提著一只小得不能再小的硬皮皮包。我永遠弄不懂那種包包到底可以裝什麼。

他們身上都有著「我與你們是不同世界的人」那種傲慢，但邱大山臉上確實看得出為了女兒安危驚慌擔憂，邱太太的表情我看不懂，一臉生氣的樣子，有認識的人跟她打招呼，她會點頭微笑，可是笑起來感覺更不愉快。

我們幾人坐在神水社的待客處，龍小姐先出來，過一會周老師也下樓了。

很奇怪的場合，我們這群人好像要開什麼會似地，卻誰也都不開口。

「有證人說派對當晚邱芷珊最後是進了神水社。這個證詞非常可靠。你們怎麼說。」陳紹剛劈頭就問。

「邱芷珊當天是來過神水社。十一點半吧，她一直猛按對講機，聽到她的聲音，是我去開的門，看她神色很慌張，就讓她進屋了。那天周老師不在，他去閉關。所以不知道這件事，事後我也沒告訴他。」龍小姐回答。

「這三個月來你都沒提起，警方訊問你也沒說。你為什麼要隱瞞？」陳紹剛追問。

「因為她只待了五分鐘，拿了行李就走了。」龍小姐說。

「什麼行李？」陳紹剛問。他那種對決式的問話，在這個場合裡非常有效果。沒有多餘廢話，球打過來他就用更強勁的力道打回去，讓你無從閃躲。

「邱芷珊寄放了一包行李在我們這裡。之前我也不知道，她對山莊很熟，她把要離家出走的東西都藏在二樓的廂房，那間房間很少人會用，因為她每週都來過夜，裡面也有些她的衣物，管家不會去開那個櫃子。」龍小姐回答。

「這是很重要的線索，當時你為什麼不說。現在我們要如何相信你。」陳紹剛追問。

龍小姐沉默了一會，看看四周。像是下定決心似地，開始說話。

「因為我在協助邱芷珊逃家，這種事對誰都不能說。」龍小姐回答。

「當然要說啊，不然我們怎麼會安心？小孩失蹤跟離家出走是兩回事，你不懂嗎？」邱大山發作了。

「可是我答應過芷珊對誰都不說。」龍小姐回答。

過程裡周老師一言不發，靜靜望著前方，他也不看其他人，只是望著虛空中的什麼地方，像是事不關己，也像是答案他已了然於心，只是看大家如何表演。

「芷珊要離家的事，我之前就隱約知道了。有次來禪修的時候，她跟我提起過，說待在海山很不快樂，想到台北去，我問她去台北做什麼，她說想學跳舞，台北有個她媽媽的朋友，吃住都沒問題，只是不能給阿公知道，阿公不會答應。我問她為什麼不跟家人好好商量，她說講過了，沒有用。我問她要不要跟周老師談一談，她說周老師知道，老師也鼓勵她去台北。我說不可能啊，周老師說過你十八歲之前不能離開海山。芷珊說，可是我忍不到十八歲。」龍小姐說。

「邱芷珊跟我提過去台北的事，待在海山她的狀況越來越差，除了來禪修的日子，她幾乎都睡不好。」周老師突然說話。「但我很明確跟她說過，要離開一定要跟父母講清楚，我們會幫她安排台北的住處，看是要轉學或者休學，把一切都安排好再離開，不能貿然自己跑掉。所以寄放行李的事我並不清楚。龍兒這是你的不對，這樣重要的事，應該開誠布公地談，而且是早就該講的。」

「是我不對，我一時心軟，芷珊跟我說，一到台北就會跟我聯絡，她也給了我阿姨的聯絡方法，但結果她根本沒去阿姨家。事後芷珊失蹤的事鬧太大了，我更不敢說出來。」龍小姐說。「那晚她到山莊的時候，狀況很不好，但她說有人會接她，車子十分鐘後就到，她上樓拿了行李，跟我道別，我親眼看她上了一台休旅車，是黑色的，車牌我沒注意。帶她走的是一個年輕的男人，長得很英俊。」

「陌生人帶走我女兒，你吭都不吭一聲，這算什麼？」邱大山發怒了。

眾人你一言我一語，在這時間點突然邱大山暴怒，劉敏葳也加入戰局，矛頭都是對準龍小姐，龍小姐努力辯駁，但不敵他們夫妻的砲火。

「你偷開過邱芷珊的房門吧，當她在山莊過夜的時候。」陳紹剛突然這麼說。

他沒有指名，但在場的人都知道他說的是周老師。
「我為什麼要去偷開她的房門？」周老師說。
「問你自己啊。邱芷珊的日記裡什麼都寫了。我有證據。你不但偷開她的房門，還企圖誘姦她，私底下也時常跟她見面。」陳紹剛砲火全開。
「你到底說什麼？周老師怎麼可能誘姦邱芷珊？」劉敏葳大叫起來。
「這種事不能隨便指控。證據在哪？」龍小姐也大聲起來。
「陳先生，你到底為什麼要這樣指控？芷珊派對那天，周老師真的在神泉旁邊的小木屋打坐，木屋的管理人可以作證的。去回共三天，都是我的司機接送的。司機可以作證。」邱大山說。
「我問的只是，你是不是在禪修的日子裡，偷偷打開邱芷珊的房門，並且企圖染指她？你是不是跟她承諾，說要帶她去台北，邱芷珊的失蹤是不是跟你有關？請你一一回答我。」陳紹剛斬釘截鐵地訊問。一句一句像是釘子把這個空間打破，所有人都陷入了沉默。
在場的人除了我跟陳紹剛，都在幫周老師辯駁，而周老師自己只是淡淡地反問，似乎抓準我們沒有證據。
日記裡確實沒有明白寫出誰是ＳＴ，也未曾寫明ＳＴ偷開房門，企圖誘拐，但整本日記只要細讀，都可以對照出，邱芷珊確實在這半年裡感到困惑、焦慮甚至是恐懼，她對ＳＴ既依賴又畏懼，而這個ＳＴ似乎給了她一些承諾，但也一步一步進逼，想要她做出她不願意做的事。
陳紹剛一定是認為突然的指控，周清雲會措手不及，而且邱芷珊的日記只有我們看過，連警方都不知道這些線索，陳紹剛是根據推測而來的結論，重點是他希望突破周清雲或龍小姐的心防，找到當天晚上發生的事情真相。奇怪的是，陳紹剛的指控卻反而引起邱大山夫妻的反擊，面對可能對女兒下手的男人，他們竟是一面倒的保護。看到這場景，我為邱芷珊感到難過，即使周清雲不是巨獸，但自己的父母不但不保護自己，卻反倒去替可能綁架或加害她的人說話，我想在邱芷珊眼中，父親在乎的只有政治前途，而小媽把她當外人，親生母親自殺，最保護自己的爺爺中風，心愛的男生不敢愛她，所以她能投靠的只有神水社，但這個地方卻是她不該來的地方，尋求庇護的地方，救命恩人卻變成企圖染指自己的人，我說不上來，這處看似和平、清淨甚至充滿靈性的地方，彷彿轉瞬間就會成為地獄。

周遭陷入一片靜默。

「現在唯一的辦法，就是請警方徹查神水社，每一個角落都不放過，徹底地清查。」陳紹剛對著邱大山說。

「真的要這樣做嗎？為什麼你一直認定芷珊在神水社？龍小姐都說芷珊被朋友接走了啊。」邱大山一臉困惑。

「徹查神水社，不就等於是拆了神水社的招牌嗎？你知道這裡是什麼地方嗎？這種靈修聖地，豈能讓你們這樣胡亂指控。」劉敏葳說話了。

「我知道你們夫妻根本不在乎邱芷珊的死活。你們在意自己的名聲與事業更甚於自己的女兒，但是我在乎，你既然託付我來尋找邱芷珊，就請按照我的調查方式來做，你們說邱芷珊被朋友開車接走，但你們能查出是誰接走她的嗎？不能，這只是龍小姐單方面的說法，我還是相信林柏鈞的證詞，邱芷珊就是在神水社失去蹤影，就該讓警方清查神水社，即使邱大山你不做，我也可以讓警方來做。」陳紹剛說。

「我說過了，芷珊來過，但有人把她帶走了。這裡是私有產業，不可能讓你們再找警方來徹查，當初我們已經配合過調查了，已經都查過了。」龍小姐毅然地說。

「我只問一句，邱大山，你到底要不要找你女兒？要找，就從這裡開始找。我打包票，仔細找一定可以找到證據。」陳紹剛字字鏗鏘，他句句逼向邱大山，邱大山轉頭看向周老師，周老師卻一言不發。

在大家的僵持中，我感覺這個空大的道場，有種說不出的氣流在迴盪，周老師身上的神性似乎一點一點在剝落，我說不上來這是怎麼回事，他原本是個莊嚴的男人，身上帶有不能逼視的氣勢，但我感覺他的肩膀鬆了，眼神垮了，他逐漸失去神性、慢慢要恢復成一個中年人，一個平凡人。

「要查，你們就查吧。」周老師開口說話。

「不可以，誰都不能夠汙辱聖殿！」龍小姐尖叫了起來。

# 第五部

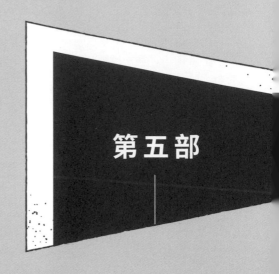

他們第一眼照面時，周碧月只覺得此人眼神幽黑，神色曠遠，這是個屬於遠方的人，她心想，或許是那股遙遠的氣息吸引了她，她是一個還沒遠離過家鄉的少女，想像中遠方總是美好的。

「那我呢？你第一次看到的我，是什麼樣？」後來在可以單獨相處的時刻，周碧月問郭明光。那是他們第三次單獨出去散步，前兩次都是父親囑託碧月帶郭明光去四處逛逛，盡地主之誼，嚴厲的父親並未設想過他們將會有的戀情嗎，或許因為郭明光比周碧月大上十五歲，輩分上說來算是叔叔了，郭又是公部門派來的專家，但這點，父親失算了，正是年齡差與外派的心理，他們才不顧一切。

在神社附近的老樹下，月光亮極了，隔著些距離還可以聞嗅到神社大梁檜木的香氣。沿著鳥居的步道拾級而下，他們遇見了年老的守門人。

「和其他女孩相比，你根本像男孩子一樣。」他描述初見那一面，他們沒說上一句話，任由人群推來攘去。那年初夏，為了修復神社而到來的一組工作人員裡，他是首都來的建築師，剛出火車站閘口就被接送的人包圍。郭明光穿著亞麻外套、圓領衫、棉布長褲，瀟灑的穿著、挺拔的外表，引人側目，碧月陪在身為鎮公所建設課長的父親身邊，同行的除了員工、還有些湊熱鬧的鎮民、孩童，神社修復是小鎮的大事。「大人物來了。」孩子們騷動起來。

「喜歡嗎？像男孩子的我。」碧月害羞地問。因個性害羞，她幾乎都穿著長袖長褲，衣褲都是母親縫製，完全合宜寬肩窄身的她穿著。衣褲底下的肌膚白皙勝雪，連她自己都知道漂亮。

「喜歡。」他說，她喜歡他給她的形容，不是美人，不是鎮上最漂亮的女孩，而是「小男孩」，彷彿唯有如此，她在他心裡才是特殊的，她試著想像他遊歷過的國家、那些不同種族的女子，她無法在他親歷的世界花園裡成為最美的花，只好化身成一棵樹。

繞過守門人的小屋，走上樟樹林道，這是鎮上重新修整過的地區，蔓延幾百公尺的兩線道路，路邊高大的老樹成蔭，地面上散布著樹子，腳步踩過，果漿爆開，樟木特有的香氣瀰漫空氣。他摘下葉子在手心裡揉搓，讓葉汁浸透掌心，兩手捧起她的臉，「我的小男孩。」他說，是最愛憐的一句話。

那時她知道，待會他們將穿過濃重的霧色，穿過眾人皆已沉睡的市區，直到身心都舒展開來，會信步回到他的住處，她將獻出所有。

夢中所有動作都是強烈的，異鄉人與少女禁忌的愛。背景是醉人的樟樹氣息，僻靜的小鎮，那時她還沒真確想清楚，三個月後他將離開意味著永久的分離。「三個月夠了。」她說。「你不後悔？」郭問她，她點頭又搖頭，郭又說：「我注定要辜負你。」她閉上眼睛感到疼，心痛已經開始倒數了，到了這一步還要如此說話，郭實在狡詐。

但她愛他的，恐怕也是這一份小鎮男人不會有的，因自我中心而生的膽大。

事後，她咬下他袖子上的一顆鈕扣，這件藍色絲質襯衫沒見過郭穿，是清晨微寒中他為裸身的她披上的。涼軟的面料披在光潔的身上，顯得自己格外赤裸。那是郭來到小鎮的第二週，才十來天，他就帶她進了他的房間。

至今她仍記得所有一切，每一次的散步，每一場相聚，所有在人群中暗暗的牽手、眼神互瞄、折得很小的紙條（可惜一張也沒留下），有默契的低語（「我不會鎖門，我等你。」郭用嘴形說。想來真的都是她自投羅網了，那些暗夜間的私會，是她趁著父母入睡後溜出門，飛快騎單車到他的宿舍。）

說是三角形又不夠銳利、說是圓球體又過多切面、說是白色則顯得渾濁、說是乳色又過分稀透，她且憂心是否長年撫弄、觸摸、把玩，已使那袖扣失去最初的稜角、輪廓與色澤，甚至失去最初裝置於襯衫袖口扮演扣合功能以致於物體之靈魂也失去了，成為這般難以名稱、描述、觀看的一樁物件。

微細、瘖啞、渺小，其重要性已經被時光、想像、記憶與情感充值加乘，變成比外型碩大千百倍，又因其私密的特質微小得如同塵埃。

那是世上戀人可以給與彼此最小的單位的贈與，也是一個人在不著意的狀態下所能自他人身上牟取的最貼身、卻不會被發掘的勾連，那是芳心暗許、耳鬢廝磨時觸碰著她的唇邊類似於吻的落點，亦是私下生活裡她唯一能觸摸到他的延伸物，郭的這件襯衫，面料高級，造型特殊，顯得貴氣，連扣子都是特殊材質，證明了日後他說及自己顯赫家世以及那無法推翻的婚姻，是他的牽絆與他的象徵之物，是分別後千萬個日子裡她啟動思緒、唯一能證明「他們」存在、無能被時光侵奪的唯一證明。

很長時間她只是讓它躲藏於皮包內夾層中織錦袋裡，為免碰撞將之包裹上一層軟棉布，多年來那軟布已經多次更換，錦袋亦數次縫補過了，她唯有減少碰觸、提取的次數，以免這有形之物會被時光的遞轉碾磨成粉，但自從在報上讀到他喪妻的報導（後來他成為時常上報的大人物，使她無從拒絕聽聞他的近況），她平靜甚至枯寂的生命突然躁動起來，騷動使她在無眠的夜晚，再次提取此物於燈下凝視，確定往事還在，所有發生都蓄積於這顆扣子之中。

「是否該去尋他？」

袖扣觸摸時仍帶有一種近乎人體才能保有的溫度，她已將此微細小物打磨得如同玉石一般細潤，時光殘忍或公平也沒有因她的卑微掠過她如同世間任何事物，仍以某種活體存在於這小小鈕扣之中，等著她召喚現身，這形狀歪斜、非玉非石、半真半假之物，等同她全部的青春、與其後餘下的人生。

對著桌前檯燈，白熾光線透過半透雲母、珠貝或化合質地的扣身，內裡細碎的紋路映入眼中，如月之斑痕、光的影跡，每次都呈現不同圖形，碧月已習慣透過右手拇指與食指的抓捏、輕旋、轉動，使燈光如太陽輝耀於月球，透現月光形狀，抑或使得那顆扣子如同切割成多角面的水晶般於不同斜線、角度、切面，呈現不同造影。她把玩著袖扣，重複回憶著往事，或增或減，或刪除或擴充，但始終不逸出「事實」之外，她絕不捏造不存在的事，儘管她所言稱的事實，因為未曾對他人吐露，也彷彿不存在般，但事實就是事實，這是她相信的，如這一顆袖扣存在於真實，物質不滅，誰也無法否定。

那年神社尚未整修完畢，郭就必須回台北了，是假期結束就該離開的理所當然，她知道這一天會來到，他也從未隱瞞在首都裡早有家庭的事實，實際上一開始更像是她主動而非他的誘騙，即使她剛考上師範學院，十九歲的她，生命裡除了父親與長兄，沒有親近過任何男人。

「之後，我們該怎麼辦呢？」他問她。

「像做了一場很長的夢，醒來就回到現實裡。」她說。她不知道自己為何佯裝瀟灑，其實內心多少次瀕臨界線的想像，恐慌突然來臨，「看，你毀掉自己的人生了。」早晨刷牙時她對著鏡子發抖，痴看自己豔紅的嘴唇，想著平淡的人生十九載，她又覺得不害怕了，三個月換一輩子，夠值。

「搭火車才兩三個小時。」他說。

「但你不會回來了。」她咬住他的頸子，「你不要回來。」她恨恨地說，「除非是回來娶我。」這句是真心的。「你讓我心痛。」郭說，又是那一副讓人恨的無辜。她猜想自己一生中只會愛這個男人，而他是如此軟弱甚至還不及她的勇敢。

她月經遲了兩週，她設想會懷上郭的孩子，她會不發一語地祕密將孩子生下、養大，像孵育一場夢一樣她孵著那個屬於她與郭的孩子。

郭離開的那天，她與送行的人齊聚火車站內，發現有個鄰家的姊姊哭得很慘，該不會？郭那雙似笑非笑的眼睛大膽凝視她，毫無顧忌大聲喊她的名字，她雙腳軟癱無法動彈，這一天真的來到，她本可以歡欣瀟灑送他離開，可是她出血了，感覺下腹疼痛，她天真的夢想與佯裝的堅強在郭離開的同時粉碎，眼前呈現的只是她尚未畢業，既無法獨力地離開家，郭也沒有要與她私奔的意思，甚至可能在這個荒僻的山間小鎮，她都不是郭唯一的戀人。「怎麼會這樣子？」她駭異地回想，所有那些荒山林間的漫步、星空下的密語，以及深夜裡悄然進屋，在凌晨時悄然離去的細節，都像多了好幾雙眼睛在看，「我的小男孩」、「我的美少女」、「我可愛的姑娘」這些獨特的密語突然被複製成一句一句毫無意義的甜言蜜語，她無止盡地猜想，受辱、遺棄、辜負、甚至訕笑、玩弄等情緒悄然而至。她病倒了。

「這一切是為了什麼？」

從一場青春幻夢墜入無邊地獄，白日黑夜高燒不退，她在夢囈中狂喊痛哭，但即使最脆弱、癲狂的時候她也沒出賣他，沒說出他一個字。那是她最後的尊嚴了。

病癒時，她自一場從高空中被用力往下摔的恐怖幻覺裡清醒，發現自己在床頭櫃裡瘋狂尋找什麼，然後看見了那顆包裹在繡帕裡的扣子。手指碰觸到扣身，就像他第一次卸下她的衣服，像個按鈕啟動，她又清楚了起來，從頭至尾如何相會、告白、幽會、獻身又都回到她熟悉的情節，她確認郭沒有其他情人，她清楚感知他在那段時間全身心迷戀著她，他是愛她的。全部，都是她認真就算數。

郭來過幾封信，起初是思念，後來更像是討饒，之後變成例行公事，她便不再讀信了，完整的信封放進抽屜底層，五年後，郭不再來信，她鬆了一口氣，終於，連郭本人也無法參與或摧毀她的愛情，從最開始的煎熬、痛苦、矛盾，逐漸變成習慣甚至流暢，回首、追憶、編織，她總是側身閃神就能穿透進入。那唯有她與郭存在的世界。

她咬牙熬到畢業，幾乎是以全部的意志，把學位拿到、考上教職，回到鎮上小學教書，日子就順當了，年復一年，她成為學校裡最寡言、沉默、神祕的老師，不到三十歲她頭髮就花白了，臉孔凹瘦、眼睛外突，不再美麗。

她反覆讀寫著自己的生命，永遠的十九歲，只停留在飄散著梔子花香的郭的宿舍，停留在那永遠走不完的樟樹大道，「你應該住在這裡，」郭指著小小的鳥居，「我就可以將你帶走。」扣子就是她的鳥居。這世間最微小的屋宇，容得下她最浩瀚的思念。

她的過去與未來重疊在那一天，以及往前推的三個月。所謂的未來，都在那天粉碎了，此後她的人生就只是過去的重複、延伸與再造，一切都是過去的殘影與變形，是為了回憶過往才繼續的存活，為了守護昔日的戀愛夢，她才得以在麻木的生活中不至絕望。每日她依然校準時鐘，撕去日曆，為的是不讓時間停止，即使她人生裡的可能都已失去了，但倘若時間不存在，那麼她的愛情屍骨無存，最初，她想過去死，就像倒數計時般地活著最後的時刻，後來，她發現唯有繼續活著，才得以保全、擁有、甚至繼續創造那份可能的愛。

於是她倒轉生命，生活變成與過往共度的方式，只要還活著，那段記憶就有地方附身，他們的愛就不死。

二十五年經過，她深知自己已將與郭的那一段時光，反覆雋刻、描摹、書畫，以各種她已知、未知、她熟悉或陌生的形式，在那些日日夜夜裡，全鎔鑄在她掌中的一粒袖扣，絲毫細節都已深刻入畫，唯有她可以解讀。她擁有這個，就等於保留了那些時光，與現實中可能的愛。

誰說她不能這樣呢？

不是沒有過謠言。但她太渺小，連謠言都無力生存。

任何人家來談婚事她皆不應允，幸而或不幸地，提親的人不過寥寥，反對不需要太長時間，抵抗根本微不足道。她自然地越過適婚年齡，母親去世，她盤起頭髮，戴上眼鏡，幾乎是在他離開小鎮的時候她的視力突然就退到〇・二了，奇怪那曾是一雙遠視得近乎獸眼的明目，甚至是美目啊，他曾讚美過的，她的寬肩窄腰扁臀、有少年的美感，「你的眼清透如鹿。」郭說，完全當她不是女人的讚賞，卻又將她如女人般地占有。

她曾想過給他回封信，一封，或者更多，在那漫長的等待時光裡，她必須讓他知道她還在等，以及這等待途中所有的發生，她試圖寫下那個夏天對她的意義，或者，此前與此後，該說他是如何地橫占了她的一生，但她又覺得這些說出口都太多餘，她的愛太輕，吹一口氣都能使之消散。

她擺脫了被遺棄或背叛的感覺，也不再疑心任何關於他對她的情感，她已經反覆演練得堅若磐石，連郭本人都無法動搖她的信念。

得知他喪妻，她又動念給他寫信，她想像他會經由郵差手中接過這個信封，袋中沒有一張紙，只會有著這個她封存多年的信物，那個他自己都不知何時遺失的袖扣，看見那物，會如氣旋一道擾亂他平靜的寡居時光嗎？他會突然記起那個被他稱之為「我的小男孩」的少女，他會料想到她等了長長的一生嗎？

怎麼可能。她與郭的年歲生長在一個肉眼不可見的時間裡，那既不屬於現在，也不屬於過去，更不屬於未來，它只存活在此時與那時間薄薄一層空隙裡，只依靠碧月個人的意志而存活，時間將平滑如水般滑過她的餘生，十九歲那年所有發生像是生命的斷層，讓她變得更好或更壞，但終究一切都被改變了。

「若你還記得。」她只想對他說這一句。

罷了罷了。她不容許任何「不是」的可能。

她闔上報紙，心中平靜得像是第一次獻身，將扣子自信封中取出，最後一次凝望它，融入水中的一滴水，最大也最小，再也無法被抹去，倘若她展開累刻於上所有龐大的記憶，所有她曾付出過的愛，將會覆蓋郭所有的生命，可以淹沒整個地球。

她仰頭如同服毒一般，將扣子吞食下肚。

「是啊，若你還記得。」

——〈**靜月照人**〉，《**我鍾愛與遺失的小鎮**》

## 01 汪夢蘭

最後的談判，似乎讓所有人都疲憊不堪，邱大山終於願意讓警方重啟調查，陳紹剛跟邱大山一起到了苗縣警局，又聲請檢察官開搜索票，他確認了這些事，才安心離開。

他騎車帶我到了邱家別墅，這是我第一次到訪，那棟別墅矗立在山腰，景致開闊，曾經燦爛光華，如今卻瀰漫淒清，我們在院子裡吃著便利商店買來的飯糰，到處都是落葉，警方圍的黃色封鎖線早就被撕毀，殘留些許黃色的塑膠片，暗示著這裡曾經是案件現場，邱芷珊到底是失蹤還是遭遇意外？綁架？謀殺？都有可能，陳紹剛輕易地打開了大門，我們進屋裡走逛，這三個月來邱家似乎都沒有使用別墅，派對當晚的布置都還留在牆上，癟掉的氣球、彩帶、Happy Birthday的拼字，地上的酒瓶、垃圾，不知為何都沒有清掃，我知道這裡曾被列管，或許分毫都不能更動吧，但邱大山派人清掉了使用毒品的痕跡，所以不能說沒有人動過現場，動了什麼，沒動什麼，都看邱大山的意願。想到這裡，我覺得毛骨悚然，這世上真有父母為了自己的前途而不管女兒生死嗎？我知道有這樣的事，但邱大山看起來並非冷血的人，我想到如果這是外國影集，那麼邱大山一定也會被列為頭號嫌犯，謀殺案不都是這樣嗎？先懷疑家人、男友、好友、情人，難道邱大山可能是巨獸嗎？讀邱芷珊的日記我沒有這樣的感覺，巨獸必然是個年長、有威儀、能夠讓邱芷珊信任、愛慕甚至願意跟隨的人，那麼除了周清雲又還有誰能夠接近她呢？但若是周老師，他又為何願意讓警方搜索神水社？

我問陳紹剛這些問題，他思索了一會，咬下一口飯糰，充分咀嚼之後嚥下去，然後才開口。

「我不能斷定周清雲就是巨獸，但可能性非常大，我覺得龍小姐也很可疑，畢竟當晚最後見到邱芷珊的人是她，說什麼被朋友開車接走的事我認為是瞎編的，清查了這麼久，邱芷珊根本沒有什麼會開車的男朋友。我們只要持續監督檢察官的搜索令，等著鑑識結果出爐就好。希望邱大山不要再利用職權影響辦案。」

他在苗縣警局有熟人，即使把案子移交警局，他也能得到消息，他說苗縣偵查隊的隊長，與他曾有工作上的往來，可以從隊長這方面下手，得知神水社的清查結果。

我們在這個一夕間荒廢的別墅裡，企圖重現邱芷珊那晚的行蹤，我們走上二樓，打開每一個房間，心想著邱芷珊到底是在何種情況下，決心要使用那些藥物，吃藥之後，她的精神狀態為何？我們走下樓，在大廳裡走動，然後慢慢走出建築，走出大門，當時林柏鈞就是在這裡等待邱芷珊嗎？

已經服了藥物，加上酒精的作用，邱芷珊興奮而混亂，從等待的絕望中，又重燃希望，我腦子裡浮現著當晚的表演，小丑與變魔術，樂團主唱，電音派對，我想起林柏鈞那天在我們面前的痛哭，邱芷珊舉辦這個派對完全是為了向林柏鈞表白，我想起邱芷珊母親的自死，我也想起我父親。我完全理解邱芷珊的早熟與幼稚，她跟我一樣，都害怕被遺棄，渴望幸福，期待著擁有屬於自己的家，卻又不知道如何讓她愛的人愛她。

我與陳紹剛在山路上走著，這兒就是邱芷珊與林柏鈞當晚一起走過的路，她那時該是多麼幸福啊，山路兩側都有自然生長的花樹，這一段路非常美麗，我想著他們都是高個子，面容好看，多麼登對，他們曾經有過好多美好的回憶，那是專屬於他們的，就像我，我也會收集著回憶，會希望自己不是最後一個離開現場的人，但我們永遠都是被遺棄的那個人。

此刻我也是幸福的，生命裡突然出現了陳紹剛這個男子，我突然想到我是喜歡他的，非常喜歡，這種喜歡讓我感到害怕，因為我無法預知我們將會如何，還可以如何，邱芷珊當時也是這樣想的嗎？自己喜歡的人是否也喜歡著自己，那些美好的回憶是否是兩人共有，而非自己的胡思亂想？思及此處，我伸手握住陳紹剛，他回握著我，我想到邱芷珊一定也在這裡拉了林柏鈞，一切都是她主動的，主動沒關係，女孩也可以主動去追尋自己想要的。

走到一處薔薇樹下，我停住了腳步，我與邱芷珊心有靈犀，我仰頭，踮起腳尖吻了陳紹剛，正如邱芷珊吻了林柏鈞，陳紹剛回吻著我，正如林柏鈞回吻了她，不可能不愛她，不可能拒絕她，這一切如此美麗，如果加上月色，加上草香，加上十多年的回憶與思念，我們交纏著舌頭，如果我只是十七歲，我會哭吧，被自己心愛的男孩子吻著，我會因為幸福而落淚。

陳紹剛停止親吻，托起我的下巴，凝視著我。

林柏鈞也做了這樣的動作嗎？

然後邱芷珊說。帶我走。我想跟你結婚。我們會幸福的。

就是在那時候，林柏鈞推開了邱芷珊，像是要推開一個必須躲避的東西，我不知道邱芷珊對他說了什麼，使得他必須那樣躲避，但那個關鍵時刻，林柏鈞的退縮打破了邱芷珊心裡最後一個希望。那天是邱芷珊十七歲生日，從母親自殺後她沒有一天不是活在痛苦懊悔中，為了逃避痛苦她吸毒，然後被帶到神水社戒毒，因而開始親近周老師，逐漸變得倚賴他，那些日子周老師到底對她做了什麼，兩人之間是否真有親密關係，周老師到底用什麼方式親近邱芷珊，使她既依賴他，又感到害怕？倘若她只是怕他，不可能每週自願到社裡靈修，住在神社的那些夜晚，周清雲到底如何進入她的房間，到底對她做了什麼，我們恐怕是無法得知了，可以知道的是，在派對當晚邱芷珊吃了藥、喝了酒，期待著林柏鈞出現，他出現後，兩人一起在山路上走，還接了吻，這時邱芷珊心裡對愛情的期待已經升到最高點，然後突然被推落下來，她心中唯一的念頭就是跑，但是該跑去哪？想到這裡時，我的腿就這樣自動跑了起來，那既像是逃跑，也像是奔赴，正如當時的邱芷珊，她不但是要從林柏鈞的眼前逃走，更像想要逃避他那軟弱的樣子，她想在一切都粉碎之前逃走，她想起這個世界上還有一個可以收留她的地方，就是神水社。她要去找周老師，我不斷地狂奔著，竟然可以跑得那麼快，我根本不知道路線，就只是跑，風呼呼地吹，心裡什麼都不想管了，讓這個世界全部毀滅好了。我想林柏鈞沒想到邱芷珊會跑掉，一切都措手不及，告白、親吻、擁抱、逃脫，等他想追的時候，邱芷珊已經飛快地跑掉了，陳紹剛也跑起來，我們花不到十分鐘就跑到神水社附近了，我看見神水社的大門，完全可以理解為什麼邱芷珊不顧一切地撲上去敲門，因為在那樣的時候，唯有神水老師可以接住她，但結果老師不在家。如果那天周老師真的不在的話，那麼我的預感很清楚，邱芷珊就是踏進了那個門，就再也沒出來了。

此時的神水社已經失去我第一次看見時的風光，那棟白色的建築顯得灰撲撲的，大門緊閉，裡面也聽不見聲響，裡面的人都還在，卻像是消失了一樣，我們沒有再敲門進屋，就到此為止，我們循著原路離開，摩托車在路上狂飆，我一直想問陳紹剛是不是還會自己去飆車，還會不會把眼睛閉上？但我沒問他，他載著我的時候，不會全速前進，那樣的時刻他在乎我的安危，我多希望我不在場時，他能像愛惜我那樣愛惜自己。

回到旅館，我們頹然坐在沙發上，周清雲願意讓警方搜索神水社，是一大進展啊，但我們卻彷彿心有靈犀，共感著頹喪，或者說，悲慘的事總是容易預感，走到這一步，花了那麼長時間，我們一直在追求的答案可能就要抵達，卻令人感到疲憊。

「你覺得警方找得到線索嗎？」我問他。

「有心要找，一定找得到。當初失蹤時，如果可以立刻找就好了。」陳紹剛回答，這樣的事他一定見過很多了，但我是第一次遇到，我心裡多的是驚訝與惶恐，那麼他心裡盤旋的是什麼心事呢？

「你在煩惱什麼？」我問他。

他攬著我的肩膀，用力將我靠向他，他說：「邱大山找我來尋人，他自己卻沒有認真要找人的意思，我是第一次遇到這樣的案主。」

「為什麼邱大山不認真找人卻還要找你來查案？」我問他。

「不能說邱大山完全沒有要找他女兒的心意，只是他不知道自己更在乎的是前途，所以他的某些刻意遮掩，就會截斷線索，導致找不到他女兒。另外，我覺得他老婆也在過程裡施加壓力或者誘導他，比如為了保護她弟弟，當天劉正威到現場發藥的事就沒告訴警察，吃藥這件事的重要在於可以幫助我們理解邱芷珊那天的精神狀態，我非常確定邱芷珊沒有找其他人來接她，就是因為她吃了藥，以她當時的情況，林柏鈞拒絕了她，她除了回家，就只能來神水社，那樣的時刻不可能再臨時安排什麼英俊男人開車，況且她身邊根本沒有這種人。」陳紹剛心痛地說。

搜查神水社，就可以找到邱芷珊嗎？我想問。但心中卻有了答案。重點只是在於警方如何找到證據，突破心防。

「後面我們還可以做什麼事？」我問他。

「縣警局的偵查隊隊長是我的朋友，我會把手上的資料都給他，我們這些訪查等於也是幫他們把空白處補上，這樣整個事件條理就清楚了。以前我的工作也大多是這樣，有些部分還是要警察來幫忙，他們能做很多我不能做的事。」他回答。

「你還會想當警察嗎？」我問他。

「不是不想，就是還沒辦法待在一個地方太久。」他說。

「所以，跟我在一起也不能太久？你總是要離開的。」我隨口說出。

他沉默不語。

我都知道，他在夜裡曾經喊叫，時常我發現醒來時他就躺在地板的睡袋裡，蜷縮身體，像是受傷的小動物一樣，那樣的時候對於他與我的疏離，讓我非常傷感，因為即使睡前我們如此親密，即使我深知他對我並不是沒有感情，那種不必言說就能清楚感受到的東西，在我們之間流動著，可是我知道他還沒辦法接受我，或者說，他還不知道怎樣適應有個女人出現在他生命裡。他不知如何看待我，但是他也無法拒絕我。

案子接近尾聲，至少我這樣感覺，或許我們的關係也走向盡頭了，以他的個性，案子結束，他就會打包走人。

他撫摸著我的頭髮，長長的頭髮像是一個圈套，他將髮絲套在他的手指上，凝視著這個圈套，好像自己也沒意識到做出這個動作，我轉身吻他，我知道我們將會進行一場激烈的性愛，會像要把身體燒光那樣激烈地燃燒，我知道我會哭，會笑，會大叫，而他會默默承擔著我對他進行的索取，任我予取予求，會把自己掏空，像是在贖罪一樣。

我悲哀地想著，我跟邱芷珊有何不同，我愛的男人也無法愛我，他所能給我的只是倒數計時的相處，只是不能克制自己的慾望的親近，僅僅如此而已。

但實情並沒有像我預料的那樣，陳紹剛無比安靜，像陷入了沉思或者某種無法言語的狀態，他撫摸著我的頭髮，然後把手臂放在我的腿上，輕輕地，輕輕地撫摸著，我感到情慾激昂，全身顫動，但他沒有下一步動作，並不是在壓抑，他好像在準備著什麼，需要耗費冗長的時間思考。

我經過了很久，才把內心的激動平復下來，那時他抬起眼睛看著我，緩緩地說：「給我一些時間。」

我們凝望著彼此，像凝視深淵，其實我自己又何嘗準備好了呢？人真愚蠢，無法了解自己，卻冀望別人的理解，無法給人承諾，卻想要保障。

我緊緊抱著他，我只要這個，此時此刻，抱緊我，我只要這個。

苗縣偵查隊重啟調查，鑑識人員進入神水社進行地毯式搜索，搜索得非常徹底，過程我與陳紹剛也有參與，並沒有發現邱芷珊的行蹤，但確實查出多枚她的指紋，邱芷珊本就是神水社信徒，長期來假日都住在廂房，有她的跡證並不能算是窩藏她的證據。警方鍥而不捨地搜索，重點尤其放在周清雲的房間、靈療室、以及邱芷珊住的廂房，後院裡新建的木屋隱蔽，也被徹底搜個遍，經過多日搜查，一位鑑識人員在邱芷珊居住的廂房書桌底下桌腳邊緣驗到了血跡，送回化驗查證，確實為邱芷珊的血跡無誤。警方亦發現廂房牆壁近期油漆過，木質地板也驗出漂白水，種種跡象表明邱芷珊確實曾在這個房間流過血，但是如何受傷，在何時受傷，因何受傷，尚待查明。

檢方傳訊周清雲與李靜君。

消息登上新聞，引起海山鎮一陣軒然大波，媒體開始有人推測邱芷珊已經遭到不測，有些媒體甚至直接寫出「消失在神祕宗教道場的少女」、「桌腳的神祕血跡」、「失蹤？謀殺？神祕少女失蹤案案情大轉彎」等聳動標題。

就在這時，警方接到一個線報，海山鎮鎮民丁啟東帶著他輟學在家的兒子丁子陽到縣警局作證，因丁子陽長期觀察出入深霧橋的車輛，每日都會記錄來往車輛的形狀、車牌或特徵。丁啟東在整理兒子的房間時發現這本素描簿，裡面記錄著邱芷珊失蹤當晚深霧橋上出現兩個神祕男子，丁子陽簡陋的畫像畫出特徵，汽車為縣議員邱大山的賓士五百，男子一名是邱大山的司機，其特徵為光頭、高大身材，另一名戴著眼鏡的男子身分仍需辨識。丁子陽說，他看到這兩個男子把類似圓鍬的工具扔進小鐘溪。

警方傳訊邱大山與其司機到案說明。

案情的發展連我跟陳紹剛都沒料想到，突然出現丁子陽這個少年，他的畫冊跟說明，讓這個始終突破不了的疑案出現曙光。經邱大山的司機證實，眼鏡男子為邱大山的妻舅劉正威。

許多人成了嫌犯，逐一被提訊，引發媒體騷動，周刊跟各家媒體也都開始推測「凶手是誰」，邱芷珊已經從失蹤，變成了「疑似死亡」。

後續的問訊我們都不在場，聽說邱大山反應特別激烈，我跟陳紹剛在警局遇到他時，他不知是因為女兒可能慘死而激憤，或者因為涉嫌人是周老師與他的司機、妻舅，而感到錯愕，他一臉失神，滿面鬍渣，幾天沒睡好的樣子。警方訊問了幾次，周清雲始終供稱案發當日與次日他人都在神泉旁的木屋打坐，邱芷珊失蹤的事他也是出關回神水社才知道的，他的不在場證明非常明確，有木屋的煮飯阿姨作證；而司機與劉正威供稱他們當時確實經過深霧橋，是因為幫神水社的李靜君小姐整理花圃，所以用到圓鍬與鏟子，至於為何要丟進河裡，他們說法不一致，司機說是因為圓鍬壞了，劉正威則說是因為帶著麻煩。警方另外傳訊了神水社的李靜君，訊問邱芷珊當日與她在禪修廂房裡的互動，是否有拉扯，邱芷珊是否受傷，李靜君皆否認。這些人經過反覆訊問，最後先坦承的是劉正威，在警方多次訊問下，他突然歇斯底里，像見了鬼似地，大喊大叫，繼而他承認自己當天到過神水社，劉正威供稱他到的時候，邱芷珊已經死亡，自己只是幫忙埋屍體而已，他供出埋屍地點，是在神水社附近的玫瑰山莊門口的桐花樹底下。

劉正威還咬出邱大山的司機石頭，他說當晚是他姊姊劉敏葳叫他跟司機開著車到神水山莊，用龍小姐的出國大皮箱，把邱芷珊裝進去，推到附近的玫瑰山莊掩埋，回程的時候，經過深霧橋，他覺得車上載著那圓鍬與鏟子心裡毛毛的，就要石頭停車，他們下車把埋屍器具扔到橋下了。

玫瑰山莊的主人住在台北，是一對教授夫妻，原本寒暑假會到此度假，後來妻子因病去世，家人就鮮少到山莊來住，也傳出想賣掉山莊的意願。玫瑰山莊跟神水山莊與邱大山家別墅一樣，門前都種有高大的桐花樹，那是小鐘山最常見的樹，經過警方開挖，果然在地底深處挖出了裝有一具屍體的行李箱。

土坑裡有裝著邱芷珊屍體的行李箱、邱芷珊的登山包、皮包、以及許多衣物，屍體已經嚴重腐敗，但從衣著到旁邊遺留的背包都顯示死者是邱芷珊，最後經過檢測也證明屍骨確實是邱芷珊。警方訊問了社區的每一戶人家，以屍體腐敗情況研判死亡時間，也與失蹤時間吻合，因為行李箱的屍體旁邊還有一個銅製的香爐，香爐上殘餘微量邱芷珊的ＤＮＡ，以及另外兩種ＤＮＡ，經查證這個香爐為神水山莊所有，至此，神水社涉嫌最重，神水社相關人等均被收押訊問。另外兩組ＤＮＡ證實為神水社的管家與負責人龍小姐。

因為新聞報導，平靜的海山小鎮，湧進了大量的媒體與湊熱鬧的觀光客。

## 02

## 神水社管家　阿秋嫂（第一次自白）

我是山莊的管家，不過我並沒有管什麼重大的事，只是做雜事，事情比較多，但我都晚上十點就睡了，那天發生什麼事我並不清楚。

我以前是邱議員的鄰居，也算是親戚，丈夫死後，孩子都離家了，我本來在邱家幫傭，周老師來了之後，議員就派我過來幫忙，我自己也是信徒，待在這裡並沒有不方便。平時就是幫忙看門，到鎮上採買，維護山莊裡的植物、打掃，不過打掃的工作信徒都會幫著做，我只要做日常維護就好，最主要的還是煮飯，神水社沒有強調吃素，周老師也是有吃魚和一點海鮮，但信徒來的時候，我們還是都煮齋食，中午吃米飯，晚上吃麵食，米飯就是五穀飯配上三菜一湯，麵食就是多種蔬菜加上豆皮、毛豆、香菇、木耳煮成的素麵，很受歡迎，蔬菜都是我們自己種的，在後院外那一片坡地，信徒都會幫忙耕種收成，一小塊地種十幾種菜就夠吃了，我下山多半是買魚跟米，日用品也需要添購，還有靈修房的床單被套都是我洗的，當然是用洗衣機洗，量很大，我們有三台洗衣機。一台是專門洗周老師的衣服，他跟一般人不同，衣服都是分開洗。雖然是這樣，我也不會覺得麻煩，周老師穿衣服很簡單，就那幾套換來換去，但每天都得洗。

平時山莊很安靜，老師跟龍小姐作息很固定，打坐，讀書，在花房裡採花，製藥，老師早上五點起床，晚上九點睡，來到山莊，大家都是這樣的作息，只有我晚一點睡覺，早一點起床，因為晚上要收拾，早上要準備早飯，但我下午可以睡一會，所以睡得也夠。

邱芷珊這個孩子很乖，她來的時候都會幫我晾衣服，周老師很鼓勵她勞動，在家裡聽說都不曾做家事的，可是來山莊，比誰都勤快。她很喜歡跟我待在一起，我也很喜歡她作陪，這個孩子又聰明又漂亮，是我看著長大的，以前太太還在的時候，唉，我現在還是改不了，玉書才是我心中的太太，可能是因為這樣，新太太才會把我派來山莊吧，但是也好，因為我們兩個不太合，待在那邊也是受氣。

小孩子通常不懂事，可是芷珊特別懂事，她媽媽還在的時候，家人都寵得不得了，可是玉書太太管得很嚴，我記得她以前教芷珊寫字，哎呀，真是寫一字打一下的，我覺得已經寫得夠好啦，可是太太總是嫌芷珊不細心，所以後來芷珊的字真的端正，漂亮，可惜學毛筆字時太太已經離開了，就沒認真學。

我最近總是胡思亂想，那天晚上我為什麼就是睡得那麼沉，我的房間是在後院加蓋出來的，因為廚房改裝後，有一塊空間，就改成我的房間，離主屋比較遠，這樣我早上做飯方便，也比較不會吵到老師，雖然有點距離，但有呼叫鈴可以按，他們有事都會按鈴，那晚鈴沒響。

但我知道芷珊來了，因為我聽見對講機的聲音，我房間這邊有分機可以聽到，聲音持續很久，我起身想去接聽，但龍小姐先去了，我走到客廳，看見她跟芷珊在談話，龍小姐叫我先回去休息，芷珊是熟人，我想可能她們有約吧，我就沒多注意，回房後我立刻又睡了，頭一沾枕就會睡得很沉，這是周老師幫我調理過才這麼好睡，我丈夫死後我有一段時間身體很不好，睡睡醒醒，精神也不清醒，那段日子很難熬，議員沒有把我辭退我真的很感激。

芷珊出事，聽說還跟山莊有關，警察問過我很多次了，真的，我一點都不知道那晚的情況，我在山莊久了，對很多事總是不干涉的，這是默契吧，以前龍小姐跟我嚴肅地談過一次，什麼事該我管什麼事不應該我牽涉，都說得清清楚楚，我喜歡這樣的老闆，公私分明，比如我放假的日子，他們就絕不會叫我加班，除非是我自己也有參加活動，那就幫著一起弄。山莊裡後來增建的部分有廚房、餐廳，另外還有一棟小木屋，那個木屋有兩層樓，一樓是開會的地方，二樓有客房，小木屋是很特別的客人來的時候才會開放，說真的，我也沒進去過幾次，但因為從我住的地方可以看到木屋那邊的動靜，我當然是盡量不去偷看啦，但有時候正好走過，看到周老師帶著客人來，都是不得了的人物啊，那時候我會有點緊張，但是盡量不表現出來。這幾年才比較有這種情況，縣長啊、議長啊、議員啊，我們縣裡面比較重要的官員，還有一些立委，電視上常見到的人，會出現在木屋那邊。

不過那些都和芷珊的事無關，跟我也無關。

神水社真是個好地方，發生這樣的事太遺憾了，真希望大家都沒有牽涉其中，不過那個香爐是社裡的，有三個，我有發現少了一個，問過龍小姐，她說有信徒想要，送出去了。我那時覺得很奇怪，因為不會有信徒敢要拿香爐吧，這些香爐都是周老師從以前用到現在的，只是拿來薰香用的，反而是外場那邊的大香爐才是新的，不過就算是外場的香爐信徒也不會要走或買走，但我那時沒問清楚，因為這種事就是屬於我不應該干涉的事。

玫瑰山莊發生的事情我也不太懂，但我曾經看過龍小姐跟劉正威先生談話，石頭也常來我們這裡，龍小姐是很有魅力的女人，誰喜歡她都很自然，我們社裡有些信徒也追求過她，但在道場裡談這種兒女感情，總是不太適合，不過周老師並沒有規定不行，所以社裡曾經有過信徒結婚的，孩子都生了呢，全家都一起來修行。

老師觀念比較新，以前有過一個先生想追求我，直接說想娶我，我很緊張，去問過周老師，他說，只要兩情相悅沒有不可以。倒是我自己想得多，對方喪妻，有三個孩子，住在基隆那邊，我覺得太遠了，而且我都五十多歲了，不想再談婚姻，就拒絕他了。後來這個先生也滿奇特的，就沒再來了。老師說，那就不是正緣。

芷珊去世我不是不傷心啊，看我講話平靜，其實內心起伏很大，只是老師說，我們不要執著，芷珊才能安心離開，我問過老師，像芷珊那樣被殺害，很難平靜安心離開吧，一定會有怨，老師說，是啊，芷珊的怨力把樹都掏空了。但芷珊的怨是芷珊的，我們不能去加強那份怨念，所以我每天都幫她念經啊，連玉書太太的也一起念，這對母女死得都太慘了。

希望你們快點找出凶手。

## 03 神水社管家　阿秋嫂（第二次自白）

神水社上上下下都是我打掃的，香爐也都是我更換的，當然會有我的ＤＮＡ，不能憑這樣就說是我殺了邱芷珊，我好好地在這裡當管家，幹嘛殺人。

不是我殺的。

但我知道是誰。

我隱瞞都是為了周老師。周老師最無辜了，龍小姐做的那些事，把神水社都毀了啊，怎麼能這麼做呢？那天晚上我看到邱芷珊進門了，我聽到她們大聲吵架，龍小姐叫我回房睡覺，不要插手。但最後，她卻又叫我去洗地板、擦牆壁。我到的時候，廂房裡都是血啊！那些血到現在都還殘留在我的眼睛裡，我閉上眼就會看到，真的，唸再多經文也消除不了啊，如果不是為了周老師，我早就去報案了，好好一個女孩子就這樣慘死了，龍小姐說是邱芷珊發狂亂指控，說要揭發周老師是色狼，夜裡偷偷闖進她房間，說邱芷珊吸了毒，跟她扭打一團，還勒她脖子，她為了還手才用香爐打她的頭，沒想到她跌倒撞到桌角，就這樣死了。

## 04 龍小姐

我承認，是我用香爐砸破了邱芷珊的頭，但你們要清楚，一切都是意外，我沒有蓄意殺人。

邱芷珊到山莊來修行，起初跟別人一樣，都是住在後面的廂房裡，後來因為她睡通舖睡不好，加上她是邱大山的女兒，這房子本就是他們家的，所以周老師要我安排她住獨居房，獨居房只有兩間，跟我和周老師的臥房都在二樓，平時只有貴賓來的時候才會開放。

邱芷珊看起來很乖，周老師要她負責掃庭院，每天早上都會看到她拿著掃把在掃落葉落花，後來周老師也教她一些簡單的園藝，我常看到他們倆在院子裡講話，起初不覺得有什麼，那種感覺是慢慢出現的，周老師格外在意她，芷珊來的日子，他特別有精神，我說不出來那是什麼預感，跟著周老師修行，我漸漸地也變得有靈性了吧。這些年近身接觸、觀察、照顧周老師，我從沒有在他臉上看過世俗男子的情慾，就連一開始的時候，我曾想對他獻身，那時候我還算漂亮吧，日夜在他身邊，我記得我是主動進去他的房間，卸掉了身上所有的衣物，我選擇了月亮最圓的日子，因為我知道那時候我最美，周老師只是像望著什麼奇特的東西那樣，直直地望著我，然後伸出手指，像在描繪我的形狀一樣，憑空將我撫摸了一次，他臉上一點慾望也沒有，神情好慈悲。後來我就知道了，周老師可以維持他的神性，就是因為他沒有情慾。我不知道是因為修行、還是因為戒律，或者某種奇怪的交換，他說他一直都是這樣的，對女人沒有那些想法，他不需要，也沒有渴望。

後來我放棄了，要獻身，也未必要有肉體關係，我寧願這樣一輩子守著他，照顧他，沒有身體上的親密也無所謂。

但是有一次無意間看到周老師在幫邱芷珊靈療的時候，他的手碰觸到了邱芷珊的身體，照理說這是不允許、也不會發生的，老師的靈力可以隔空治療，根本不需要碰觸到病人的身體。邱芷珊沒反抗，老師也沒有停止，那是非常輕微的動作，但是我看見了，不是在私密的地方，而是全身，尤其是邱芷珊的臉龐，老師根本就是在愛撫她啊，那動作如此輕盈、小心，幾乎充滿顫抖的，充滿虔敬的，像捧著最心愛的東西那樣的，時間很短暫，好像輕飄一下就過去了，可是我看見周老師的臉色，那是如癡如狂的表情，我嚇到了，那種神情不是他會有的，那簡直是著魔。

後來我才發現邱芷珊睡著了，那段時間裡，邱芷珊很短暫地入睡了，我不知道這是怎麼發生的，可是我確定那是周老師造成的，他是有這樣的力量可以讓人短暫的昏迷，但他不會使出這種能力，他為什麼要這麼做呢？

後來又有一次，夜裡我起來上廁所，發現老師的房間門半敞著，但他卻不在屋裡，我直覺有事，就悄悄走到了後面的客房，邱芷珊的房間門縫亮著燈，我一直在那兒等著，等了好久，直到看見周老師走出來。

我心都碎了。

我一直在想，到底發生了什麼事，到底是邱芷珊自願、主動地勾引周老師，還是周老師用什麼方式迷昏了她，或者是他們倆情投意合？周老師到底對她做了什麼，他們之間到底是什麼關係，我都不確定，可是我越來越無法忍受看到邱芷珊的臉，她那樣一臉無辜地出現在山莊裡，可是我知道，她奪走了老師的神性，讓老師做出了不該做的事。

我不是嫉妒，我是心碎你懂嗎，周老師是改變我一生的人，等於我的恩人，當然我愛他，不管是俗世男女之情，或者其他種感情，我知道我全部奉獻給老師了，可是他為了邱芷珊自願為人，為獸，甚至願意下地獄，做出最不應該的事，你說邱芷珊不是魔女是什麼。

我不是因為這樣殺了邱芷珊，我沒有喪心病狂到這種程度。

都是陰錯陽差，生日派對那晚，十一點多了，邱芷珊突然跑到山莊敲門，我去開門，她說來找周老師，神情有點癲狂，周老師閉關去了，我不能留她在山莊裡，但她說跟老師約好了，老師答應過她會趕回來。

我們兩個就僵持在那裡，她說廂房裡有她的東西，她要去拿出來，我跟去看，櫥櫃裡確實有一包她的行李，好像早就準備好離家出走的計畫，我問她到底怎麼回事，她不肯說，我一直問她，她突然激動說：「老師要帶我走！」

後來的事有點混亂，我質問她老師要帶她去哪，她說老師要帶她去國外，證件機票都辦好了，怎麼可能有這種事，我質問她，她叫我去問老師，「老師愛我。」她得意地說。「老師愛每個人。」我回應。「他特別愛我，老師說我是他的天命。」我不知道她在說什麼，一種可怕的預感慢慢浮現，「老師說我很成熟，身材很豐滿。」她突然露出淫蕩的笑容，那笑容完全不像一個少女，那是連我都不好意思、也不能展現的笑容，但她輕易露出了，渾身的肉慾，真的我感覺到她就像一個魔女，散發出可怕的誘惑。我讓她進去拿背包，「東西拿了就走吧。」老師今晚不會回來。我需要好好想一想，就想趕快打發她走。

「我要等老師回來，我可以睡廂房。」她說。

「沒有預定不能住宿。難道你不知道。」

「我不需要預定。周老師說的。我也可以睡在他的房間。我常去他房間，你都不知道。」

她說完就從口袋裡拿出一樣東西，我一看就傻了。

那是周老師最心愛的一個佛珠手鍊，我看到那串手鍊我就知道邱芷珊說的可能是真的，那個手鍊是老師的師父給他的，他一輩子不離身，後來我沒看到老師戴，他說是閉關的時候被水沖走了，原來是他送給了邱芷珊。

「手鍊你去哪偷的？老師不可能送給你。」我說。

「老師說我要什麼都可以給我。」她睥睨著我，「他還想跟我一起遠走高飛。遠、走、高、飛，什麼意思你懂嗎？就是為了我拋下一切的意思，老師說他可以帶我去環遊世界。我是他最心愛的寶貝。老師說他可以為了我捨棄神性。」她越說越激狂，我想到她可能是嗑藥了，神智不清，以前她就有吃藥躁狂的紀錄，曾經打傷過她爸爸，還送來我們這邊戒毒，我心想，這些話不能讓她傳出去，倘若他們之間真有什麼，也不能讓外人發現。

我動手去搶她的手串，那個東西我無法讓她帶走，真的，那就會是證物，證明她說關於周老師愛她、偷溜進她房間什麼鬼的話有可能是真的。我一伸手拉她，她就激烈反抗，我都不知道她力氣這麼大，我們兩個用力拉扯，就突然把佛珠的線扯斷了，大顆碧璽掉落在地板上，發出清脆的聲響。她開始大叫起來，跳起來抓住我的頭髮，勒住我的脖子，她完全瘋掉了，對我又抓又打的，我從沒看過那樣的她，眼神狂亂，非常暴力，狂亂中我隨手抓起桌上的香爐打了她的頭，連打好幾下，邱芷珊跌倒撞到桌角，就倒在地上不動了。

沉香撒在她身上，鮮血慢慢流出來，把臉染紅，那景象像惡夢一樣。

我跌坐在地上，哇啦啦放聲大哭，想到差一點點，老師就要帶她離開了，我就會這樣失去周老師，那樣太可怕了，想到這裡我趕快振作起來，去看邱芷珊的狀況，但邱芷珊沒動靜了，我探她的鼻息，她已經死了。

老師會回來嗎？我不知道，通常老師閉關，都是邱大山的司機接送的，我打電話給司機，司機沒接電話，無奈之下我趕緊打給劉敏葳，後面的事你們去問劉敏葳吧，因為都是她跟我一起處理的，這些事她都知道，我本打算自首，是她提議應該把邱芷珊悄悄處理掉，因為這種事會影響到議員的選舉，影響到所有的人，錯的是邱芷珊，不是周老師。

劉敏葳把司機調回來，還找了她的弟弟阿威過來，我就是和那兩個男人一起把邱芷珊埋到隔壁玫瑰山莊的桐花樹下。我一直很擔心周老師會突然回來，但周老師並沒有趕回來，說不定邱芷珊說的全是假的，如果周老師跟她真的相約，為何老師沒有回來呢？我們先把邱芷珊放進我以前出國用的超大行李箱，石頭本來提議要把行李箱扔進小鐘溪，阿威是建議載去山上埋，但是我覺得那都不妥當，我想到了附近的玫瑰山莊，那棟別墅平時沒人住，門口的桐花樹下是可以埋屍的地方，我提議，他們也覺得那地方好，在眼皮子底下可以盯著，反而安全。

整個過程裡我們三個人都像瘋子一樣，提心吊膽，卻又爆發強大的力量，我從來不知道人死掉會變得那麼重，要挖出可以深埋一個人的坑，需要剷掉那麼多的土，我們只是不斷地挖土鏟土，到後來我都覺得那個坑可以埋下我們三個人了，如果周老師這時候回來有可能會發現我們，儘管兩棟別墅間隔著一段距離，但他若發現這邊的燈光跟響聲，一定會過來查看，那時我只好一頭撞死在這個坑裡吧。但是什麼事也沒有，當我們把坑挖好時，劉敏葳出現了，她帶來一些邱芷珊的東西，一起扔進土坑裡，迅速地掩埋，我們把土坑埋好填平，就好像什麼事都沒發生過一樣。我時常藉故去查看，也都沒事，如果不是你們來盤查，如果不是阿威失控抓狂，永遠也不會有人知道，警方來搜查神水社之後，我一直想找機會再去把屍體挖出來，但找不到機會。我想這一切都是命吧，早知道就隨便埋在深山裡，或扔進溪水裡。但現在說這個又有什麼用，或許不管我把邱芷珊藏到哪，她都會被發現的。以前老師說過，不要自欺欺人，這是最傻的事，他說中了我，我就是那種最容易自欺欺人的人。跟著老師學習了這麼久，還是沒改變。

邱芷珊的屍體處理好，我跟管家又花了很多時間清理廂房，但一時間清不乾淨，我把廂房門鎖上，吩咐管家不讓任何人進來，每天我都去清掃，用漂白水刷洗，之後自己慢慢油漆過，屋子才恢復了原狀。

周老師隔天傍晚回到神社時，聽說邱芷珊失蹤，神情有些異常，我不知道他是不是發現了前晚發生的事，但他沒多說什麼。只是靜靜在禪房裡閉關了三天。

走出禪房時，老師又恢復正常了，好像邱芷珊不曾存在過一樣，再也沒有什麼會搖動他的意志，他的神力也恢復了。然而，周老師從此對我的態度就不一樣了，說不上好或壞，或許是我多想了，但我知道周老師已經把我從他的生命裡剔除了，我跟他只剩下工作關係，神水社也真的就成為一個道場，我覺得老師用一種非常堅定而殘酷的方式在懲罰我，他想讓我知道，那個東西本來就不屬於我，即使邱芷珊死了，也不會變成我的。

但他不知道，我想要的那個東西，並不是空洞的意義，什麼愛恨情仇、嫉妒與占有，我要的就是他的存在本身，只要他還在我身邊就好了，但是邱芷珊的屍體挖出來之後，老師再也沒跟我說過一句話了。如果不是因為警方盤查，限制我們的行動，老師一定會離開的，這也就是為什麼我會對你們說這些話，因為對我來說，接下來無論是在監獄，或在什麼地方，沒有周老師，對我而言都是地獄了。

我生不如死。

至少，倘若我的自白可以還周老師一個清白，我的犧牲還是有價值的。

## 05 劉敏葳

關於邱芷珊的死，我什麼都不知道，李靜君跟石頭要賴到我身上，我沒有辦法。只能說，石頭幫我們開車這麼多年，像家人一樣了，他迷戀龍兒小姐，兩人有情感關係，是我跟我先生都知道的事，或許他老婆也知道，龍小姐很迷人，愛上她很自然，更何況這些事都在周老師眼皮底下發生，算是老師默許的，石頭愛龍小姐，自然願意為她赴湯蹈火。

說是我教唆石頭跟我弟弟去埋屍，天地良心，我弟根本不受我管束，石頭本來就有我家跟車的鑰匙，大山有時喝多了，都是石頭開車送他回家，直接打開門鎖送進房間，那時我睡了，我因為吃安眠藥睡覺，誰也叫不起來，而且大山如果應酬晚了，他會睡客房，怕吵醒我。

那晚就是這樣，我跟大山一起去參加縣長舉辦的慈善活動，會場上喝多了，我們大概是十一點到家，我把大山安頓在客房，因為他酒醉會很盧，有時夜晚鬧得我根本沒辦法睡覺。總之，先安頓了他，我再回房睡，因為我的車有點問題，所以那天是石頭開車來載我們，沒有去接芷珊是因為芷珊說回家時間不一定，況且堂哥家駒會送她回家。我們本來打算租一台小巴士，上下山所有人都接送，但那些孩子怕大人管束，都說不用接送，自己可以來，我也樂得省事。

為什麼沒有確認芷珊有沒有回家？

因為大山醉了，我也不舒服，晚宴上喝了不少紅酒，我不是能喝的人，只能說那晚我們自身難保，這孩子一向都乖，沒想那麼多。

正威去派對上發藥的事我真的不知道，知道的話我會打死他，他坐兩次牢了，關不怕，自己要找死我有什麼辦法。

那晚我回到家就都沒再出去了，我說過了我身體不適，可以去問晚會上的人啊，我在會場上就不舒服了，一整晚都有人證。

我對芷珊不好？

後母不好當，怎麼做都不對，我承認我們兩個關係不好，但那也不是我單方面造成，她早就認定我是個第三者，還罵過我狐狸精，這些我都忍了，但你說她對我這樣不禮貌，我要怎樣疼她入心，我不是聖人，只是個凡人。但該做的我都做了，以前石頭都是載我出入的，我還不是讓他去接送芷珊上下課？真的偏心的話，大車應該讓我接送我自己的小孩吧。

那你說只是這種後母跟女兒間的小衝突，我犯得著這樣就殺了她？或者參與什麼謀殺滅跡的計畫嗎？我們是要選縣長的人，不可能去蹚這種渾水。

李靜君要說什麼，石頭要說什麼，都不關我的事。

神水社跟我的關係？

確實關係很深，神水社來到海山也是我安排的，用的是我們家的山莊，後續活動我們也提供了經費，但我們都是虔誠的捐贈，不是投資。至於神之水的銷售，沒大家想得那麼好賺，周老師要求所得百分之二十要提撥給鎮上的弱勢家庭，我們也成立了神水基金，寒暑假的禪修班就是靠這筆錢做的，山莊後面加蓋的禪修教室、修習室，光是那些建築又花了兩三百萬，我們邱家沒差這些錢。神之水是周老師加持過的，不能讓人免費無限制取用，而且這個神水也打響了我們海山鎮的名號，很多人是衝著神水社的禪修跟點靈會來到海山，比起鎮公所在那兒宣傳什麼花海節都有效果，你去查查數字就知道，起初大家反彈很大，後來就都無話可說了，因為周老師不貪啊，都是在布施，鎮民慢慢就感覺得到。

我有神通？

我可沒胡說，只是修行久了，自然會有些靈感罷了，遊地府那些事，是龍小姐提的主意，我以前就有這種體質，所以才會跟他們合得來，周老師只是幫我點開天眼，所以我看得見，你別說什麼不信邪，我買股票賺錢都是靠這股靈感。

但我沒拿這個能力做壞事，只是些志同道合的人一起修練罷了。

養小鬼？先生，你知道什麼叫做欲加之罪何患無辭？

討厭我的人什麼理由都編得出來？我們是信正道的修行人，不會去搞那種邪魔歪道。

你要問我那晚的行程，我全都說了，七點去參加晚宴，十一點到家，洗澡更衣上床大概十二點吧，我兒子女兒早就睡了，他們沒去芷珊的派對是因為那天晚上阿寶不舒服，阿寶是我兒子啦，阿寶不舒服，就讓劉媽照顧著，她姊姊當然要在家陪他，就算阿寶沒生病，高中生的生日派對兩個小孩子去參加做什麼？他們三個孩子感情很好，平時就有全家人的聚餐、旅遊、沒必要在派對這天特別慶祝，況且我跟大山前一天就買了芷珊一直想要的蘋果電腦給她，後來她不是也帶走了嗎？那電腦四五萬塊，又輕又薄，不能說我們虧待她吧！我覺得她逃家的可能很大，因為以往每次吵架都吵著要去台北啊，說是要去念什麼藝術大學，我們從來也沒有阻攔她，考得上就去讀啊，怎麼可能不願意，要去台北，我們都可以幫她安排，只是十八歲之前不能離開海山，這是阿公的意思，她阿公中風，再活也沒幾年了，連周老師也贊成她在海山讀高中，因為我們身分特殊，她一個人在外面讀書不放心啊，你看不就失蹤了嗎？被綁架的可能也很高啊，如果不是我們堅持照顧著，孩子早就不知道叛逆成什麼樣子了。

對啦，最後還是死了，可你不能因為她死了就說我們的管教方式有問題，更不能因為這樣就賴到我頭上，干我什麼事，我好歹也是議員夫人，放著好好的日子不過，去幫李靜君掩埋屍體幹什麼。荒唐！瞎編！這個李靜君都白修行了，弄死了我們家的孩子，還要賴到我身上，真是莫名其妙。

我言盡於此。別再問了。

## 06 司機 石頭

龍小姐都坦承了，還問我做什麼？男子漢大丈夫，該承擔的我就承擔，不會逃避。

當晚確實是因為夫人打電話給我，我才過去的，電話裡她只說有急事，沒說清楚內容，那時半夜十二點吧，我十一點送議員夫婦回家，繞去吃消夜，吃完東西，夫人就來電話了，聲音聽起來很顫抖，真像出事了，我從沒聽過她這樣的語氣，當然要過去看看。後來的事你們應該都查過了。我去的時候芷珊已經倒在房間裡，頭上都是血，臉上也有，龍小姐手上跟衣服上也有血，場面真的很可怕。

龍小姐簡單跟我說了狀況，說芷珊發狂，胡亂指控周老師對她性侵，還有周老師的手串跟情書當證據，兩人拉扯，情急之下她順手拿了香爐砸了她的頭，她就死了。

我心裡很震驚，但那時必須趕快解決問題，因為周老師可能會回來，雖然我沒收到要去接周老師的指令，但周老師是神人，自己想辦法回來也是可能的，倘若如龍小姐說的，他跟芷珊約好了的話，那他隨時都可能出現，就算當晚沒回來，隔天也會到，而且一個死人躺在那，不處理怎麼行。

我騎著摩托車去議員的車庫開車，因為我自己沒車，感覺山上需要車，這是感覺啦，我說不清楚，龍小姐找我大多是跟車有關，接送老師啦，去採買東西啦，神水社有車，但都是信徒幫忙接送，龍小姐不會開車，我也不習慣開他們那台車，反正就是直覺，神水社的事就是邱家的事，我開車去，議員不會干涉，平時周老師閉關，也都是我去接送，老師行蹤不定，三更半夜突然要叫我去載人的事也不是沒發生過。

總之那天我就是開議員的車過去了，山莊大門關著，大廳燈都暗了，氣氛很詭異，通常神水社都是燈火通明的，大門的兩邊大燈晚上從來不滅，但那天卻關上了，我直覺有事，就打開門走了進去，喊了幾聲，龍小姐才從後面的禪房走出來。

她臉色慘白，像見鬼了一樣。

你要說我是因為愛龍小姐嗎？我承認我愛著她，即使我們也就那些偷情的日子，人生這種美夢成真的事，到後來都會付出很多代價。

我幾乎是對龍小姐一見鍾情，不知道怎麼形容，我沒見過氣質比她好的女人，真的，我記得第一次議員帶我去神水社，那時都還沒那麼多信徒，只是幾個人在修行，聽老師講道，周老師在台上講話，龍小姐就坐在一旁寫筆記，她一頭長髮，一身白衣，清秀的臉蛋，空靈的氣質，眼神不自覺飄向我，我也看了她，她對我點點頭，輕輕一笑，那微笑真是美，我這種粗人，沒見過那麼文雅的臉，真的全身都酥麻了。

後來真的接觸她，才真的是一點一點被她收服，她外表柔弱，性格卻很堅強，社裡大小事都是她操辦，也是她的能力才把原本只是看病問診的周老師打造成神人，要說我為什麼留在神水社，除了因為周老師，也是因為龍小姐。

按道理說我是已婚的人，不該招惹人家，我們兩個是上輩子的緣分，這輩子注定要還，這個我很清楚，龍小姐也知道，所以在社裡擴建那年，我幾乎每天去幫忙，有一段時間周老師去閉關，那天也不知道怎麼形容，時間到了吧，真的就是像有人牽著脖子那種感覺，直接把我帶到了龍小姐的房間，真的很神奇，我就是那樣走進去，晚上十點多，社裡沒有其他人，我直接打開門走進去，龍兒，後來她允許我喊她龍兒，只有我們兩個人的時候，我喜歡龍兒，龍兒，那樣喊她，她會變得很嫵媚，很撒嬌，說到這裡我真的自己也覺得作為一個男人這輩子有這樣的女人值得了。

她獻身給我的時候，對，是獻身，她說她知道我會去，我一進門，她穿著一件白色薄紗睡衣，對我招手，我就直接朝她走過去，一把將她攔腰抱起來。

真是銷魂噬骨。

後來又有幾次，我都知道規律了，周老師去閉關，第二天，我就可以去。準準準，就是那一天，她會化身成我的龍兒，對我百依百順，千嬌百媚，任我怎麼樣都可以，但也只有那時候，她會變成一個小女人，需要我這樣一個傻大個，疼她寵她，她會說很多傻話，全世界可能只有我見過她這個樣子，我有想過，她是不是在香爐裡摻了什麼迷魂香，不但迷自己，也迷我，所以我們可以縱情一整夜，荒淫到極致。我老婆以為我在周老師那裡不敢胡來，她不知道，這件事是神允許的，就算不允許，我也想要。就是這樣。這幾年下來共幾次，我也算不清楚，每一次我都覺得沒有下一次了，一大清早，龍兒醒來就會叫我走，我有時還會哭，真的是像死了親人一樣痛哭，想想也滿可怕的，這樣迷一個女人，願意為她粉身碎骨。

但是看到龍小姐一身是血，芷珊倒在血泊裡，我還是很震驚，我知道她不小心打死了芷珊，也覺得她太衝動，應該去警局自首，我勸過她，隱瞞不是長久之計，但她跟我說，不是為了她自己，而是為了周老師跟議員，為了神水社的名聲，她說等她安頓好神水社的一切，她會出家修行贖罪，要我幫她。

我不能不幫她，就算不是為了議員跟周老師，我也得幫她，說到底龍小姐對我開口，我沒有能力說不。

是我提議找夫人的弟弟，為什麼會想到找他，主要是時間因素，我們都擔心周老師會突然回來，我一個人要處理屍體，怕是做不到，我跟劉正威有打過幾次交道，棘手的事他有能力解決，況且我想過一些方案，希望製造成芷珊是離家出走的假象，沒有議員夫人幫忙做不到。

龍小姐跟夫人都協議好了，夫人是為了議員的前途什麼事都做得出來的人，神水社後期幾乎等於是議員選舉的辦事處，那些大人物要開會，都是在山莊裡增建的包廂，大家起初都是為了周老師的神威聚集，但後來，從鎮長選舉到之後立委、縣長寶座的鋪排，整合海線的勢力，神水社是最好的中介，加上周老師的點化跟設計，這些年來每次選舉我們都贏。

就是這樣，你可以去查通聯紀錄，如果議員沒有處理掉的話，那晚十二點，是議員夫人打電話給我，我知道那晚她跟議員會分房睡，老規矩了，喝了酒就分房，因為我們議員酒品不好，喝了酒就興致勃勃，很盧，這點毛病我都清楚。

夫人說她會布置後續，叫我們先處理屍體，地點也是她提議的，神水社旁邊的玫瑰山莊，她說與其埋在山裡隨便什麼地方，不如放在眼皮底下，還可以查看，就指定那棵桐花樹下，方便指認，我去倉庫找到了圓鍬跟鏟子，就開始挖坑，半小時後劉正威出現了，他也來幫忙挖坑，坑洞挖得很深，不怕尋屍犬來聞，我們先把裝著芷珊屍體的行李箱扔進土坑裡，後來夫人來了，她帶了芷珊的衣物、包包，所有的東西我們都埋了，劉正威帶走了芷珊手機，他說連夜會帶到台北，這樣就會顯示邱芷珊到了台北，最後我跟正威開車到深霧橋，把圓鍬鏟子那些工具都扔下橋。

一切都處理得很妥當，我自己也覺得恐怖，為什麼我們會這麼冷靜，四個人很像一個工程隊，香爐是龍小姐最後拿出來的，她說要一起埋掉，我們當時都覺得這樣做很對，那個香爐是神水社訂製的，又沒辦法輕易毀掉，當然是一起埋了省事，沒想到，冥冥之中，卻是這個香爐變成證據。一切自有定數，想逃也逃不掉。

至今我還是覺得劉正威當眾發瘋這件事太玄，這個男人是個禍害，都說是因為當天他給芷珊吃了藥，才導致她跑到神水社尋求幫助，如今證實神水老師根本不神，連屍體埋在他家附近，道場裡就有個殺人犯他都不知道，往後還有誰會信他？但是我不能否認他帶給我的東西，那是比神力更強大的力量，至於什麼神神鬼鬼的，相信就有。或許從芷珊被殺掉那一刻起，她就已經在等待這一天吧，冤魂不散這句話你聽過嗎，上個月我檢查出大腸癌，三期，我將來是個要安裝人工肛門的男人了，我早就沒有性生活很久，當然也沒再跟龍小姐有什麼親密，自從埋屍那天起，她就沒再跟我有過私下的連繫，那天起，我們都背負了同一個祕密，這是到死也脫不下來的地獄。

願芷珊安息，我曾經疼愛過她，她知道的，很遺憾後來發生的事，我願意贖罪，就讓我承擔我該有的罪責，直到還清為止吧。

## 07 周清雲

李靜君坦承殺了邱芷珊，劉敏葳協助棄屍，這些事我是不是早就知道？對我來說，知道或不知道，有什麼差別嗎？我知道一些事，但有些事我不知道，我確實體會到李靜君的變化，我也知道邱芷珊的生命訊息不見了，但我不能肯定她死了，我確實感覺到她仍在我附近，但沒能想到她是以屍體的方式存在著，我當然無法預知誰殺了她。我說過我是人不是神，我根本沒有什麼神力，我身上確實有些特殊的能力，但並沒有特殊到什麼事都知悉，倘若我知道後來會發生這些事，我又怎麼可能會搬到海山鎮來呢？

但我知道這裡有什麼在呼喚著我，起初我以為是那汪泉水、那片深潭、那座森林，後來我才知道，是邱芷珊這個女孩。

我的人生在遇到李靜君之後，就開啟了一連串無法停止的變化，人要如何避免成為神的誘惑呢？我面臨過，但我沒有抗拒，尤其在加入劉敏葳，變身成神水社之後，我知道她們倆聯手可以把我打造成神，讓我擁有我沒有的神力，我已經從當年那個跟著師父學醫、學藝、學氣功的青年，跨越了人神的界線，不，或許那是人與魔的界線，以前師父總說我有那個體質，但不讓我去嘗試，他說那是要付出代價的，後果難以預料，起初我是那麼安於在我自己的天地裡，種植花木，為人調理，我知道我可以幫助一些人，不是人人都有效，但是，我打造的那一個小世界，至少讓進來的人都能享受到一陣清新，幾小時的安寧，那也是我需要的。

我愛李靜君嗎？我不愛嗎？作為一個男子，我早就失去了情慾的能力，對我來說，我必須接住她，那是一種命定的東西，就像我以前接住春樹一樣，只是我不知道她跟春樹不同，她可以給與的，比她想像的還要多。

某些程度來說，我們已經是像共犯一樣的結構了，她將我打造成神，而我接受。當我第一次站在那神壇上，望著下方的人們期盼的眼神，我真以為自己無所不能，當他們送花送錢在我面前跪倒，傾訴著他們身體的康復、運勢的轉好，我真以為那都是我的能力，但我知道不是，可這不就是神蹟嗎？我從未擁有的我卻擁有了，我無法做到的我卻做到了，最終我拯救了那些病人，解開了他們的困惑，我是收到了很多報償，但更重要的是，或許天上的神藉由我，通過我，達成這件事不是嗎？

你可以笑我自欺欺人，因為你沒有領受過、經驗過成為神的感受。不是飄飄欲仙，不是呼風喚雨，你只是知道自己有限的生命，竟然有了無限的狀態。無限，那是多麼誘人的東西啊。

但邱芷珊讓我從神壇上跌下來了。望著她澄澈的眼睛，我可以望見她心裡的苦痛與無望，但那是我無法醫治的，對，我就是知道我醫治不了，她對我渴求的是愛情，可是那個我沒有，因為她渴求的不是我對她的愛，而是她渴求我讓她愛的人愛她，這個我辦不到。我所能做的，只是盡可能解除她身體上的痛苦，讓她少寂寞一些罷了。

後來，她說，她想要我成為她的父親。

多麼可笑，我這個沒有生育能力的人，也能成為誰的父親嗎？

但我們還是嘗試了，一種她想要的父愛，看起來非常危險，但實際上她想要的，就只是一個成熟的男人，真心關愛她罷了。她父親沒能做到，邱大山那個人，是個完全自我中心的人，他不知道如何去愛人，如何去愛自己的孩子，他不知道如何去面對那張宛若他死去的前妻的臉，他不知道芷珊想要的，只是他真心的愛，不是買名牌、送禮物、開派對，是一般父親可以做，但邱山完全做不到的，為自己的孩子犧牲、奉獻、付出。所以我做了。

說這些你們是不會懂的，對你們來說，我只是個喜歡少女的變態，我若說我從來不曾褻瀆她，你會相信嗎？如果說，當我的手指越過那個範圍，碰觸到了她的身體，但其實我只是在救治她，因為她需要實實在在的，有人真正地寬慰她，不是性，你們為什麼只能想到性，當她閉上眼睛，宛如熟睡，她只是在想像，想像母親對她的疼愛，想像父親，如果從她小時候就願意擁抱她，想像到現在，有一天父親也願意這樣輕撫她的臉，告訴她妳很美，告訴她這不是詛咒，這是美好的遺傳，我做的只是這樣的事。那幾個夜裡，我到她房間去，也只是在睡前給她講個故事，輕拍她的手臂，凝望著她直到她安心入睡，我知道靜君看到會猜疑，但除了在山莊，我還能到哪裡去為她做這些事。我不這樣做，還有誰會為她做呢？

你會相信嗎？如果我說，我真心想要帶她走，是因為我知道我可以給她更自由的生活，我可以讓她走出喪母的痛苦，我能夠幫助她克服內心的傷痛，即使我必須付出很大的代價才能做到，但我願意去做，你會相信嗎？

當我們一次又一次待在那個房間裡，我一次又一次面對試探，我自問為何這些試探會來到我面前，為什麼是以邱芷珊的形象出現，我要說那就是我的責任，是我的擔負，是我還是人的證明，你會相信嗎？

不會啊，誰會相信呢？我又需要誰的信任呢？這件事無須證明，因為最後的結果證明我錯了，我既無法拯救她，反而害了她，結果就是一切，這是我應該預料而沒有預料到的，或者該說，當我遇見邱芷珊的那天起，我身上還有的一點能力都消失了，這就是代價。

所以若你要說是我殺了邱芷珊，那也並沒有錯，因為因就是果，當我推開她的房門，當我一次一次擁抱她，當我給與她承諾，說要帶她走，其實我已經種下了害死她的因，那麼最後是誰下的手，又有什麼重要？

法律的事我不在乎，如今，我什麼都不在乎了。

## 08 陳紹剛

每次查案到最後，他總有一種疏離感，案情越是緊繃、膠著、無法突破時，他越能專注，等證據逐一浮現、鎖定嫌犯，甚至抓到凶手時，他就像體內的精力全洩掉了的氣球，現在就是這樣的狀況，以往的他，會在結案後，立刻退掉租房，打包行李，尋找下一個案子，下一個住處。但這次不一樣，他遇到了那個女作家，他的案主是一個沒有能力愛自己女兒的男人，他好像在邱大山身上看到了自己的缺陷，邱大山是因為野心，那自己不能愛人是為了什麼？

他當然知道這一切都與他妻兒的死亡有關，他離開警局，離開住處，騎著這輛重機到處晃盪，他接受委託四處尋人，只是在尋找可以讓他繼續生活下去的動力，這次也是，他以前警隊的同事是海山人，說海山有個議員在找女兒，把案子介紹給他，本希望他在台北四處尋人，但他卻執意要先到海山查訪，就這樣待了快兩個月，進度出奇緩慢，除了旅館費用，其實花不到什麼錢，他剛接手時邱芷珊失蹤已經三個月，早已過了黃金救援期，他來到海山，只是希望從頭開始，把這個失蹤的女孩周遭一切人際關係弄清楚，企圖還原她失蹤前一夜發生了什麼。

所有悲劇的發生，幾乎總是在一瞬間，但那一瞬間，卻是無數個時間積累而成，一個接一個的選擇，一個人與另一個人的連接，像骨牌效應，一個差錯導致另一個差錯，以至於事情逐漸導向無法挽救的局面。最終，有一個人做出了關鍵性的決定，終於那個戲劇性的時刻產生了，某個人成為了犧牲，其他人的生命也被改變了。

案子已破，所有牽涉其中的人到底誰會遭受懲罰，誰會因此獲罪，刑期如何，都不是他關注或可以干涉的，他的任務已經達成，接下來是司法機關的任務。

邱大山的父親在隔週病逝，邱家衰事不斷，神水社也大門緊閉，停止所有活動。陳紹剛將邱芷珊的日記與其他物品歸還，在邱家與邱大山見面，當時劉敏葳已經交保，劉正威仍在收押，見面時邱大山臉色憔悴，似乎受到重大打擊，這次的醜聞讓他鋪陳許久的立委選舉也破局了吧，邱芷珊剛失蹤的時候，大家都同情他們，連帶他去輔選鎮長時，也時常提起海山鎮的治安變差，應該換人做做看，把自己女兒的失蹤當作選舉攻擊對手的籌碼。如今事實證明，邱芷珊的死亡跟海山鎮的治安無關，或者該說，讓海山這純樸的小鎮變得複雜的，就是因為他將神水社引入了這個山城。

邱大山一臉鬍渣，還在對陳紹剛抱怨許多事，這個嬌生慣養的男人，從小到大沒受過什麼打擊，他那副自怨自艾的樣子讓陳紹剛打心底感到厭煩。

離開邱家，陳紹剛騎車前往汪夢蘭的住處，每次接近那座屋子，心中總會想起汪夢蘭說過政治犯林老先生的故事，那個古老的屋子，使他想起父親留給他那個位於郊區的屋子，曾經他與妻兒將屋子修繕好，組成一個安靜甜美的三口之家，曾經他是警隊裡破案率最高、最有前途的刑警，當事件發生後，他幾乎是倉皇離去的，只帶了簡單的衣物，就狂奔出門，那屋子還在原處等待著他，只是不知他何時才有勇氣走回去。

「我想去海邊。昨晚我夢見邱芷珊了。」汪夢蘭對他說。

海邊，汪夢蘭說過她怕海，所有一切與海有關的事物她都恐懼，但她說她想去海邊。

分離的時間到了嗎？參加過邱芷珊的葬禮，他已經沒有留在海山的理由，當汪夢蘭如往常那樣從背後摟著他的腰，風呼呼地吹，他騎得不快，那種想要狂飆閉眼一頭撞死在路上的衝動與需要已經消失了，他想起他們一起吃過的食物，海風餐廳、阿娥麵店，或是路邊不知名的麵攤，以及他騎車帶她去鄰鎮的知名肉圓攤子，那是大樹下一個小攤子，沒有座位，老闆就是丟給你一碗肉圓，你得用旁邊小椅子上放的剪刀剪開、加上醬料，樹下人人捧著一碗肉圓，那景象非常奇特，男女老幼，穿西裝或打赤膊的，什麼樣的人都有，但每個人只要吃起那碗肉圓，就是一臉陶醉。

他們一起吃過許多小吃，每次好像只是漫不經心路過停車，但那些地方都是他刻意找來的，就在他們查案的時候，訪談這人那人，或者在屋子裡關久了，反覆聆聽證言，聽久了會讓他頭痛欲裂。這時，他就抓起安全帽發動摩托車，帶她去吃東西。那一小段路程，他總是放慢車速，刻意在大街小巷停留得久一點。現在海山這些街道、巷弄、田野，對他已經是熟悉的景觀，這是許久以來，他對某一個地點產生了所謂的感情。

過去只是為了活命而吞下肚的食物，現在有了意義，他不免想起他妻子的好手藝，那時候他是個吃貨，除了在家吃，他們也是到處去吃，平時辦案總是胡亂吃個便當，得空的時候，他總是開車特別繞去喜歡的店吃飯，是啊，那是好久以前的事了，事情是怎麼開始變糟的？也是一件失蹤案，是國小一年級的小女孩，綁票勒贖，他們花了好長的時間找，當然，找到的時候小女孩已經死了。破案後才發現第一時間他錯過了重要的證據。那天是妻子生日，同事說，早點回去吧，我要是有那種老婆我才不會留在這裡。

大概就是那時候起，他逐漸開始流連在辦公室的座位直到深夜，他像強迫症似地反覆調閱監視器，反覆核對證物，反覆做每一件他做過的事，反覆各種角度思考、聆聽、閱讀那些已經熟爛的證言，他不能再犯錯。

「你是個容易有罪惡感的人。」汪夢蘭曾經這樣對他說。

「我也是。」她又說。

罪惡感，那到底是什麼東西，像藤蔓逐漸爬滿你的身體，占據你的身心，等你發現的時候你已被它侵吞、占有、取代，妻子不再做晚飯了，她說：「因為你也不會回來吃。」他無法對她說明自己正在對抗一種極度黑暗的東西，而他能用的方式也只能是現在這樣，「再給我一點時間。」當時他甚至無法這樣對妻子說。

他想要溫暖的床鋪、乾淨的餐桌、好吃的食物，兩個人面對面吃飯，一個遮風避雨的屋子。老天啊，他想要這些他曾經擁有卻失去的東西。他想要安定下來。但要怎麼做到？要如何開始？

他看著汪夢蘭拿著安全帽的樣子，那頂安全帽是他為她買的，她微笑著，為他的到來而開心，她笑起來的方式是全無遮掩的，一抹微笑自然而然在臉上綻開，這樣的神情總讓他感到自己不配擁有這樣的一個女人，她是那麼信任他，那樣全然地把自己交給他，可是他就要離開了。

他們去的是沒有海水浴場的海灣村海邊，走過崎嶇的礁石，才會到達那片沙灘，這裡景色並不優美，不知為何天空總是灰灰的，灰黑的沙灘，幾乎沒有遊客，有幾艘不知是否已經報廢的漁船停靠，海邊的村落房子都很破舊，他們沿著海灘走，汪夢蘭起初一直不言語，或許是被眼前的景象衝擊到了，今天浪高，一波一波地浮上來，看習慣之後，覺得海邊還是美麗的，有一種很適合他的淒清的美，也很適合即將分離的他們兩人。

「故鄉的海邊，時常瀰漫著一種臭味，一種混合了油汙、腥味以及不知名的味道，父親就是死在那樣的海面上，被海浪拍打、推送到岸邊，身體腫脹破損，面目全非。」汪夢蘭用作夢似的語調對他說。

「夢裡邱芷珊說：『我見到我媽媽了。』她在夢裡對我說，『死掉並沒有不好，至少見到媽媽了，她說小媽說的不對，媽媽沒有在地獄裡煎熬，她剪短了頭髮，看起來很有活力的樣子。』邱芷珊也剪短了頭髮，臉很素淨，真的是非常漂亮的女孩。我的夢裡死去的人都脫離了不幸。」

陳紹剛沒有打斷她，就讓汪夢蘭持續地低語。

「從小我就很會作夢，我會夢到死去的人，會夢到我不認識的人，夢總是告訴我很多東西。

「邱芷珊對我說謝謝。她真的很清楚地對我說，『汪姊姊謝謝你，你們找到了我，我很後悔那天晚上走進了神水社，我很懊悔自己一直逼迫林柏鈞，後來我知道了，愛一個人，不需要那個人同意。姊姊你要記住這句話喔。』」

汪夢蘭幾乎是對著大海說的，她大喊著：「爸爸，我長大了，我過得很好，我沒有變得不幸。」

他從腳底自全身泛起一片雞皮疙瘩。

「我知道你會離開，我知道時間到了，沒關係，你安心地離開，你做得很好，真的，沒有你，他們找不到邱芷珊的屍體，光是這點就非常不簡單了。」汪夢蘭握著他的手，十根指頭緊緊纏著他的手指，「我真的很快樂，沒有任何遺憾。」她的臉上好像有光似地，他沒有見過那樣的神情，不，他看過，那就像初生的孩子，還沒有受到一點點汙染。

他們在海灘上坐了很久，聽著海水拍打，浪濤來去，望著天空低低飛過的鳥，遠處，以及更遠處，一望無際的海面。

或許會漂過一艘船，或許會漂過一艘船。

「帶我們走吧。」陳紹剛低聲地說。

「帶我們走吧。越遠越好。」或許他沒有說出口。

# 第六部

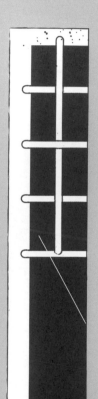

陳紹剛在邱芷珊告別式之後一週離開了海山鎮。我一直都知道他會離開，但等到他真的離開，離別之苦將我推回了過往的失能苦境。

我生命裡所有珍愛的人事物都離我而去，陳紹剛去了台北，我本也可以回到台北，這樣至少還可以看見他，但我還不想離開海山，況且他也沒有說要繼續跟我來往，對於我們之間的事，他什麼也沒說，我什麼也沒問。我以為我們有默契，但實際上的默契卻是誰也不敢開口，也不知道該承諾彼此什麼。

當他走後，我的生活落入虛空，我一個人住在林家老宅獨處，所有混亂的人事物都平靜了，大片空白的時間提醒著我，劉光死後我曾答應要幫忙寫林老先生的故事，但是我的心還被邱芷珊事件，以及陳紹剛的離去衝擊著，每到夜裡我就忍不住哭泣，感覺屋子空曠、孤寂，感覺被遺棄，正如當年父親死去的時候一樣，所有創傷反應都回來了，我不斷回想著與陳紹剛相處的細節，但那些細節裡也充滿著尋找邱芷珊的回憶，我大概經過了十幾天渾渾噩噩的生活，每天就是去海風餐廳吃飯，飯後就把自己關在老屋裡發呆，我覺得我的憂鬱症要發作了，但我一點辦法也沒有。

有天傍晚林先生特地來找我去喝茶，我已經很久沒去跟他們喝茶了，之前是因為跟陳紹剛到處跑，後來是為什麼我也不知道，我害怕面對林先生，怕他問我為什麼不開始做採訪。

「心情平復些了嗎？」林先生問我。

「不知道該怎麼描述，好像作了一場很長的夢。醒來卻發現那不是夢。可是原本的生活也回不去了。」一面對林先生，我總是自然地敞開心懷，許多話連自己都沒意識到就說出口了。或許這就是我躲他的緣故。

「對啊，這樣的感受很正常，人在發生重大事件的時候都會有種作夢的感覺，你不要覺得是自己不正常，這是正常反應。」他說。「想麻煩你有空多陪陪柏鈞，他還沒從那場事故裡走出來，他很自責。我也不方便跟他說，其實我們不知道柏鈞喜歡邱芷珊，如果早知道，絕對不會反對的，那些大人的糾葛不干孩子們的事，想不到柏鈞竟然會以為我們會反對，還引發了這麼多問題，說來，芷珊的死，我們也有道義責任啊。」

「難道林邱兩家沒世仇？」我驚訝地問。

「是有些恩怨，但沒到世仇的地步。當年父親入獄後，就把木材公司的股份都退出了，本可以拿到一筆款項，母親想要買下我們這附近的樓房，出租房屋當作收入，但與父親合夥的邱木火先生，也就是邱大山的祖父，說公司一時間拿不出這麼多錢，就跟我母親商議先領利息，本金再慢慢歸還，母親是厚道的人，也因為父親入獄的緣故，邱木火台北有認識的人可以請託，我們很多事還依賴著他幫忙，母親一個女人帶著一家老小，還要擔心父親的官司，實在分身乏術，於是產業跟官司的事都交給邱木火先生管理，當然也是因為信任他，他與我父親是結拜兄弟，以前兩家人親得跟自己人一樣。後來據母親說，邱木火說拿去『處理』父親入獄的錢，就花去了大半的退股金，但結果父親依然被判處十年徒刑，邱木火總是說，沒有花錢處理的話，早就被槍殺了。那時代那種氣氛底下，家人都想說撿回一條命就很好了，所以那些錢到底有沒有白費也無法確定。當時家裡有我們三個孩子，還有祖父母、姑姑跟小叔，我媽媽一個人要養這一大家子，非常辛苦，退股金的利息也不夠家用，但父親入獄後，邱家人就變了一張臉，母親說每次去拿利息錢都被刁難，付錢的是邱太太，總是一臉不情願，找藉口推託，甚至提起本金早就扣完了，現在給錢都是在幫助你們啊，種種傷人的話。為了營生母親在家門口擺了小吃攤，我們幾個孩子都去攤子幫忙，連老祖母也幫忙煮麵顧攤。等我長大些，就是我去拿錢，真的被刁難過很多次，每次總是覺得很難堪。那筆帳根本算不清，父親還沒出獄，據邱太太說退股金本金都已經沒有了，邱木火也避不見面，整個過程到底是怎麼回事，我們都不清楚，可能在過程裡一直不斷把本金拿出來去運作要讓父親出獄，被坑騙了許多錢。也或許是邱家在帳目上搞鬼，等到父親出獄後，去與他們理論了一回，回來後沒有多說什麼，據說是邱木火給了父親十五萬元，算是一筆結清，當時的退股金，可以買下街上好幾棟店面啊，最後卻只剩下十五萬，能做什麼呢？以前他們是結拜兄弟，一起做生意，我父親入獄，他們卻成了海山的大地主，所以要說跟邱家有仇沒仇，簡單幾句怎麼說得清。」林先生突然說起他父親，我心中一震，果然該來的會來，想逃也逃不了。

「那柏鈞父親的事呢？」我又問。

「唉，車禍那天下大雨，紅綠燈故障，兩車對撞，我們也不是全然沒錯，只是對方是邱大山的妻舅，一發生事故，邱家就派人來干預，警察都是聽他們的，其實如果照規矩來，詳細釐清責任，是對是錯都照著理法來辦的話，我們沒有怨言，但有人說駕駛劉正威當天喝醉酒，警局卻把當天的酒測紀錄抹消了，就是這件事讓我們不能釋懷，尤其是柏鈞的母親，她花了很長的時間去申訴、打官司，最後劉正威只判了緩刑三年。但我們也無法證實就是邱大山動的手腳，柏鈞他母親確實很恨邱大山，恨邱家人出了事只會掩蓋，他們來靈堂捻香的時候，柏鈞的媽媽對邱大山的妻子吼叫了幾聲，因為劉正威本人沒出現啊，從頭到尾沒來慰問一聲，都是邱大山派祕書來協調。後來賠償了一百萬，但那不只是錢的問題，我們想知道真相，但真相早已消失。就像我父親，含冤被關了十年，多年後領到賠償金，又能賠償什麼呢？」林先生無奈地說。

今天泡茶桌只有我跟林先生以及老鎮長，老鎮長突然說話了。

「我們這一代的人，都是活在恐懼裡的，所以家裡出了事，也不願意跟人起爭執，被欺負、算計了，也只能暗暗吞忍。我還記得當年林先生被抓時，我剛上小學，我父母親嚇得把大門都關起來，全家都從後門出入，父母不讓我們上街，很長一段時間，他們都會檢查全家人的房間，看有沒有不應該有的書籍或雜誌，甚至不願意讓我讀大學，是我極力爭取，我舅舅幫忙付學費，才完成了學業。我當初要選鎮長，父母一開始也不肯答應，他們不要我們參與政治，都是因為當年的事，他們寧願孩子永遠在鄉下種田，也不願意他們失去自由。」老鎮長繼續說：「我出來選舉的時候，跟黨外的人走得很近，那時候我母親每天都在哭，她看到黨外的人來家裡，都會跑去跟他們拜託，她不希望我參與政治。」

林先生感嘆著：「我們兩家的境遇很相似，家裡潦倒時，老鎮長的父親也曾來接濟，當時街上敢跟我們來往的人不多了，我母親也不願意遭人議論，幾乎都不跟親戚往來。她到死前都還在怨歎啊，說當年如果沒有被捕，三個孩子都可以讀大學。有時父親外出，夜裡才回來，母親會一整天都吃不下飯。她聽說父親跟獄中的朋友維持往來，還與父親吵架。我印象最深是父親有一次還嘴，大喊著我們沒有做錯，就走進了房間。我是偶而跟父親獨處，陪他喝高粱，他才零星講述一些往事。記憶中父親入獄前是個開朗的人，可是出獄後父親異常沉默，有時沉默得讓人都覺得不在家裡，我們時常還會以為父親不在，會慌忙地到處找他。」

他們兩人一來一往的對話，時空彷彿回到了過去。

「汪小姐，我從沒想過在你面前可以這樣自然地說出父親入獄的事，以往我們家人要說起這件事，總是說，父親失去自由那段時間，或者說，那時候。那時候三個字，好像包含了所有失去的時光。但是裡面包含的東西，卻怎麼也描述不出來。如今父親母親都去世了，老家搖搖欲墜，當初急切想找人寫家族史的心情現在改變了，我覺得邱芷珊失蹤到被害這段時間，好像整個小鎮都被影響了，不知道為什麼，那些本來與我們不相干的事，那些關於仇家的事，本應該是不會刺痛我的，等到邱芷珊的屍體挖出來了，我感覺就像挖出了我心裡一個很奇怪的東西，那原本與我們也不怎麼有關，細想之下卻覺得其實是相關的，或許因為你就住在我們家吧，之前看你跟那個陳先生到處去訪談，起初心裡也不好受，但我一直很相信你這個人，不知該怎麼說，自從我第一次見到你，就覺得你是會改變這一切的人，你身上有一種奇怪的力量，你會把這濃稠得幾乎攪不動的歷史掀動起來，或許因為你是外地人，或許因為你是作家，我對作家有種從父親那邊遺傳來的尊敬吧，我感覺你可以代替那些無法說話的人發言，感覺你身上帶著那個鑰匙，可以打開時光的鎖鑰，把塵封的東西都開啟。」林先生激動又溫暖地說著。

我忍不住握著他的手，「我拖了這麼久一直沒有開始做採訪，是因為我感覺我必須先去找邱芷珊。可是為什麼會這樣我也不清楚，或許是因為我總是半途而廢，我總是逃避真正應該做的事，我聽見陳紹剛講起邱芷珊，一個因為母親自殺而痛苦的孩子，我就覺得那像是我自己一樣，我是要去把自己找出來。我得先找到邱芷珊，才有辦法去聽老先生的故事。」說完這段話，我好像懂了什麼，所有發生在我身邊的事，那纏結成團的，看似不相干，或者緊密相連的，我們本以為只是些愛恨情仇的事，或許更根本的連結，並不是所謂的仇恨、冤屈，而是更為深沉的事物。

我們必須對真相鍥而不捨地追尋，正如陳紹剛所做的那樣，他是個妻離子散的人，連待在一個正常的房子裡都做不到，他卻能靠著追尋他人而活下去，我也是啊，來到海山鎮，我寫了幾年來第一個短篇小說，我看似不務正業，正事一件也沒做好，我總是待在陳紹剛身邊，跟著他來來去去，我成天就在那兒反覆聽那些錄音檔，看著那些用立可拍相機拍下來的快照，陳紹剛總是用這樣的照片，以及從警局翻拍的檔案照，一張一張黏貼在旅館的牆上，看起來很刺目，那些人物在照片裡呈現出來的樣子，都跟在現實裡不一樣，好像有什麼東西被吸乾抽走了，他們總是抗拒著鏡頭，卻又被強拍了下來，可是那些表情僵硬的臉，更接近他們本人。

「慢慢來，要緊的事要慢慢做。我相信你，無論你寫出什麼，我都會接受。」林先生誠摯地說著，他回握著我，那雙滄桑的手，那刻滿記憶的手指、掌痕深刻的手心，像在我掌中燃燒，我們就這樣握著彼此的手，也不管其他人的目光。過了許久，兩人才平復心情，繼續喝茶。我看見老鎮長在一旁拭淚。

林柏鈞從餐廳走出來，朝茶桌走來，我藉故要去街上買東西，請柏鈞陪我去走走。

這孩子總是陪著我，但我卻一直陷在因為陳紹剛離去的空虛情緒裡，沒有好好陪伴他，我們在入夜的大街上走著，就像兩個月前我剛到海山的時候，如今這條街我已經非常熟悉，不需要他的陪伴，但我還是喜歡跟他一起在街上走著，就像我依然是個路過的遊客一般。

「你最近狀況好嗎？」我不知如何開口，只能這樣發問。

「不好，我總是夢見芷珊，總是怪罪自己，暑假結束了，回到學校去，感覺更空虛，以前我總是在學校裡到處躲著她，如今是想要再見到她也不可能了。」柏鈞說話聲音虛虛的，感覺他整個人都散掉了似地，「我很想要芷珊的那本日記，但是拿不到，我好恨自己那一天所有的作為，可是沒辦法改變什麼，我不知道該怎麼辦，整個人就像陷在流沙裡一樣，覺得自己慢慢要被絕望吞沒。」他望著我，眼神盡是空洞。

「我帶你去看醫生？精神科醫師，我認識一位在台中看診的醫師，我覺得你的狀況需要看醫生。」我急切地說。誰都能想像他的情況有多糟，但也沒人想到可以帶他去看診，面對悲傷，我們似乎只能用時間去交換，但像他這樣的情況，遠比單純的失去愛人或失去至親更為複雜，我感覺他整個人被連根拔起了。

「看醫生會有用嗎？心裡破掉很大一個洞，醫生治得好嗎？已經死掉的人也不會再活過來。做錯的事，失去的時間，通通都無法挽救。」他像是夢遊似地自言自語，臉頰凹陷，變得好瘦好瘦。

「明天我就給醫生打電話，我陪你去看。這樣的事應該跟家人說，不要一個人忍著。」我說，柏鈞點點頭。我們採買了東西，又慢慢散步回去，我想著林先生的話，也感覺小鎮似乎有些不同，這世上所有的事物，都不會真的像表面上看起來那樣，等你真正深入它，總是會發現一層又一層可以不斷剝開的現實。

那天之後，我請林慧幫我借了許多關於白色恐怖的書籍，她寄來一箱書，有許多政治犯的自傳、回憶錄、訪談稿，我投入了這些書籍的閱讀，腦中展開一片新天地。我開始一一詢問海風老闆的家人，最先受訪的是林永風先生他的小女兒林美貞，她讀完護專，在鎮上的陳靜河診所當護士，已經結婚，還住在海山。

陳靜河診所據說是鎮上最古老、也最有規模的診所，全盛時期時有三科，內科、兒科、婦產科，林美貞就是在婦產科出生的。現在只剩下耳鼻喉科。

但鎮上的人，除非重病，感冒發燒頭痛、跌倒、被狗咬、農作時摔傷了腿，都是先來診所報到，需要轉診再轉診。

「唉，住在小地方就是這樣，缺醫少藥的，據說我媽生我的時候因為難產，差點就死了，後來身體一直不好。所以我才去讀護專。」林美貞說。

「我對祖父印象不深，他去世快二十年了，只記得小時候他會抱我去公所前面的活動中心泡茶，也帶我去搭過長途汽車，去了很遠的地方，他們說那是台北。

「我護專畢業那年祖父去世，喪禮上來了幾個朋友，說是互助會的朋友。他們給了我一些資料，說我祖父生病後，家族就沒人參與互助會的活動了，很可惜。我甚至不知道祖父有參加互助會，我爸爸也不知道，我們家對祖父當年坐牢的事很少提起，尤其是祖母在世的時候，她不喜歡家人談政治，我們家都不看政論節目的。當然啊，回到房間有自己的電視，就又都看起來了。

「我先生反而比較會跟我談，因為他們家也有政治犯，也是祖輩的，他們家對於平反很積極，參與很多活動。他是國中英文老師，從台南調來我們海山國中教書。我聽父親說祖父出獄回家後人變了很多，畢竟他以前是老闆，意氣風發，出獄後公司沒了，家裡只剩下一個小吃攤，祖父滿積極在賺錢，想要彌補家人，他先去獄友開的工廠上班，在工廠待了十幾年，五十五歲那年工廠老闆去世了，他變得很落寞，沒幾年就辭掉工作回到家裡，當時家裡已經開餐廳了，他早上都會去市場幫忙買菜，有時忙起來也會在餐廳幫忙端菜，不過大多數的時間，祖父的生活幾乎都是在他書房裡讀書，在菜園裡種菜，他喜歡爬山，每個月都會很神祕地出門幾天。

「祖父去世時，我非常傷心，傷心的除了失去他，也傷心我們從沒有讓他卸下防衛，讓他對我們敞開心胸，我總是懊悔自己在他身旁的日子，為什麼不多跟他說說話，那個時候我太小了，根本不知道自己那段時間是他心裡的支柱，他去哪裡都要帶著我，但是我上國中之後就都忙著交朋友，不太跟他出門了。

「但即使有這麼多遺憾，面對著祖父留下的那些書籍，我還是不敢去看，不只是我，我們家族對於祖父的死似乎都帶著愧疚感。後來很長的時間，他就獨自住在後面的小屋裡，不喜歡有人去打擾他，他也不到餐廳來吃飯，他的神思已不在現實裡，至少，看起來是如此。我爸帶他去看過醫生，說是阿茲海默症，當然更需要照顧啊，那時可以去幫忙的只有我姑姑，每天進去幫他洗澡，準備食物，但都是被打罵趕出來，姑姑哭著求他，強力綁他，勉強餵他，每次回家都筋疲力竭。那些景況我後來聽姑姑說起來，都覺得想哭。祖父太慘了。

「祖父死後這些年，我們時常談起他，卻都是揀選好的回憶，比如他很會做紅燒牛肉，過年時他總是會寫春聯，祖父對孫子很慈祥，很喜歡讀書，我們家每年都會拍一張全家福，是祖父要求的。我們的談話總會自動繞過那一段祖父不在家的時光，像是在躲避什麼似地，這是我們家族的特色。所以當我聽說我爸找人來寫家族史，真的很吃驚。但好像也是到了應該做這件事的時候了。」林美貞對於祖父的回憶不多，更多的是懷念與想像。

隔天，我訪談了林永風先生。

「父親入獄時，我還不滿六歲，直到我上國中之前的那些年，家裡日子都很難熬，每個月管區都來巡查，鎮上的人也漸漸少來往，母親為了貼補家用擺了小吃攤，想說可以做附近工廠外地人的生意，攤子漸漸穩定了，我們三兄妹也一個一個都上學讀書，假日幫忙打工賺錢，經濟才有改善。母親因為要顧攤，很少去探望父親，父親被捕後第二年開始被關押在火燒島，綠島那些年我們只去看過一次。那次的景象我到現在還記得，搭火車，搭船，一路上都在吐，那個島好荒涼，可是海水很美麗。那時父親已經離家七年多了，他變得很瘦很黑，但是看起來沒有不健康的樣子，短暫的會面時間，父親給我看當時獄友做的小提琴，好神奇啊，他說他不會做小提琴，但是他做了貝殼相框送給我，至今我仍保存著。

「最痛苦的是，母親長年都會作惡夢，也常夜哭，這些事我們都假裝不知情。結果父親出獄後，也常夜夢大叫醒來。因此，我們家很少提起父親失去自由的那十年時光。那是我們家的禁忌。

「但後來我才知道父親還跟一些當年的獄友保持聯繫，也參加團體，這些事都是在父親去世後，我才弄清楚的，主辦單位有聯繫我，我去參加過互助會的聚餐，不過因為父親已經去世了，我去過兩次也就沒再參加了。

「因為父親的入獄，早年我很有自卑感，也不太有安全感，這可能跟我母親的態度有關，母親對於父親突然被抓走的事很恐慌，我們小時候她每天都會反覆檢查門窗，外面稍微有風吹草動，就會提著包袱要帶我們從後門逃走，她在門後放的那個包袱，裡面擺著我們的身分證、戶口名簿、金條跟現金，她相信有人長期監視我們，隨時我們都可能被抓。即使到了父親出獄，她也沒有放掉那個包袱，想到母親的種種行為，我都還會想哭，父親不在的日子，她幾乎整天整夜地在工作，我們家還曾出租給工廠上班的外地人，她給他們煮飯洗衣服，賺取家用。母親容易失眠，夜裡時常在客廳走動，連帶父親也睡不好，我年輕時代印象最深的，就是他們兩個深夜踱步的聲音，那些帶著驚恐的步伐，就像是往事的回音，使我也難以入眠。直到我結婚後，我心裡都擺脫不了那份驚惶。我妻子對我幫助很大，她帶我去爬山、去練氣功，也認識很多山友，我是這樣靠著爬山涉水，慢慢找回自信，也逐漸擺脫了失眠的困擾。父親生前或死後，他的存在都像一團迷霧，讓人無法靠近，也沒辦法逃脫，我自知父親孤寂，可是我也找不到親近他的辦法，到父親病後，我反而比較能接近他，我會幫他擦澡，帶他去醫院，父親變得無助，好像我變成父親，他才是兒子。那段最後的時光，我們共處了很久，可惜父親什麼都不知道了。」

我與林先生聊了一下午，林老先生離家後的很多細節他都記不清了，反倒是林老先生回來後的時光，有一段日子很安穩，林老先生在工廠做事，家境漸漸改善，林先生高工畢業後就去外地工作，結婚後才回來接管餐廳，餐廳一直由他母親與太太掌廚，生意越做越大，先買下老屋，直到林老先生生病時，家裡已經買下餐廳那個店面。

接下來的日子我陸續訪問了林先生的弟弟，以及他們的兒女，大家的描述都差不多，林老先生是因為參加讀書會、聽演講就被牽連，就這樣關了十年，至於林老先生為何被捕，沒有人真正明白原因，林老先生在獄中似乎受到刑求，細節無法確定，因為都是從去世的老太太那邊聽來的，老太太繪聲繪影提起父親被水刑、拔指甲、電擊，內容極為恐怖，那些話也可能是老太太用來恐嚇他們，不要亂說話，不要參與政治。

我透過閱讀的資料、親屬的訪談，以及我自己的想像，寫了一篇關於林老先生的文章，交給林永風先生。我很心虛，知道自己寫得還不周全，可能也不正確，他到底如何涉案、被捕，眾說紛紜，他被刑求的程度，家人的說法也不一致，林先生說母親一次次哭著說父親被電刑、拔指甲，打得很慘，但父親自己沒說太多，只是他胸口有被棍棒毆傷的舊傷，多年後都還會痛。

文章內容很多都是我自己的想像，也參考了許多受難者的自述，這只是第一篇文章，我想捕捉的是那種原本過著簡單平淡人生，卻在一天之內落入了恐怖的遭遇裡，那種心理的轉變。林先生說過讓我放手去寫，我也就試著大膽想像，但是寫作過程裡，我接觸到一九五〇年開始的那一場大逮捕的許多資料，就感覺自己走進了一座迷霧森林中，每次我閱讀史料，總會不自覺淚流滿面，我上網搜尋受難者的紀錄片，幾乎是邊看邊哭，那些真實的故事，使我不知如何是好，我讀的資料越多，越感到迷茫，我參考許多政治犯的生命故事，卻感覺離林先生越發遙遠。

那些故事都非常類似，大多數的政治犯都在二十幾歲就被抓了，情節幾乎如出一轍，跟我筆下的林先生一致，他們在各行各業，有醫師、老師、工人、學生，幾乎都是不明所以地被抓走，無故被牽連，正如我所寫的，開讀書會、聽演講、跟同學聚會、閱讀左派書籍，那個時代，似乎只要牽涉到聚會，就可能被無故抓走。

已經有那麼多倖存者的傳記，都是他們口述或親筆寫下的，有那麼多人寫下自己的故事，但還是不夠，那一個充滿迷霧的時代，有多少家庭如林先生家這樣，一夕之間失去至親，生活完全走樣，這些破碎的家庭，有些人的父親母親被抓走後，回來只剩下骨灰，更有些人被葬在亂葬崗，屍骨難尋。有些人的兒子女兒在被抓上吉普車的時刻，就與父母永別，幸運者如林先生這樣，被關押十年十五年甚至二十年，回到家庭，卻如何也難以融入社會，甚至與家人產生隔閡。

我獨自一人在老屋裡閱讀寫作，屋裡瀰漫的舊時代氣氛使我猶若置身白色恐怖年代，靜夜裡我也感覺到周身的恐怖，夜裡我把燈關上，眼前看見的，都是他們所描述的那個牢房，密不透風，有幾個人輪流搖動毛毯帶動風流，我彷佛聞嗅到那股瀰漫汗臭、體味與一旁糞桶氣味的牢房，我已經幾乎置身其中了，卻始終有疑惑，我參透不了，讀的資料越多，我越感到自己的無知，那一大段歷史的空白，這些人的自傳、紀錄，只是點點星星，還無法照亮整個天空。

我既無法寫出老先生的自傳，也不能將之寫成小說，我只能靜靜地等待。

## 〈家族史試寫〉

倒數八小時。一九五一年六月二十九日，是個尋常的夏日，乾燥炎熱，臨出門前妻子美蓮追下樓將他忘了帶的草帽跟手帕遞給他，妻子溫柔地笑說：「走路小心，不要胡思亂想。」「謝謝你，我去上班了。」他對妻子說。彼時，妻子只是鄰居家的一個女孩，時常到他家來跟姊妹玩，後來眾人都發現她對林俊才的好感，幾乎是主動想要嫁予他了，這個鄰里間知名總鋪師的女兒陳美蓮，長相端麗大方，求親者眾多，卻不知為何看上他這個愣頭小子，起初他自己根本不知有這層意思啊，只將她當成另一個小妹對待，直到家人提醒「也該去提親了」，他才意識到家人早已將這名性格開朗直率的女孩視作家人一分子，是他理所當然的新娘。婚後這許多年來，他時常不在家，中間有三年到台北去實習，回鄉後，也因為工作緣故四處出差，但妻子從不抱怨，妻子讀過私塾幾年，也上過公學校，能讀會寫，性格強烈，敢愛敢恨，卻又有為人妻母的賢良，當他回味著妻子僅只在他面前會出現的溫柔笑顏，心中一陣溫柔蕩漾，這樣美好的妻子，主動選擇了他，是自己人生多大的幸運。

他照例走路去上班，木材行位於家屋東北方靠山的方向，徒步走路二十五分鐘，每天上班路上都會遇見的朋友照例都遇見了，在金山雜貨店買了報紙、香菸，他特別留意了天空的雲，有點低壓沉重、略灰的雲，移動得快速，他看見山嵐繚繞，從此處看去帶著神祕感的山巒，是他們少時的遊樂場，他年少時山並不高聳，有許多人去砍相思樹回家燒柴，他記得一年山裡大火，在這個位置也能看到濃密的黑煙。

他在想下午是不是會下雨呢？用力聞嗅了空氣，當然，並沒有太多異樣，妻子今天準備的便當是什麼？飯糰？香腸？煎帶魚？筍絲控肉？自小被祖母養得嘴叼，想吃的都是些膩口的食物，他的公事包裡有一本俄國小說，翻閱的時間有限，他只是攜帶著，讓這本書像是一個無法兌現的夢，存在於他現今的生活裡，象徵著他曾經、真實發生、卻又主動取消的理想。書籍、水壺與鋁製便當盒在步行間相碰撞著，發出輕微聲響，這些聲響與路上的景觀，形成他每天必經的風景，是構成他安穩人生最小的單位。他沿途閒適地走著，倘若經過幸運草，興致所致，還會彎腰拔取，今天拿到一片四葉幸運草，這將會是美好或平凡的一天呢？他思想著，隨後將葉片夾進了書本裡。

倒數五小時。木製廠房寬大，一角闢出辦公室，內有他與兩位文員，他並不整日待在辦公室，大多是上午花兩小時處理文件與訂單，接著就去工廠巡視木料、機器，交代領班今日所需事項，下午會到材料處理區看進出貨的狀況。三十一歲的他，繼承家業接下木材行也已經三年了，每日幾乎忙不停歇，如此努力的結果，業務擴大範圍，營業額也增加了一倍，母親總是說，林家總算出了個好男人。

尋常的一天，打開便當盒，今日菜色是白米飯、煎帶魚、香腸、炒高麗菜與菜脯蛋，吃完便當看報紙，飲完玻璃杯泡的茶，起身滿足地伸了懶腰，這個育有三名子女、正要邁向人生高峰的男人並不知道，再過三小時，有三個男人會從紅色吉普車上下來，走進他的辦公室，用手銬反銬他雙手，將他帶走，輕易就改變了他的人生。

少年時，祖母犯頭風，他就被派去街上濟生堂買藥，回家後交給母親熬煮，祖母疼愛他，故湯藥都由他端進屋，一口一口餵祖母吃，祖母時常要他留在漆黑的房內陪伴，高大紅眠床，厚重綢面被，祖母披散頭髮，身著雪白內衫，一旁的五斗櫃檯面散落大大小小手飾，祖母零碎對他談起過往，位於台南的老家，三進的大院，家丁僕役，經商的父親極寵愛她，總為她收集各地珍寶，帶她吃盡各地美食，祖母談起那個人口眾多的家族，各房各院大大小小的爭鬥，像是說不完的故事。他聽著偶而會睡著，祖母自己說著也睏了，一老一小窩在鋪上睡去，不分日夜，這屋裡總是瀰漫慵懶氣息。

父親總說他是被祖母慣壞了，但相較於散漫的父親、始終哀愁的母親，祖母對他的需要遠多於愛，他對祖母則是生來一種油然的責任心。他記得祖母時常在房裡呻吟，但只要他進房，在床邊上一坐，祖母皺巴巴的臉蛋就舒展開來，服過藥之後，他仍賴在祖母床邊陪她說話，那時屋子裡瀰漫著濃濃湯藥與門後的尿桶腥臊味，祖母身上的衣服總是有樟腦的氣味，但身子卻瀰漫花香，屋裡暗暗的，點著一盞小油燈，祖母說話時比劃著手，一切都像夢一樣，那時的他只是個被溺愛的孩子，無法遙想未來，人生將要面對多少風波。

祖屋是寬闊的三合院，院子裡植有各種花木，他喜歡的是一棵含笑花，一棵棗子樹，以及靠牆邊高大的苦楝，扶桑開花時，滿牆都是紅豔豔的，襯得院落喜氣，但他最喜歡苦楝開花時一整片的紫，他看過母親站在花下，朦朧紫影裡母親的臉看來格外淒美，不知為何母親臉色總是哀愁的，或許祖母不喜愛母親，或許是父親不爭氣，也或許那是天生的氣質，但母親非常美麗，或許是他見過最美麗的女人了。

他也喜歡棗子結果收成的時日，鄰家的孩子都來了，大家紛紛撿起落果來吃，大人則抬頭伸手摘下樹上的棗子，人人都是歡欣的。那株身量不高樹身卻很壯實的含笑，據說是老樹了，依然可以結出滿滿的花苞，含笑花是祖母的愛物，還含著苞就噴香，摘下來別於耳畔，手拾一把擱在床頭，就滿屋暖香。三合院裡，院子清幽，草木繽紛，屋裡的梁柱、家具都是上好的木頭，曾祖父重排場，吃飯時間全家齊聚客廳，男人一桌，女人與小孩一桌，到了祖父掌家時期，他經常不在家吃飯，就是祖母一人維持，祖母娘家經商，家世良好，嫁到林家來，還帶著娘家的遺風，偶而吃些鴉片，對於家裡大小事都有主張，鴉片癮犯的時候脾氣不佳，只要躺上鴉片床，她就眉開眼笑，對誰都和氣，對她來說比湯藥有效得多。

林俊才生於一九二〇年，林家世祖於清朝從大陸漳州越過黑水溝遷台，定居於日本時代的海山鎮。

上公學校二年級時，他與父母親從三合院搬遷到街上居住，住家位於鎮上主街最繁榮之地，一樓是店鋪，二樓住家，這一整條街都是這種二樓建築，長長的屋子，從前街通到後街，可雙邊出入，騎樓寬敞，街道平整，有各種商家，林家家族裡出過清代的秀才，到曾祖父手上還有十甲良田、精米廠、木材行，曾祖吃鴉片、祖父嗜賭，一代敗落一代，百足之蟲死而不僵，到了林俊才父親手中時，只剩下木材行。

林俊才習過幾年漢文，能讀能寫，從公學校高等科畢業，日語聽說讀寫即已流暢，他本意欲與堂哥到日本讀高中，續讀大學，但父親執意要他在台讀書，可以即早接下家業，林俊才只得妥協，公學校畢業，就讀高等科，然後讀商業學校，畢業後開始學習接手木材行工作，二十五歲娶妻，隔年大兒子出世，他到台北三年，於新店的木料場實習，老二出生，回苗縣後，正式接管家業，相較於祖父與父親，林俊才全心投注於工作，穩住傾頹的家業，可望在他手中恢復林家榮景。

戰爭結束，國民政府來台，諸多政策變動，對林家亦造成頗大衝擊，首先是米價上揚，一月數十倍，竟至無米可售，精米廠不得不歇業，父親作主將米廠轉售，卻遇上舊台幣換新台幣，四萬換一元，所得縮水，市面上物價飛漲、人心惶惶，惟木材行生意穩定，給與家中重要支持。

另一衝擊是二二八事件發生。

諸多陰影於一九四九年底漸漸散去，市街恢復平靜，林俊才也將生意擴展至台中、台北，時常各地出差，結識諸多友人。

一九五一年六月二十九日那天，他如常到木材行上班，門外走進三個穿著米色夾克的男人，「林先生請跟我們走一趟。」「有什麼事嗎？我正在上班，可以下班再談嗎？」林俊才問道。男人回答：「派出所有事要問。」操著口音極重的北京話，語氣和緩，神情卻很嚴厲，雖說是「請」，卻更像是命令，辦公室同事議論紛紛，林俊才跟隨著男人們走出室外，「請問發生什麼事嗎？」他想到的或許是愛賭博的堂哥又欠下什麼賭債，但眼前的男人不像賭場的人，更像是公務員，他突然想起男子沒有表明身分，自己竟然就跟他們走了，或許是因為不想在下屬面前丟臉，他竟連要求看證件、請對方表明身分這些動作都沒做，基本法律常識自己還是有的，一點點威嚇竟能讓他失常，他警覺起來，問說：「你們是哪個派出所的人？沒見過你們？可以看一下證件嗎？」方才說話的男子厲聲回答：「到派出所後想看多少證件都可以，現在給我安靜。」

看見門口停著的紅色吉普車，他心裡有不祥的預感，上個月他的同學吳金吉據說也是被吉普車帶走，至今下落不明，林俊才轉身想走，夾克男子抓住他的手，另一個男子拿出手銬將他銬上，押進了那台吉普車裡。車子開動，他從吉普車車窗往外看，看見同事站在警衛室，神情緊張地望著他的方向，他對同事搖搖頭，也不知自己為何做出這種動作，事後回想總是後悔那天自己的諸多失常，不但不祥，也顯得毫無警覺。

冰冷的手銬提醒著他，也只是兩三年前的事，二二八當時，他曾眼見過倉皇奔走的行人，與路邊被槍擊的學生，念頭思及此，一種恐怖感覺油然而生，戰後的台灣每一天都是人心惶惶，未來不可預測，政策時時都在改變，他們家族也在國民政府遷台後的幾項措施中失去了部分財產，在他手中，木材行終於成功擴展，他總是四處出差，交遊廣闊，那曾是一段意氣風發的日子，雖然經商，他卻愛讀書，少時學過漢文，也能說漢語，他在台北認識的郭先生是高中老師，借他許多書籍，也帶他去認識各種朋友，當時局勢動盪，大家談論國事，難免義憤填膺，他雖是商人，家境尚可，但見到光復後故鄉鄰里的慘境，不免悲憤。

在新店實習那幾年，是他最好學上進的日子，離開父母與妻兒，與同事住在宿舍，白日忙碌工作，夜裡可盡情讀書，滿足了他無法赴日求學的夢想，郭先生常在宿舍裡開講，教授漢文，閱讀許多左派書籍，郭先生講授孫中山三民主義，說民生主義即共產主義，又說馬克思資本論，讓他們閱讀五四時代文學作品。林俊才拿到什麼書都讀，郭先生講的任何思想、理論、評論，他都認真聆聽，團體討論時他話雖不多，內心卻也開始建設自己的思想。

他在吉普車裡不斷想起的是母親去世的景況，母親臨終前嘴裡念念不忘慘死槍下的親友，母親握著他的手，要他「一生不要牽涉政治」，「要兢兢業業發揚林家祖業，要為無後的娘家祖先上香祭拜」。他一直謹記母親教誨，萬萬沒想到自己跟隨郭先生的學習，在政府當局眼中，就是一種「牽涉政治」。

隨即意識到自己此行恐怕凶多吉少，但他不知道的是，自己即將面對的恐怖是無邊無際的，即便你的想像力如何豐富，也猜想不出自己的命運。

他內心勸慰自己，時到時擔當，別多想，車子離開省道，開上大路加速前行，他不知道他們要將他帶去何方，對面的男子惡狠狠地盯他，他閉上了眼睛。

吉普車沒有帶他到派出所，而是將他帶到了某個不知名機關，他被反銬雙手強行拉下車，只覺周遭瀰漫恐怖氣息。

多年後，當他第一次對兒子說出那關鍵的一天時，他不斷地強調，「如果我當時不要跟他們走可能就沒事了」，兒子勸慰他說：「爸，那是他們強硬逮捕你，你抵抗也是沒有用，不要責怪自己。」話說出口林俊才才驚覺自己一直反覆處於「倘若當時我做些什麼就不至於發生此事」這樣的思想裡，而這卻是他第一次對人說出口。

被捕那年，林俊才三十一，妻子二十五，大兒子五歲，二兒子三歲，小女兒剛出世，他踏上吉普車，黑幕降落他的眼前，他知道有災難了。

他先被送到保密局關押，而後送至軍法處看守所，囚房裡擠滿了人，得輪三班睡覺，輪流站立或躺臥，得將毛毯拉開，派兩人不斷搖晃，才能使凝固的悶熱空氣稍微流動。夏日的熱氣與人體的汗水、血液、房內的馬桶，蒸發出一股令人無處可逃的腥臭，林俊才初到囚房，就睡在馬桶邊，常被旁人的小便濺濕，剛開始要當眾解便，於他更是難堪，第一週根本解不出糞便，到第七天卻又狂瀉不止，惹得眾人頻頻作嘔。此後就不斷在便祕與拉稀之間搏鬥，在羞恥與尊嚴間掙扎。

赤身裸體的幾十個大男人關在一房，有數十個不同的心境纏繞，時常有人低聲說話，控訴自己的遭遇多麼冤屈，也有人心思沉靜，關懷他人，遇上牢房裡有精神躁動者，鎮日鎮日地抱怨、哭泣、嚎叫，大家日子更難過。

囚房囚禁的，不只是人的身體，也設法要使你的意志、心神、尊嚴、信仰與一切作為人所應該擁有的，全部摧毀。

每天早晨被叫出去的人，總是被槍決，而夜晚被拖走的，則是被抓去拷問了，在隔天被扛回來時，幾乎都變成另一個人了。

大家把報紙抄寫在小紙條上，輪流翻看，家屬送來的食物，平均分配。

每日都有人被喊出去槍決，或帶出去訊問。頭一個月他只是被囚禁著，不曾被喊去問話。每天早晨他都唯恐守衛喊出的是他的名字，但又為自己的私心感到慚愧，有人被帶走時義憤填膺、有人崩潰大喊，也有極度從容者，脫下襯衫長褲，交予他人，只著內衣，低聲與旁人告別，慷慨就義。

牢房裡響起安息歌，歌聲如哭，他流下了眼淚。

他永遠忘不了的是那些持續的嚎叫，那些或男或女，或已分不出性別年齡，分不出是哭是喊，是尖叫或是哀號的叫聲，那些彷彿從骨頭裡滲透出來，從每個毛孔爆發出來，他以往從未聽聞過的各種嚎叫聲，那些聲音，在後來的時光裡，他也從自己的嘴巴、毛孔、頭腦裡發出聲來。

那些在在要考驗你的不只是你相信什麼，知道什麼，可以吐露什麼，願意承擔什麼，更在於即使你知道有人說出了你的名字，你依然無法只是心存報復地想著，那我也說出誰吧，你氣憤於某某人牽連於你，你卻無法輕易地牽連出誰，每一個名字都那麼沉重，越是在肅殺、嚴刑拷打之中，在那些訕笑、叫罵、恐嚇、威脅、利誘中，你越發覺得那些存留於你腦中的名字的貴重，他們不但要你承認你並沒有犯下的罪，最終，他們還要你真正去犯罪，去做出你不願意做的事。問題不在於求生的不可能，更在於求死的不可能，於生死之際最可怕的是那些看似永遠不會停止的刑罰，那些你自知可能通過不了的痛苦，每一次都在逼近你的極限，讓你知道你最終會放棄，會鬆口，會點頭，會讓他們捉住你的手按下指紋，於那些寫有被捏造、歪斜、曲扭出的他們所謂的事實之狀紙上，讓絕望之中的你還要更絕望地體會到，你終於說出口，點了名，蓋了手印，你是有罪的，你沒犯下他們所指控的罪，卻犯下了自己心中之罪，那個第一個被說出的名字，像一個永遠不會癒合的傷口，往後會在你的一生裡慢慢侵蝕你的心，而你甚至不知道，說出這個名字，是否意味著必須說出第二個名字，正如你的名字當初被某人招認而出，這是他們對你犯下的第一個罪行。

在軍法處時，人人都在議論，每天都有人被喊出去，就不曾回來，都說是被抓到馬場町槍決。

有人每天早晨都將自己擦洗乾淨，換上白襯衫與西褲，準備赴義，儀式一般日日如此，那位文雅的先生自知會死，要死得尊嚴，同房獄友莫不惻然。

他不知自己吉凶，但恐怕凶多吉少，大家都說只要還活著即可，刑期無論長短，反正很快要解放。

安息歌不絕於耳。

關押兩週後開始訊問，獄友盛傳遭受各種嚴刑逼供，老虎凳、坐飛機、指尖插針、拔指甲、灌水，似乎仍在翻新酷刑的種類，看守所裡的同房日日接受各種逼供，二十四小時都能聽到慘叫哀號。輪到他時，他被棍棒襲胸，感覺肋骨斷裂，呼吸都會痛，他坐飛機，每次都狂吐，這些都忍過，最後卻在被拔掉兩個指甲時達到極限，他簽下第一份自白，公認加入沒有實際參加的組織，這也是他第一次意識到自己雖然孔武有力，卻也怕死怕痛。自白之後，還未結束，第二階段，招認同夥，揪出主事者。這就是他無法做到的了。不供出同夥與主事者，那主謀就是你，只有槍斃的份，想活，就把同夥說出來。

雙手反銬，被兩個警察架起，半推半拉將赤腳的他推進那個幽暗的房間時，他首先感受到地板的潮濕，幾乎是涉水走進那個房裡，警察要他坐進一張椅子，將他雙手綑綁在椅子扶手上，腳趾夾上某種東西，繼續逼問他那些已經問了幾天的問題。

吸收了哪些人？組織開會地點？預謀起事的日期？

名字，我們需要的是名字。

「名字。」具體的人事物地點，他不知如何從虛空中揑造出那些不存在的組織與聚會地點，就在這時，一陣強烈的電流如雷擊貫通了他的全身，劈哩啪啦的電流聲轟鳴。電擊，是至今最難以承受的痛苦，他全身強烈痙攣，在瞬間屎尿失禁，感覺全身血管爆裂，頭部的痛苦更為強烈，他發出前所未有的嚎叫，那聲響連他自己都感到恐怖。

「名字。」特務繼續說。

從此，名字會與強烈的電擊連繫在一起，他聞嗅到自己身上的惡臭，以及失禁時那種無法逃遁的羞恥，那絕對是瀕死的經驗，生命裡所有東西都在瞬間被吸空抽走，剩下的只有痛楚與麻痺。

「你不怕死，難道不怕小孩子在上學的路上出什麼事嗎？」特務問他，語氣森冷，他感受到比酷刑更恐怖的威脅。

舉報他的人是他一九四八年前在台北新店時認識的王先生，王先生是郭先生的朋友，來過宿舍幾次，他們幾個人會在他房間吃消夜、談話，王先生一九四五年從大陸來台，二二八事件時就想起義，後來因母喪而退出，那次行動後來沒成行。

於他來說郭先生與王先生是他憧憬的人，有知識有學問有抱負，他也曾嚮往成為這樣的人，但要繼承家業，不能隨心所欲，那幾年他跟著郭先生參加讀書會，也聽過很多次演講，對於大家討論的事，發表的論點，都深感佩服，夜裡常在床上反覆思考，自己果然還是井底之蛙。

那都是幾年前的事了，要說王郭兩位先生是地下黨人士，他是相信的，他們都有社會主義理想，閱讀的書籍也大多是與此相關，言談中也曾聽過先生們談論組織的事，但林俊才是不久後就要回故鄉的人，與組織始終保持距離，妻子是絕對不允許他碰政治的，他也自認不是參與組織有能力發動任何事件的料子，畢竟一家老小都靠他吃飯，扛著家庭與工廠，沒有多餘心力從事其他活動，於他來說，那三年是他努力吸收知識，追求屬於他自己人生的理想，那是一場知識的假期。

沒料到那個假期卻惹來了殺身之禍。

但王先生供說他加入了組織，這是絕對沒有的事，但他知道王先生絕對是不得已才會供出他，他想到的只是，連他的名字都被供出來，那麼當時木材行的幾位朋友，郭先生、林先生，是否也到監牢了呢？據說王先生逃亡了一年半，大多使用假名，那麼這逃亡路上他接觸了多少人？

思及此，他感到不寒而慄。

牢房裡大家都在討論，今天又槍斃了誰誰誰，越聽越感到恐怖，他夜裡總是睡不好，無論白天黑夜，醒著像睡，睡著像夢，睜開眼，是最恐怖的時刻。

文章完成之後有一個晚上，我看見林老先生了。

我在一個陌生房間裡醒來，四周是白牆、木門、單人床鋪，天色應該是早晨，窗戶透進晨光，視線裡突兀地被什麼阻擋，我清楚看見有一個老人坐在我的床尾，我起身走向他，看見他神色哀愁，面容枯槁，可是眼神裡有一股特別的溫柔，他的雙手輕輕地抬起，舉到半空又像想起什麼似地停住，而後慢慢垂下。他是林老先生嗎？老先生穿著白色短袖襯衫，花白頭髮梳理得很整齊，眉間像被刀刻出兩道深深的皺紋，我想著，但是他已經去世了啊，「你已經死了，為什麼出現在這裡？」我對他說，他愣了一會，突然感到抱歉似地刷紅了臉。我問他，「死去很痛苦嗎？」老先生不言語，他低下頭，緩緩打開襯衫的扣子，我看到他的胸口有一個明顯凹陷的黑印。他說：「這是被特務用棍子打出來的，痛了幾十年啊！」我伸手去摸那個黑印，他似乎很痛的樣子，身體往後退了一下，「死掉還會痛嗎？」我問他，想起了父親腫脹的身體，被海裡的生物啃咬過。「這種痛苦會一直存在著，即使沒有肉身還是會痛。」

「你想要我來寫你的故事嗎？」我問他。

老先生默默將襯衫扣子扣回去。沒有言語。

「但是我什麼都不懂啊，不管做什麼事，都半途而廢。你兒子給我的資料好少，他說你生前都很少提起這些事，你願意被寫嗎？你知道他們為什麼要找我幫你寫傳記嗎？」我持續追問。

「你還記得你父親嗎？」他反問我。

「被遺忘是很痛苦的。」他說。

「被遺忘等於不存在。」

說完這句話，他突然站起來，拿起床邊的椅子，站上去，他動手摸索著掀開天花板，突然打開了一個夾縫，兩手一推，就爬進了那個夾縫裡。

我望著他曾經存在消失的那個空間，許久許久，想著這一切到底是怎麼回事。

而後我醒來了。

是作夢了，我總覺得那不是夢，即使我看到的那個空間與現在我所的房間有極大的差異，至少我現在看見的牆壁不是白色的，天花板也不一樣，但正如我夢見邱芷珊那晚的情景，太逼真了，邱芷珊並不像照片上那樣長髮飄逸，而是剪了學生頭，模樣非常清麗，我從未見過她本人，但夢裡的她就是我想像中的樣子，她一點也不驕縱，反而明亮開朗的。

老先生也是如此，即使我看到他胸口過去被刑求的痕跡，但我在他身上看到一份清明，彷彿看透了一切的了然，我不知該如何說明這種感覺。

我爬上椅子，仔細搜尋天花板，發現木板有一處可以掀開，天花板上有夾層，儲放許多雜物，其中藏了一個木盒子，我把木盒搬下來，發現裡面有許多信件與一本筆記。信件大多是他與獄友的來信，而筆記大多是讀書心得，以及詩句的抄寫，但筆記最後有好幾頁，看起來是自白。

我開始整理林老先生的筆記，內容以日文、中文與羅馬拼音交雜而成，幸好我會日文，不夠清楚的部分還用郵件找台北的翻譯家朋友幫忙，筆記內容散亂，我起初只是瀏覽翻讀，最後才逐一翻譯整理，許多部分我加上連接詞，修改形容，重新造句，整理成條理更清楚易讀的文句，第一階段的筆記，大多是對於當初被逮捕的經驗、坐牢的回憶，到了第二階段，老先生似乎處在極為混亂的狀態裡，我發現了與前面截然不同的敘述。

如果我的生命即將結束，孩子，我想要告訴你們的是，我曾經是一個地下黨員。我應該說，我曾經加入共產黨。我並不是如我自己宣稱的那樣，只是去參加讀書會，聽演講。我確實曾經在一個屋子裡，與王先生兩人，面對五星旗，舉手發誓，一句一句宣誓，加入了他們的黨。

我反覆看了又看，確實是這個意思，我沒有誤解，這完全推翻了我之前交給林先生的文稿，那段被屈打成招、羅織罪名的遭遇，在此處有了完全的翻轉。拷問與刑求是確實發生的，但他曾經加入共產黨也是真的。過去幾十年來家人一直都以為他只是去參加讀書會，關於這個部分，他確有隱瞞。

我沒有驚動任何人，連夜繼續翻譯著，有許多模糊不清的話語，像是囈語，不連貫的敘述，描述著監獄裡的生活，描述著惡夢，描述著渴望回家的心情。

我花了三天的時間，把筆記內容翻譯整理出來，內容幾乎完全推翻了我之前靠著採訪、史料與想像，書寫出來的那篇文章。林老先生一筆一畫寫下他埋藏心中已久的祕密，最後將筆記封藏於天花板上的夾層，他是希望等到屋子改建之後被發現，那時他早已去世，時移事往，已經不會影響到任何人，屆時再讓子孫明瞭他真正的心意。

「剛開始監獄裡的時間是沒有開始也沒有結束的，無所謂白天或黑夜，時間被無止盡地拉長，被等待與恐懼反覆切割，那些日子裡，他們只是讓我們等，讓等待瓦解我們的信心與決心，讓人慢慢浮現起你生命裡想要保護的人事物。」

「後來大家總說那是白色恐怖，我不知道恐怖該是什麼顏色，恐怖的顏色隨時都在變換，引起恐怖的事隨時都可能發生，在第一階段的關押期間，有些人關在獨居房，不到一個月就瘋了，但我關在大房間，每天與幾十個人擠在一起，有人耳語，有人喊叫，有人哭泣，也有人不發一語，有些人覺得沉默比喊叫更為驚人，所以總是不停地說話，有些人天生具有領袖魅力，可以用簡單的話語安撫大家，在監牢裡，大家突然都變成了同路人，竊竊私語打探友人的消息。」

「判刑後，定罪十年，獄友紛紛向我恭喜，說沒死就好。我幡然醒悟，感覺猶如死過一回。安坑監獄一年多，之後轉送綠島，我在荒島度過八年時光。軍法處的三個月比那八年感覺漫長，刑期定了，仍有人出意外，因為各種事件，被延長刑期，甚至抓去槍斃，綠島啊綠島，這荒蕪小島仍然危機重重。」

「孩子你會問我為什麼說謊，為什麼即使這麼多年過去，我從來也沒有告訴你們我入獄的原因。正如你母親總是埋怨我，做什麼事都瞞著她。孩子我只能對你說，這是我們的地下黨人共同的命運，我們當初宣誓的，就是保密，我們只是一對一直向的聯繫，我只認得我的上級，以及我未來得吸收的下屬，我從未見過其他黨員，甚至也還沒有被安排任何任務，王先生就離開了，我一直在等待他給我消息，但日復一日，終於也在繁忙的工作，家務的瑣碎中，逐漸忘卻了我的使命。」

「但是當夜深人靜，當黨人被一處一處破獲、逮捕的消息傳來，我那只有我們兩人相對的宣誓之夜，會突然浮現我眼前，那些舉手說過的話，深深刻在我腦海。我是地下黨人，一日是，也就終身是。所以當我聽見有人來傳話，要我趕緊走，我確實生出過離開的念頭，逃走，離開，正如其他人那樣，但我已經不能夠了，因為有了這個家庭，我不知道我逃走之後，會留下什麼災禍給你們。我不知道這樣的逃，能否有盡頭，我不是勇敢，我可能是軟弱，因為有我鍾愛珍惜、不想失去的人事物，所以我安靜留在家中，等他們來帶走我。我以為只要保住這條命，總是有機會。」

「剛被捕時，我曾怨恨王老師出賣了我，但直到我自己被囚禁、被刑求，我才知道那不是出賣，或者說，人處在那樣的狀態裡，什麼事都可能發生，有些人始終沒有供出其他人，有些人把一整串名單都交代了，我敬佩那些始終沒開口的人，但我也同情那些自白、自首甚至自新的人，那已經無所謂出賣與否，面對一整個邪惡的組織，一個龐大得無法想像的機構，個人顯得多麼渺小，當你身處黑牢，面對特務，前途無法預估，你會變得軟弱，你會想要求生，你會因為特務各種誘騙、威嚇、安撫而變得意志動搖，你曾以為自己是勇士，一定可以熬過去，但面對嚴刑逼供，你卻可能只想停止痛苦，只想求得生存，這些都很正常，我不知道王老師面對了什麼，但我卻不怪他了，我們都是天真的，天真以為自己可以做些什麼，天真以為事情會有轉機，可是這份天真讓我驕傲，我唯有二十八九歲那幾年時光，還擁有想要改變社會、改造世界的夢想，那像一道光，原本可以照亮我的生命，卻將我帶入了黑暗的牢房。」

「孩子我要對你說，一個人一生總會有些後悔的事，我也有，當我在漫長的牢獄時期，在那些覺得已經是絕路，必死無疑的日子裡，我後悔曾經加入了黨，我後悔我沒有逃，我甚至後悔我讀過那些書，認識了郭老師跟王先生。然而當我的宣判下來，在長達十年的牢獄裡，我又不後悔了，我甚至認為，我比當初和王先生宣誓時更清楚自己要走的路，非常奇怪，我也不是想要革命，也沒有什麼宏大的抱負，孩子，如果你要問我，我想說，我只是希望有機會留給你們一個更好的世界，我不知道我的黨能不能幫我做到，可是我相信，只要我活著走出監獄，我有機會可以給與你們幸福。」

「可惜這一切並沒有實現啊，可惜在你們心中，我是個不夠格的父親吧！」

「可惜到最後我還是沒有能力親口對你們說，讓你們為我受苦這麼久，是因為我當初入黨的緣故。」

「但我思來想去這麼多年，我依然認為，即使我加入了黨，那些嚴刑逼供還是太殘酷，判刑十年還是太重了。」

「可是我沒有真正後悔。漫長的劫後之生命讓我了解，我比我自己想像的軟弱，也比我自己期待的更堅強，人的堅強與軟弱是可以同時並存的，正如後悔與無悔也能同時在一個人身上產生作用。」

「在記憶消失，更多回憶不見之前，我希望我還記得那個宣誓之夜，那時我心中擁有的，確切的信念。那時我二十九歲，多年輕啊，如今我已經七十九歲了，漫長五十年時光過去，我還記得宣誓的那個小房間，牆上的五星旗，手裡的紅手冊。以及王老師那雙永遠也令人無法忘懷的眼睛。」

「王老師對我說，天地不會永遠是黑暗的，我知道有一條路，那兒有光明，我想要指出給你看，你願不願意隨我去看看。」

「老師身上有病，他來日無多了，這樣來日無多的人，本可以安靜地在他小康的家庭生活裡度過殘年，他卻選擇了要去找那條光明的路。」

「孩子，我一直在想，什麼時候才是說真話的時刻，而真實是什麼，謊言又是什麼，你們不會知道的是，那些被我翻來覆去說了幾十年的話語，聽起來是謊言，卻有著真實的感情，某些珍貴的事物，需要用謊言加以覆蓋，需要持久的忍耐，需要有信任的決心，我總是相信最後我會親口對你們說，可惜我一直沒有等到那一天，因為我不確定與我相關的所有人是否都已經安全了，我也還不確定，承認之後，那些用來補償你母親年輕歲月十年光陰的賠償金，是否會被取消，以及，我們永遠也不知道那些特務還會做什麼，而這些等待、保護、忍耐，最後都已經將謊言兌換成真金了，我到底為了什麼坐牢並不重要，重要的是，我保護了我想保護的，我也犧牲了我應該或不應該犧牲的，我必須承擔起這一切。只能用更多的沉默來換取。」

「但願你們讀到這些紀錄時，我已經灰飛煙滅，不會再對你們造成任何實質的影響，但我還是寫下這些字句，期待有一天你們來讀懂。」

「因為這就是長久以來我想要對你們說的，那些我不能對你們說出口的話。」

我把老先生的筆記整理翻譯好，交給林永風先生，林永風先生看完文章似乎沒有太驚訝，他說在中學的時候，曾經聽過父親與友人談話，片段談話中，他曾聽到「組織」這個字眼很多次，他就曾經想過父親可能真的加入過地下黨。父親後來在獄友的工廠工作，與他們交往甚密，偶而的談話裡，也感覺那些人都是社會主義傾向。父親長期照顧一位早逝的獄友家屬，父親告別式時，也來了幾位獄友與家屬，感覺在家裡沉默寡言的父親，在他自己的世界裡，其實是活躍積極的，他並不像家人想像中的遁世，只是他做的事沒有告訴他們。

我翻譯完筆記，覺得自己必須休息，我感到自己的內在都被撼動了，林老先生的故事不是兩三個月能夠整理出來的，筆記的最後幾段，好像是我父親對我的自白，我不知該怎麼描述那種感覺，我憶起父親生前最後的時光，家裡確實有人來要債，我曾在大門上看到紅色的潑漆，曾經聽見父母爭吵，看到父親徹夜在客廳走動，大聲號哭，母親一直沒對我明說，但我拼湊起來了，父親被伯父拉去做投資，但實際上那是吸金詐欺，我記得那些上門的債主，威脅要放火燒我們的房子，伯父連夜逃走，留下父親獨自面對，父親挪用公款，最後事發，才選擇自殺。

這或許是答案，但真正讓父親不得不自殺的，我想是一份做錯決定的羞慚，他一生奉公守法，謹慎小心，卻因為自己的貪念或軟弱，掉入了陷阱，面對債務，他想要保全家人，選擇了盜用公款，這無疑是提火澆油，讓自己引罪上身，想到這裡，我渾身顫抖，我的記憶似乎全面改寫了，父親的自殺並非毫無徵兆，他在死前幾日，已經食不下嚥，夜不能寐，為何母親要辯稱父親是為了女人而死，為何母親始終宣稱不知父親為何自殺，現在我認為是因為母親想要保護我，她不願讓我知道父親向地下錢莊借款、甚至盜用公款，她寧願讓我以為父親為女人殉情，因為一個不忠的丈夫比起一個犯法的父親，她認為前者對我來說更容易接受，她以為如果我可以討厭父親，就能減少因父親的自死而帶來的痛苦，她認為謊言比真實還能夠保護人。母親做錯了，或者她對了呢？我不知道答案，我知道的是，甚至連包括母親的再嫁，她拋棄過往的一切，選擇了新的生活，以往對我來說這些非常無情無義的舉動，如今都變得可以理解。

很長的時間裡，我緊緊抱著老先生的筆記，彷彿那是我父親留給我的遺書，我內在有某種東西徹底被改變了，但我還不知道那些是什麼，我以為父親不愛我所以離開我，但極有可能，父親就是為了愛我們，所以選擇自死，讓自己背負所有責任而離去。

真相不是事實，或者該說，真相往往不僅僅包括真實，還包括其中被揑造、虛構、說謊的部分，所謂的真相存在人心，真正的意義在於它作用在人生命裡的方式，以及它對相關人士的影響。我一直以為陳紹剛做的是對真相鍥而不捨的追尋，但走到這裡，老先生的筆記讓我知道，最終並非只有單一的真相，真相層層疊疊，它以各種形式反覆出現，似真似假，亦真亦假，最重要的是，我們能否穿透那些企圖隱藏的，或者被扭曲的話語，我們能否抹去那些遮蓋其上的灰塵，那些讓我們不敢凝視的，體會到身處其中的人當時的狀態、他們可能的用心，以及即使身不由己卻努力掙扎做出的決定。

我們之所以牢記，之所以追尋，之所以懷想、紀念、企圖永誌不忘，不是因為他們的正確、正當、或者英勇，而是當我們見識到這樣的人性，在重重黑霧之中，那份努力想要維持什麼、捍衛什麼、保護什麼的心意，儘管最後的選擇未必正確，我們受到震動的是，有人這樣認真地活過，他們承受這麼多痛苦，卻完全被遺忘了，那些重要的人事物不知因為打壓、掩埋，因為恐懼、逃避，或者歷史因素，被遺忘了好久好久，幾乎灰飛煙滅，但一定還是有某些東西保留了下來，我們必須去尋找，他們一直在等待有人去發掘、聆聽他們的故事。

我願意去記住，相信那份善，以及背後的愛。

我知道父親愛我，即使他選擇了離開。

我繼續租住林家舊宅，我與這個屋子之間有某種相似的命運，幾個月後它即將被拆除，而我也正在進行拆毀自己的工程。我簡單整理林老先生留下的筆記，寫成一篇稍長的文章。林先生說後續的訪問不必再做，「這件事應該由我們自己來。」他說，「看完父親藏匿的筆記，才發現他一直在等我們去尋找他，而我們卻不知道，你的文章幫助我理解了一件事，我們做子孫的人，才是那個應該設法去尋找、理解他的人，因為理解父親，也能幫助我們理解這個家，甚至理解我母親，以及我自己。」「我把你寫的兩份文章都給家人看過了，儘管我們無法確定那是事實，但至少，那是父親存在過的證明。那是一個開口，讓我們有機會走進他的內心世界，我的孫女彤彤說她想接著做家族史，她要來做這件事。這件事不只是彤彤，我想我的餘生也會來參與，這是我們自己應該做的事。」

聽完林先生的決定，是我這段時間以來最開心的時刻了，對於書寫林老先生的故事，對於那些失落的歷史、失落的人們，我內心也充滿情感與渴望追尋的衝動，但我總是寫不好，怕冒犯，怕自己弄錯，即使到最後看到老先生的筆記，我還是感覺自己準備不周，一直戰戰兢兢。我聽到彤彤要接手來寫家族史，覺得真是再合適不過了，就欣喜地把我手邊擁有的資料書籍都轉交給她。

或許將來有一天，我也會以此題材書寫小說，將來，我知道那必然是在將來，現在我得先讓自己可以寫小說。

接下來的日子裡，我都在老屋裡寫作，每天生活十分規律，早上八點起床，吃早餐，餐後開始寫稿，午餐在海風餐廳吃飯，下午三點休息，就騎車去晃盪。天氣越來越冷了，我騎單車上小鐘山，經過幾個月訓練，我的腿力已經變得很強壯，可以單騎上山，再快快下山，我總是騎到神泉附近，經過邱家別墅、神水山莊、神泉小木屋，這些地方有些改變了，邱家別墅仍屬於邱家，但少見有人使用，神水山莊已經關閉，掛上出售的牌子，選舉過後，謝鎮長當選，神泉所有權回歸鎮公所，小木屋變成神泉紀念館，小小的屋子裡，有管理員以及休閒用的椅子，架子上擺放著關於小鐘山的介紹，神泉不再是商品，誰都可以使用，只是公所有限定每人取水的量，一人以兩公升為限。我經過時，偶而也會去取水，非假日時，人潮並不多，我回家後會用神泉沐浴，並非為了感受神蹟，只是提醒自己牢記那段時光。晚上我讀書、抄書，寫信。我給林慧寫信，也給陳紹剛寫信。信件寫到他名片上的電子信箱，以往他用這個郵箱傳過一些檔案跟照片給我，如今成了我唯一連繫他的管道。偶而，我會對著手機螢幕發愣，我凝望著他的電話號碼，心想著我可以撥電話給他，想著如何跟他說話，但又想著自己這樣做，會不會讓他把這個號碼也換了；想著，即使開口說話，也無法改變什麼。我不想、也不要自己再度介入他的人生，讓他無處可逃。我只能寫信，用一種安靜、更為不打擾的方式，向他傳遞訊息。

二月過年，年夜飯我是在林先生家吃的，林家圍爐的菜色十分豐盛，我不知道以往他們家年節氣氛如何，但今年飯桌上大家都紛紛提起往事，說以前老太太掌廚時，做的筍絲扣肉有多麼大盤，那個肉質是如何軟而嫩，筍絲入味非常下飯。他們說起林老先生也會下廚，他擅長海鮮料理，炒蝦炒蟹，處理魚蝦螃蟹動作多麼俐落。林先生說，有一次父親在廚房忙碌，他在一旁幫忙，老先生不經意提起在火燒島時曾經負責過伙食，他們自己養豬、餵雞、種菜、抓魚，這些大男人也從不會煮菜，慢慢變成大廚，為了給大夥加菜，想盡各種辦法。「綠島大學」就是那次談話提起的，有別於在台北關押時的恐怖，在綠島的日子似乎有多了些美好的回憶。

話題一開，大家都提起了過往，我聽見他們口中自然地談論往事，親暱地分享老先生與老太太生前的互動，有時感傷，有時歡笑。我覺得家族史到底會寫成如何，已經不是那麼重要了，老先生入獄的經驗不再是禁忌，兩位老人家已經從無法言說、不能描述的狀態，變成了可以自然提起、任意詢問的生命經驗，即使仍有許多謎團無法解開，但，謎團已不再妨礙他們去重愛父親。回憶被隱藏在記憶深處，一旦被叫醒，它便像自有生命那樣生長起來了。

多年來我鮮少回家，年節的歡樂團圓氣氛總讓我傷感，但這一年的年夜飯卻讓我感覺到「家」的意義，原來感情上的疏離比現實上的離散更為可怕。晚飯後，我在街上閒逛，看大家熱鬧地慶祝，小鎮年節氣氛特別濃厚，我突然想著，或許明年年夜飯我就會回家跟我媽媽及我爸爸吃，是啊，繼父也是我爸爸，要承認這點很困難，但心理上接受之後就變得很自然了，我是個有兩個父親的人，我不是沒有父親的孩子。

想到沒有父親的孩子，我就會想起柏鈞，事發之後，我最掛心的就是他受到的衝擊，當時陪著他跟他母親一起到台中的精神科醫院求診，我認識的精神科醫師診斷他為重度憂鬱症，幫他安排心理諮商，配合藥物治療，那個學期他請了很多假，後來不得不辦了休學。有一段時間，他把自己關在房間裡，很少下樓來，除了每週的諮商，他也鮮少出門，柏鈞的媽媽一直陪著他四處看診，也到各個廟宇燒香祈福，我一直沒機會跟他多談，年夜飯時他也是讓媽媽把飯菜端到房裡吃。

我一心只期望他不要放棄治療，耐心度過這段時間，聽林先生說，柏鈞狀況雖然時好時壞，但總是有按時服藥，他打算每天陪柏鈞去游泳，因為柏鈞以前是運動健將，受傷時曾經用游泳來復健。

林先生說：「鎮長新建的室內溫水游泳池蓋好了，我前幾天去看過，設備很好，我跟柏鈞提起游泳的事，他答應我要一起去。這孩子還不想見人，但願意出門運動，只要肯動，就有機會好起來。」

我也開心地說，運動對治療憂鬱症是最好的，只要持續運動、吃藥、做諮商，只要柏鈞願意努力，一定會好的。

之後的日子，偶而會見到林先生帶著剛游泳完的林伯鈞，柏鈞話不多，但氣色逐漸變好了，他有時會跟我說上幾句話，破碎的言語中，可以感受到他狀況雖然不好，但還在努力，並沒有放棄。我依然繼續寫作，寫下在海山鎮聽到的幾則故事，也寫了自己這些年腦中構思過的短篇。我在這裡逐漸尋回了虛構的方法，雖然只是寫短篇小說，卻知道自己正在恢復寫作的能力，林慧幫我申請了一筆寫作補助，便不再接洽自傳或採訪，專心寫作。

我持續給陳紹剛寫信，偶而會寄上新寫的短篇小說，他始終沒有回信。

我寄給陳紹剛的第一篇小說，不是最先完成的蔡家沒落的故事，而是陳紹剛的故事。我是寫到這個短篇時，才確認了自己可以繼續寫下去的感覺，我還記得那個晚上我們赤裸著身體，他不冷不熱慢慢說出那個家破人亡的遭遇，他說的每個字都重重敲擊著我，當我回到小說裡，透過虛構與想像，我創造了一個總是騎著重機在台北遊蕩的男人，那個無法在同一個地方生活的偵探，好像我真的親眼看過一樣。

寫下這個短篇時，我自問這個是你嗎？以往我的小說裡總是有我自己的影子，但我現在寫的都是別人的故事。我寫下你的名字，但又知道那不是你，真實與虛構，在我與你之間並不存在任何問題，我知道你不會反對我寫這個故事，也不會干涉我如何去寫，正如這個故事寫下之後，也無法改變你已經離開我的事實。可是你知道的，完成這樣一個短篇，對我而言需要跋涉多少路程。我好像又更接近了我想要去的地方一點點。即使只有一點點，不知為何，我知道你會為我高興。

後來我也把蔡家的故事寄給他，那個逐漸眼盲的男人，生命就像倒數計時，反覆寫了幾次，才捕捉到他心中那逐漸暗下的世界、那漸暗的光影，這個故事我在與陳紹剛相處時就對他說過，他還曾騎車帶我去看海山那幾家酒家舊址，想像那人如何撒金、揮霍，如何像奔赴死亡那樣迎接著自己的失明。其實那倒數計時的感覺，也正是我與陳紹剛的戀愛寫照，找到邱芷珊他就會離開，每一次相見都可能是最後一次。而等他離開之後，我又在小說裡一點一點把他找回來，他已化身為我的小說，成為生命不可被奪走的一部分。

蔡家的故事之後，我還寫了陳靜河診所一個護士的故事，內容是我從林美貞那兒聽來的幾個年長護士的故事融合而成，那時代的老診所，充滿神祕的幻影，古老的診間、穿廊、花園，也都埋藏著故事。有一次我感冒就是去那家診所看診，想起小時候鎮上的診所，候診室有扶手跟靠背的木頭椅子，護士量藥包藥的小房間，紙包的藥粉特殊的氣味，走廊盡頭有一間房間裡擺放著各種浸泡福馬林的嬰兒胚胎。

春末，我寫了虛構的老鎮長的故事，有一部分是聽老鎮長說的，其他則是自己想像，篇幅不長，就寫老鎮長騎著單車巡街，腦中閃過他一生所見的海山風光。

還記得我在你的旅館房間寫作的時候，我會要你播放那些訪談，你曾笑我奇怪，如今那些說話聲都變得像是背景音樂一樣，在我身體裡反覆耳語，感覺是那些人的說話聲，一點一點把我拉回了現實，我以為我會一直沉溺在失戀的痛苦，其實我或許早就不愛他了，我只是需要一個頹廢的理由。

還記得那些我敲打著鍵盤，你在一旁睡覺的時刻，你在床鋪上睡覺，是非常稀罕的事，我都當作那是你信任我的緣故，當然，當我醒來時發現你蜷縮在地板的睡袋裡，也不會感覺你不信任我，只是悲傷地感受到那無所不在的痛苦依然纏繞著你，即使是我再努力也無法驅散。我們都背負著自己的地獄，卻還能相互溫暖，這樣就已足夠了。我假設你會讀信正如我假設你會看我的小說，你是這些作品的第一個讀者，我知道你會讀。

到了夏初，林慧看過我的前幾篇稿子，她期待著可以結集出版，還帶合約到海山跟我簽約，我定下了書名《我鍾愛與遺失的小鎮》。她跟我討論搬回台北的時機，我說我再考慮看看，但無論住在哪裡，寫作順利與否，我都不想要再逃避寫作，我將以職業作家跟兼職翻譯者的身分生活下去。林慧給了我一本日文小說翻譯的工作，工作完畢，晚上我就去騎單車，慢慢調整生活與寫作的節奏，騎車回到家總是滿身大汗，讓我不用喝酒也可以入睡。

進入秋天時我搬出了林家老屋，因為老屋終於要改建了，林先生幫我找到了附近一個兩房的小公寓，租金五千元，因為屋裡有小廚房，我早上會簡單做個煎蛋吐司，配上豆漿或牛奶，簡單用餐後就開始寫作，我也常在寫累的時候出去走走，發現自己身心都產生了變化，或許因為不再逃避寫作，生活不再慌慌亂亂，不用再抓著誰當我的救命稻草，心裡感覺很靜。即使遇到寫作困難的時刻我也沒逃走，沒有躲進追劇的世界，我去山裡、去海邊、去海風餐廳，或者只是安靜地在鎮上的小咖啡店看書，就是走出去，與這個小鎮一起生活著，邱芷珊的事好像變得很遙遠，但還是常聽起有人提到她，她活在小鎮人們的心裡。

持續寫信給陳紹剛，有時附上小說，有時沒有。對我來說，他回不回信已經不重要了，把心意與創作都投遞給他，就像一種生活習慣，我逐漸確定，把這本短篇小說寫完，就可以回台北生活了，我喜歡海山鎮，但不屬於這個地方，我必須創造自己的生活。

我覺得我們都是造夢人，當書寫入魔，感覺整個小說起飛了，這是久違的感覺，應該與你乾杯，分享這份喜悅。我書寫那個寫作的人，為了寫作而不能跟對門的女子來往，因為活在小說世界裡的角色更重要。我回想那些與你一起尋找邱芷珊的日子，想著那些躲在某處，想要或不想要被找到的人，都在你尋找的名單當中，你尋找他們，正如小說家尋找自己小說裡的人物。

這個小說把我從只是書寫小鎮風光、小鎮故事的書寫視角拉開，思考著自己作為一個創作者、一個寫小說的人，那處在想像與真實、虛構與創造之間，很長時間裡只有自己安靜地獨處，既孤絕又必須如此的感受。要說出這幾個字是多麼艱難，我耗費了多少時光，才能再次地說，**我是一個寫小說的人**。

這幾個字曾讓我發瘋似地逃避，而如今那只是一件我必須去做的事，不重不輕，不是光環也不是重擔。

但願你也能找到屬於你自己的那個身分。

入冬，短篇小說已經完成了八篇，其中一篇已經不是發生在海山或現實裡任何一個台灣小鎮，而是一個全然虛構的、我自己也不知道在什麼地方的小鎮。這故事我以前跟李振家討論過，他還曾想過拍成電影，我反反覆覆在腦子裡構思了好長時間，卻一直無法書寫，當然也沒拍成電影，直到遇上邱芷珊失蹤案，我時常想起我構思的那個被關在地下室的女人，以及她逐漸依賴上綁架她的人，那是怎樣的過程，這也是當初閱讀邱芷珊的日記時，我強烈感覺日記裡的ＳＴ就是周清雲的原因，那個她渴望又逃避，既害怕又依賴，那種因為被禁絕、被無形的囚牢禁錮，逐漸失去自我的感受。當時陳紹剛說了一句很關鍵的話，「那是斯德哥爾摩症候群。」

完成這篇小說後，感覺自己展開了新的書寫方向，世界無比自由，往後甚至可以開始準備寫長篇了，這個綁架案的小說雖然只是短篇，卻是過往那些頹廢追劇時光的結果。跟李振家在一起時，為了逃避寫作，一邊做著影子寫手，一邊猛看各種影集與電影，因為李振家想要拍賣座電影，我總是在幫他想點子，看了大量的偵探、犯罪、謀殺的影視作品，腦中自然累積了許多素材，在書寫〈玩偶之歌〉時，好像很自然就可以構築出那個荒廢的屋子，那個將女子擄走關在地下室的男人，以及被囚禁的女人。

新年時高鐵在苗縣設的車站終於通車了，從海山到高鐵站車程二十分鐘，搭乘高鐵往返台北似乎不再是漫漫長路。不知道這件事會如何影響這個小鎮。

後來得知林子彤的學期報告寫的就是曾祖父經歷白色恐怖的故事，她還去參加了口述歷史的志工，跟著團體的人四處去尋訪當年的政治犯。子彤像變了個人似地，以往總是覺得住在小鎮沒發展，現在卻總是愛找些老人問他們的故事，穿過記憶的海，穿過那些受難者的身影，這個女孩變得成熟了。

生活變得簡單而純粹，好像一個學生似地，我沒學會做菜，午餐晚餐還是在海風餐廳吃，老屋全部拆除，林先生給我看設計圖，是個樸實的建築，將來會變成一個有八房四衛三廳的四層樓屋子，「家裡會有廚房跟飯廳，往後就可以在家裡吃飯，不用到餐廳去了。」

陳紹剛一直沒有回信，但我似乎可以理解他的感受，他應該跟我一樣，都在用自己的方式重建自己的生活。我知道寄去的信與文章，不會構成他的困擾。

來到海山已經一年半了，給陳紹剛寄了另一篇小說，其實是我對陳紹剛的告白，但我不知道他能否理解。

附上短短的信，因我知道該懂的他都懂，我不催促他，也不想逼迫他，寫到後來，那些信件更像是自己寫作以外的筆記了，陳紹剛的存在，一直都像個幻影，我追逐著幻影，卻把自己的影子找到了。

這一年多經歷了好多事，時間好像過得很快，卻也像是慢慢舒展開來，生命翻過一頁又一頁，感覺到自己層層變化著，也感受到自己寫作上的改變，那是蓄積已久，卻需要真正去實踐的，我逃避了好些年，需要時間補上。我知道寫作是這樣的，起起伏伏，沒有什麼可以把握，唯一可以做的，就是等待以及耐心地去書寫，一篇一篇寫出來，過去我沒能做到，這次我做到了。

回顧在海山小鎮的時光，在小公寓裡獨自生活，已經建立了我自己的作息，獨居不再困擾我，孤獨也沒有讓我恐慌，在規律的寫作生活之外，偶而也參與小鎮的活動，林家非常注重傳統，各種傳統節日都會拜拜，我也因此吃到了年糕、春捲、粽子、月餅等節慶食物，隨著季節轉變，小鎮風景逐漸更迭，海山的春夏秋冬，我已經都見識過了，小公寓裡沒有添購太多東西，只在書桌上擺放一個碟子，收集落葉、樹果、松針、花瓣，我去上了毛線課，試著想要打一條圍巾，我手很笨，進度緩慢。這些微小的事物，標誌著我的生活路徑，用小茶壺泡茶、用濾杯沖泡咖啡，配上林家人給我的糕餅、茶點、我自己買來的蛋糕，在寫作之餘、寫信時，擺弄著這些小玩意。每一件事我都慢慢做，一點也不趕，酸甜苦鹹各種滋味，在嘴裡清晰得不得了，寫小說時也是如此，每一個短篇我都反覆去寫，因為太久沒有寫小說了，從構思、寫草稿、一稿、二稿到完成，我充分投入，這是年輕時沒有體會過的經驗。我不為任何人事物而寫，也不想證明自己的才能，純粹享受著從無到有，把一個小說創造出來的過程。

春節之前，我給母親打了電話，說想要回家吃年夜飯，母親非常驚訝，但也表示歡迎。我去了一趟台北，回到繼父與母親一起生活的老家，在家裡吃年夜飯，跟家人感覺好生疏，老家剛整修過，牆壁都是新漆的，繼父聽說我要回家，還把已經變成倉庫堆放東西的房間整理過，讓我可以過夜，飯桌上我像個客人，母親與繼父努力為我夾菜，只有弟弟表現最正常，他成績優異，模樣就是個有為青年。我還在摸索與家人相處的方式，但在心裡已經不怪罪母親了，飯桌上我提起在海山的生活，說認識了很好相處的一家人，也第一次提到在寫小說的事，我說得破破碎碎的，不太有自信，因為過去母親曾經反對我寫作，也對我的前途感到憂慮，但這次我提起，她卻很開心地說，「可以專心做自己想做的事很好。」母親已經退休了，幫著繼父顧店，兩個人常出去旅遊，我想起母親在海邊為父親認屍那個悲慘的時刻，心想著她能度過那樣的苦難，其實是個堅毅的人，過去我一直認為她拋棄了對父親記憶是因為無情，然而，誰又知道母親心中真正的想法呢？人為了守護自己心愛的，有時也必須捨棄自己身上貴重的東西。堅毅與逃避，或許也只是一線之隔。

我在台北待了三天，無論搭捷運或公車，總覺得恍恍惚惚，城市對我來說變得新奇又陌生，林慧陪我去找房子，看了幾間都不滿意，最後找到了一個獨立套房，交通便利，搭一班公車就可以到出版社，家電家具俱全，有一面大窗，一個小小的流理台，房租要一萬二，但是屋況很好，只要帶行李就可以住。「就住這裡吧。」我說，跟房東商量延後起租時間，他願意讓我下個月中再開始。一個寫作的人需要的東西真的不多，一個乾淨明亮的地方就夠了。

回程的高鐵上，想起一開始來到海山的那天，我是多麼狼狽，想不到相隔一年半，竟然即將出版新書了。我就像回家那樣回到海山的小屋，心想著離開，卻感到安定。

完稿那天，我在窗戶透進敞亮的光線裡寫下最後一句話，確定了書稿，把書稿寄給出版社，也寄了一封信給陳紹剛，告訴他我要離開海山搬回台北的事。往後的時光，就順其自然吧，我們會變成如何，已經不是我想追尋的答案，我不需再切切地追問。

我越是喜歡在海山的生活，越感覺自己應該離開，因為我不是要逃走，而是想要真正的出發，我逐漸把海山以及這個小公寓當作自己的家，要離開會有些不捨，然而想到接下來的生活，感覺有各種可能，就覺得有力量收拾行李。在海山的日子寧靜悠長，生命的時鐘終於恢復正常轉動，這是一個長長的假期，最初我是為了逃避而來，卻在這裡找到了歸屬感，我這樣一個無根無著的人，竟在海山有了像家人一樣的朋友，我花了很長時間跟大家道別，大家知道我要離開了，一攤又一攤請我吃飯，好像永遠也吃不完似地，「以後我會常回來啊，搭高鐵很快。」我說。大家並沒有太感傷，好像我只是要出國去讀書，或者到遠方去工作而已。

離開海山的那天，天氣晴朗，天光彷彿回到我剛到海山的時候，陽光很亮，我的行李已經寄回台北，只揹了最初帶來的那個背包，和一個手提行李。柏鈞跟林先生來車站送行，我們溫暖的擁抱，揮手告別，我沒有哭。

回到台北，我取出了迷你倉的物品，把寄來的行李拆封，屋子裡的東西一一安頓好。有天早晨起床打開電腦收信，發現陳紹剛回信了——

夢蘭，

回信慢了，請見諒。

我一直在思考如何回信，於是一日一日拖過了許多時間。

你寄來的小說我都讀過了，很喜歡，很開心你終於能夠寫自己的作品，不用再當別人的影子寫手。離開後我又辦了幾個案子，決定休息一陣子，跑累了，感覺好像可以在一個地方稍微待久一點，我就搬回以前的老家。我花了一些時間把屋子都整理過了，油漆新刷，窗簾也換過，原本的兒童房改成了一間書房，有一張書桌面向窗外，可以望見對面庭院的老樹。我在陽台上種了很多植物，你還記得神水社的花房嗎？想不到我也有綠手指，陽台上的植物茂盛，令人想起小鐘山的綠意。很久沒有在一個正常的屋子裡生活，我以為我做不到，但或許需要的只是一個契機，我躺在床鋪上睡覺，時常有在大海裡翻覆的噩夢。但即使如此，我也沒有離開。自己的屋子，充滿過去妻兒的回憶，我如今知道，那些回憶縱使會折磨我，使我痛苦得狂奔，在夜裡大喊，然而，那卻也是我所擁有的，最珍貴的回憶，守護珍貴的事物必須付出代價，我應該設法肩負起來。

後來的時間，有時工作，有時只是單純地生活，想不到日子可以這麼安靜，身後已經沒有什麼在追趕，好像可以在屋子裡一待就是一整天，看著窗外光影變幻，知道一天又安靜地結束，躺在床鋪上，知道可能會失眠，因為是自己的選擇，便不再驚慌了。我時常自己做飯，我在慢慢學習如何生活，而不只是一隻在路上狂奔的野獸。附帶一提，我也學會了炸排骨，但總是沒有海風餐廳做的好吃。希望你一切都好，有許多事需要修補，有很多能力已經失去，有太多遺憾無法追回，但重要的是，我想回到生活裡，我感覺到自己想活著，真真切切地活著。

謝謝你帶給我的一切。

我看著手機裡的郵件，感覺不可思議，卻又那麼自然，我雙手握著手機，就像握著一個隨時會飄走的東西，我閉上眼睛，想像那個屋子，陽台有植物，充滿綠意，想像陳紹剛握著澆水器，逐一為花草澆水，他說書桌向陽，可以望見對面房屋庭院，院子裡會有什麼植物呢？他是在這個書房用電腦一字一句給我寫信嗎？在這封信之前，應該有很多次開始，卻無法繼續的書寫。我想像他握著刀在砧板上切菜，想像他裹粉炸排骨，想像他將菜餚端上桌，自己安靜地進食，想像許多生活場景，那都是我沒見過的他，即使那畫面裡沒有我，仍叫我感到安心。

未來一切都無法確定，又充滿那麼多可能，重要的是，度過人生的暴風雨，我們沒有粉身碎骨，生命又給了我們一次機會。

這時窗外的天色漸漸暗下來了，世界非常安靜，我聽見某種細微的聲音，才發現是自己在哭，我就這樣任自己哭泣，不再為哭泣而感到羞辱，這段時間我落下無數的眼淚，但淚水洗亮了我的眼睛，使我即使身處黑暗，也能看見重要的人事物。

淚水洗亮了我的眼睛。

鏡小說 021

# 無父之城

作　　者：陳雪
責任編輯：張瑜、劉璞
協力編輯：陳彥廷
責任企劃：劉凱瑛
整合行銷：曾令愉
副總編輯：鄭建宗、李佩璇
總 編 輯：董成瑜
發 行 人：裴偉

美術設計：木木 Lin
內頁排版：宸遠彩藝

出　　版：鏡文學股份有限公司
11070 台北市信義區東興路 45 號 4 樓
電　　話：02-6633-3500
傳　　真：02-6633-3544
讀者服務信箱：MF.Publication@mirrorfiction.com

總 經 銷：大和書報圖書股份有限公司
242 新北市新莊區五工五路 2 號
電　　話：02-8990-2588
傳　　真：02-2299-7900

印　　刷：漾格科技股份有限公司
出版日期：2019 年 9 月 初版一刷
I S B N：978-986-97820-3-6
定　　價：450 元



長篇小說 創作發表專案
國藝會 NCAF　PEGATRON 和碩聯合科技股份有限公司

國家圖書館出版品預行編目 (CIP) 資料

無父之城 / 陳雪著. -- 初版. -- 臺北市：鏡文學, 2019.09
面；14.8×21 公分 . -- ( 鏡小說 ; 21)
ISBN 978-986-97820-3-6( 平裝 )

863.57　108012925